HEYNE
BÜCHER

REXANNE BECNEL

SPIEL DER SEHNSUCH

Roman

Aus dem Amerikanischen
von Lydia Nahas

WILHELM HEYNE VERLAG
MÜNCHEN

HEYNE ROMANE FÜR »SIE«
Nr. 04/317

Titel der Originalausgabe:
DANGEROUS TO LOVE

Für Rich
Oscar Richard Becnel, Jr.
1973 - 1997
und für Sara,
die ihn so glücklich machte.

3. Auflage

Deutsche Erstausgabe 12/99

Printed in France 2001
Umschlagillustration: Pino Daeni / Agentur Schlück
Umschlaggestaltung: Nele Schütz Design, München
Satz : Fotosatz Prechtl, Passau
Druck und Bindung : Brodard & Taupin

ISBN 3-453-15970-5

Prolog

Burford Hall, Yorkshire, November 1807

Die Schulleiterin, Mrs. Drinkwell, starrte den Jungen mit gerümpfter Nase an. »Der ist aber ziemlich dunkel.«

Die Gouvernante umklammerte seine knochige Schulter mit hartem Griff. »Zigeunerblut, von seiner Mutter her«, erklärte sie mißbilligend.

Mrs. Drinkwell war keineswegs erstaunt, denn das Internat ›Burford Hall‹ beherbergte eine nicht geringe Zahl von Jungen dubioser Herkunft. Da die Schule ziemlich weit von London entfernt und außerdem recht isoliert lag, nutzte so mancher Edelmann sie gerne, um seine unehelichen Kinder dort unterzubringen. Ein Zigeunerbastard jedoch war ihr bisher noch nie zur Erziehung anvertraut worden.

Mrs. Drinkwell schürzte verächtlich die Lippen. Es ging ihr einfach gegen den Strich, mit welch gewöhnlichen Frauen die Herren der Gesellschaft sich oft einließen.

»Haben Sie die Gebühr für das erste Jahr dabei?« fragte sie. »Wir gewähren grundsätzlich keinen Kredit – nicht einmal dem Bastard des Königs.«

Die Augen der Gouvernante leuchteten auf. »Sie haben einen königlichen Bastard hier? Ihre Ladyschaft wird erfreut sein, das zu hören. Sehr erfreut sogar.«

Mrs. Drinkwell lächelte verkniffen. »Ach, die Dame weiß von dem Fehltritt ihres Gatten?«

Die Gouvernante verstärkte ihren Griff um die Schulter des Jungen. »Nein! Und Sie werden ihr auch nichts mitteilen, wenn Sie Wert darauf legen, daß die Gräfinwitwe Ihre horrenden Gebühren – Au!« Sie unterbrach sich mit einem spitzen Aufschrei. »Oh! Der freche Lausebengel hat mich gebissen! Gebissen hat er mich!« zeterte sie und schüttelte dabei die verletzte Hand, als wollte sie das schmerzende Glied von sich schleudern.

Während sie vor sich hinjammerte, flitzte der dunkelhaarige Knabe zur Tür. Mrs. Drinkwell aber, die seit Jahren im Umgang mit aufsässigen Jungen geübt war, kannte jeden Trick. Sie war vor ihm an der Tür, und als er versuchte, seine Zähne auch an ihr auszuprobieren, schlug sie ihn mitten ins Gesicht.

Sie war eine große, starke Frau, und daß der Junge klein und schmächtig war, kümmerte sie nicht. Der Schlag warf seinen Kopf nach hinten gegen die Wand, daß es nur so krachte. Wie eine zerbrochene Puppe fiel das Kind zu Boden und rührte sich nicht mehr.

Die Gouvernante starrte auf die reglose Gestalt. »Bei allen Heiligen!« murmelte sie und bückte sich zu dem Kind hinab. »Er wird doch nicht tot sein? Sie haben ihn doch nicht getötet? Denn wenn Sie es getan haben …«

Anstatt einer Antwort stupste Mrs. Drinkwell den Jungen mit dem Fuß. Als das keine Reaktion hervorrief, trat sie ihm gegen das Schienbein. Das Kind wimmerte, und Mrs. Drinkwell warf der Gouvernante einen triumphierenden Blick zu. »Sie brauchen mir keineswegs Ratschläge zu erteilen, wie ich meine eigene Schule zu führen habe. Die Herstellung von Zucht und Ordnung ist mein Spezialgebiet. Eines kann ich Ihnen versprechen: Wenn Ihre Herrin ihren Enkel wiedersieht, wird er vorzügliche Manieren haben. Und nun geben Sie mir bitte das Geld.«

Die Gouvernante öffnete ihren Beutel und reichte der Schulleiterin eine Börse. »Ich soll Ihnen sagen, daß Sie ihn auch in den Ferien dabehalten sollen. Hier ist genug Geld, und Myladys Anwalt wird Ihnen noch mehr anweisen.«

»Sie will sich wohl nicht mit ihm abgeben, wie?«

»Kann man ihr daraus einen Vorwurf machen?« Die Gouvernante ging zur Tür. »Wie würde es Ihnen gefallen, wenn Ihr einziger Enkel ein heidnischer Zigeuner wäre? Er kann von Glück sagen, daß seine Großmutter reich genug ist, um für seine Erziehung aufzukommen.«

»Mein Name ist Ivan!«

»Nein, du heißt John!« höhnte der große Junge.

»Johnnyboy!« rief ein anderer.

Ivan betrachtete die drei, die ihn in eine Ecke gedrängt hatten, und versuchte, seine Furcht nicht zu zeigen. Aber das war schwierig. Er wollte nicht an diesem gräßlichen Ort sein, weit weg von allem, was er kannte. Und nun sollte er sogar seinen Namen ändern. Doch das würde er auf keinen Fall tun, obwohl er selbst nicht genau wußte, weshalb. Er war Ivan und nicht John. Alles in seinem Leben hatten sie verändert, doch seinen Namen würde er nicht hergeben.

»Ich bleibe dabei, mein Name ist Ivan!«

Der größte seiner drei Kontrahenten grinste. »Ivan? Das ist ein ausländischer Name, ein Zigeunername. Bist du ein Zigeuner, Ivan?« fragte er verächtlich.

Ivan hob den Kopf und ballte die Fäuste. Wenn sie einen Kampf wollten, so konnten sie ihn haben. Er versuchte sich alles ins Gedächtnis zu rufen, was Peta ihm beigebracht, und die Griffe, die Guerdon in seinen Ringkämpfen angewandt hatte.

Der Große kam noch näher. Seine beiden Trabanten folgten ihm. »Also – bist du John oder bist du Ivan, der Zigeunerbastard?« fragte er drohend.

Etwas in Ivan zerriß, und ohne Vorwarnung warf er sich auf seinen Gegner. Er war zwar klein, hatte aber das Überraschungsmoment auf seiner Seite. Beide gingen, Fußtritte und Faustschläge austeilend, zu Boden, doch bald hatte der größere Junge die Oberhand gewonnen.

Ivan wollte jedoch nicht nachgeben. Man hatte ihn seiner Mutter und deren Sippe brutal geraubt, ihn auf dem Dachboden eines riesigen Hauses eingesperrt und ihn danach in diese gefängnisartige Erziehungsanstalt verbracht. Und hier wurde er ständig von Jungen wie diesen angegriffen und verspottet. Das war einfach zuviel, das konnte er nicht ertragen. Also biß und zwickte er trotz der erbarmungslosen Schläge, die er einstecken mußte.

Ein Hieb spaltete seine Lippe, ein weiterer ließ Sterne

vor seinen Augen tanzen. Doch all das steigerte nur seine Entschlossenheit. Verwirre deinen Gegner, finde seine Schwächen heraus. Petas Ratschläge klangen in Ivans Ohren. Er brüllte seine Wut hinaus, und dann, wie durch ein Wunder, schaffte er es, mit dem Knie nach oben zu stoßen. Kreischend und seine empfindlichste Stelle haltend, klappte der andere Junge zusammen.

»Zeigt es ihm«, schluchzte er, »schnappt ihn euch!«

Die zwei anderen zögerten nur einen Moment, bevor sie sich auf Ivan stürzten. Seine Niederlage war unvermeidlich, doch noch immer gab er nicht auf. Erst die Schulleiterin und ihr Lohndiener konnten den ungleichen Kampf beenden.

Mrs. Drinkwell betrachtete die blutbesudelten Jungen, und ihre farblosen Augen verengten sich vor bösartigem Vergnügen zu schmalen Schlitzen. »Bringen Sie Mr. Dameron zur Holzhütte!« befahl sie. »Es gehört sich, daß der Sohn eines Kaufmanns etwas Ordentliches lernt. Also züchtigen Sie ihn mit dem Riemen und lassen ihn danach Holz hacken. – Mr. Pierce wird das Vergnügen haben, die Toiletten zu reinigen, selbstverständlich erst, nachdem auch er gründlich gezüchtigt wurde. Eine gute Kombination: Schmutz, der von Abschaum beseitigt wird ...«

Ihre Nasenflügel blähten sich vor Abscheu.

Dann wandte sie sich an den großen Jungen. Zu Ivans Erstaunen nahm ihr Gesicht einen freundlicheren Ausdruck an. »Alexander, Alexander. Was soll ich nur mit dir anfangen? Siehst du denn nicht ein, daß es unter deiner Würde ist, dich mit einer so niederen Kreatur wie einem Zigeunerbastard einzulassen? Trotzdem mußt du bestraft werden. Also, bis nächsten Sonntag darfst du das Schulgebäude nicht verlassen und bekommst außerdem zusätzliche Schulaufgaben. Ich hoffe, daß dein Vater es anerkennt, daß ich sogar dann um deine Bildung bemüht bin, wenn ich dich strafe.«

Als sie sich endlich Ivan zuwandte, verfinsterten sich ihre Gesichtszüge. »Was dich angeht, so erhältst auch du eine Strafe, die zu dir paßt.« Sie lächelte ein Lächeln, das dem Jungen das Blut in den Adern gefrieren ließ.

»Sehen Sie zu, Lester, daß er am ausgiebigsten gezüchtigt wird. Und danach ziehen Sie ihn den Schornstein hinauf. Bei seiner dunklen Haut wird ein bißchen Ruß gar nicht auffallen.«

Obwohl er blutete und benommen war, wehrte sich Ivan gegen den bulligen Diener. Er versuchte sogar, ihm einen Schlag in die Weichteile zu verpassen, wie er es bei Alexander getan hatte. Aber es brachte ihm nichts weiter ein als eine harte Kopfnuß und einen zermalmenden Griff um die Schulter.

Die Schläge waren schrecklich – zehn Hiebe mit einem fürchterlich langen Paddel. Doch inzwischen empfand Ivan die Schmerzen kaum noch. Weder jammerte noch schrie er, nur ein leises Stöhnen kam zwischen seinen Lippen hervor. Hätte der Mann ihn nicht mit seiner fleischigen Hand festgehalten, wäre er zusammengebrochen. Dann wurde er in den Salon gebracht, und man schob ihn in den Kamin und den Schornstein hinauf, wo er in dem fettigen Ruß krabbelte und zappelte und bei jeder Bewegung Hautfetzen und Blut auf dem rauhen Mauerwerk zurückließ.

»Mach den Schornstein schön sauber, Junge! Und beeil' dich, sonst zünde ich dir ein Feuer unter dem Hintern an«, grinste der Hausknecht hinter ihm her.

Doch es brannte schon ein Feuer, und zwar tief in Ivans Herzen, und bei jedem grausamen Wort, jedem schmerzhaften Schlag und jeder böswilligen Bestrafung loderte es heißer. Es begann an diesem Tag zu brennen, und dieses Brennen wurde stärker mit jeder Ungerechtigkeit, die ihm in den folgenden Monaten und Jahren zugefügt wurde. Es verzehrte ihn mit unbeschreiblicher Macht und schrie nach Vergeltung.

Zu jener Zeit wußte er noch nicht, wie oder an wem er sich rächen konnte, doch der Tag sollte kommen, an dem der Weg zur Vergeltung klar vor ihm lag.

1

London, März 1829

Ivan Thornton hielt kurz inne, bevor er die Treppe hinaufstieg. Gleich würde es beginnen. Und richtig, ein Raunen ging durch die Menschenansammlung im Ballsaal – zuerst eine kurze Pause in den Gesprächen, dann setzte ein eifriges Tuscheln ein.

»Das ist Lord Westcott.«

»Der neue Graf von Westcott.«

»Westcotts Zigeunerbastard.«

Ivan brauchte die Worte nicht zu hören, um zu wissen, was gesagt wurde. Seit mehr als zwanzig Jahren mußte er sich das anhören, und Schlimmeres als das. Seit er als Siebenjähriger den Armen seiner Mutter entrissen worden war, hatte er gelernt, sich gegen seine Peiniger zur Wehr zu setzen. Und seither hatte er sich in einem ständigen Kampf befunden.

Doch er hatte inzwischen auch gelernt, daß es bessere Methoden gab, als sich mit Fäusten, Degen oder Pistolen für das zu rächen, was sie ihm angetan hatten, diese Esel, die sich für das Salz der Erde hielten.

Gelangweilt ließ er, ganz der reiche, junge Lord, seinen Blick nächlässig durch den Raum schweifen, wobei ihm nicht die kleinste Einzelheit entging. Die älteren Männer begannen bereits, sich zum Spielzimmer mit seinem unerschöpflichen Vorrat an Brandy und Zigarren zurückzuziehen. Die Matronen und Anstandsdamen säumten in Grüppchen den Rand des Ballsaals und hatten ein wachsames Auge auf ihre Schutzbefohlenen, während sie unermüdlich über Kleider, Frisuren, Geld oder Titel der Tänzer und Tänzerinnen schwatzten.

Auch die Objekte ihrer Wachsamkeit, unschuldige, weißgekleidete Mädchen, die in dieser Saison zum ersten

Mal in der Gesellschaft erschienen, standen in kleinen Gruppen beieinander. Sie hatten ausgiebig gekichert, mit ihren Fächern gewedelt und mit den anwesenden Jünglingen geflirtet, doch nun starrten sie mit großen Augen auf Ivan.

Der bezwang den Wunsch, sie anzufauchen und die ganze Schar dummer Gänschen hilfesuchend in die Arme ihrer Mütter zu scheuchen.

Beherrsche dich. Endlich lag die Vergeltung in Reichweite. Er wollte sich nicht alles wegen einiger herausgeputzter, ungezogener Gören verderben. Bevor diese Saison vorüber war, würde jede von ihnen schmachtend zu seinen Füßen liegen. Jede Mutter und jeder Vater sollten danach lechzen, die eigene Familie mit dem Namen Westcott zu vereinen.

Und er würde endlich die Möglichkeit haben, sich an seiner herzlosen Großmutter zu rächen.

»Nun, Westcott, hättest du dir träumen lassen, daß du eines Tages der beachtetste Junggeselle von ganz London sein würdest?« Elliot Pierce gab Ivan einen kräftigen Stoß in die Rippen. »Los, Mann, laß dich vom Haushofmeister ankündigen! Ich habe mir jedenfalls vorgenommen, wild zu spielen, viel zu trinken und mindestens zwei Hausmädchen zu verführen.«

Ohne zu antworten trat Ivan vor.

»Ivan Thornton, Graf von Westcott, Viscount Seaforth, Baron Turner«, rief der hochnäsige Bedienstete mit tönender Stimme.

Sogar die Diener verachten mich, dachte Ivan. Doch das machte ihm schon seit Jahren nichts mehr aus. Und inzwischen besaß er Titel und genügend Geld, um Herren und Diener nach seiner Pfeife tanzen zu lassen.

Er zupfte an seinen Manschetten und schritt dann fünf breite, teppichbedeckte Stufen hinab auf sein Schlachtfeld. Nach ihm wurden seine drei besten Freunde angekündigt. Seine einzigen Freunde.

Mister Elliot Pierce und Mister Giles Dameron wurden von der neugierigen Menge, die sich bei dieser Abendgesellschaft versammelt hatte, wenig beachtet. Als jedoch Mister Alexander Blackburns Name ausgerufen wurde, begann das Geraune von neuem.

Ein Bastard-Graf und ein Bastard-Prinz – der Graf im Besitz seiner Titel und unermeßlicher Reichtümer, der Prinz verleugnet und arm wie eine Kirchenmaus. Doch jedermann wußte, daß sich das schnell ändern konnte, wenn der König starb.

Man schloß, daß auch ihre beiden unbekannten Begleiter Bastarde sein mußten, denn alle kamen aus Burford Hall, der Schule, die überall unter dem Namen Bastard Hall geläufig war.

Ob man im Publikum erschreckt oder fasziniert war, abgestoßen von der zweifelhaften Herkunft des jungen Grafen oder angezogen von seinem Reichtum – über eines waren sich alle, die den Einzug der vier jungen Herren beobachteten, einig: Diese Saison würde nicht langweilig werden, o, nein, keinesfalls.

Davon war niemand so überzeugt wie Lady Antonia Thornton, Gräfinwitwe von Westcott, Großmutter des neuen Grafen und Urheberin der ganzen Geschichte.

Sie war noch lange nicht willens, ihre Pläne als fehlgeschlagen zu betrachten. Schließlich *war* Ivan vor drei Monaten zur Übernahme der Titel erschienen. Nachdem er die Schule in Burford Hall beendet hatte und zur weiteren Vervollkommnung seiner Bildung auf den Kontinent geschickt worden war, hatte er es strikt abgelehnt, die Titel seines Vaters anzunehmen, sollte dieser sterben. Doch er hatte sie angenommen, als es soweit war, genauso, wie Lady Antonia es vorausgesehen hatte. Wer hätte schließlich den Titeln und dem damit einhergehenden Reichtum widerstehen können? Diese Schlacht hatte sie für sich entschieden. Sie war der festen Überzeugung, auch die nächste gewinnen zu können, denn die begehrenswertesten jungen Damen, die in dieser Saison debütierten, waren hier zugegen. Ivan sollte heiraten, und zwar bald, denn sie wollte die Geburt ihres ersten Urenkels noch erleben. Erst dann wäre ihr Ziel erreicht.

»Das ist also der Junge«, sagte eine Stimme hinter ihr.

Antonia wandte die Augen nicht von ihrem Enkel ab. »Du hast ihn früher schon gesehen, Laurence.«

»Ja, aber da war er noch viel jünger und zorniger. Damals wollte er lieber Straßenfeger werden, als das Familienerbe anzutreten, und ich muß sagen, daß ich ihm geglaubt habe.«

»Das ist zehn Jahre her. Jetzt ist er älter und klüger. Und sein Vater ist tot. Aber laß dich von seinem respektierlichen Aussehen nicht täuschen, das verdankt er lediglich den Talenten seines Schneiders und seines Barbiers – die er völlig übertrieben bezahlt, wie man mir sagte. Unter dieser hübschen Fassade schlägt das Herz eines zornigen Wilden.«

Laurence Caldridge, Graf von Dunleith, der vier Frauen und sechs Kinder überlebt hatte, betrachtete von der Seite Antonias ausgeprägtes Profil und verstand gar nichts. »Weshalb erkennst du ihn als Jeromes Sohn an, wenn du ihn für einen Wilden hältst? Warum hast du ihm den Titel überlassen? Du hättest ihn genausogut deinem Neffen …«

»Weil ich den Titel lieber bei einem Straßenfeger sähe als bei einem von Harolds stumpfsinnigen Abkömmlingen«, gab sie zurück. »Und das weißt du. Also hör auf, herumzustehen und mir unsinnige Ratschläge zu erteilen. Hol mir lieber ein Glas Punsch. – Oder nein, ich habe eine bessere Idee. Geh hin zu Ivan und führe ihn herum. Stell ihn der Gräfin Grayer, der Herzogin von Whetham und der Viscountess Talbert vor. Zusammen haben sie sieben Töchter, dazu Enkelinnen und Nichten, die allesamt keine schlechten Partien wären.«

Mit einer Handbewegung entließ sie ihren Freund. »Los, Laurence, stell ihn allen vor, die ihn noch nicht kennen. Ich werde inzwischen überlegen, wie ich in Zukunft am besten mit meinem sturen Enkelsohn verfahren werde.«

Brummend und kopfschüttelnd machte Laurence sich davon. Doch Antonia wußte, daß er tun würde, was sie ihm aufgetragen hatte. Bei ihrem Enkel konnte sie da allerdings nicht so sicher sein. Sie betrachtete ihn aus der Ferne und stellte wieder einmal fest, wie gut er aussah mit seinem rabenschwarzen Haar und der zigeunerhaft dunklen Haut. Und dazu besaß er die Keckheit, einen auffallenden Ohrring zu tragen.

In gewisser Weise konnte sie ihm ihre Bewunderung nicht versagen. Eines war sicher: Er besaß die Arroganz eines Grafen. Leider besaß er aber auch die unverhüllte Anziehungskraft, die der verabscheuungswürdigen Rasse seiner Mutter zu eigen war.

Antonia fragte sich, ob Ivan wohl zu ihr herüberkommen und sie begrüßen würde. Schließlich war sie seine einzige nähere Verwandte, die Frau, die ihn aus den Klauen der Heiden erlöst und ihm ein Geburtsrecht eingeräumt hatte, das keinen Vergleich im Königreich zu scheuen brauchte.

Sie beobachtete, wie er Laurence begrüßte – nicht übertrieben höflich, aber auch nicht unfreundlich. Sie studierte jede Nuance seines Benehmens, als er Lady Fordham vorgestellt wurde: wie er sich verbeugte, wie lang er ihre behandschuhte Hand in der seinen hielt und wie er mit ihr sprach. Als Lady Fordham über eine Bemerkung von Laurence lächelte, runzelte Ivan die Stirn. Er war mehr als gutaussehend, stellte Antonia fest. Zum ersten Mal fiel ihr auf, wie sehr er seinem Großvater ähnelte.

Bis auf die eisblauen Augen, die er von ihr hatte, hatte sie an dem Jungen bisher noch nie eine Familienähnlichkeit bemerkt. Er war für sie immer nur ein abscheulicher Zigeunerbengel gewesen. Doch nun weckte sein Lächeln, die Krümmung seines Mundes und das Blitzen seiner ebenmäßigen Zähne eine Erinnerung an ihren Mann Gerald. Dreißig Jahre war es nun her, daß er von ihr gegangen war. Seitdem hatte sie sich alleine um alles kümmern müssen, was mit Titel und Besitz der Westcotts zusammenhing. Wie er ihr fehlte! Ihr einziges Kind, Jerome, war geschäftlich völlig untauglich gewesen. Schlimmer, er hatte außer diesem Bastard nicht einmal einen Erben hinterlassen. Nun konnte sie nur noch beten, daß Ivan aufgrund der Erziehung, die sie ihm hatte zuteil werden lassen, seinen Verpflichtungen gewachsen war.

Als Laurence zurückkam, war Lady Westcott erschöpft vom angespannten Beobachten. Ivan tanzte gerade mit der jüngsten Tochter der Feltons, einem üppigen Rotschopf, recht hübsch, aber viel zu albern, um eine Gräfin zu werden.

»Nun, wird er kommen und mich begrüßen?« fragte Antonia.

Laurence räusperte sich und fischte erfolglos in seinen Taschen nach seiner Schnupftabaksdose. Er zupfte an seinem dichten Backenbart. »Das hat er nicht gesagt. Aber ich glaube, er wird kommen, Toni. Schließlich hat er dich seit der Titeleinsetzung im Januar nicht mehr gesehen.«

Erst lange nach Mitternacht kam der unausstehliche Kerl auf sie zu. Normalerweise hätte sie die Gesellschaft schon längst verlassen. Doch sie wollte unbedingt so lange bleiben, bis er sie begrüßt hatte. Keinesfalls konnte sie zu ihm hingehen. Also mußte sie warten, bis er sich zu ihr bequemte, denn sonst hätten alle Anwesenden bemerkt, daß Ivan sie schnitt.

Als er endlich auf die Couch zusteuerte, auf der sie mit Laurence und Lady Fordham saß, nahm sie sich vor, ihn ordentlich abzukanzeln. Wie konnte er es wagen, sie so zu behandeln!

Doch ein Blick in seine eisigen Augen belehrte sie eines Besseren. Er suchte Streit, und zwar einen öffentlichen Streit mit ihr; das drückten die Kälte seiner Augen und die Anspannung seiner breiten Schultern deutlich aus.

Genau wie bei Gerald, kam es ihr flüchtig in den Sinn. Sie hatte ihren Mann abgöttisch geliebt; trotzdem hatten sie immer gestritten wie Hund und Katze, sich dabei aber gut verstanden. Vielleicht konnten sie und der Junge – nein, er war jetzt ein Mann – auf einer solchen Ebene gleichfalls zu einem besseren Auskommen gelangen.

»Madam.« Ivan verbeugte sich kurz vor Antonia. »Darf ich Ihnen meine Begleiter vorstellen?« Er deutete auf die drei Männer, die neben ihm standen. »Mr. Elliot Pierce, Mr. Giles Dameron, Mr. Alexander Blackburn.«

Gegen die Manieren der drei Vorgestellten ließ sich nichts einwenden. Antonia betrachtete Blackburn eingehend und versuchte, etwas zu entdecken, was auf sein königliches Blut hindeutete. Den König bekam man dieser Tage selten zu Gesicht, obwohl er in jüngeren Jahren dem gesellschaftlichen Treiben ausgiebig gefrönt hatte.

»Es heißt, ich hätte seine Augen und sein Haar«, antwortete Blackburn grinsend auf ihre unausgesprochene Frage. Er hatte zwar geflüstert, dies allerdings mit Absicht laut genug, daß alle Umstehenden ihn hören konnten.

Antonias Augen verengten sich. »Tatsächlich? Und ich hatte gedacht, es wäre vor allem Ihr Vorwitz, der von der Verwandtschaft zeugt.«

Blackburns Grinsen wurde noch vergnügter. »Endlich! Eine Dame, die den Wahnsinn in meinen Augen erkennt und doch nicht erschrocken fortschaut.« Er ließ sich auf ein Knie fallen und preßte seine Hände auf sein Herz. »Geben Sie mir Ihr Jawort, Lady Westcott, denn Sie sind es, nach der ich so lange, einsame Jahre gesucht habe.«

Laurence wollte sich wütend erheben, doch Lady Antonia hielt ihn zurück. Sie schnitt dem Bastardenkel des verrückten Königs George eine Grimasse. »Stehen Sie auf, Sie Narr, bevor ich Ihren frechen Antrag annehme.«

Pierce und Dameron brachen in helles Lachen aus, Lady Fordham und Laurence kicherten nervös. Doch Ivan verzog nicht einmal seine Lippen. Lady Antonia wandte sich an seinen kecken Freund. »Ich bedaure es, daß mein Enkelsohn kein Quentchen Ihres Witzes besitzt, Mr. Blackburn.«

»Sein Mangel an Witz ist auch uns schon oft aufgefallen«, erwiderte Blackburn. Doch Antonia wartete auf eine Antwort von Ivan.

»Sie wünschen, daß ich witzig sei, Madam? Ich hatte

immer geglaubt, es sei mein Gehorsam, den Sie wünschen, und meine Dankbarkeit, und mein Wille, ja mein ganzes Wesen. Und nun wollen Sie nur meinen Witz. Wenn ich mich bemühe, witzig zu sein, würden Sie sich dann auf Ihren Landsitz zurückziehen und mich in Frieden lassen?«

Lady Antonia starrte in Ivans Augen, die so beunruhigend ihren eigenen glichen. »Wenn dieser Witz mit guten Manieren und besseren Absichten einhergeht, ja, dann werde ich mich gerne aus deinem Leben zurückziehen.«

»Habe ich mich heute abend nicht vorzüglich benommen? Ich habe die Matronen bezaubert und mit ihren Töchtern getanzt.«

»Und beabsichtigst du, eine dieser Töchter zu heiraten?« fragte Antonia ihn geradeheraus.

Er erwiderte ihren Blick, und sie konnte darin nicht nur seine tiefe Abneigung ihr gegenüber erkennen, sondern noch etwas anderes. War es Triumph? Nein, das konnte nicht sein.

Ivan zuckte die Schultern. »Ich habe vor, eine von ihnen zu heiraten – falls ich eine finde, die mir zusagt.«

»Heißt das, daß du die Saison in der Stadt verbringen wirst?« fragte seine Großmutter gespannt und hoffte auf eine bejahende Antwort. In der Tat lief ihr die Zeit davon. Sie wollte ihn verheiratet und als Vater eines Erben sehen, ehe sie starb.

Ivan lächelte, und dieses Lächeln war keineswegs beruhigend. »Um nichts in der Welt würde ich diese Saison verpassen wollen.«

Kaum eine Stunde später unterhielten sie sich wieder, diesmal jedoch weit weniger formell. Sie waren separat nach Westcott House zurückgekehrt, und Ivan hatte seine Großmutter in dem riesigen Wohnraum zur Rede gestellt.

»Noch bin ich die Gräfinwitwe«, gab sie auf seine Anrede zurück, »du wirst es nicht wagen, mich aus meinem eigenen Haus zu werfen!«

Ivan blickte Lady Antonia gleichmütig an. Innerlich jedoch glühte er vor Wut. Wenn sie beabsichtigte, mit ihm unter einem Dach zu leben, so hatte sie sich gründlich getäuscht. Sollte sie sich in dem Glauben wiegen, ihr Leben würde weiterhin so einfach verlaufen wie bisher, so war sie schlichtweg eine Närrin.

Ivan schenkte ihr ein dünnes Lächeln. »Soweit ich weiß, bin ich der Erbe des Titels und daher auch der Besitzer dieses widerlichen Steinhaufens. Ich, nicht Sie. Der Familienbesitz gehört jetzt mir, und ich bin es, der alle Entscheidungen darüber trifft.«

Er wußte, daß sie das zum Schweigen bringen würde, denn die Verfügung über den Westcott-Titel und die dazugehörigen Güter war alles, was dieser kaltherzigen alten Frau etwas bedeutete. So tief sie Ivan auch verachtete, den Familienzweig ihres Schwagers verachtete sie noch tiefer. Solange Ivan keinen Sohn gezeugt hatte, blieb die Gefahr bestehen, daß einer ihrer schwachköpfigen Neffen den Besitz erbte oder daß Ivan ihn einem seiner Vettern übertrug. Diesen Gedanken konnte sie nicht ertragen. Noch weniger konnte sie die Tatsache ertragen, daß sie keine Macht mehr über Ivan besaß und demzufolge auch nicht mehr über den großen Familienbesitz gebot. Zwanzig Jahre hatte Ivan gewartet, um seine Großmutter seinem Willen zu unterwerfen.

Er verzog grimmig die Lippen, als er sah, wie sie ihren Zorn hinunterschluckte. Welch eine Ironie des Schicksals, daß er durch seine Heirat oder Nichtheirat Macht über ihr Leben besaß. Obwohl sein Vater sich an jede erreichbare Frau – außer seiner eigenen – herangemacht hatte, schien er doch nur ein einziges Kind gezeugt zu haben. Im Gegensatz zu seinem Vater hatte Ivan die feste Absicht, mit seiner Gunst sehr haushälterisch umzugehen, damit er sicherstellen konnte, keinen Erben zu hinterlassen, zumindest nicht, solange *sie* nicht unter der Erde war.

Trotzdem war ihm klar, daß er die alte Frau nicht völlig zum Schweigen bringen konnte. Wäre sie nicht so durch und durch berechnend, er hätte ihre Zähigkeit durchaus bewundern können. Sie hatte sowohl ihren Mann als auch ihren Sohn überlebt. Ihn, Ivan, jedoch würde sie keinesfalls überleben. Er würde letzten Endes über seine Großmutter triumphieren, und sei es nur dadurch, daß er ihrem Begräbnis beiwohnte.

»Westcott House ist wirklich groß genug für uns beide«, stellte Antonia in einem für sie versöhnlichen Ton fest.

»Ich halte mich zumeist in meinen eigenen Gemächern auf, die sich zudem im anderen Flügel befinden.«

»Sie werden sich im Landhaus wesentlich wohler fühlen«, unterbrach Ivan sie. »Ich lege nicht den geringsten Wert auf Ihre Anwesenheit, solange ich mich in der Stadt aufhalte.«

»Und was willst du tun? Mich hinauswerfen? Ich möchte mal sehen, wie du das anstellst.« Ihre knochigen Finger umklammerten den Kristallknauf des Gehstockes, während ihre blauen Augen in kaltem Feuer blitzten.

Doch Ivans Augen waren ebenso blau und eisig. »Ich werde hier während der Saison einen Junggesellenhaushalt führen. Das sollte eigentlich in Ihrem Sinne sein. Denn wenn man dem Gesellschaftsklatsch Glauben schenkt, bin ich der aufregendste und begehrenswerteste Junggeselle in der Stadt und muß dringend verheiratet werden.«

Lady Antonia warf ihm einen mißtrauischen Blick zu. »Du willst dir wirklich eine Frau suchen?«

»Ja«, antwortete Ivan vergnügt.

O ja, er wollte eine Frau suchen. Allerdings hatte er nicht die geringste Absicht, eine zu finden. Sollte die alte Vogelscheuche sich ruhig etwas vormachen und voller Hoffnung ins Grab sinken.

Die Gräfinwitwe beugte sich vor, unfähig, ihre wachsende Aufregung zu verbergen. »Ich kenne alle vornehmen Familien und die meisten der reichen jungen Damen. Ich kann dich vorstellen, vielleicht sogar einen Empfang geben.«

»Das wird nicht nötig sein.«

»Aber John, denk doch nur …«

»Ich heiße Ivan«, herrschte er sie an, »und ich werde immer Ivan bleiben!«

Bis jetzt hatte er lässig an dem breiten Kaminsims gelehnt, doch nun begann er, rastlos auf und ab zu gehen.

»Schon gut, schon gut«, gab seine Großmutter zurück. »Ich werde mich bemühen, nicht zu vergessen, daß du bei deinem Zigeunernamen gerufen werden möchtest. Ich habe dich eben in meinen Gedanken so lange als John gesehen.«

Ivan stieß ein häßliches Lachen hervor. »In Ihren Gedanken? Tatsache ist, daß Sie überhaupt nicht an mich gedacht haben!«

»In meinen Gedanken warst du immer der Graf von Westcott«, erwiderte sie schneidend. »Nun, da der Titel dir offiziell zuerkannt wurde, solltest du mir die Dankbarkeit und den Respekt erweisen, die mir zukommen!«

»Dankbarkeit!« rief Ivan aufgebracht. »Respekt! Wie käme ich dazu? Das einzige Gefühl, das Sie von mir zu erwarten haben, ist Verachtung!« Er konnte in ihrer Gegenwart nicht so emotionslos bleiben, wie er es sich vorgenommen hatte.

Zehn Jahre hatte er sich von seiner Großmutter und dem gottverlassenen Familienbesitz, der ihr so viel bedeutete, ferngehalten. Zehn Jahre war er in der Welt umhergezogen, ohne den Frieden zu finden, nach dem er sich so sehnte. Die Erinnerung an seine Mutter und ihre Zigeunersippe war längst zu schwachen Schemen verblaßt, ebenso wie seine eigene Identität, und nichts war ihm geblieben als die verhaßten Bande, die ihn an die Familie der Thorntons ketteten.

Nachdem er das Internat verlassen hatte, hatte er äußerst sparsam gelebt und so sein großzügig bemessenes Taschengeld zu einer ordentlichen Summe angehäuft. Und er hatte hart gearbeitet, hatte oft gewagt, wo andere Männer zurückgeschreckt waren.

Auf diese Weise hatte er ein kleines Vermögen angesammelt, das ihn unabhängig vom Reichtum seiner Familie machte. Weshalb also war er zurückgekommen? Wieso hatte er sich diese verfluchten Titel anhängen lassen?

Der Grund war die Gräfinwitwe gewesen.

Es hätte Ivan nicht gereicht, seine unbekannten Vettern das Westcottvermögen erben zu lassen. Das wäre nicht Strafe genug gewesen für das, was sie ihm angetan hatte. Deshalb war er zurückgekehrt, als er vom Tod seines Vaters hörte. Er wollte Graf werden, wie sie es die ganze Zeit über geplant hatte, doch ihr zum Trotz wollte er es vermeiden, einen Erben zu zeugen. Der Stammbaum sollte mit ihm enden, und im Gegensatz zu all ihren Plänen sollte sie alles, was ihr lieb war, in die Hände ihrer verachteten Neffen übergehen sehen – so wie er ihretwegen alles verloren hatte, was er liebte.

Mit einem tiefen Atemzug brachte er sich wieder unter Kontrolle. »Ich werde bei Blackburn wohnen, bis Sie dieses Haus verlassen haben.«

Bei der Nennung dieses Namens fuhr sie zusammen. »Oh, ja, Blackburn, der Bastard-Prinz.«

Ivan lächelte kalt. »Wir Bastarde müssen zusammenhalten, zumal unsere Familien sich nicht um uns kümmern.«

Lady Antonias Gesicht nahm einen abweisenden Ausdruck an. »Wenn ich mich nicht um dich gekümmert hätte, wäre aus dir irgend ein jämmerlicher Pferdedieb geworden. Du wärst jetzt entweder tot oder im Gefängnis.«

Ivan biß verärgert die Zähne zusammen. Diese Feststellung hörte er nur ungern, aber sie stimmte. So kläglich seine Kindheit auch verlaufen war, den anderen Kindern aus der Sippe seiner Mutter war es noch schlechter ergangen. Vielleicht hatten einige von ihnen die vergangenen zwanzig Jahre überlebt; er war jedenfalls nicht in der Lage gewesen, sie aufzuspüren.

Doch das war keine Entschuldigung für die Handlungsweise der alten Frau. Er schenkte sich Whisky ein und schluckte ihn ohne Genuß hinunter. Dann setzte er das Glas hart auf den Tisch. »Ich gehe. Schicken Sie eine Nachricht zu Blackburns Haus am Compton Square, wenn Sie abreisen.«

»Ich habe nicht die Absicht, mein eigenes Heim zu verlassen«, erwiderte Antonia frostig.

An der Tür drehte Ivan sich noch einmal um und betrachtete seine Großmutter. Vor zwanzig Jahren hatte sie ihn aus der Sippe seiner Mutter gerissen, doch damals war er bereit gewesen, ihre Existenz zu begrüßen. Er hätte die Existenz eines jeden Menschen in seinem Leben begrüßt. Seine Großmutter jedoch hatte das verängstigte Kind der Grausamkeit von Burford Hall überlassen. Der Grausamkeit des ständig betrunkenen Schulleiters und dessen sadistischer Frau; der Grausamkeit einer Knabengemeinschaft, in der die Stärkeren herrschten und die Schwächeren untergingen.

Aber eine wichtige Lektion hatte sich ihm in Burford Hall eingeprägt, eine Lektion, nach deren Regel er heute noch lebte: Macht bedeutet Recht zu bekommen.

Nun besaß er diese Macht, und sie gab ihm das Recht zu tun, was er wollte.

Er musterte das alte Weib, das da vor ihm saß, mit kaltem, gleichgültigem Blick. Es war zu spät für ihre Versuche, sich jetzt noch in sein Leben einzuschleichen. Viel zu spät.

Und das, was ihr am wichtigsten war, nämlich eine gehobene Position in der Gesellschaft und die Fortführung des Stammbaums, galt ihm nichts; ja sogar weniger als nichts.

»Sie können gegen mich nicht gewinnen«, knurrte er. »Bleiben Sie hier, wenn Sie wollen; doch ich warne Sie, Sie werden dabei nicht glücklich. Sie sollten lieber aufs Land zurückkehren, in den Schoß Ihrer Familie. Ach, Sie haben ja gar keine Familie, nicht wahr? Zumindest keine Familie, die Sie lieben – oder die Sie liebt. Doch vielleicht kann Ihre Dienerschaft Sie darüber hinwegtrösten.«

Damit drehte er sich auf dem Absatz um und ging gemessenen Schrittes aus dem eleganten Salon in die marmorne Eingangshalle und schließlich durch die hohen Portale und über die Granitstufen hinab ins Freie. Obwohl Westcott House zu den nobelsten Häusern von London gehörte, war es für ihn nur ein Haufen öder Steine. Es mochte das großartige Zeugnis eines Titels sein, der seit nahezu vierhundert Jahren von Generation zu Generation weitergereicht worden war; für Ivan jedoch war es nur ein Werkzeug der Vergeltung. Die mondäne Welt, die Saison, das Geld – all das betrachtete er eigentlich als Zeitverschwendung, nützlich nur insoweit, als sie es ihm ermöglichten, sich an denen zu rächen, die ihn so sehr verletzt hatten.

Daß diese Rache ihm keine Genugtuung brachte, leugnete er vor sich selbst. Denn wenn Vergeltung nicht sein Ziel war, wenn sein Leben sich nicht darum drehte, alle, die einst auf ihn herabgeblickt hatten, in den Staub zu treten, was zum Teufel sollte er dann mit dem Rest dieses Lebens anfangen?

2

Hougthon Manor, nahe Wellington, Somerset

Mai 1829

Lucy Drysdale hörte die zornigen Schreie ihrer Neffen, aber sie zog es vor, sie zu ignorieren. Mit dem Rücken zur Tür des Morgenzimmers las sie noch einmal den letzten Absatz des Briefes, den sie soeben erhalten hatte:

»... Ich werde während dieser Saison in der Fatuielle Hall lesen. Falls Sie sich in London aufhalten werden, würde ich Ihnen empfehlen, sich die ganze Vorlesungsreihe anzuhören. Besonders meine Theorien über die geistige und moralische Entwicklung von Kindern werden Sie interessieren. Bis dahin verbleibe ich aufrichtig der Ihre,

Sir James Mawbey, B.A.«

Lucy drückte den Brief an ihre Brust und seufzte. Aufrichtig der Ihre. Obwohl sie wußte, daß es kindisch war, aus dieser schlichten Abschiedsformel etwas Besonderes herauszulesen, konnte sie nicht anders. Wenn es je einen Mann gegeben hatte, von dem sie wünschte, er wäre aufrichtig der ihre, so war das Sir James Mawbey. Seit sie zum ersten Mal seine Artikel gelesen hatte, war sie von größter Bewunderung für ihn erfüllt.

Endlich war ein Mann aufgetaucht, dessen Interessen über Jagd und Würfelspiel, Landbesitz und Pferde hinausgingen.

Endlich ein Mann, der über die selben Dinge nachdachte wie sie und der seine Gedanken sogar zu Papier gebracht und in brillanten Artikeln veröffentlicht hatte.

Sie hatte alles gelesen, was er über Psychologie geschrieben hatte, und war von seinem fundierten Wissen zutiefst beeindruckt. Und was noch wichtiger war, er hatte viele ihrer eigenen halbausgegorenen Gedanken darüber, warum Menschen dies oder jenes taten, zu Ende gedacht.

Eines Tages hatte Lucy es gewagt, ihm einen Brief zu schreiben, und er hatte ihr geantwortet. Von da an kannte ihre Bewunderung für ihn keine Grenzen. Sie hatten seither noch einige Briefe gewechselt, doch niemals hatte sie zu hoffen gewagt, daß sie ihn je persönlich kennenlernen würde. Bis jetzt.

Allerdings gab es da noch ein großes Hindernis: Ihr Bruder wollte sie nicht weglassen. Sie wußte, wie kleinlich Graham war, wenn es um Geld ging. Von ihren intellektuellen Ambitionen gar nicht zu sprechen. Er hatte es strikt abgelehnt, sie eine Universität besuchen zu lassen, obwohl es schon einige Frauen gab, die das wagten. Lucy mochte bitten, wie sie wollte, Graham blieb stur bei seiner Behauptung, sie sei bereits besser ausgebildet, als es für eine Frau zuträglich sei.

Es war närrisch zu glauben, er würde ihr die Reise nach London bezahlen, nur damit sie eine Vorlesungsreihe besuchen konnte, noch dazu, wenn diese sich mit Themen befaßte, die Graham als albern und nutzlos betrachtete. Er hatte ihr oft vorgehalten, sie könne ihren Wissensdurst anhand der Bibliothek ihres Vaters und durch ihre Arbeit als Gouvernante für seine Kinder hinreichend stillen.

Lucy fühlte sich eingeengter als je zuvor. Längst hatte sie jedes Buch in der Bibliothek gelesen, und was die Kinder anging, nun, sie waren eben Kinder. Sie konnten das Gespräch mit gebildeten Erwachsenen nicht ersetzen. Und einem Vergleich mit dem brillanten Sir James Mawbey konnten sie schon gar nicht standhalten.

Lucy starrte auf den Brief, befühlte das Papier und träumte einen unmöglichen Traum. Was, wenn sie irgendwie nach London gelangte? Was, wenn sie Sir James träfe und er noch ledig wäre? Wäre es so unwahrscheinlich, daß sie sich voneinander angezogen fühlten?

Selbstverständlich dachte sie nicht an so frivole Dinge wie Leidenschaft, nicht im Zusammenhang mit dem ernsten Sir James. Mit Sicherheit glaubte er nicht an romantische Liebe, ebensowenig wie sie selbst. Doch Liebe konnte auch aus gegenseitigem Respekt und Bewunderung erwachsen ... Eine solche Form der Zuneigung mußte auch zwischen ihnen möglich sein.

Lucy fühlte sich wegen ihrer Gedanken plötzlich schuldig und blickte wie ertappt um sich. Doch eines war gewiß: Sie mußte nach London! Wenn sie sich noch lange hier auf dem Land vergrub, würde ihr Verstand verwelken wie eine vernachlässigte Pflanze.

Wieder war ein lauter Schrei zu hören, doch sie achtete nicht darauf. Sie war an die Lautstärke ihrer Neffen gewöhnt. Obwohl Lucy sich nach Kräften bemühte, ihren Schutzbefohlenen bessere Manieren beizubringen, hatte sie es nicht geschafft, ihnen das Schreien abzugewöhnen. Stanley, der ältere, war ein hochnäsiges kleines Monster und nur zu ertragen, wenn er schlief. Nachdem er der älteste Sohn und Erbe war, wurde er bereits jetzt als Herr behandelt. Dagegen hatte Derek, sein jüngerer Bruder, es sich zum Lebenszweck gemacht, Stanley dafür zu strafen, daß er der Erstgeborene war. Was Lucys Nichten, Prudence, Charity und Grace betraf, so hegte sie keine Illusionen über deren Charakter- und Geistesgaben.

Als der Lärm nicht aufhören wollte, steckte sie Sir James' Brief seufzend in ihre Tasche. Jetzt mußte sie wohl Frieden stiften zwischen den zwei kleinen streitsüchtigen Jungen. Immerhin hatte sie den älteren Kindern heute früh schon einige Unterrichtsstunden erteilt und danach mit den kleineren einen ausgedehnten Spaziergang unternommen. Da konnte man doch erwarten, daß ihr gelegentlich ein paar ruhige Minuten vergönnt waren. Damit war's heute wohl nichts.

Da hörte man etwas auf den Marmorboden krachen, und Lucy rannte aus dem Morgenzimmer.

»Stanley! Derek!« rief sie schneidend, und die beiden

Jungen fuhren auseinander. Sie waren zehn und neun Jahre alt, fast gleich groß und auch von gleichem Temperament.

»Er hat mich einen Furz genannt!«

»Und er mich einen Pferdearsch!«

Trifft beides zu, dachte Lucy, behielt diese Meinung jedoch wohlweislich für sich.

Wie aus dem Nichts erschienen plötzlich die drei Mädchen. Prudence fühlte sich mit ihren zwölf Jahren ihren Brüdern weit überlegen und ließ sich das deutlich anmerken. »Du meine Güte, sind die *Kinder* wieder unartig?«

»Halt die Klappe, Pru!«

»Halt *du* die Klappe!«

In diesem Augenblick tauchte ihre Mutter, Hortense, in der Halle auf. »Was in aller Welt ...« Sie hielt mitten im Satz inne, als sie die Scherben der pseudochinesischen Vase über den ganzen Boden verstreut sah. »O je, o je, da wird euer Vater aber verärgert sein, sehr verärgert.« Dann bemerkte sie Lucy. »Oh Lucy, wie konntest du das zulassen?«

Lucy zog es vor, nicht zu antworten. Obwohl sie meistens versuchte, Mitgefühl für ihre weinerliche Schwägerin aufzubringen – die Ärmste war schließlich mit Graham verheiratet und hatte an dieser Last genug zu tragen –, hatte sie im Augenblick andere Sorgen.

»Prudence, geh mit Charity und Grace in den Rosengarten«, wies sie das älteste Mädchen an. »Auf der Stelle«, fügte sie hinzu, als Prudence den Mund zum Widerspruch öffnete. Zu ihrer Schwägerin sagte sie mit einem knappen Lächeln: »Ich werde mich darum kümmern, Hortense.«

»Oh, ja. Aber was ist mit der Vase?«

»Schick Lydia herauf, damit sie die Scherben zusammenfegt.«

»Ja, aber – was wird Graham sagen? Wegen der Vase, meine ich. Er wird es sicher bemerken. Er sitzt ja an diesem Platz, an diesem Tisch, seit ich zum ersten Mal nach

Houghton Manor kam, da war ich noch ein Kind, und das sind jetzt bestimmt schon, ach, ich weiß gar nicht, wie viele Jahre, und ...«

»Bitte, Hortense«, unterbrach Lucy das Geplapper ihrer Schwägerin.

»O ja, natürlich.« Hortense zog sich zurück. Sie war äußerst unpraktisch veranlagt, sowohl als Ehefrau wie auch als Mutter. Doch sie war fruchtbar, und das war es schließlich, was Graham gewollt hatte. Das war es, was alle Männer wollten, dachte Lucy zornig. Sicher würden auch die beiden Rabauken, die jetzt nervös vor ihr standen, das eines Tages von ihren Frauen erwarten. Eine Gebärmaschine ohne eigene Vorstellungen und Gedanken.

Sie betrachtete die beiden mit finsterem Blick. »Sagt die Wahrheit und erzählt ganz genau, wie es passiert ist.«

»Es war seine Schuld!«

»Nein, er hat angefangen!«

»Genau, wie es passiert ist«, wiederholte Lucy. »Ich lasse euch beide heute nachmittag jedes einzelne Adelswappen von England auswendig lernen, wenn ihr nicht sofort mit der Wahrheit herausrückt.«

Die Brüder tauschten einen Blick, der besagte, daß Lucy die Oberhand gewonnen hatte. Sie versuchte meistens, die Kinder auf eine Weise zu bestrafen, die einen Bezug zur begangenen Untat herstellte. Manchmal griff sie jedoch auf die ehrwürdige Tradition zurück, die kleinen Missetäter einen langen Text abschreiben zu lassen. Anstelle von Bibelzitaten bevorzugte sie jedoch die hierarchische Auflistung der Adelsgeschlechter. Das war ihr eigener kleiner Seitenhieb auf eine Gesellschaftsordnung, die so einengend und restriktiv war, daß sie jeden kreativen Gedanken im Keim erstickte. Wider besseres Wissen hoffte sie, daß gerade diese Strafe den beiden Knaben eine lebenslängliche Abneigung gegen die starren gesellschaftlichen Regeln einimpfen würde, unter denen sie aufwuchsen.

»Derek hat Sunny gefüttert«, sagte Stanley anklagend.

»Es war nur ein Apfel!«

»Sunny gehört mir, nicht Derek!«

»Und was geschah dann?« unterbrach Lucy.

»Er hat mich umgeworfen!« antwortete Derek.

»Aber du hast mich mit Schmutz beworfen!«

»*Nachdem* du mich umgeworfen hast!«

»Du hast es verdient!«

»Hab' ich nicht!«

»Hast du doch!«

»Jungs! Jungs! Und wie seid ihr hier hereingekommen und habt die Vase runtergeworfen?«

»Stanley hat mich gejagt!«

»Den ganzen Weg von den Ställen? Und vermutlich hat sich keiner von euch die Zeit genommen, sich den Schmutz von den Schuhen zu streifen?«

Derek runzelte die Stirn. »Ich konnte nicht anhalten. Er war hinter mir her.«

»Er wäre mir sonst entwischt«, erklärte Stanley. Beide blickten schuldbewußt zu Lucy auf.

Sie waren im Grunde keine schlechten Jungen. Und wenn sie schon etwas zerschmissen hatten, so war es wenigstens die scheußliche alte Vase gewesen. Aber darum ging es nicht. Sie waren Brüder, die in gegenseitigem Haß aufwuchsen, wie so viele andere ihres Standes. Jüngere Brüder, die nichts erbten, haßten ihre älteren Brüder, ebenso wie diese ihre Väter haßten und ungeduldig auf deren Tod warteten. Und all das war das Ergebnis dieses antiquierten Rechtes des Erstgeborenen.

»Beginnen wir mit dir, Stanley. Ich möchte dich daran erinnern, daß die Verantwortung für die Ställe von Houghton House eines Tages dir zufallen wird. Wenn du dieser Verantwortung gerecht werden willst, mußt du auf jedes Pferd dort achten ...«

»Das tue ich! Ich liebe alle unsere Pferde!«

Als Lydia, das Hausmädchen, ins Zimmer huschte, nahm Lucy ihr Besen und Kehrblech aus der Hand. Den Besen gab sie Stanley und das Kehrblech Derek.

Dann blickte sie ihre Neffen eindringlich an. »Erst werdet ihr diese Unordnung beseitigen, und zwar gemeinsam.« Mit einer Geste schnitt sie jeden Einwand ab. »Danach geht ihr hinüber zu den Ställen und tut jedem einzelnen Pferd, gleich ob Springpferd, Zugpferd oder Pony, etwas Gutes. Das kann ein Apfel sein, eine Handvoll Hafer oder einfach nur ein liebevolles Streicheln. Auch das sollt ihr bei jedem Pferd gemeinsam tun. Wenn ihr damit fertig seid, kommt wieder zu mir, dann gehen wir gemeinsam zu eurem Vater. Wir werden ihm erzählen, was geschehen ist und wie wir die Angelegenheit bereinigt haben.«

Alles in allem war das eine gerechte Lösung, fand Lucy. Derek wußte, daß sie ihm eine Züchtigung durch seinen Vater erspart hatte, und lächelte erleichtert. Stanley hatte etwas Neues über seine zukünftige Verantwortung gelernt. Außerdem waren die Ställe sein liebster Aufenthalt.

Lucy seufzte. Sie löste zwar gerne solche Probleme, aber auf Dauer konnte das doch nicht ihr Lebensinhalt sein. Sie faßte in ihre Tasche und befühlte den kostbaren Brief. Es gab noch so viel zu lernen im Leben, doch sie würde nie die Möglichkeit dazu erhalten, fürchtete sie. Anstatt selbst das Leben zu erfahren, wurde sie mit ihren achtundzwanzig Jahren bereits als alte Jungfer betrachtet und war dazu verurteilt, die Kinder ihres Bruders zu erziehen, damit *diese* das Leben erfahren konnten.

Doch sie schwor sich, daß es nicht dabei bleiben sollte. Irgendwie würde sie einen Weg finden, Houghton Manor zu verlassen. Sie hatte ihr eigenes, bescheidenes Einkommen, das ihr Großvater mütterlicherseits ihr hinterlassen hatte. Aber hundert Pfund im Jahr reichten nicht aus, um völlig unabhängig zu sein. Wenn sie eine Möglichkeit fände, etwas hinzu zu verdienen, konnte sie aus dem einengenden Familienkreis heraustreten und sich in der Stadt auf eigene Füße stellen.

Und wieder ein Schrei, diesmal von einem Mädchen. Sie mußte bald einen Ausweg finden. Sie mußte einfach!

»Sie ist bei den Fordhams zu Besuch«, teilte Hortense Lucy am folgenden Nachmittag mit. »Graham sagt, wir müssen ihr unsere Aufwartung machen, zusammen mit den Kindern, weil sie eine Gräfin ist, sagt er, und weil das Westcott-Vermögen sagenhaft groß ist. Graham sagt, es sei eine große Ehre ...«

»Sie ist eine Gräfinwitwe«, verbesserte Lucy ihre aufgeregte Schwägerin. »Ich habe in der *Times* gelesen, daß einer ihrer Enkel kürzlich als Graf von Westcott eingesetzt wurde.«

»Nun, ja. Aber Graham sagt, daß dieser Enkel – ihr einziger Enkel – noch unverheiratet ist. Graham hat mir sehr genaue Anweisungen gegeben. Prudence muß ihr schönstes Kleid anziehen und sich der Gräfin von ihrer besten Seite zeigen.«

Lucy versuchte, ihren Unwillen zu verbergen, auch wenn es ihr schwerfiel. Prudence war erst zwölf und noch ein Kind. Und doch wollte Graham schon die Aufmerksamkeit des Grafen von Westcott auf sie lenken? Lucys Magen zog sich vor Ärger zusammen. Der neue Graf war ein erwachsener und weitgereister Mann, wenn man dem Artikel in der Times glauben durfte. Wie konnte ihr Bruder seine Tochter mit ihm verkuppeln wollen?

Doch dann meldete sich ihr Gerechtigkeitssinn. Jeder vernünftige Vater wünschte sich, daß seine Tochter einen so wohlhabenden und bedeutenden jungen Mann heiratete. Trotzdem hatte sie diese geschäftsmäßig geplanten Eheschließungen immer abgelehnt.

»Warum ist Lady Westcott in Somerset?« fragte sie.

Hortense runzelte die Stirn und zupfte nervös an ihren Spitzenmanschetten. »Ich weiß es nicht, und ich habe Angst, etwas Falsches zu sagen. Du weißt doch, daß ich nie eine richtige Saison hatte. Ich hatte keine Gelegenheit, mich an die Gesellschaft zu gewöhnen. Was, wenn ich etwas tue, für das Graham sich schämt? Er würde mir das nie verzeihen!«

Lucy nahm Hortenses flatternde Hände in ihre eigenen. »Es gibt gar keinen Grund, nervös zu sein, Hortense. Wirklich keinen. Sei einfach du selbst, und alles wird glattgehen.«

Hortense stieß einen tiefen Seufzer aus. »Du hast leicht reden. Nichts macht dir Angst. Aber ich habe durch Lady Babcock – du weißt, drüben bei Symington – von Lady Westcott gehört. Lady Babcock ist die Kusine von Darcy Harrigan, dessen Schwester mit Viscount Prufrock verheiratet ist. Sie halten ein Stadthaus und erfahren so den ganzen Klatsch aus erster Hand.«

»Und was hat Lady Babcock über Lady Westcott gesagt?« unterbrach Lucy den wirren Redefluß ihrer Schwägerin.

Hortense machte runde Augen. »Es heißt, sie sei, naja, ziemlich streng.« Sie hielt kurz inne und fuhr dann flüsternd fort: »›Schreckschraube‹ war das Wort, das Lady Babcock benutzte.«

»Dann wird sie sich mit Graham ausgezeichnet verstehen«, bemerkte Lucy trocken, bedauerte aber sofort ihre vorschnellen Worte, als sie Hortenses verletzten Blick bemerkte.

»Du bist so unfreundlich, Lucy. Graham ist immer gut zu dir. Er ist zu allen gut.«

Lucy verzog das Gesicht. »Es tut mir leid. Du hast ganz recht. Ich hätte das nicht sagen sollen.« Wenigstens nicht in deiner Gegenwart, setzte sie im stillen hinzu. »Wird Mutter auch mitkommen?« fragte sie, um das Thema zu wechseln.

»O ja, Graham sagt, sie muß. Wir alle müssen gehen, sogar du.«

Sogar du. Lucy zwang sich, nicht auf diesen Hinweis zu reagieren, daß sie das unbedeutendste Mitglied der Familie sei. Sie war Grahams ledige Schwester, zu jung, um den Respekt zu erwarten, den man Älteren zollte, und zu alt, um noch vorteilhaft verheiratet zu werden. Sie besaß kein großes Vermögen, keinen eigenen Titel. Und wenn sie auch wußte, daß sie leidlich hübsch war, so reichte das doch nicht aus, die unglückliche Neigung zu kaschieren, stets ihre Meinung zu sagen. Doch man erwartete, daß sie zu den Fordhams mitging, um Lady Westcott die Aufwartung zu machen.

Vermutlich sollte sie für solche Vergünstigungen dankbar sein.

Auf jeden Fall wollte sie sich gut unterhalten, beschloß Lucy, während sie eilig ihre Neffen und Nichten zusammensuchte. Endlich würde sie einen Menschen kennenlernen, dessen Gedanken und Meinungen ihr neu waren. Es würde eine angenehme Unterbrechung des faden täglichen Einerlei sein, etwas anderes als Unterrichten, Friedenstiften und oberflächliche Unterhaltungen.

Bitte, laß Lady Westcott einigermaßen gescheit sein, betete Lucy.

Denn sollte sich Lady Westcott als gescheit und witzig herausstellen und zudem noch eine Weile im Haus der Fordhams bleiben, so hätte Lucy zumindest eine Zeitlang einen Menschen, mit dem sie die anregenden Gespräche über Bücher, Ideen und Politik führen konnte, nach denen sie sich so sehnte. Einen Menschen, der ihr neue geistige Nahrung vermitteln könnte, bis sie einen Weg gefunden hatte, nach London zu entkommen.

Das Landhaus der Fordhams, das außerhalb des Ortes Taunton lag, bestand aus einer Anhäufung von antiken Räumen und stammte noch aus der Zeit Heinrichs III. Die Fordhams selbst waren nicht ganz so alt, obwohl sie so aussahen. Und auch Lady Westcott sah nach uraltem Adel aus, fand Lucy, als man sie der würdevollen Dame vorstellte.

Die Gräfinwitwe saß auf dem Ehrenplatz der Fordhams, einem riesigen Sessel aus geschnitzter englischer Eiche, gepolstert mit chinesischen Kissen. Ihr Kleid war streng geschnitten, der Stoff jedoch war aus der kostbarsten ebenholzfarbenen Seide, die Lucy je gesehen hatte. So schwer die Seide war, so umfloß sie doch die Gestalt der alten Frau wie die feinste Gaze.

Lady Westcotts einziger Schmuck bestand aus einem Paar schwarzer Jettohrringe, einer schweren goldenen Uhrkette und einem Ebenholzstock mit Kristallknauf.

Trotz ihrer kleinen Statur und ihrer vogelhaften Züge machte sie auf Lucy einen imponierenden Eindruck. Jede andere Frau hätte in diesem Sessel, umgeben von dem enorm großen Raum, zwergenhaft gewirkt. Nicht so Lady Westcott.

Die Gräfinwitwe begrüßte die Besucher mit ausgesuchter Höflichkeit. Lord Fordham stellte ihr zuerst Viscount Houghton vor, danach präsentierte Graham den Rest seiner Familie. Lucy war natürlich als Letzte an der Reihe. Doch aus unerfindlichen Gründen betrachtete die alte Frau gerade Lucy besonders eingehend.

Als Lucy ihren korrekten Knicks angebracht hatte, sprach Lady Westcott sie an: »Wie alt sind Sie, Miss Drysdale?«

Das war ziemlich direkt. »Achtundzwanzig. Weshalb wollen Sie das wissen?« fragte Lucy ebenso direkt zurück.

Die Augenbrauen der Gräfinwitwe hoben sich leicht. Graham räusperte sich, Hortense schien einer Ohnmacht nahe, und Lucys Mutter, Lady Irene, kicherte nervös, als habe ihre vorwitzige Tochter einen Spaß gemacht.

»Kein Wunder, daß Sie noch unverheiratet sind«, bemerkte Lady Westcott, »Sie gehören nicht zur zukkersüßen Sorte, wie?«

»Ich fürchte, nein«, erwiderte Lucy lächelnd, »aber bitte geben Sie dafür nicht meiner Mutter die Schuld.« Sie warf Lady Irene einen tröstenden Blick zu. »Sie hat sich redlich bemüht, mich mit allen weiblichen Tugenden auszustatten. In den meisten Bereichen war sie dabei erfolgreich, doch ich muß gestehen, daß ich einige ihrer Lektionen nicht verinnerlicht habe.«

»Meine Schwester hatte durchaus Heiratsangebote, Lady Westcott. *Gute* Angebote«, warf Graham ein, »doch sie hat noch keinen Mann gefunden, der ihr gefällt.«

Lucy sah ihn mitleidig an. »Mylady, wenn er ganz aufrichtig wäre, hätte er ihnen erzählt, daß ich jedesmal die eine oder andere Ausrede gefunden habe, diese Anträge abzulehnen. Es hat ihn fast zur Verzweiflung gebracht.

Doch ich blieb, wie Sie mich sehen: unverheiratet, jetzt und wohl auch in Zukunft.«

»Und dieser Zustand befriedigt Sie?«

Lucy musterte die Gräfinwitwe. Klein war sie, wie ein Spatz, jedoch mit dem glänzenden Gefieder eines Raben und dem scharfen Blick eines Falken, und Lucy fragte sich, aus welchen Gründen die alte Dame es gerade auf sie abgesehen hatte.

Die Antwort war ihr plötzlich klar. Lady Westcott war gewiß auf der Suche nach einer Frau für ihren Enkel, den neuen Grafen. Doch weshalb sollte sie dabei eine alte Jungfer ohne Titel oder großes Vermögen ins Auge fassen? Allein aufgrund seines Reichtums konnte der Graf sich doch die beste Partie aussuchen. Nahm man noch seine Titel hinzu, so mußte er der noblen Gesellschaft wie das Wunschbild eines Bräutigams erscheinen.

Doch dann kam Lucy ein schlimmer Verdacht. Wenn seine Großmutter sogar alte Jungfern wie sie in Betracht zog, so mußte irgend etwas mit dem jungen Mann nicht stimmen. Und das mußte mehr sein, als nur der Makel seiner unehelichen Geburt mit einer Zigeunerin als Mutter, denn darüber wußte schließlich alle Welt Bescheid. Und alle Welt würde ihm diesen Makel verzeihen, nun, da er der Graf von Westcott war. Es mußte noch etwas anderes im Spiel sein.

»Ich fühle mich ganz wohl«, antwortete Lucy schließlich. »Ich habe meine Bücher und meine Brieffreundschaften. Wahrscheinlich habe ich schon zu feste Gewohnheiten entwickelt, um mich jetzt noch den Wünschen eines Mannes unterzuordnen.«

Wieder musterte Lady Westcott sie lange. Lucy fühlte sich unter diesem sezierenden Blick ziemlich ungemütlich – ein Zustand, an den sie nicht gewöhnt war und der ihr überhaupt nicht gefiel.

Es war Lucys Mutter mit ihrem Drang, keine Pausen in der Konversation entstehen zu lassen, die sie erlöste. »Lady Westcott«, sagte sie ehrerbietig, »wenn ich mir die Kühnheit erlauben dürfte, zu bemerken, daß meine älteste Enkelin, Miss Prudence Drysdale, obwohl noch ein Schulmädchen, eine ausgezeichnete Musikerin ist. Wünschen Sie, daß sie Ihnen – äh, uns – ich meine, der geschätzten Gesellschaft hier – etwas vorspielt ...«

Mit einer nachlässigen Handbewegung unterbrach Lady Westcott sie. »Aber ja, natürlich. Lassen Sie das Mädchen spielen.«

Alle ließen sich nieder, doch noch immer fühlte Lucy sich unter Lady Westcotts scharfer Beobachtung.

Lucy setzte sich in der Nähe der Kinder auf einen einfachen Stuhl, so daß sie sie im Auge behalten konnte, während Prudence spielte. Trotzdem rutschte sie selbst weit unruhiger auf ihrem Stuhl hin und her als die Kinder. Als Prudence ihre simple Version einiger beliebter Menuette heruntergespielt hatte und die kleineren Kinder weggeschickt worden waren, um ihren Tee separat einzunehmen, war Lucy zu der Überzeugung gelangt, daß sie noch nie zuvor einer so starken Persönlichkeit begegnet war wie Antonia Thornton, Gräfinwitwe von Westcott.

»Lady Westcott ist eine alte Freundin«, bemerkte Lady Fordham und nahm damit die Konversation wieder auf. Sie bedeutete dem Dienstmädchen, das Teeservice vor ihr abzustellen.

»Ja, eine sehr alte Freundin«, gab die ehrwürdige Dame zurück. »Alt genug, um sich ein paar Exzentritäten zu erlauben, nicht wahr, Gladys?«

»Aber natürlich, meine Liebe ...«

»Dann wird es dir nichts ausmachen, wenn ich Miss Drysdale bitte, den Tee auszuschenken. Miss Lucy Drysdale«, sagte sie nachdrücklich, als Graham sich erwartungsvoll vorbeugte.

Lucy unterdrückte ihren Ärger über ihren wichtigtuerischen Bruder. Hatte er erwartet, eine Dame wie Lady Westcott würde ein Schulmädchen bitten, den Tee auszuschenken? Die arme Prudence hätte keine zwei Minuten unter dem prüfenden Blick der alten Frau durchgehalten.

»Soll ich?« vergewisserte sich Lucy bei Lady Fordham.

»Nun – nun ja, selbstverständlich, meine Liebe. Natürlich, bitte«, antwortete diese. Doch auf ihrem Gesicht spiegelte sich die gleiche Verwirrung wie bei Graham und Hortense. Lucys Mutter jedoch hatte das Gewicht von Lady Westcotts Ersuchen sofort erfaßt und strahlte. Sie hatte es schon lange aufgegeben, ihre Tochter verheiraten zu wollen. Mit einem Schlag jedoch hatte die Gräfinwitwe all diese Hoffnungen wieder aufleben lassen.

Lucy wußte nicht, was sie davon halten sollte. Sie hatte gehofft, in Lady Westcott eine muntere Frau zu finden, mit der sie ein intelligentes Gespräch führen konnte, das – über Wetter, Mode, Klatsch und Kinder hinausging. Dieses Interesse an ihrer eigenen Person hatte sie nicht erwartet.

Sie schenkte den Tee aus, wobei sie von dem Dienstmädchen unterstützt wurde, das die Tassen und Kuchenteller herumreichte. Lady Fordham plauderte indessen über die Auslandsreise ihres Enkels und über die Vielfalt der neuen Rosensorten, die neuerdings jedermann entzückten.

Graham versuchte vergebens, Lord Fordham in ein Gespräch über einen komplizierten Gerichtsfall zu verwickeln, der in der Presse Aufsehen erregt hatte. Der Lord brachte in Gesellschaft der Damen kaum ein Wort über die Lippen. Sein Schweigen und Lady Westcotts Wortkargheit machten es für Lady Fordham immer schwieriger, die Konversation aufrecht zu erhalten. Hortense war von Lady Westcotts Persönlichkeit so eingeschüchert, daß sie nichts zu sagen wagte. Seit der Begrüßung hatte sie kein Wort zur Unterhaltung beigetragen. Lucys Mutter, sonst sehr gesprächig, war von der Vision eines möglichen Schwiegersohns, der einen Grafentitel trug, so überwältigt, daß sie nur noch stumm auf Lucy starrte.

Lucy wurde gewahr, daß es nun an ihr lag, das sich zäh dahinschleppende Gespräch wieder zu beleben. Zu ihrem Bedauern durfte sie dabei ihrer Neugierde über Lady Westcotts Enkel nicht freien Lauf lassen.

Sie war erleichtert, als die Gräfinwitwe ihr Schweigen brach. »Hatten Sie schon eine Saison, Miss Drysdale? Ich kann mich nicht erinnern, daß Sie bei Hofe vorgestellt worden sind.«

»Meine Anwesenheit in der Stadt ist ziemlich untergegangen. Das war 1819, kurz bevor der alte König starb.«

»Ach ja. Ich war in jenem Jahr nicht in London.«

»Nun, da haben Sie auch nichts verpaßt. Es sei denn, Sie stünden auf gutem Fuß mit Lady Nullingham. Es war schließlich auch das Jahr ihres, man könnte sagen, Emporkommens.«

Lucys Mutter schnappte nach Luft, und Hortense fing wieder an, sich zu fächeln. Lady Nullinghams öffentlicher Sündenfall war keineswegs ein Thema für eine gepflegte Konversation in gemischter Gesellschaft. Lucys Absicht war es jedoch, Lady Westcott zu schockieren oder zumindest aus der Reserve zu locken.

Der Funke von Humor, der in Lady Westcotts Augen aufglomm, überraschte sie kaum. »Ich habe diese Geschichte oft gehört, sie soll sehr amüsant gewesen sein. Ich bedaure es, daß ich nicht selbst dabei war«, meinte Lady Antonia. Dann erhob sie sich abrupt. »Ich würde gerne ein wenig im Garten spazierengehen, Miss Drysdale. Gewähren Sie mir dabei ein wenig Ihre Unterstützung«, sagte sie und streckte Lucy den Arm hin.

Verblüfft beeilte Lucy sich, dem Wunsch Folge zu leisten. Als auch die anderen sich erheben wollten, winkte Lady Westcott ab.

»Bemühen Sie sich nicht. Ich möchte mich ein wenig mit Miss Drysdale unterhalten, das ist alles. Gladys, laß frischen Tee bringen. Ich möchte noch eine Tasse – diesmal etwas heißer –, wenn ich zurückkomme.« Ohne weitere Erklärung wandte die alte Dame sich ab und marschierte, mit Lucy an ihrer Seite, zur Tür.

Lucy hatte auf eine Abwechslung gehofft. Nun hatte sie eine. Was auch dabei herauskommen würde, sie nahm sich vor, jede Minute zu genießen.

3

Lucy ahnte nichts von Lady Antonias Verzweiflung. Denn verzweifelt mußte sie sein, um Lucy Drysdale einen so außergewöhnlichen Vorschlag zu machen, nachdem sie das Mädchen doch gerade erst kennengelernt hatte!

Doch Lucy war kein Mädchen mehr, sie war eine Frau – eine attraktive junge Frau mit lebhaftem Verstand, scharfem Witz und spitzer Zunge. Das war zwar nicht viel, doch Antonia war überzeugt, daß Ivan sie mögen würde. Sie war sogar überzeugt davon, daß er sofort hinter Lucy her sein würde, wenn er sie nur erst kennengelernt hätte.

Nicht, daß Ivan nicht hinter jeder jungen Frau hergewesen wäre, die ihm über den Weg lief. Doch Antonia wußte, daß Ivan nicht auf ein kleines Schulmädchen hereinfallen würde, das jedesmal dahinschmolz, sobald er seinen brütenden Blick auf ihm ruhen ließ. Während der zwei vergangenen Monate war er der begehrteste Fang der Saison gewesen. Die Mütter waren hinter seinen Titeln her, die Väter hinter seinem Vermögen, und die Mädchen – die Mädchen hinter allem. Seit vier Jahren, als seinerzeit Hal Driscoll, Erbe des Grafen von Lamonte, endlich die dumme kleine Meredith Cavanaugh geheiratet hatte, waren nicht mehr so viele heiße Tränen vergossen worden und so viele Mädchenfreundschaften zu Bruch gegangen, wie nun wegen des sogenannten Zigeuner-Grafen.

Doch obwohl ihr Enkel keine Veranstaltung der Saison, die jetzt in vollem Gange war, ausließ, fühlte Antonia, daß etwas nicht stimmte. Er war nicht aufrichtig in seinen Aufmerksamkeiten gegen die jungen Damen. Er sah sich nicht wirklich nach einer Ehefrau um, sondern spielte nur.

Besser gesagt, er spielte mit *ihr.* Sie stieß einen halbunterdrückten Ausruf aus.

»Geht es Ihnen gut?« fragte Lucy.

Antonia bezwang ihren Unmut. »Natürlich geht es mir gut. Halten Sie Ausschau nach einer Bank, damit wir uns setzen können.«

Nachdem sie eine verwitterte Holzbank gefunden und sich darauf niedergelassen hatten, begann Antonia mit dem Kristallknauf ihres Stockes zu spielen. Lucy blickte sie erwartungsvoll an und fragte dann: »Bleiben Sie für längere Zeit bei den Fordhams?«

»Es ist leider ein kurzer Besuch, nur für eine Woche«, antwortete Antonia. »Danach fahre ich gleich in die Stadt zurück. Kommen Sie gelegentlich nach London?« fragte sie und tastete sich damit vorsichtig an ihr Thema heran.

Miss Drysdale seufzte. »Nein, obwohl das nicht an mir liegt. Ich vermute, daß ich mich bis zu Prudence's Debut auf dieses ländliche Dasein beschränken muß.«

»Sie werden sie begleiten, wenn ihre Saison kommt?« fragte Antonia interessiert, und eine Idee begann sich in ihrem Geist zu formen.

Miss Drysdale zögerte mit ihrer Antwort. Doch dann erwiderte sie mit einem Anflug von Lächeln: »Ich fürchte, daß meine Schwägerin der Aufgabe nicht gewachsen sein würde. Daher bin ich sicher, daß ich mich um Prudence werde kümmern müssen, und möglicherweise um ihre Mutter noch dazu. Bitte mißverstehen Sie mich nicht«, fügte sie hinzu, »denn es wird für mich ein großes Vergnügen bedeuten. Ich kann den Tag kaum erwarten, an dem ich endlich wieder nach London komme.«

»Vielleicht ist dieser Tag gar nicht so fern.«

Sofort wurde Lucy wachsam. »Es ist wohl das Beste, Lady Westcott, wenn ich aufrichtig zu Ihnen bin. Auch wenn Ihre Andeutungen vieldeutig sind, muß ich Ihnen mitteilen, daß ich auf dem Heiratsmarkt nicht zur Verfügung stehe.«

Antonia war insgeheim froh, daß sie nie zum Erröten geneigt hatte. Statt dessen runzelte sie die Stirn und sah das Mädchen mit ernstem Blick an. »Auch ich stehe dem Heiratsmarkt nicht zur Verfügung, obwohl ich einen großen Teil meiner Zeit in der Stadt verbringe. Wenn Sie also glauben, daß ich für meinen Enkelsohn auf Brautschau bin – und Sie glauben das, geben Sie es zu –, so befinden Sie sich im Irrtum. Er ist noch nicht zur Heirat bereit. Eines Tages vielleicht, aber jetzt noch nicht. Nein, ich habe Sie nicht in den Garten gebeten, um Sie mit meinem widerspenstigen Enkel zusammenzubringen. – Ich möchte Ihnen für die Dauer der Saison eine Stelle in meinem Haushalt anbieten.«

Das hatte Miss Drysdale nicht erwartet, und in der Zeit, die Lucy brauchte, um sich wieder zu fangen, betrachtete Antonia sie eingehend. Makelloser Teint, dichtes, glänzendes, mahagonifarbenes Haar. Intelligente grüne Augen, die lebhaft funkelten. Antonia konnte in diesen Augen genau erkennen, wie es im Kopf des Mädchens arbeitete.

»Eine Stelle in Ihrem Haushalt? Was für eine Stelle?«

»Ich glaube, Sie wären genau die richtige Person, um eine der Enkeltöchter meiner verstorbenen Schwester zu beaufsichtigen. Valerie ist ein liebes Mädchen, aber in der Stadt wird sie wie ein Lamm unter Wölfen sein.«

»Und ihre Mutter?«

»Ich fürchte, daß Lady Hareton für eine solche Aufgabe ebensowenig geeignet ist wie Ihre Schwägerin. Sie hat eine nervöse Konstitution, so nennt zumindest sie selbst es. Jedenfalls ist sie den Anforderungen der Gesellschaft nicht gewachsen.« *Und das kommt mir sehr gelegen,* fügte Antonia im stillen hinzu.

»Gibt es keine Verwandten, die das Mädchen bevorzugen würde? Keine Lieblingstante oder ältere Kusine?«

»Ich bin selbst ihre ältere Kusine und gleichzeitig ihre Patentante, aber seien Sie versichert, daß das Kind mit einer jüngeren und rüstigeren Begleiterin viel glücklicher wäre. Zögern Sie nicht, Miss Drysdale; Sie sagten doch selbst, daß Sie gerne wieder nach London fahren würden. Falls Sie Bedenken haben, Ihre Familie zu verlassen

– nun, die wird Ihre Abwesenheit gewiß überstehen. Außerdem«, fügte sie mit einer Handbewegung hinzu, »ist es doch nur für ein paar Monate. Danach sind Sie von jeder Verpflichtung Valerie gegenüber entbunden.«

Das erregte Leuchten in Lucys Augen entging Antonia nicht. Sie hatte angebissen! Um jedoch ganz sicherzugehen, beugte die alte Dame sich zu Lucy hinüber und legte die Hand auf ihren Arm. »Sie würden mir einen großen Gefallen tun, wenn Sie meiner Bitte nachkämen.«

Lucy konnte ihre Aufregung kaum meistern. Hier war die Chance, auf die sie gewartet hatte!

Als sie heute mit ihrer Familie zu den Fordhams gekommen war, hatte sie gehofft, im Gespräch mit Lady Westcott eine angenehme Abwechslung zu finden. Und nun tat sich ihr eine Möglichkeit auf, die sie sich in ihren kühnsten Träumen nicht hatte vorstellen können. Sie mußte sich zurückhalten, um nicht aufzuspringen und begeistert um die ungerührte alte Frau herumzutanzen.

»Ich nehme Ihr Angebot an«, sagte sie, wohl wissend, daß ihr breites Grinsen die Nüchternheit ihrer Worte Lügen strafte. Doch das war ihr gleichgültig. Sie würde wieder nach London kommen! Sie würde sich wieder in der Gesellschaft geistvoller und intelligenter Menschen bewegen.

Und sie würde Sir Mawbeys Vorlesungen besuchen können.

Lucy hatte bisher nicht so recht an die Kraft von Bittgebeten geglaubt; jetzt aber wollte sie nie wieder daran zweifeln, denn alle ihre Gebete hatten in der Gestalt von Lady Antonia Thornton, Gräfinwitwe von Westcott, ihre Erhörung gefunden.

Lady Westcott erhob sich. »Sehr gut. Lassen Sie uns in den Salon zurückkehren und Ihre Familie informieren. Ich möchte übermorgen nach London abreisen, würde Ihnen das passen?«

Wie sich dann zu Lucys Enttäuschung herausstellen sollte, vergingen aber noch vier Tage bis zur Abreise. An zwei von diesen Tage lag Hortense mit einer Migräne im

Bett, verzweifelt darüber, daß ihre ›liebste Lucy‹ sie verlassen wollte. Lucy hätte nie gedacht, daß ihre Schwägerin mit so inniger Zuneigung an ihr hing; allerdings vermutete sie, daß sich hinter dieser Zuneigung ein gut Teil Hilflosigkeit verbarg. Ihr war klar, daß die Kinder rücksichtslos über Hortense hinwegtrampeln würden, wenn sie, Lucy, nicht da war, um ihnen Einhalt zu gebieten.

Zum Glück war wenigstens Lucys Mutter über ihre neue Anstellung begeistert, wenn auch aus anderen Gründen als Lucy selbst. Irene Drysdale hatte sich nie damit abgefunden, daß ihre Tochter unverheiratet war. Sie bedauerte den Mangel an passenden Gentlemen in den ländlichen Gebieten Somersets – oder besser gesagt, den Mangel an Gentlemen, die Lucy genehm waren. London dagegen war voller heiratswilliger Herren.

Lucy hatte nicht die Absicht, ihrer Mutter mitzuteilen, daß der einzige Londoner Gentleman, für den sie sich interessierte, lediglich einen akademischen Titel besaß. Sie wußte nicht einmal, ob Sir James verheiratet war. Nur weil er in seinen Briefen keine Ehefrau erwähnt hatte, mußte das nicht heißen, daß er ledig war. Trotzdem neigte sie dazu, ihn sich als Junggesellen vorzustellen.

Lady Westcotts Kutsche holte sie bei Sonnenaufgang ab. Bis London war es eine ganze Tagesreise, und die Gräfinwitwe war entschlossen, die kommende Nacht unter ihrem eigenen Dach zuzubringen. Lady Valerie Stanwich sollte in einigen Tagen nachfolgen.

Lucy war damit sehr einverstanden, denn das würde ihr Zeit geben, Einzelheiten über Sir James' Vorlesungen herauszufinden. Möglicherweise würde sie Lady Valerie mitnehmen müssen, doch das machte nichts. Sie wäre damit zufrieden, Sir James von Angesicht zu Angesicht zu sehen, das Licht seines hellen Geistes auf sich scheinen zu lassen und zu versuchen, etwas von seinem Wissen in sich aufzusaugen. Die Aussicht auf ein solches Vergnügen ließ sie vor Glück aufseufzen.

»Sie scheinen sich zu freuen, das Landleben hinter sich lassen zu können«, bemerkte Lady Antonia.

Lucy lächelte ihre Wohltäterin an. »Es ist nicht so sehr der Wunsch, Somerset zu verlassen, als die Freude, wieder in die Stadt zu kommen. Mir ist …« Sie hielt inne und suchte nach passenden Worten, da sie ihre Familie nicht in einem schlechten Licht darstellen wollte. »Ich fühle mich ein wenig eingeengt auf dem Land.«

Lucy spürte den durchdringenden Blick der Gräfinwitwe auf sich ruhen. »Sie wollen damit sagen, daß Sie sich zu Tode langweilen. Ich versichere Ihnen, Miss Drysdale, daB Sie sich in London nicht langweilen werden. Sie werden alle Hände voll zu tun haben mit Valerie.«

»Ist sie sehr eigensinnig?«

Lady Westcott schnaubte verächtlich. »Eigensinnig? Keineswegs. Sie ist eher so still wie eine Maus, und genauso schreckhaft. Sie bemüht sich sehr, es allen recht zu machen.« Sie hielt inne und rümpfte die Nase. »Nur traut sie sich nie, im Mittelpunkt zu stehen.«

Lucy nickte. »Das klingt nach einem mittleren Kind.«

»Das ist sie tatsächlich. Sie ist das vierte von sieben Kindern. Sieben Kinder! Kein Wunder, daß ihre Mutter schwache Nerven hat.«

Lucy lächelte und freute sich, daß sie richtig geraten hatte. »Ich habe oft festgestellt«, meinte sie, »daß eine mittlere Tochter meist das stillste Kind in der Familie ist, immer bemüht zu gefallen und dadurch in Gefahr, sich selbst zu verlieren.«

»Sich selbst zu verlieren?« fragte Lady Westcott zweifelnd. »Was soll das heißen?«

»Das gehört zu einer Theorie über Kinder, über die ich viel nachgedacht habe«, erklärte Lucy und schob verteidigend ihr Kinn vor.

»Eine Theorie über Kinder? Was wissen Sie denn über Kinder? Sie haben doch selbst keine, oder?«

»Man muß nicht unbedingt Mutter sein, um etwas von Kindern zu verstehen«, gab Lucy schnippischer zurück, als sie eigentlich beabsichtigte. »Ich war selbst ein Kind, und ich habe geholfen, viele andere Kinder aufzuziehen – nicht nur die Bande meines Bruders.«

»*Sie* müssen nicht in diesem aggressiven Ton mit mir sprechen, Mädchen. Ich habe nicht Ihre Intelligenz in Frage gestellt. Wenn ich Sie nicht für außerordentlich klug hielte, hätte ich Ihnen sicher nicht diese Position angeboten.«

Die alte Dame schürzte ihre Lippen und musterte Lucy eingehend. »Nachdem Sie so an Kindern interessiert sind und an den Gründen, warum sie dies oder jenes tun, kann ich Ihnen gleich etwas über Ihre Pflichten gegenüber Valerie erzählen. Sie ist so nachgiebig, daß sie leicht von einem der jungen Männer, die sich heutzutage Gentleman nennen, vom rechten Weg abgebracht werden könnte. Und leider werden sie alle hinter ihr her sein. Sie ist das hübscheste Mädchen, das Sie je gesehen haben. Blond, zerbrechlich und mit einem Vermögen, das zwar nicht riesig, aber immerhin beträchtlich ist. Ihre wichtigste Aufgabe wird es sein, unpassende Bewerber von ihr fernzuhalten.«

Sie hielt einen Augenblick inne und krampfte die knochigen Hände um den Knauf ihres Stockes. »Und der unpassendste von allen ist mein eigener Enkel.«

Das gab Lucy zu denken. Ein lediger Graf sollte kein geeigneter Heiratskandidat sein? Ihre lebhafte Fantasie setzte sich in Bewegung. Lady Westcott hatte ihn bereits einmal als ihren widerspenstigen Erben bezeichnet. War er etwa einer dieser jungen Männer, die sich in unpassendem Benehmen gefielen? Sie erinnerte sich solcher Männer, die sie während ihrer eigenen Saison kennengelernt hatte – die Verschwender; die Vergnügungssüchtigen; Männer, die sich allen Lastern ergaben und sich in den niedrigsten Lustbarkeiten ergingen. Kluge Mütter hielten ihre Töchter von dieser Sorte Männer fern, mochten sie aus noch so guten Familien stammen.

Doch ein Graf? Und noch dazu ein Graf mit einem solch immensen Vermögen?

Sorgfältig wägte sie ihre Worte ab. »Was genau ist es denn, das Ihren Enkel für eine junge Dame wie Lady Valerie so unpassend macht?«

Lady Antonia schaute frostig drein. »Er ist völlig unaufrichtig in seinen Absichten. In den letzten Monaten hat er das Herz so mancher Frau gewonnen, nur um sie dann zurückzustoßen.«

Das machte ihn doch nicht unpassend, dachte Lucy. Schwierig vielleicht, aber nicht völlig unpassend. »Vielleicht fürchtet er, daß die Frauen sich mehr für seine Titel oder sein Vermögen interessieren als für ihn selbst. Ich habe ein wenig über ihn gehört«, gab sie zu. Wer wußte nichts von den Gerüchten über diesen unehelichen Zigeuner-Grafen? »Vielleicht ist das seine Art, die Gesellschaft für die Verachtung zu strafen, mit der sie ihn so lange behandelt hat und mit der sie ihn noch immer behandeln würde, wenn er nicht inzwischen im Besitz von Titel und Vermögen wäre.«

»Sparen Sie sich doch Ihre Kindheitstheorien für eine geneigtere Zuhörerschaft, Miss Drysdale. Ivan ist kein Kind mehr. Nichts an seiner Vergangenheit läßt sich rückgängig machen. Außerdem wurde er seit seinem siebten Lebensjahr zum Grafen erzogen. Seine Ausbildung war weit besser, als er aufgrund seiner niederen Geburt erwarten konnte. Wenn er jemanden strafen will, wie Sie es ausdrücken, so sind weder ich noch die Debütantinnen dieser Saison die geeigneten Objekte für seine Rachsucht.« Sie holte tief Luft und fuhr etwas ruhiger fort: »Jedenfalls hat er sich vorgenommen, schwierig zu sein. Ich bin sicher, daß er die arme Valerie nicht in Ruhe lassen wird, und Ihre Aufgabe wird es sein, sie vor ihm zu schützen.«

»Und noch etwas«, fügte sie hinzu, »er besitzt eine gewisse Ausstrahlung. Sie mögen glauben, daß er wegen seiner Titel und seines Reichtums eine so große Anziehungskraft auf junge Mädchen besitzt. Doch er würde auf junge, empfindsame Damen ebenso wirken, wenn er nur ein gewöhnlicher Roßtäuscher wäre.«

Scharf blickte sie Lucy an. »Sie sind kein junges, dummes Gänschen mehr, sonst hätte ich Sie nicht als Anstandsdame eingestellt. Ich verlasse mich darauf, daß

Sie nicht auf die Verführungskünste von modischen jungen Herren hereinfallen.«

»Wenn das der Fall wäre, so wäre ich längst verheiratet«, erwiderte Lucy. »Ich versichere Ihnen, Lady Antonia, daß der Charme Ihres Enkels an mich verschwendet sein wird. Ich werde meinen Pflichten gegenüber Lady Valerie mit der größten Sorgfalt nachkommen. Wenn es etwas gibt, das ich nicht ausstehen kann, so sind das unaufrichtige, wichtigtuerische Möchtegern-Draufgänger.«

Lady Westcott nickte zustimmend. »Das höre ich gern, sehr gern. Nun, vor uns liegt noch eine lange, ermüdende Reise. Ich werde versuchen, ein wenig zu schlafen.«

Damit schloß Antonia die Augen und lehnte sich in die Polster der Kutsche zurück. Unter ihren gesenkten Wimpern hervor beobachtete sie jedoch scharf Miss Drysdale.

Sie hatte die Falle aufgestellt und den Köder hineingelegt. Nun mußte sich jemand darin fangen. Ob Ivan nun Valerie oder Miss Drysdale den Hof machen würde, war ihr gleichgültig. Wichtig war, daß der Junge heiratete, und zwar bald. Doch sie gestand sich ein, daß die mittellose junge Frau, die ihr gegenüber saß, ihr als Ehefrau für ihren Enkel im Grunde besser zusagte als ihr unreifes Patenkind.

Ivan hatte sie in den vergangenen zehn Jahren fast zum Wahnsinn getrieben: Erst war er ohne ein Wort verschwunden und hatte sich nicht einmal gemeldet, als er die Nachricht erhalten hatte, daß sein Vater ihn anerkannt und zu seinem Erben gemacht hatte. Auch zum Begräbnis seines Vaters im vergangenen Herbst war er nicht erschienen. Dann hatte er sich bis zum letzten Augenblick mit der Mitteilung Zeit gelassen, daß er zur Titelannahme im Januar kommen würde. Es wäre einfach nicht recht, wenn er nun ein so sanftes Mädchen wie Valerie zur Frau bekommen würde. Er verdiente eine Ehefrau, die ihm mit gleicher Münze heimzahlte.

Antonia war sicher, daß Lucy Drysdale dafür genau die Richtige war.

»Laß ihn sich für sie entscheiden«, betete sie im stillen.

Allerdings war ihr Gebet eher ein Befehl als eine demütige Bitte. »Laß ihn sich für Miss Drysdale entscheiden und mach, daß sie ihn danach ordentlich zappeln läßt. Doch schließlich laß die beiden sich kriegen.«

– Und nicht zu vergessen das Urenkelkind, das sie prompt neun Monate danach sehen wollte, wenn nicht früher.

Niemand hatte sie vorgewarnt, daß er einen Ohrring trug!

Das war der erste Gedanke, der Lucy durch den Kopf schoß.

Sie waren sehr spät vor dem repräsentativen Haus am Berkeley Square angekommen. Der Butler war ihr ein wenig überrascht, ja besorgt vorgekommen, als er sich im Foyer vor ihnen verbeugte. Lucy hatte das jedoch dem Umstand zugeschrieben, daß Lady Westcott ihn nicht über ihr plötzliches Erscheinen informiert hatte.

Als sie Lady Westcott zu ihren Räumen gefolgt war, hatte sie den leichten Tabakduft bemerkt, ebenso das Licht, das aus einigen Räumen drang, und hatte daraus geschlossen, daß jemand zu Hause war. Als nun aber die Tür zum Salon der Gräfinwitwe krachend aufflog und ein unangemeldetes männliches Wesen hereinstelzte, war Lucy sofort klar, daß dies der Graf sein mußte und daß Ärger in der Luft lag.

Er war tatsächlich zu Hause und über die Ankunft seiner Großmutter nicht im geringsten erfreut.

Trotz allem, was Lucy an ihm auffiel – seine schmalen, dunklen Gesichtszüge, sein glänzendes schwarzes Haar und seine hohe, breitschultrige Gestalt –, war es dieser Ohrring, der sie faszinierte. Ein blitzender Ring, in dem das Licht der Öllampe sich fing und der deutlich die Zigeunerabkunft des Grafen verriet. Das also war der Mann, vor dem sie Lady Valerie beschützen sollte.

Lucys Knie wurden weich und ihr Mund trocken. Was hatte seine Großmutter über ihn gesagt? Er ist nicht ohne eine gewisse Ausstrahlung? Welch eine Untertreibung!

Obwohl Lucy zugeben mußte, daß sie in den vergangenen Jahren wenig Umgang mit Männern gehabt hatte, war ihr auf der Stelle klar, daß dieser Mann mehr körperliche Anziehungskraft besaß als die halbe männliche Bevölkerung von London zusammengenommen.

Doch dann öffnete dieser attraktive Mann seinen Mund: »Verschwinden Sie aus meinem Haus!«

Lucy schnappte erschrocken nach Luft. Lady Westcott jedoch blickte unbewegten Auges ihren wütenden Enkel an.

»Ich glaube, wir hatten erst kürzlich eine ähnliche Unterhaltung, und auch damals sagte ich dir, daß ich mich nicht aus meinem eigenen Haus werfen lasse. Es steht dir frei, selbst zu gehen, wenn du das wünschst.«

»Mein Wunsch ist es«, schnaubte der Graf und durchbohrte seine Großmutter mit Blicken, »Sie nie wiederzusehen.«

Lady Westcott zuckte zusammen. Die Bewegung war kaum wahrnehmbar, doch Lucy bemerkte sie, und ihr Herz quoll über vor Mitleid mit der zerbrechlichen alten Frau.

»Ihr Benehmen ist unmöglich!« rief sie empört und stellte sich neben ihre Gastgeberin. »Lady Westcott hatte einen langen, anstrengenden Tag. Das letzte, was sie jetzt braucht, ist ein derartiger Überfall in ihren eigenen Räumen. Haben Sie nicht gelernt anzuklopfen?« fragte sie in ihrem strengsten Gouvernantenton.

Doch dieser unmögliche Mensch hielt es nicht einmal für nötig, Lucy anzusehen oder auf andere Weise erkennen zu lassen, daß er ihre zurechtweisenden Worte gehört hatte. »Ich habe Gäste«, fuhr er, weiterhin seine Großmutter anblickend, fort, »die nicht zu der Art gehören, mit der Sie sich abgeben. Und sie würden sich auch nicht mit Ihnen abgeben«, fügte er mit verächtlich gekräuselten Lippen hinzu.

»Ich habe nicht die Absicht, deine Gäste zu begrüßen«, gab Lady Westcott kühl zurück. Doch Lucy bemerkte, daß sie verletzt war, und warf sich wieder für sie in die

Bresche. Wie konnte der Graf so auf eine alte Frau losgehen, die außerdem seine eigene Großmutter war! Und wie konnte er es wagen, *sie* wie Luft zu behandeln!

Diesmal stellte sie sich vor die Gräfinwitwe hin, so daß er ihre Gegenwart nicht übersehen konnte. »Ich wäre Ihnen dankbar, wenn Sie diese Räume verlassen würden. Und zwar auf der Stelle«, fügte sie hinzu.

Der junge Mann warf ihr einen eisigen Blick zu. »Falls Sie sich nicht aus einem triftigen Grund hier befinden, würde ich Ihnen raten, sich aus dieser Diskussion herauszuhalten«, bemerkte er mit gefährlich leiser Stimme.

»Ich bin hier aus einem – aus einem sehr triftigen Grund!« stieß Lucy hervor. Sie brannte vor gerechtem Zorn und verspürte doch gleichzeitig eiskalte Furcht. »Ich bin hier auf Einladung von Lady Westcott, und ich …«

»Dies ist nicht Lady Westcotts Haus, sondern meines. Und die einzigen Gäste, die ich hier dulde, sind meine eigenen.« Abschätzend musterte er Lucy von Kopf bis Fuß. Dann trafen seine kalten, blauen Augen ihre grünen. »Darf ich hoffen«, fragte er höhnisch, »daß Ihre Anwesenheit hier fleischliche Gründe hat und mich betrifft?«

Da schlug sie zu.

Es war ein Reflex, sie hatte es nicht gewollt. Aber es tat ihr auch nicht leid. Beklemmende Stille breitete sich aus. *Er hat die Ohrfeige verdient,* dachte Lucy. Jetzt blieb abzuwarten, wie er reagieren würde. Es ließ sich nicht absehen, wie ein so rücksichtsloser und haßerfüllter Mensch auf eine Ohrfeige reagieren würde.

Er hob eine Hand zu seiner geröteten Wange, und Lucy, die sich vorgenommen hatte, tapfer zu sein, trat unwillkürlich einen Schritt zurück.

Das Schweigen wurde schier erdrückend. Aus einem entfernten Flügel des Hauses wehten leise Klänge von Klavierspiel und Gesang herüber. Ansonsten herrschte völlige Stille.

Dann sog der Graf tief die Luft ein, und Lucy machte sich auf das Schlimmste gefaßt.

Anstatt jedoch wutentbrannt auf sie zuzuspringen, vollführte er eine Verbeugung vor ihr – eine korrekte, wenn auch etwas knappe Verbeugung. Ungläubig blinzelte Lucy. Was hatte das zu bedeuten? Sie mußte auf der Hut sein.

Von seinem Gesicht konnte sie nichts ablesen. Es war völlig unbewegt, genauso wie seine Stimme, als er schließlich sprach.

»Bitte um Verzeihung, Madam. Ich habe das mehr als verdient. Ich kann nur hoffen, daß Sie über mein ungebührliches Betragen hinwegsehen können.«

Lucy brauchte einen Augenblick, um sich zu sammeln. Eine Entschuldigung war das letzte, was sie von diesem gefährlich gutaussehenden Mann erwartet hatte. Allerdings war sie davon überzeugt, daß diese Entschuldigung absolut unaufrichtig war.

Sie richtete sich hoch auf und zerrte wütend an dem Schößchen ihres zerknitterten Reisekostüms. »Ich bin niemals – niemals! – in meinem Leben so grob behandelt worden!«

Ivans Gesicht blieb unbewegt, doch wenigstens sah er sie jetzt an. Es fiel Lucy auf, daß die Gräfinwitwe ungewohnt still geblieben war, doch sie sah nicht zu ihr hin, denn sie wollte keinesfalls den Blickkontakt mit dem Grafen abbrechen und dadurch an Boden verlieren. Wenn sie ihm so oft begegnen würde, wie Lady Westcott es angedeutet hatte, so mußte sie die Grenzen ihrer Beziehung gleich am Anfang deutlich machen.

Während sie sich gegenseitig fest im Auge behielten, glaubte Lucy zu bemerken, daß die Lippen des Grafen sich leicht kräuselten. Aber vielleicht irrte sie sich auch. »Darf ich fragen, wen ich da so grob behandelt habe?« fragte er und zog dabei eine Augenbraue empor.

Lucy nahm an, daß die Gräfinwitwe sie vorstellen würde, wie es sich gehörte. Als diese sich jedoch nicht rührte, beschloß sie, sich selbst vorzustellen. »Ich bin Miss Lucy Drysdale von Houghton Hall in Somerset.«

»Miss Lucy Drysdale«, echote er, wobei er das ›Miss‹

betonte. Wieder ließ er seinen Blick ausgiebig über ihre Gestalt wandern. Noch ehe sie gegen diese Unverschämtheit protestieren konnte, machte er eine erneute Verbeugung. »Gestatten Sie, daß ich mich vorstelle: Ich bin Ivan Thornton, Graf von Westcott, etcetera. Sie sagten, es gäbe einen triftigen Grund für Ihre Anwesenheit?«

Wieder hob sich fragend die Augenbraue, doch Lucy sah die Arroganz hinter der ausdruckslosen Fassade seines Gesichtes lauern. Der Elende bedauerte seine verletzenden Worte ebensowenig wie sie den Schlag, den sie ihm versetzt hatte.

»Ich bin hier, um Lady Valerie – Ihre Kusine, nicht wahr? – während der Saison als Anstandsdame zur Seite zu stehen, sie vor unpassenden Anwärtern abzuschirmen.«

»Anwärter wie ich?« fragte er grinsend, und in diesem einen Augenblick überkam Lucy die Erkenntnis, daß diese kleine Bewegung seiner Lippen über schönen, starken, weißen Zähnen hinreichte, um all ihren Ärger in sich zusammenfallen zu lassen. Wie ein unerfahrener, schmachtender Backfisch reagierte sie auf dieses Lächeln, auf diese Anziehungskraft, vor der seine Großmutter sie gewarnt hatte. Ihr Herz klopfte schneller, ihre Wangen röteten sich. Und das alles wegen eines Lächelns.

Sie stöhnte innerlich, während sie versuchte, ihre äußere Fassung nicht preiszugeben. Streng blickte sie ihn an. »Wenn dies ein Beispiel Ihres üblichen Benehmens ist, dann wären Sie allerdings für jede junge Dame unpassend.«

Diesmal lachte er hell heraus, obwohl Lucy ihre Worte durchaus nicht humorvoll gemeint hatte. Noch ehe ihr eine angemessene Antwort einfiel, brach Lady Westcott ihr Schweigen.

»Es ist sinnlos, mit meinem Enkel zu diskutieren, Miss Drysdale; es führt zu nichts. Sein größtes Vergnügen ist es, mich zu ärgern. Da ich dieses Spiel nicht mitspiele, fürchte ich, daß nun Sie sein nächstes Opfer sein werden. Am besten wird es für Sie sein, ihn zu ignorieren.«

Lucy hatte den Grafen nicht aus den Augen gelassen, während Antonia sprach, und bemerkte daher, wie ein Schatten der Abneigung über sein Gesicht zog. Als er auf die Worte seiner Großmutter reagierte, waren seine Worte jedoch an Lucy gerichtet. »Meine Großmutter hat möglicherweise recht, Miss Drysdale. Schließlich kennt mich niemand länger als sie. Nun, wenn Sie beide mich entschuldigen würden? Ich habe das Haus voller Gäste. Wenn ich zu lange ausbleibe, suchen sie womöglich nach mir. Und ich denke, das wäre für Sie kein Vergnügen.«

Damit ging er, und Lucy kam es vor, als wäre mit ihm alle Lebenskraft aus dem Raum verschwunden. *Was für eine absurde Vorstellung,* dachte sie. Und doch war es so.

Lady Westcott stieß einen tiefen Seufzer aus, als habe sie lange die Luft angehalten. Auch Lucys Atem ging ein wenig unregelmäßig. Sie wandte sich nach der alten Frau um, die sie forschend betrachtete.

»Sie brauchen nichts zu sagen, meine Liebe. Ich kann es Ihrem Gesicht ansehen, daß er nicht dem entspricht, was Sie erwartet hatten.«

Lucy schnitt eine Grimasse. »So – so würde ich es nicht direkt ausdrücken. Darf ich mich setzen?«

»Ich bitte Sie. Ich lasse uns etwas zu trinken bringen. Nichts beruhigt die Nerven so schön wie ein Cognac. – Werden Sie dem gewachsen sein, Miss Drysdale? Werden Sie meinem unangenehmen Enkel Paroli bieten können? Oder möchten Sie sich lieber schnellstens wieder auf den ruhigen Landsitz Ihres Bruders zurückziehen?«

Falls Lucy mit diesem Gedanken gespielt hatte, so war die Erwähnung des ruhigen Landlebens das beste Gegenmittel, und Lucy hegte den Verdacht, daß die alte Frau das genau wußte.

Lucy beschloß, offen zu sein. »Es wäre mir lieber gewesen«, sagte sie, »wenn Sie mir gegenüber eine Andeutung gemacht hätten, daß er – daß er eine derart heftige Abneigung gegen Sie hegt – und daß er – daß er eine so starke Präsenz besitzt.«

»Daß er so verdammt attraktiv ist, wollten Sie sagen«,

gab Lady Westcott ungerührt zurück. »Sie sind hoffentlich nicht so unklug, sich durch seine blendende Erscheinung einwickeln zu lassen.«

»Selbstverständlich nicht«, erwiderte Lucy. »Allerdings kann ich für Ihr Patenkind nicht geradestehen.«

»Sie werden das schon schaffen, darüber mache ich mir keine Sorgen. Was Ivans Abneigung gegen mich anbelangt, so ist das ohne Bedeutung. Ganz ohne Bedeutung.«

Nun, das sagt sie so: dachte Lucy, während ein Dienstmädchen ein Tablett mit Tee, Biskuit und Cognac vor die beiden Frauen hinstellte. Trotzdem war es offensichtlich, daß die alte Dame sich zu ihrem düsteren Enkel genauso hingezogen fühlte wie alle anderen Frauen. Lucy vermutete, daß sie sich nach der Zuneigung ihres Enkels sehnte, der doch Blut von ihrem Blut war.

Ob sie diese Zuneigung je erringen würde, war allerdings fraglich, und es stand nicht in Lucys Macht, in dieser Hinsicht etwas zu bewirken. Alles, was sie tun konnte, war mitzuhelfen, daß Lady Valerie Stanwich sicher unter die Haube gebracht wurde. Sicher und außer Reichweite von Ivan Thorntons Klauen. Ansonsten wollte sie sich aus den Angelegenheiten des Zigeuner-Grafen ganz heraushalten.

Als sie jedoch wenig später in ihrem Bett lag, das sich in einem sehr hübschen Zimmer am anderen Ende der Halle befand, beschäftigten ihre Gedanken sich sehr intensiv mit dem jungen Mann.

Mit seinem rabenschwarzen, fast schulterlangen Haar und diesem auffälligen Ohrring sah er wirklich wie ein Zigeuner aus. Doch er war auch ein Graf, und diese Mischung, davon war Lucy überzeugt, mußte ihn für jedes Mädchen unwiderstehlich machen. Wenn sie sich vorstellte, wie diese rätselhaften Augen sie anblickten, wie diese starke, gebräunte Hand sie berührte …

Sie stieß eine wenig damenhafte Verwünschung aus und warf sich zornig auf die andere Seite. Nein, an solche Dinge würde sie *nicht* denken. Das durfte sie einfach nicht. Ihre Rolle war genau festgelegt: Sie hatte Lady Valerie vor Ivan Thorntons Zugriff zu schützen.

Trotzdem würde es interessant sein zu sehen, welche Frau ihm erliegen würde und ob das Schicksal dieser Frau ein bedauernswertes oder ein wundervolles sein würde.

4

Lucy erwachte noch vor Sonnenaufgang von dem Klang von Hufen, die auf das Pflaster schlugen, und heftigem, unterdrücktem Gelächter. Sie war verwirrt und erschrocken, ihr Herz pochte heftig.

Doch gleich darauf wurde ihr klar, wo sie sich befand. Sie war in London, in Westcott House, da, wo der berüchtigte Zigeuner-Graf Hof hielt.

Bei dem Gedanken an ihn beschleunigte sich ihr Herzschlag wieder, doch diesmal nicht vor Schreck.

Unzufrieden mit sich warf Lucy die weiche Bettdecke zurück und erhob sich. Hinter den schweren Damastvorhängen begann gerade der junge Tag die Nacht zu verdrängen. Die Silhouetten der Dachfirste und Kaminhauben der umliegenden Häuser zeichneten sich schwarz in dem fahlen Morgenlicht ab. Doch es war nicht das Schauspiel der Morgendämmerung in der Stadt, das Lucys Interesse fand. Statt dessen lugte sie zu der Kutsche hinab, die vor dem Haus stand. Vier Pferde stampften ungeduldig in ihrem Zaumzeug.

Lucy fragte sich, wer wohl zu solch unchristlicher Stunde angekommen sein mochte, während sie auf die noch im Halbdunkel liegende Straße hinabspähte. Doch obwohl sie ihr Gesicht fest an die Fensterscheibe preßte, konnte sie nicht genau sehen, ob jemand aus dem eleganten Fahrzeug ausgestiegen war. Ihre Neugierde steigerte sich. Obwohl sie wußte, daß das ungehörig war, hakte sie das Fenster aus und schob es vorsichtig hinauf.

Das ist viel besser, dachte sie, während sie in der kühlen Morgenluft fröstelte. Sie lehnte sich gerade weit genug hinaus, um zu sehen, daß jemand zur Kutsche ging. Eine Frau, begleitet von einem Mann.

Ivan Thornton! Diese schlanke Gestalt mit den breiten Schultern würde sie überall erkennen.

Ja, er war es, zweifelsohne. Und nun, ohne darauf zu achten, daß jeder zufällig Vorübergehende ihn sehen konnte, nahm er die Frau in seine Arme und küßte sie!

Küßte sie? Nein, als dieser Kuß kein Ende zu nehmen schien, bis Lucy fühlte, wie ihre Wangen sich röteten, wurde ihr klar, daß das Wort ›Kuß‹ für dieses Ereignis, dem sie da heimlich beiwohnte, absolut unzureichend war. Er vergnügte sich mit einer Frau genau zwei Etagen unter ihrem Fenster, direkt auf seiner eigenen Vortreppe!

Endlich ließ er die Frau los und half ihr in die abgedunkelte Kutsche, was nicht ohne weitere Zärtlichkeiten und unverständliches Gemurmel abging. Lucy konnte ihre Augen nicht von der Szene abwenden, die sich ihr bot. Was für eine Frau war das, die die ganze Nacht im Haus eines Mannes blieb?

Dummkopf! rief sie sich zur Ordnung. Jedermann, sogar die zurückgebliebene Landbevölkerung, wußte die Antwort. Es handelte sich um liederliche Mädchen, Nachtschattengewächse.

Trotzdem hatte sie noch nie eine solche Frau gesehen. Sie schaute noch schärfer hin und versuchte, mit den Augen das Halbdunkel zu durchdringen. Doch gerade in diesem Moment zog die Frau sich zurück, die Peitsche des Kutschers knallte und die Pferde zogen an. Enttäuscht, daß sie das Gesicht der Frau, die sich mit dem dämonischen Lord Westcott eingelassen hatte, nicht hatte sehen können, zog Lucy den Kopf zurück. Sie war jedoch unachtsam genug, dabei in so heftige Berührung mit dem Fensterrahmen zu kommen, daß sie einen lauten Schmerzensschrei nicht unterdrücken konnte. Zu ihrem großen Erschrecken wandte der Graf sein Gesicht nach oben.

Sofort zog Lucy sich weiter in das Zimmer zurück, wie eine Schildkröte in ihren schützenden Panzer. Du liebe Zeit, hatte er sie gesehen? Hatte er sie erkannt? Würde er sie beschuldigen, ihm nachzuspionieren?

Sie mußte sich zusammenreißen. Was war schon dabei, wenn er sie bemerkt hatte? Sie hatte nichts Unrechtes getan. Sie hatte lediglich ein Geräusch gehört und hatte nachgesehen. Er war es, der sich für sein Benehmen schämen sollte, nicht sie.

Sie schnaubte heftig. Was für ein närrischer Gedanke. Man mußte kein Prophet sein, um vorherzusagen, daß er sich nicht im geringsten schämen würde.

Ihren schmerzenden Hinterkopf reibend, kletterte sie wieder in die hohe Bettstatt, stopfte sich ein Kissen in den Rücken und begann über ihren rätselhaften Gastgeber und sein unfreundliches Verhalten nachzudenken.

Wahrscheinlich war er ein sehr einsames Kind gewesen, überlegte sie. Sie hatte gehört, daß er seiner Mutter weggenommen, von seinem Vater ignoriert und dann jahrelang in Burford Hall versteckt worden war. Er war, aus welchen Gründen auch immer, von jedem Erwachsenen, den er gekannt hatte, enttäuscht worden.

War es da ein Wunder, daß er seine Großmutter haßte? Sie hatte ihm nie Liebe gezeigt. Es war eine von Lucys Theorien, daß ein Kind, das nicht geliebt wurde, ein Erwachsener werden mußte, der entweder nach Liebe hungerte oder sie völlig ablehnte. In welche Richtung hatte Ivan Thorntons unglückliche Kindheit ihn geführt?

Obwohl Lucy sich sagte, daß sie das nichts anginge, konnte sie ihre Gedanken nicht von ihm ablenken. Wie hatte sich ein dunkelhaariges Zigeunerkind in das streng geregelte Leben eines Internats eingefügt? Was hatte er in den Jahren nach der Schule getrieben?

Die *Times* hatte geschrieben, daß er sich vor seiner Titelübernahme im Ausland aufgehalten hatte. Doch war das wirklich die Wahrheit, oder war das nur ein Versuch gewesen, seine Unsichtbarkeit während einer Reihe von Jahren zu erklären?

All ihre Überlegungen zerstoben plötzlich, als sie ein leises Pochen vernahm. Erschrocken starrte sie auf die bemalten Paneele ihrer Tür. Ein Klopfen zu dieser Stunde? Wer mochte das sein?

Doch ihr war auf der Stelle klar, um wen es sich handelte, und ihr Mund wurde trocken.

Das Pochen wiederholte sich.

Sie wußte nicht, ob sie sich unter ihrer Decke verkriechen und sich schlafend stellen oder ob sie aufspringen und die Tür verriegeln sollte.

Wieder klopfte es.

Er ging einfach nicht weg! *Also steh auf, du Närrin*, befahl sie sich, *laß ihn nicht glauben, er habe dich in Verlegenheit gebracht.*

Aber genau das hatte er. Obwohl sie sich vor seinen unergründlichen Augen und seiner unverschämten Art fast zu Tode fürchtete …

Sie sprang aus dem Bett. Nein, sie würde sich nicht einschüchtern lassen. Eine Armeslänge von der Tür entfernt blieb sie stehen. »Wer ist da?«

»Sie wissen ganz genau, wer da ist, Miss Drysdale. Es hat keinen Zweck, sich zu verstellen.«

In Lucys Kopf formte sich der absurde Gedanke, daß sie eine Lampe anzünden müsse, nein, viele Lampen, denn es wäre viel zu gefährlich, sich Ivan Thorntons seidiger, verführerischer Stimme in der Dunkelheit auszuliefern.

Sie trat näher an die Türe. »Gehen Sie weg! Ich denke nicht daran, in meinem Morgenrock hinauszukommen. Und hereinlassen werde ich Sie auch nicht«, rief sie und raffte ihren Morgenrock enger über der Brust zusammen.

»Und wenn ich mich selbst hereinlasse?«

Lucy schnappte empört nach Luft. »Das werden Sie nicht wagen!«

»Sie kennen mich nicht lange genug, um zu wissen, was ich tun oder nicht tun würde, Miss Drysdale – Lucy«, fügte er nach einer kurzen Pause hinzu.

»Ich habe Ihnen diese vertrauliche Anrede nicht erlaubt«, sagte Lucy, doch der Klang ihrer Stimme war nicht so fest, wie sie es gewünscht hätte. »Gehen Sie weg, bevor ich – bevor ich Ihre Großmutter rufe.«

Durch die Tür vernahm sie sein leises, samtiges Lachen, und beunruhigt malte sie sich sein Gesicht aus: blitzende Augen, glänzende Zähne, und die Lippen zu einem Lächeln verzogen, das keineswegs beruhigend war.

»Sie wissen sicher, daß das für mich keine wirksame Drohung bedeutet.«

»Und Sie wissen sicher, daß ich weder herauskommen noch Sie hereinlassen werde. Also warum stehen Sie vor meiner Tür?« fragte Lucy aufgebracht.

Sie hörte ein Geräusch, als habe er seine Stellung gewechselt und würde nun an der Tür lehnen. »Sie schienen sich sehr für die Aktivitäten vor dem Haus zu interessieren. Nun bin ich da, um alle Ihre Fragen zu beantworten.«

Fragen! Besaß dieser Mann denn gar kein Schamgefühl? Daß sie tatsächlich fast vor Neugierde platzte, überging Lucy geflissentlich.

»Ich erwachte, weil ich ein seltsames Geräusch vor dem Haus hörte. Wenn ich Ihr … Ihr … was immer es auch war, unterbrochen habe, bitte ich um Entschuldigung. Würden Sie jetzt bitte gehen?«

Da sich längere Zeit nichts rührte, tat Lucy nun den letzten Schritt zur Tür und legte ihr Ohr behutsam an den Spalt zwischen Tür und Rahmen.

»Gute Nacht, Lucy«, flüsterte es da, genau in ihr Ohr. Lucys Herz klopfte so wild wie das eines verschreckten Kaninchens. Ihr war, als habe Ivan Thorntons warmer Atem ihr Ohr gestreift und sein Mund zärtlich ihr Haar berührt.

Sie wagte keine Antwort. Statt dessen stolperte sie rückwärts, bis ihre Schenkel an einen Stuhl stießen, in den sie hart hineinfiel.

Gute Nacht, Lucy.

Er war weg. Das wußte sie, obwohl sie kein Geräusch seiner Schritte gehört hatte. Sie fühlte es einfach mit jenem Teil ihres Herzens, der noch immer einem jungen Mädchen gehörte. In jenem heimlichen Teil ihres Herzens, der immer noch albern, närrisch und schrecklich naiv war.

Lange blieb sie in dem goldgestreiften Sessel sitzen, bis

die Sonne die Dunkelheit endgültig vertrieben hatte und hell durch die schweren Vorhänge drang. Der hübsche Raum mit den Möbeln aus Mahagoni und gemalten, goldumrandeten Verzierungen war nun deutlich zu erkennen. Doch noch immer saß Lucy da und sann über die kommenden Wochen und Monate nach.

Vielleicht sollte sie Lady Westcott bitten, sie für die Zeit ihres Aufenthalts in einem anderen Haus unterzubringen. Denn zum einen glaubte sie, den Aufenthalt unter dem selben Dach mit dem schmerzhaft attraktiven und unberechenbaren Lord Westcott nicht unbeschadet überstehen zu können. Zum anderen hielt sie es für unklug, die junge Lady Valerie in unmittelbarer Reichweites des Mannes, der von ihr ferngehalten werden sollte, einzuquartieren.

Es sei denn, daß das, was die alte Gräfinwitwe zu wollen behauptete, nicht dasselbe war wie das, was sie wirklich wollte.

War die alte Frau listig genug anzunehmen, daß ihr launischer Enkelsohn genau die Frau würde haben wollen, die man ihm verweigerte?

Lucy blieb nachdenklich sitzen, bis sich das erste Hausmädchen in der Halle rührte und unter dem Fenster ein Straßenfeger zu pfeifen begann. Als sie sich schließlich aus dem Sessel erhob, fühlte sie sich erschöpfter als am Abend zuvor nach der langen Reise. Sie würde sich vorerst damit begnügen, ihre Schutzbefohlene und ihre Arbeitgeberin zu beobachten. Vielleicht konnte sie dabei etwas über die wahren Absichten der Gräfinwitwe herausfinden.

Doch ebenso wachsam wollte sie auch Lord Westcott im Auge behalten. Sie hatte innerhalb von zwölf Stunden zwei unangenehme Auseinandersetzungen mit ihm gehabt. Gestern hatte sie ihm eine Ohrfeige versetzt, und heute hätte sie ihm für seine Frechheit, an ihre Tür zu klopfen, am liebsten noch eine verpaßt.

Doch nicht diese beiden Zwischenfälle waren es, die sie am stärksten beunruhigten. Viel beunruhigender war, daß der Mann einfach zu viel Anziehungskraft besaß. Noch dazu hatte er in langen Jahren herausgefunden, wie er seine Großmutter am besten verärgern und brüskieren konnte. Es war nötig, daß Lucy ihn genau studierte, damit sie sich um so besser gegen ihn zur Wehr setzen konnte.

Lucy goß sich Wasser aus einem kostbaren Porzellankrug in die dazu passende Waschschüssel und begann ihre Morgentoilette, während sie weiter überlegte. Sie wußte, daß der Umgang mit Ivan nicht leicht sein würde. Er war schlau, und er war darauf aus, seiner Großmutter das Leben schwer zu machen. Und aufgrund ihrer Verbindung zu der alten Dame würde er das gleiche bei ihr versuchen.

Stell ihn dir einfach als vergrößerte Ausgabe von Derek oder Stanley vor, dachte sie. Oder von Derek und Stanley in einer Person. Versuch nicht, ihn zu brüskieren, steuere ihn nur behutsam in eine andere Richtung. Versuche all seine überschüssige Energie auf ein anderes Ziel zu lenken.

Wie sie sich allerdings selbst am besten seiner unheimlichen Attraktivität entziehen konnte, wußte sie nicht.

Ignoriere sie, befahl sie sich, *nimm sie einfach nicht zur Kenntnis. Denk statt dessen an Sir James Mawbey.*

Genau, Sir James. Erleichtert klammerte sie sich an die Vorstellung ihres Idols. Mochte Ivan Thornton eine noch so starke, animalische Anziehungskraft ausstrahlen, die auf jede normale, gesunde Frau ihre Wirkung nicht verfehlen würde – mit den geistigen Gaben und dem überragenden Wissen eines James Mawbey konnte er es nicht aufnehmen. Sie würde Ivan Thornton einfach ignorieren und nur noch an Sir James denken. In weniger als einer Woche sollte die erste Vorlesung stattfinden. Bis dahin würde sie es sicher schaffen, ihre lästigen, backfischhaften Gefühle zu überwinden.

So hoffte sie.

Sie bekam den Grafen weder an diesem noch am nächsten oder übernächsten Tag zu Gesicht.

Am Mittwoch kam Lady Valerie an, und die drei Frauen blieben zu Hause, damit Valerie, die sehr scheu war, sich in die neue Umgebung eingewöhnen konnte. Sie war mit ihrer Zofe gereist, einem jungen Mädchen namens Tilly, das durch London, durch Westcott House und durch die Anwesenheit einer wahrhaftigen Gräfinwitwe so eingeschüchtert war, daß Lucy sie am liebsten kräftig durchgeschüttelt hätte. Zwei richtige Babys waren sie, Herrin und Zofe. Diese Tilly würde jedenfalls keine Hilfe sein.

Eineinhalb Tage später hatte sich die Nervosität der Zofe noch immer nicht gelegt. »Sie brauchen bei dem Tanz morgen abend nicht anwesend zu sein«, teilte Lucy ihr mit. »Lady Westcott und ich werden Lady Valerie begleiten.«

Auf dem Mausgesicht des Mädchens zeigte sich Erleichterung. Valeries hübsche Züge jedoch verschatteten sich. »Aber – aber ich brauche sie doch. Sie ist bei mir, seit ich alt genug bin, eine Zofe zu haben. Oh, bitte, lassen Sie mich nicht ohne sie gehen ...«

»Sei nicht so kindisch«, unterbrach Lady Westcott sie scharf. »Eine Zofe im Ballsaal? Soll sie dir vielleicht die Hand halten und dich stützen?«

Lucy hatte sofort bemerkt, daß Valerie vor ihrer Patentante stets in Ehrfurcht erstarrte, wenn diese sie anredete. Das konnte sich nur als gut erweisen, denn um so enger würde sie sich an sie selbst anschließen. Tröstend legte Lucy ihren Arm um das Mädchen.

»Sie haben doch mich, Valerie. Ich werde jede Minute neben Ihnen sein, wenn sie nicht gerade tanzen.« Sie fühlte, wie das Mädchen zitterte, und wußte genau, was seine nächsten Worte sein würden.

»Muß ich tanzen?«

Lady Westcott schnaubte, doch Lucy gab ihr keine Gelegenheit zu einer weiteren ätzenden Bemerkung, die das Mädchen noch mehr verängstigt hätte. »Es ist doch nur eine ganz gewöhnliche Hopserei, gar kein richtiger Ball. Man wird tanzen, und wenn Sie zum Tanz aufgefordert werden, müssen Sie annehmen. Für einen jungen Kavalier würde es ein großes Mißgeschick bedeuten, wenn Sie ihm einen Korb gäben. Sie werden schon alles richtig machen«, fügte sie hinzu und drückte Valerie aufmunternd.

»Kommen Sie, lassen Sie uns üben«, fuhr sie fort. »Ich werde den Part des Mannes übernehmen. Nennen Sie mich einfach Graf Stolperbein. Würden Sie bitte spielen?« fragte sie die alte Dame, während sie sich mit Valerie in der Mitte des Raumes in Position stellte. »Sonst wäre ich gezwungen, zu summen.«

Ivan ging ungläubig den Tönen eines mißgestimmten Klaviers nach, in die sich der Gesang einer überdurchschnittlich guten Stimme mischte. Er hatte die letzten Tage mit Elliot in der Regent Street verbracht, wo er auf Teufel komm raus gespielt und gehurt hatte. Doch zu seinem größten Mißvergnügen hatte er feststellen müssen, daß es keinen Spaß machte, sich schlecht zu benehmen, wenn das alte Reff von Großmutter nichts davon erfuhr. Bis heute war ihm nicht klar, warum er sie an jenem Abend nicht einfach an ihren Ohren aus seinem Haus hinausgezerrt hatte. Vermutlich lag es daran, daß er sich gelangweilt hatte. Gemeinsam mit ihren Begleiterinnen stellte sie zumindest eine Abwechslung dar. Daher war er heute abend nach Hause gekommen, um sie nach Kräften zu ärgern und vielleicht auch ein bißchen diese außerordentlich hübsche Miss Drysdale.

Doch das letzte, was er erwartet hatte, war diese Musik, die aus dem zweiten Salon zu hören war. Ebenso wenig vorbereitet war er auf die Szene, die sich ihm bot. Die alte Lady saß am Klavier; wie ein Rabe hockte sie vor den Elfenbeintasten und entlockte ihnen eine etwas schräge Version einer beliebten Melodie. Dazu drehte sich, in der Rolle des Tänzers, Miss Lucy Drysdale mit einer außergewöhnlich schönen Blondine auf dem Parkett.

Ivan stand im Schatten der halboffenen Tür und beobachtete fasziniert und verärgert zugleich die Tanzfiguren, die die beiden Frauen ausführten.

Es war Miss Drysdale, die sang. Ihre Stimme war eher tief und rauchig zu nennen und glich in keiner Weise dem schrillen Geträller, das gerade in Mode war. Ebenfalls gegen den Zeitgeschmack waren ihre eher große Gestalt und ihr dunkles Haar. Für Ivan allerdings war sie nicht zu groß. Und obwohl ihr Haar die dunkle Farbe von altem Mahagoni besaß, fing sich darin jeder Lichtreflex im Raum. Ihre Flechten glommen in schierem Gold und feurigem Rot.

Während er sie betrachtete, fühlte er plötzlich Verlangen in sich aufsteigen. Doch es war die jüngere Frau, für die er sich interessierte, redete er sich ein, nicht die Anstandsdame. Er zwang sich, sich auf sie zu konzentrieren – seine Kusine, das Mädchen, das Miss Drysdale vor ihm beschützen sollte.

Mit ihren blonden Haaren wirkte sie wie ein kleiner glänzender Diamant, wie ein silbrig schimmerndes Juwel. Sie war klein und hellhäutig und hatte vermutlich blaue Augen. Nur blau würde zu diesem zarten, rosigen Teint passen.

Er grinste bei dem Gedanken an das leichte Spiel, das er haben würde. Frauen hatten ihm nie viel Widerstand entgegengesetzt. Sogar jene, die ihn für einen mittellosen Matrosen oder einen verwegenen Schmuggler gehalten hatten, waren nicht schwer zu verführen gewesen. Sie wollten sich verführen lassen, und sein schlechter Ruf hatte sie nicht im mindesten gestört. Nun, da er so begehrenswert geworden war, hätte er jede beliebige Frau heiraten können oder sie als seine Geliebte aushalten, je nachdem, mit welcher Art von Frau er es zu tun hatte.

Diese junge Unschuld vom Lande würde ihm kein Problem bereiten, außer, daß er vielleicht anfangs begeisterte Hingabe würde heucheln müssen. Doch vielleicht besaß sie auch Verstand in ihrem hübschen Köpfchen. Möglicherweise konnte man sich mit ihr über Themen unterhalten, die über die neueste französische Mode und die Anzahl der Handschuhe in ihrem Koffer hinausgingen.

Das Lied endete, die Gräfinwitwe sah vom Klavier auf, und ihre Augen trafen auf die Ivans. In diesem Moment wurde es ihm gleichgültig, ob seine Kusine schön oder häßlich, klug oder strohdumm war. Sie sollte von ihm ferngehalten werden? Bei Gott, er würde sie sich einfach nehmen!

Doch nicht als Ehefrau, niemals. Nein, er würde sie umgarnen und ihr Herz rauben. Ungezählte Tränen würde sie um seinetwillen weinen und jeden anderen Bewerber ablehnen. Zum Katholizismus sollte sie übertreten wollen und schwören, daß sie den Schleier nähme, sollte sie nicht ihn, ihre einzige Liebe, zum Mann bekommen. Kurz und gut, er wollte es zuwege bringen, daß ihre ganze Familie in Aufruhr geriete über den Mann, an den sie ihr Herz gehängt hatte. Und am meisten sollte sich ihre Patentante, die würdevolle und halsstarrige Gräfinwitwe, darüber ärgern. Doch das Mädchen heiraten? Nie im Leben. Er würde überhaupt keine Frau aus der sogenannten guten Gesellschaft heiraten.

Er biß die Zähne zusammen und holte tief Luft in freudiger Erwartung des kommenden Kampfes. Was Miss Lucy Drysdale betraf: Man hatte sie zwischen die Fronten eines Krieges gelockt, dessen Ursache sie nicht kannte. Wenn sie klug war, würde sie auf der Stelle in das Dörfchen zurückfliehen, aus dem sie gekommen war. War sie nicht klug – nun, dann würde sie bald eine bittere Lektion erhalten. Denn ein Ivan Thornton hielt sich nicht mit den Regeln der Gesellschaft auf. Dies war nicht seine Gesellschaft und würde es nie werden. Im Augenblick beliebte es ihm, die Rolle des einzigen Abkömmlings des unbetrauert verstorbenen Grafen zu spielen. Doch es war nur eine Rolle, übergestreift zu einem einzigen Zweck; und er wollte sie abwerfen, sobald dieser Zweck erreicht war.

Im Augenblick jedoch war ihm nach Tanzen zumute.

Lucy hatte bemerkt, wie die Gräfinwitwe erstarrt war, und sie wußte sofort den Grund. *Verdammt und zugenäht,* fluchte sie bei sich selbst. Er war wieder da!

Sie schwenkte Valerie herum, um ihren Gegner im Auge zu haben. Valerie, die auf ihre eigenen Füße gestarrt und leise mitgezählt hatte, war auf diese Bewegung nicht gefaßt und stolperte. Stirnrunzelnd blickte sie zu Lucy auf. »War das die Stelle, an der wir uns drehen sollten? Ich dachte, Sie sagten …«

Sie verstummte, als Lucy keine Antwort gab. Doch Lucy konnte nicht anworten, da sie vollauf damit beschäftigt war, ihre Fassung zu bewahren. Ivan Thornton war hier, und die Schlacht um Valerie würde beginnen. Mochte der Himmel ihr beistehen, wenn das Mädchen Ivan nur halb so attraktiv fand wie sie selbst.

»Guten Abend, Madam.« Ivan verbeugte sich tief vor der alten Frau und schenkte ihr ein bezauberndes, falsches Lächeln. »Hätte ich gewußt, daß heute abend hier eine Unterhaltung stattfindet, so hätte ich mein Kommen angekündigt.«

Dann schenkte er sein düsteres, verführerisches Lächeln den beiden jungen Frauen, die noch immer Arm in Arm in ihrer Tanzhaltung dastanden. »Wie schön, Sie wiederzusehen, Miss Drysdale.« Er hielt inne, und als Lucy nicht antwortete, fuhr er fort: »Würden Sie mich Ihrer reizenden Tanzpartnerin vorstellen?«

Lucy knirschte mit den Zähnen. Wenn sie Valerie lehren sollte, wie man sich in Gesellschaft benahm, so konnte sie diesen Unterricht kaum mit einer groben Antwort beginnen, besonders, da Ivan es sich in den Sinn gesetzt zu haben schien, zur Abwechslung einmal besonders höflich zu sein. Bei ihrem ersten Zusammentreffen war er nicht so freundlich gewesen, doch das konnte sie jetzt wohl kaum zur Sprache bringen.

Sie mußte mit gutem Beispiel vorangehen. Daher ließ sie Valerie los und rang sich ein kühles Lächeln ab. »Guten Abend, Mylord. Ich wußte nicht, daß Sie Ihre Kusine noch nie gesehen haben. Lady Valerie, dies ist Ivan Thornton, Graf von Westcott.«

Lucy konnte deutlich an Valeries weit aufgerissenen Augen ablesen, daß sie Ivan zwar noch nie begegnet war, aber einiges über ihn gehört hatte. Und Ivans Gesicht verriet ihr, daß er eine etwas dramatischere Vorstellung erwartet hatte. Gut, dachte Lucy, und sie fuhr fort: »Mylord Westcott, darf ich Ihnen Lady Valerie Stanwich vorstellen. Sie kommt aus Arundel in Sussex. Ihr Vater ist Carl Stanwich, Graf von Hareton.«

»Das weiß er schon«, warf Lady Westcott ein, die sich vom Klavierhocker erhoben hatte und nun auf die drei jungen Leute zusteuerte. »Er weiß, wer du bist, Valerie, aber laß dich von mir über ihn aufklären: Er ist der vermutlich charmanteste und falscheste Mann, den du während deines Aufenthalts in London kennenlernen wirst.« Obwohl ihre Worte leicht dahingesagt waren, strafte ihr Gesicht sie Lügen.

Lucy griff Lady Westcotts Bemerkung auf und sagte, indem sie sich bei Valerie einhängte: »Hören Sie auf Ihre Patentante, Lady Valerie, denn sie weiß, wovon sie spricht. Ihr Vetter ist zu sehr als Frauenheld bekannt, um für eine so junge Person wie Sie als passend angesehen zu werden.«

Ivan schenkte ihr ein strahlendes Lächeln. »Aber Miss Drysdale, was für eine unchristliche Haltung gegenüber einem Mann, den Sie erst kürzlich kennengelernt haben. Dabei bin ich mit der guten Absicht hierhergekommen, über alles Auskunft zu geben, was Sie möglicherweise über das Leben in der Stadt wissen wollten.«

Er wagte es doch tatsächlich, auf das anzuspielen, was sie in der letzten Nacht gesehen hatte, und ihr eine Antwort auf ihre Fragen zu dem Verhältnis zwischen ihm und jenem – jenem Flittchen anzubieten.

»Ich danke für Ihr Angebot«, gab sie zwischen zusammengebissenen Zähnen zurück. »Trotzdem bin ich der Meinung, daß Valerie sich in einer weniger weltläufigen Gesellschaft als der Ihren wohler fühlen würde. Habe ich nicht recht, Lady Westcott?«

Als sie sich jedoch nach Lady Westcott umblickte, stellte sie fest, daß die alte Dame nicht im geringsten beunruhigt schien. Die arme Valerie zitterte in Lucys Arm angesichts einer solch freizügigen Sprache, während Lady Westcott sich scheinbar nicht im geringsten sorgte. Konnte es sein, daß es sie nicht kümmerte, ob Valeries Herz gebrochen wurde? Lucy unterdrückte eine Grimasse. War es möglich, daß ihre Anstellung nur einem listig eingefädelten Plan Lady Westcotts diente, Ivans Interesse an der unschuldigen, lieblichen Valerie zu wecken? Und sie, Lucy, hatte man ins Zentrum dieses schlau gewobenen Spinnennetzes gesetzt?

Lady Westcott antwortete mit einer leichten Handbewegung auf Lucys Frage. »Ivan flirtet doch nur, Miss Drysdale. Das Kind muß lernen, solche angenehmen, doch unaufrichtigen Aufmerksamkeiten nicht ernst zu nehmen.«

Ja, das muß Valerie wirklich, meinte Lucy bei sich. Doch sie sprach diese Ansicht nicht aus. Wenn sie aufrichtig war, konnte sie die alte Frau nicht tadeln. Lady Westcott wollte ihren Enkel lediglich anständig verheiratet sehen, ehe sie starb. Alles in allem ein vernünftiger Wunsch. Doch Lucy wußte instinktiv, daß Valerie nicht die richtige Frau für Ivan war. Nein, Valerie wäre ein gefundenes Fressen für einen Mann wie Ivan Thornton, und das konnte Lucy nicht zulassen, gleichgültig, wie die Verhältnisse zwischen Lady Westcott und ihrem Enkelsohn lagen.

Man hatte ihr diese Position unter dem Vorwand angetragen, daß sie helfen sollte, Valerie standesgemäß zu verheiraten. Und genau das, so beschloß Lucy, würde sie tun – trotz Lady Westcotts List. Ivan Thornton war auf keinen Fall, trotz seiner Titel und seines Vermögens – und trotz seines unverschämt guten Aussehens, der richtige Mann für Valerie.

Solchermaßen durch ihren Entschluß gestärkt, nahm Lucy den Kampf auf. »Äußerst unchristlich wäre es von mir, nicht das Beste sowohl für Sie wie auch für Lady Valerie zu erhoffen. Ich bete darum, daß sie den Mann finden möge, der zu ihr paßt; genauso, wie ich darum bete, daß Sie eine Frau finden, die zu Ihnen paßt.«

Und sie beide wußten, von welcher Art Frau sie sprach!

Sie blickte ihm geradewegs in die Augen, um ihn davor zu warnen, seine erschreckende Gewöhnlichkeit durch eine Andeutung dessen preiszugeben, was sich letzte Nacht in Westcott House zugetragen hatte. Er durfte nichts sagen, das wußte sie, wenn er seinen Eindruck bei Valerie nicht verderben wollte. Wie also würde seine Antwort ausfallen?

Doch Ivan lächelte nur – ein Lächeln, das ihn zum Inbegriff aller männlichen Schönheit machte. Lucy mußte ihre ganze Kraft zusammennehmen, um nicht diesem Lächeln zu erliegen, das ebenso faszinierend wie bedrohlich war für ihre weibliche Seele, anziehend und doch eine schreckliche Gefahr.

Ihre Nerven waren zum Zerreißen gespannt.

»Sind Sie eine fromme Christin, Miss Drysdale?«

»Aber – aber ja, natürlich. Sind Sie etwa kein Christ?« fragte sie und hoffte, damit das Gespräch von sich abzulenken.

Noch immer lächelte Ivan sein dunkles, verführerisches Lächeln. »So fromm wie Sie bin ich wohl nicht.« Dann schien er sich irgendwie in sein Inneres zurückzuziehen, und einen Augenblick später richtete er seine Aufmerksamkeit auf Lady Valerie. »Darf ich Ihnen meine Hilfe anbieten?«

Er trat auf die beiden Frauen zu, entzog Lucy ohne Umschweife Valeries Hand und zog das Mädchen zu sich. »Nun, Lady Valerie, wenn Sie das Tanzen üben möchten, so tun Sie das besser mit jemandem, der den männlichen Part kennt – ohne Sie kränken zu wollen, Miss Drysdale.« Und zu seiner Großmutter gewandt fügte er hinzu: »Sie können bei diesem Lied bleiben.« Ohne eine Antwort abzuwarten, machte er vor Valerie eine korrekte Verbeugung und stellte sich in Position für die erste Figur.

Lucy starrte ihn ungläubig an, dann drehte sie sich erwartungsvoll nach Lady Westcott um. Sicherlich würde sie dieser Frechheit ein schnelles Ende bereiten.

Doch die Gräfinwitwe verfolgte ihre eigenen Pläne. Das ließ sich deutlich an dem Glanz ihrer Augen ablesen. »Du bist heute abend so fröhlich, Ivan. Ich glaube nicht, daß ich dich jemals so umgänglich gesehen habe.«

Doch Ivan reagierte nicht auf ihre Schmeichelei.

»Wie sollte ich in meinem eigenen Heim nicht umgänglich sein, wo ich doch von der reizenden kleinen Familie umgeben bin, die mir verblieben ist?«

Lucy hörte aus seiner Stimme einen leisen Sarkasmus heraus, und wider besseres Wissen empfand sie ein wenig Mitleid mit ihm. Sein ganzes Leben hatte er ohne eine Familie zugebracht. Obwohl ihre eigene Familie ihr gelegentlich auf die Nerven ging, wußte sie, daß sie geliebt wurde und daß alle das Beste für sie wollten. Ivan hatte einen solchen Luxus nie genossen.

Trotzdem war das keine Entschuldigung für sein rücksichtsloses Benehmen. Und vor allem war es keine Rechtfertigung dafür, ein schüchternes junges Mädchen zu erschrecken. Und daß Valerie erschrocken war, war deutlich zu sehen. Ihre blauen Augen waren weit aufgerissen, ihr sonst so rosiges Gesicht war bleich. Wie angewurzelt stand sie da.

»Wenn Sie nicht spielen wollen«, bemerkte Ivan zu seiner Großmutter, »so tut es vielleicht Miss Drysdale.« Er heftete seine saphirglänzenden Augen erwartungsvoll auf Lucy, und wieder lagen ihre Nerven bloß, so als würde sein männlicher Wille versuchen, und zwar mit Erfolg, ihren eigenen Willen niederzuringen.

Sie blickte zum Piano hinüber, und nun, da sie nicht mehr von Ivans Augen gebannt wurde, fing ihr Verstand wieder zu arbeiten an. »Ja, ich glaube, ich werde spielen«, stimmte sie zu, während sich in ihren Gedanken ein Plan entwickelte. »Kennen Sie den Galopp?« Herausfordernd blickte sie ihn an. »Den haben wir bisher noch nicht geübt.«

»Selbstverständlich.«

Er hatte die Herausforderung angenommen.

Lucy setzte sich an das schöne Mahagoni-Instrument

und ließ ihre Finger leicht über die Tasten gleiten, um das Zittern ihrer Hände zu überwinden. Sie fühlte Lady Westcotts Blick auf sich ruhen und spürte auf unerklärliche Weise, daß diese bisher sehr zufrieden mit ihr war. Doch wenn Lady Westcott glaubte, daß Lucy die unwissende Komplizin bei einer Liebesgeschichte zwischen dem Grafen und Lady Valerie spielen würde, so sollte sie sich geirrt haben.

Für Lucy war es klar, daß Valerie diesem Galopp nicht gewachsen sein würde. Die angeborene Schüchternheit des Mädchens und Ivans Gabe, auch die selbstbewußteste junge Frau – Lucy nahm sich da nicht aus – zu verunsichern, waren eine Garantie dafür, daß dieser Tanz ein Fiasko werden würde. Noch dazu nahm Lucy sich vor, die Melodie ein wenig zu schnell zu spielen.

»Vorwärts, Mädchen«, wies Lady Westcott ihr Patenkind an, »stell dich vor Ivan und nimm seine Hand.«

Valerie warf Lucy eine flehenden Blick zu. Diese zögerte einen Augenblick lang. Valerie wirkte wie ein Kaninchen, das zwischen zwei Schlangen geraten war, so versteinert vor – Furcht war sie. Am liebsten wäre Lucy zu ihrer Rettung hinzugeeilt. Doch um vor den Plänen ihrer Patentante gerettet zu werden, würde Valerie noch ein wenig aushalten müssen.

Lucy begann zu spielen.

Schon nach den ersten Schritten war klar, daß Valerie nicht mit der Musik Schritt halten konnte. Ivan war wirklich ein guter Tänzer, und man mußte eingestehen, daß er die Schritte für das Mädchen so leicht wie möglich machte.

Trotzdem stieg Valerie ihm während der zweiten Strophe heftig auf die Zehen, um sich ihm gleich darauf mit hochrotem Kopf und Tränen in den Augen zu entwinden.

»Es tut mir leid«, flüsterte sie, »sehr leid ...«

Sofort hörte Lucy auf zu spielen und erhob sich. »Nein, es ist meine Schuld.«

»Nein, es liegt an mir. Ich bin so ungeschickt.«

Lucy tat das Mädchen schrecklich leid, obwohl sie wußte, daß es so am besten war.

»Sie haben zu schnell gespielt«, meinte Lady Westcott anklagend. »Vielleicht wäre ein Walzer besser.«

»Nein!« rief Valerie. Alle starrten sie an, denn dies war das erste Mal seit ihrer Ankunft, daß Valerie sich mit einem heftigen Wort bemerkbar gemacht hatte.

»Nein«, fuhr sie stammelnd fort, »ich könnte doch spielen und – und Miss Drysdale könnte mit – mit dem Grafen tanzen?«

»Ich glaube nicht«, begann Lucy.

»Was für ein guter Einfall.«

Lucy, aufgeschreckt von dem Einwurf des Grafen, starrte Ivan an. »Ich glaube nicht«, wiederholte sie.

Doch ihre Zuversicht, dieser unangenehmen Situation entgehen zu können, schwand, als sie das boshafte Glitzern in seinen Augen bemerkte. Seine nächsten Worte bestätigten ihre Vermutung.

»Als Anstandsdame von Lady Valerie haben Sie ihr alle gesellschaftlichen Regeln beizubringen. Und eine davon lautet, daß es äußerst ungezogen ist, eine höfliche Aufforderung zum Tanz abzulehnen.«

»Ja, aber ... Wir befinden uns zur Zeit nicht in Gesellschaft.«

»Aber Sie haben geübt, wie man tanzt. Also gehen Sie jetzt mit gutem Beispiel voran, Miss Drysdale!« Er stellte sich vor sie und verbeugte sich. »Bitte erweisen Sie mir die Ehre dieses Tanzes.«

Lucy runzelte die Stirn und hoffte, dadurch den Aufruhr, der in ihrer Brust tobte, nach außen verbergen zu können. Warum tat er das? Und weshalb reagierte sie wie ein dummes, verschämtes Mädchen? Sie hatte ihre Saison gehabt, zwei sogar, um genau zu sein. Sie hatte mit einer Anzahl von Grafen getanzt, einmal mit einem Marquis und zweimal mit einem Herzog. Sogar der Neffe des Königs hatte mit ihr getanzt und ihr anschließend ein Glas Punsch gebracht. Warum also verstörte dieser Graf sie so sehr?

Weil er sich nicht an die Regeln hielt. Weil er keinem der Männer glich, denen sie bisher begegnet war – weder was seine Herkunft betraf, noch in seinem Aussehen und Betragen. Und das war auch der Grund, weshalb so viele junge Damen schmachtend vor ihm zergingen. Es war etwas Wildes und Gefährliches um ihn, das die Frauen zu ihm hinzog wie die Motten zur Flamme.

»Nun gut«, murmelte sie und empfand dabei mehr Ärger über sich selbst als über ihn. Sie strich ihre Röcke glatt und warf den Kopf in den Nacken. »Was können Sie spielen, Lady Valerie?«

»Was Sie wollen, Miss Drysdale. Vielleicht ein Menuett?«

»Wie wäre es mit einer Polka?« fragte Ivan, ohne den Blick von Lucys Gesicht zu lassen.

»Ich kenne die ›Frederika‹«, bot Valerie an.

»Vorzüglich.«

Valerie ließ sich am Klavier nieder, während Lady Westcott sich auf eine rote Damastcouch zurückzog. So standen nun Lucy und Ivan in der Mitte des Raumes, zwischen sich einen Abstand von Armeslänge. Während Ivan ein selbstzufriedenes Lächeln zur Schau trug, unterdrückte Lucy mühsam ein Stöhnen. Eine Polka. Das bedeutete, daß er sie während des ganzen Tanzes im Arm halten würde und sie ihm ins Gesicht sehen mußte.

Das war ganz und gar nicht, was sie geplant hatte. Aber sie würde es schon schaffen, redete sie sich ein. Sie würde mit ihm ein paar Runden durch den Raum drehen, und dann würde es vorbei sein. Anscheinend meinte er, jede Frau erobern zu müssen, die ihm über den Weg lief. Aber bei ihr sollte er sich gründlich getäuscht haben.

Sie holte tief Luft und bemerkte dabei, daß Ivans Blick für den Bruchteil einer Sekunde zu ihren Brüsten wanderte. Ihre Zuversicht verließ sie. Als ihre Augen sich wieder trafen, war ihr die schreckliche Wahrheit bewußt, und sie fürchtete, daß ihr diese Wahrheit ins Gesicht geschrieben stand. Er *konnte* sie erobern, und das ohne die geringste Mühe.

Ivan reichte ihr seine linke Hand, und Lucy, verunsichert bis ins Mark, legte ihre Rechte hinein. Sie strengte sich an, keine Reaktion zu zeigen, und redete sich gut zu, daß schließlich der Stoff seiner und ihrer Handschuhe eine direkte Berührung verhindere. Dann legte seine rechte Hand sich auf ihre Taille, der Tanz begann und Lucy war verloren.

Ivan tanzte sehr gut, was Lucy kaum überraschte. Doch es steckte mehr dahinter als die korrekten Schritte zur Musik. Es lag etwas Verführerisches, Sinnliches in seinen Bewegungen, das sich Lucy mitteilte, so daß sie selbst tanzte wie noch nie zuvor. Sie wirbelten in dem schnellen Dreivierteltakt durch den Salon, bis Lucys Herz raste und ihre Wangen glühten.

»Das Tanzen steht Ihnen gut«, murmelte Ivan ihr ins Ohr.

»Welch ein wohlüberlegtes Kompliment«, gab sie atemlos zurück. »Zweifellos fühlen sich alle jungen Damen davon sehr geschmeichelt.« Und das traf auch auf sie zu, gestand sie sich ein, obwohl sie es besser wissen sollte.

Ivans Lippen verzogen sich zu einem kleinen, unverschämten Lächeln, und Lucys Magen zog sich zusammen.« Ich finden«, erwiderte Ivan, »daß man aus dem Tanz einer jungfräulichen Dame sehr gut auf ihre – wie soll ich mich ausdrücken? – auf ihre Fähigkeit zur Leidenschaft schließen kann.«

Lucy geriet aus dem Takt, doch Ivan hielt sie und führte sie sicher. Schockiert und verärgert blickte sie zu ihm auf. Leidenschaft? Für diese Frechheit gab es keine passenden Worte.

»Kommen Sie«, fuhr Ivan hinterlistig fort, »wir wissen doch beide, daß Sie ein ganz besonderes Interesse für die Leidenschaften anderer hegen. Sagen Sie die Wahrheit, Lucy. Haben Sie nicht schon manchen Mann nach seinem Können auf dem Tanzboden eingeschätzt? Ein Klotz auf zwei Beinen wird sicher auch im Ehebett nicht viel Finesse an den Tag legen.«

»Also wirklich!« Lucy hielt es nicht länger aus und entwand sich seinem Arm. Auf ihre zornige Geste hin endete die Musik mißtönend. Lady Westcott beugte sich kritisch vor, während Valerie sich am liebsten hinter dem Klavier verkrochen hätte. »Ich glaube, es wird Zeit, uns zurückzuziehen«, sagte Lucy in dem hochmütigsten Ton, den sie zustandebrachte.

»Valerie?«

Würde er sich nun entschuldigen? Anscheinend nicht.

Valerie, verschreckt durch die Emotionen um sie herum, die deutlich zu spüren waren, erhob sich zitternd. Auch Lady Westcott stand unter Zuhilfenahme ihres Stockes auf. »Was geht hier vor sich?« fragte sie mißbilligend. »Wie? Weshalb gehen Sie, Miss Drysdale? Hast du sie beleidigt, John?«

John? Trotz ihrer Erregung entging Lucy weder der wütende Blick, den Ivan der alten Frau zuwarf, als diese ihn John nannte, noch deren widerstrebendes Einlenken.

»Na gut, dann eben Ivan! Was hast du zu ihr gesagt, Ivan?«

Innerhalb eines Augenblicks hatte Ivans Laune sich vom Spott zur Wut gewandelt, und das nur, weil seine Großmutter ihn John genannt hatte. Was hatte das zu bedeuten?

Dann fiel es Lucy ein, daß John die englische Form des Namens Ivan war. Vor ihren Augen entstand das Bild eines kleinen, dunkelhaarigen Zigeunerjungen, der alles aufgeben mußte, was er gekannt hatte, um ein richtiger englischer Lord zu werden. Und doch hatte er an seinem Namen – seinem wahren Namen – festgehalten.

Ihr Herz war bereit, ihm zu vergeben – bis Ivan sich wieder ihr zuwandte.

»Mir scheint, ich habe eine Bemerkung gemacht, die Miss Drysdales Empfindsamkeit berührt hat. Ich hatte sie für weltoffener gehalten, als sie ist. Dafür entschuldige ich mich.«

Daß Ivan sich mit diesen Worten keineswegs für seine Frechheit entschuldigte, entging Lucy nicht. Ihr Ärger regte sich wieder. Daß er ein unglückliches Kind gewesen war, konnte kein Freibrief dafür sein, sich als Mann unmöglich zu benehmen.

Lady Westcott stieß ungeduldig ihren Stock auf den Boden. »Nun, Miss Drysdale? Nehmen Sie seine Entschuldigung an? Ich werde keine Zwistigkeiten in diesem Hause dulden.«

Außer, wenn du sie selbst verursachst, dachte Lucy verstimmt. Trotzdem wollte sie ihren Aufenthalt in London nicht auf's Spiel setzen. Sie war noch nicht einmal eine Woche hier. Wenn Ivan Thornton glaubte, sie so weit aus der Fassung bringen zu können, daß sie die arme Valerie allein ließe, so hatte er sich getäuscht. Sie würde in London bleiben, so lange es irgend möglich war. Sie wollte Sir James' Vorlesungen besuchen. Sie hatte sich Hunderte, nein, Tausende anregende Gespräche vorgestellt, die sie mit ihm führen wollte.

Die schlechten Manieren eines einzigen Mannes sollten sie davon nicht abhalten.

»Entschuldigung angenommen«, erwiderte sie frostig und mit steifer Haltung. »Aber es ist spät, und ich bin müde.«

»Kommen Sie, Valerie, wir haben morgen einen langen Tag vor uns.«

Valerie huschte an Lucys Seite, wobei ihr Gesicht deutlich ihre Angst vor jeder Disharmonie ausdrückte. Lady Westcott hatte gesagt, daß Valerie sehr fügsam wäre. Das rührte gewiß daher, daß sie ein mittleres Kind war und zu oft zwischen ihren streitenden Geschwistern gestanden hatte. Sicher würde sie nahezu alles tun, um einer Auseinandersetzung aus dem Wege zu gehen.

Ivan dagegen war ein Einzelkind gewesen und einsam dazu. Da stand er nun, die Hände nachlässig in die Taschen geschoben und höchst zufrieden mit dem Unheil, das er angerichtet hatte. Lucy wußte, daß er sie nicht so einfach davonkommen lassen würde.

»Sie sagen, Miss Drysdale, daß Sie meine Entschuldigung annehmen, doch aus Ihrer Stimme höre ich noch deutlich eine Irritation heraus. Daher bitte ich um Gelegenheit zur Wiedergutmachung. Als Zeichen meiner Reue würde ich Sie und Lady Valerie morgen vormittag gerne ausfahren.«

»Das ist wirklich nicht nötig.«

»Valerie muß anfangen, sich zu zeigen.« Das kam von Lady Westcott. Mit einem Blick warnte sie Lucy, sich ihrem Willen entgegenzustellen. »Es wird gut für sie sein, wenn sie sich sehen läßt. Man wird anfangen, über die neue Schönheit zu reden, die in der Stadt weilt. Und sorgen Sie dafür, daß sie etwas Blaues trägt«, endete sie in einem Ton, der keinen Widerspruch duldete.

Lucy biß die Zähne zusammen. »Sehr wohl. Doch während Lord Westcott sie ihren künftigen Verehrern vorführt, würde ich ihr gerne ein wenig geistige Anregung bieten.«

»Geistige Anregung?« fragte Lady Westcott wachsam. »Was verstehen Sie darunter?«

»Es findet eine Vorlesungsreihe statt über den menschlichen Intellekt und die Einflüsse, die auf die Erziehung junger Menschen einwirken. Diese Vorlesungen würde ich gerne mit ihr besuchen.«

Zu Lucys Überraschung war Lady Westcott einverstanden. Es hatte sogar den Anschein, als lächelte sie zustimmend, was Lucy aber ziemlich unwahrscheinlich fand.

Auch um Ivans Lippen spielte ein leichtes, überhebliches Lächeln, als wolle er andeuten, daß alles genau nach seinen Plänen liefe. Doch das würde es nicht, dafür wollte Lucy sorgen. Sollte er morgen nur seine Launen an ihr austoben, Valerie würde sich dadurch lediglich noch weiter vor ihm zurückziehen.

Und in der Zwischenzeit würde Lucy, mit Hilfe von Sir James, die leicht beeindruckbare Valerie über eine harmonische Beziehung zwischen Eheleuten aufklären, eine Beziehung, die, wenn nicht auf Liebe, so jedenfalls auf Respekt gegründet war; eine Beziehung, die nicht wegen Geld oder Titeln eingegangen werden sollte.

Sie schob ihre Hand unter Valeries Arm und verließ mit ihr den Raum, nachdem sie vor Lady Westcott einen artigen Knicks gemacht und Ivan höflich zugenickt hatte. Doch später, als sie die Tür zu ihrem Zimmer hinter sich zugemacht hatte, lehnte sie sich gegen das dicke Holz und starrte zum gegenüberliegenden Fenster.

Würde sie heute nacht wieder hören, wie er irgendein Frauenzimmer unter diesem Fenster verabschiedete?

Obwohl sie sich einzureden versuchte, daß es sie überhaupt nicht interessierte, wußte sie, daß sie sich selbst etwas vormachte. Aber es war schließlich nur Neugierde, nichts weiter. Was er tat, berührte sie nicht, aber man durfte doch neugierig sein. Jeder halbwegs intelligente Mensch war das. Zugegeben, Neugierde war nicht gerade ein feiner Charakterzug, aber trotzdem weit verbreitet.

Lucy stieß sich von der Tür ab und begann die Haarnadeln aus ihrer Frisur zu ziehen. Sie nahm sich vor, Sir James nach seiner Ansicht zur Neugierde zu befragen, falls sich die Gelegenheit dazu bieten sollte. Sie würde ihn fragen, weshalb manche Gegenstände den Geist stärker erregten als andere und dazu führten, genauer hinzuschauen und tiefer nachzugraben. Doch sie würde ihre Frage ganz allgemein stellen, ohne Namen zu nennen, denn sie wollte nicht den Eindruck erwecken, als würde sie sich speziell für eine besondere Person interessieren.

Obwohl leider genau das der Fall war.

5

Ivan fand Giles und Alexander im Pisspott, einer schmierigen Kneipe, die vor Zeiten ein Töpferladen – Pitt's Pottery – gewesen und jetzt nur noch unter dem Namen Pisspott bekannt war.

Giles, der vor einem Kartentisch saß, war gerade dabei, einem übel aussehenden Subjekt den Wochenlohn aus der Tasche zu ziehen. Dieser Mensch machte den Eindruck, als würde er einen Gegenspieler ohne zu zögern in einer dunklen Gasse überfallen und ihm den Gewinn wieder abnehmen. Giles allerdings sah mindestens genauso verwegen aus.

Alex war das genaue Gegenteil. Obwohl er groß und von mittelstarker Gestalt war, besaß er die hübschen Züge eines Knaben und die lässigen Gesten eines Prinzen. Er saß in einer abgeschirmten Ecke und hatte ein hübsches Mädchen auf dem Schoß. Eine seiner manikürten Hände schloß sich fest um ein Trinkglas, die andere steckte unter den Röcken des Mädchens.

Alex erspähte Ivan zuerst. »Was hat dich in diese scheußliche Nacht hinausgetrieben, mein Freund? Hat dich etwa deine Großmutter aus deinem eigenen Haus geworfen?«

»Denk ja nicht, du könntest bei Elliot unterkriechen«, warf Giles ein, ohne von seinen Karten aufzublicken. »Du hast seine Gefühle sehr verletzt, als du den riesigen Steinhaufen, den du das Stadthaus deiner Familie nennst, seiner bescheidenen Unterkunft vorzogst. Man könnte meinen, seine drei Zimmer wären für einen Grafen nicht nobel genug.«

Das Mädchen auf Alexanders Schoß quiekte plötzlich, um dann einen tiefen Seufzer auszustoßen.

»Was meinst du dazu, Tess?« fragte Alex. »Kann ein entzückendes Wesen wie du den Unterschied zwischen einem Kaufmann, einem Grafen und einem Prinzen erkennen – zugedeckt und im Dunkeln?«

Das Mädchen kicherte. »Wollen wir einen Wettbewerb veranstalten? Ich werde meine Augen zumachen und mich nach dem Gefühl richten – oder vielleicht lieber nach dem Geschmack?«

Lachend bewegte sie ihr Hinterteil auf Alexanders Schoß hin und her. »Mylord, Sie beginnen sich wie ein König anzufühlen«, gurrte sie.

So etwas durfte man zu Alex nicht sagen. Ivan wußte, daß jede Erwähnung des Königs, wenn sie nicht in den erniedrigendsten Worten erfolgte, Alexander unweigerlich verstimmte. Doch das war schließlich verständlich.

Von den vier Freunden wußten drei, wer ihre Väter waren, und sie haßten sie. Ivan hatte Elliot Pierce, der nicht wußte, wer sein Vater war, oft um diese Unkenntnis beneidet.

»Wo ist Elliot?« fragte er und bedeutete dem Schankkellner, ihm das übliche Glas Gin zu bringen. Er setzte sich neben Alex und ignorierte die interessierten Blicke des Mädchens, das inzwischen von Alex' Schoß herabgeglitten war.

»Laß uns allein!« befahl Alex der Kleinen barsch, die verwirrt und ein wenig erschrocken davonlief.

»Elliot suhlt sich vermutlich in irgendeinem Straßengraben«, sagte er dann zu Ivan, »das ist seine abartige Weise, seinen letzten finanziellen Coup zu feiern.« Er leerte seinen Becher. Vom Kartentisch her ertönte ein böser Fluch, dann schlug eine Faust auf den Tisch. Eine Flasche kippte um und zerschellte auf dem Boden.

Ivan blickte träge zu Giles hinüber. Der andere Spieler war inzwischen auf die Füße gesprungen und schüttelte seine Fäuste vor Giles' Gesicht – ein Anblick, der Ivan durchaus nicht fremd war. Er selbst hatte schon vor langer Zeit gelernt, nicht mit Giles Karten zu spielen. Und dieser angetrunkene Hafenarbeiter oder Schauermann lernte nun genau dieselbe Lektion.

Giles blieb unbeweglich sitzen und starrte seinem heftig schwitzenden Gegner unverwandt in die Augen, woraufhin dieser eine Flut von wüsten Verwünschungen ausstieß. Endlich spuckte er in Giles' Richtung und machte sich davon, wobei er jeden Stuhl umwarf, der ihm im Wege stand.

»Schlechter Verlierer«, bemerkte Alex. »Wieviel hast du ihm abgeknöpft?«

»Fünf Pfund. Aber geflucht hat er für einen Zehner.«

»Wie kommt so einer überhaupt zu soviel Geld?« überlegte Alex, dessen Finanzen ständig knapp waren.

»Er hat es sich im Schweiße seines Angesichtes erarbeitet«, antwortete Giles salbungsvoll.

»Er hätte seinen Lohn lieber für einen Satz neuer Zähne ausgeben sollen«, bemerkte Alex und ordnete die Spitzenmanschette, die aus dem Ärmel seines modischen silbergrauen Rockes hing. »Oder für seinen Schneider. Doch nein, gute Zähne sind noch wichtiger als gute Kleidung, meint ihr nicht auch?« Dann richtete er seinen Blick auf Ivan. »Aber du siehst aus, als wolltest du jemand die Zähne einschlagen. Etwa deiner Großmutter?«

Ivan starrte auf das Glas mit Gin, das er zwischen seinen Handflächen hin und her rollte. »Sie hat sich wieder ein neues Spiel ausgedacht, mit einem niedlichen jungen Ding, Lady Valerie Stanwich. Sie würde dir gefallen, Alex. Das alte Reff hat sie für diese Saison unter ihre Fittiche genommen und hat sie, ihre Anstandsdame und sich selbst in meinem Haus einquartiert.«

»Und ziehst du wieder aus?« erkundigte sich Alex.

Ivan schüttelte den Kopf. Er hatte während seines Rittes zum Pisspott eingehend über den Plan seiner Großmutter – und über Miss Drysdale – nachgedacht. »Nein, diesmal nicht. Ich werde in Westcott House wohnen bleiben. Ich habe sogar vor«, erklärte er mit glänzenden Augen »ein wenig Leben hineinzubringen, zum Beispiel durch regelmäßige Gesellschaften.«

Alex gähnte. »Wenn du sie hinausekeln willst, werden wir dir gerne zur Hand gehen. Ich werde die Großmutter beschäftigen – ihr wißt ja, daß sie mich leiden kann. Giles könnte dem Mädchen den Hof machen. Keine Mutter mit Hirn ließe ihre Tochter auch nur in die Nähe eines Kaufmannsbastards, gleichgültig, wie reich er ist. Das war nicht persönlich gemeint, Alter«, bemerkte er zu Giles. »Und Elliot könnte sich einen Spaß daraus machen, die Anstandsdame zu betören. Hat sie eine Hakennase, oder ist sie eine vertrocknete alte Jungfer? Das sind die Weiber, die am häufigsten als Anstandsdamen auftreten, wißt ihr. Oder ist sie ...«

»Um Miss Drysdale werde ich mich selbst kümmern.«

Dieser Einwurf brachte Ivan erstaunte Blicke von seinen beiden Freunden ein. Alex' gelangweilter Gesichtsausdruck wich einem schlauen Grinsen. »Raus damit, Mann! Ist sie es wert, sich mit ihr abzugeben, oder willst du dadurch nur die Gräfinwitwe ärgern?«

Ivan betrachtete seine beiden Freunde. Wie er waren auch sie Bastarde und hatten sich im Internat eng aneinandergeschlossen, enger als Brüder. Ohne sie und Elliot hätte er die harten Jahre in Burford Hall nicht überstanden. Wie oft waren sie gemeinsam in Unannehmlichkeiten geraten und hatten sich gemeinsam wieder herausgearbeitet. Sie hatten immer füreinander gesorgt und manchmal sogar ihre jeweiligen Liebschaften miteinander geteilt.

Doch dies war ein anderer Fall.

»Mit meiner Großmutter und ihren Intrigen werde ich schon fertig. Alles, was ich von euch erwarte, ist, daß Lady Valeries Tanzkarte voll wird.«

»Und was ist mit dieser Miss Drysdale?« beharrte Alex, und seine Augen leuchteten vor Neugierde. »Sollen wir auch ihre Tanzkarte füllen? Oder wirst du dich selbst darum kümmern?«

»Haben Anstandsdamen überhaupt Tanzkarten?« erkundigte sich Giles. Von den vier Freunden war er derjenige, der sich in der vornehmen Gesellschaft mit ihren labyrinthischen Regeln am wenigsten auskannte.

»Nein«, belehrte ihn Ivan. »Das heißt aber nicht, daß sie nicht tanzen kann.«

Und er, Ivan, wollte dafür sorgen, daß sie trotz all ihrer Klugheit und Geradlinigkeit nach seiner Pfeife tanzen würde.

Als am folgenden Tag der Graf von Westcott das Fahrzeug kommen ließ, war es zwar fast zwölf Uhr, doch nach den Gepflogenheiten in der Stadt galt das noch als Vormittag. Das Frühstück wurde nicht vor zehn Uhr eingenommen, und die sogenannten Morgenbesuche fanden in Wirklichkeit erst am frühen Nachmittag statt.

Lucy hatte vergessen, wie albern das alles war, denn auf dem Lande hatte sie gelernt, die frühen Morgenstunden zu genießen. Doch nun stand das Gefährt vor der Tür, bereit zur Ausfahrt. Lucy konnte es kaum erwarten.

Wenn nur dieser lästige Graf von Westcott sie nicht begleiten würde. Noch dazu hatte er den offenen Phaeton befohlen, ein schickes kleines Ding, in dem alle drei nebeneinander auf den einzigen Sitz zwängen mußten. Um den nötigsten Anstand zu wahren, setzte Lucy sich zwischen seine Lordschaft und Valerie.

Vor dem Frühstück hatten Lucy und Valerie sich ausgiebig über Ivan Thornton unterhalten, und Lucy hatte erleichtert festgestellt, daß das Mädchen sich nicht im geringsten zu dem dunklen, eleganten Lord hingezogen fühlte. Eher das Gegenteil war der Fall, denn für ein schüchternes Mädchen wie Valerie war Ivan Thornton eher abstroßend.

»Aber er hat zwanzigtausend im Jahr aus Pachteinkünften und noch mehr aus Stiftungen«, hatte Lucy das Mädchen erinnert. »Ihre Familie würde ihn als brillante Partie betrachten. Führt Sie das nicht in Versuchung?«

Valeries Kinn hatte gezittert, und ihre Augen hatten sich mit Wasser gefüllt. »Oh, bitte, Miss Drysdale, lassen Sie ihn nicht an mich heran, bitte nicht. Er ist viel zu – zu …« Sie hatte geschaudert und war nicht in der Lage gewesen, den Satz zu Ende zu sprechen. »Er erschreckt mich. Ich fürchte, er würde Hackfleisch aus mir machen. Verstehen Sie, was ich meine?«

Lucy hatte nur zu gut verstanden. Sie hatte Valerie versichert, daß sie ihr möglichstes tun würde, um eine Heirat zwischen ihr und dem Lord zu verhindern, und sich dann für die anstrengenden Stunden die vor ihr lagen, gewappnet.

»Ein ziemlich kleines Gefährt«, stellte sie nun fest, nachdem Ivan neben ihr Platz genommen und die Zügel ergriffen hatte. »Sie haben doch sicher auch was Größeres in Ihren Ställen.«

»Ich fand den offenen Phaeton angenehmer als einen geschlossenen Wagen«, antwortete Ivan, während er dem Paar fescher Brauner zuschnalzte. Er schaute Lucy an, und ihr Herz begann heftig zu schlagen. Ihr tief in die Augen blickend, bewegte Ivan sein Bein, so daß sein Knie das von Lucy berührte.

Lucy klopfte das Herz bis zum Hals. Aber genau das war es, was er beabsichtigte, ermahnte sie sich. Er wollte sie aus dem Gleichgewicht bringen, doch das würde sie nicht zulassen.

»Wenn wir uns schon in diesem kleinen Wagen zusammenpferchen müssen«, murmelte sie, »dann seien Sie doch wenigstens so gut, Ihr – Ihre Gliedmaßen bei sich zu behalten.«

»Meine Gliedmaßen?« Ivan lachte boshaft und zeigte seine weißen Zähne. »Stimmt, wie konnte ich das nur vergessen? Das Wort ›Beine‹ auszusprechen, schickt sich nicht für eine Dame.« Er beugte sich ein wenig vor und streifte dabei Lucys Arm. »Sagen Sie, Lady Valerie, Sie sind doch mit einigen Brüdern aufgewachsen: Nennen Sie die unteren Extremitäten ›Beine‹ oder gebrauchen Sie eine Umschreibung?«

Lucy spürte, wie Valerie zitterte. Oder war sie das selbst? Sie nahm die Hand des Mädchens und drückte sie. Obwohl sie wußte, daß Valeries Schüchternheit letzten Endes ihr bester Schutz vor dem teuflischen Charme des Grafen war, wünschte sie, daß Valerie gelegentlich mehr Rückgrat beweisen und Ivan mit einer kurzen, verächtlichen Antwort in seine Schranken verweisen würde.

Doch das war dem Mädchen nicht gegeben. Als Valeries Schweigen andauerte, ihre Wangen immer röter wurden und sie Lucys Hand beinahe schmerzhaft festhielt, wußte diese, daß es nun an ihr war, etwas zu sagen.

»Lord Westcott, wenn Sie darauf bestehen, weiterhin über Themen zu sprechen, die die Empfindsamkeit einer jungen Dame wie Lady Valerie verletzen, so wäre es vermutlich besser, wenn Sie uns nach Hause brächten.«

Sie hatten eben das Ende des Platzes erreicht, und Ivan bog in die Berkeley Street und von da in die Picadilly Street ein, als hätte er sie überhaupt nicht gehört. Daß er sie doch vernommen hatte, bewiesen seine nächsten Worte.

»Sie müssen mir Gelegenheit geben, Miss Drysdale, herauszufinden, wo die Empfindsamkeiten meiner Kusine liegen. Obwohl wir verwandt sind, haben wir uns gerade erst kennengelernt. Ich konnte nicht wissen, daß sie nicht so frank und frei veranlagt ist wie Sie, und ich würde jede Wette eingehen, daß Sie selbst, wenn Sie nicht wie jetzt als Anstandsdame fungieren, ein Bein jederzeit ›Bein‹ nennen würden. Doch wenn Sie und Lady Valerie darauf bestehen, dann gebe ich nach. Ich gestehe: Eines meiner Gliedmaßen hat sich Ihnen genähert.«

Er drückte sein Bein nochmals absichtlich gegen Lucys Röcke und grinste. Dann zog er es weg. »So, ist das besser? Jetzt gibt es keine Berührung mehr zwischen unseren Gliedern.«

Wäre Lucy nicht durch die unmittelbare Nähe seiner starken, muskulösen Hüfte verunsichert gewesen, so hätte sie sein Benehmen lediglich als die Neckerei eines jungen Mannes abgetan. Doch unter seinem Spötteln lag etwas Tieferes, Dunkleres. Etwas Maskulines, mit dem sie nicht so leicht fertig wurde, wie ihr lieb gewesen wäre.

So blieb ihr nur zu hoffen, er würde mit seinen Spöttereien aufhören, damit sie die Fahrt aufrechten Hauptes überstehen konnte.

Entgegen ihrer vorherigen Einwände mußte Lucy zugeben, daß der Tag wie geschaffen war für die Fahrt in einem offenen Phaeton. Der Himmel war von einem lichten, klaren Blau, über das gelegentlich glänzend weiße Wolken zogen. Dazu wehte ein laues Lüftchen, und Lucy gestand sich ein, daß sie die Fahrt sehr genoß. An diesem Tag zeigte London sich von seiner schönsten Seite, ohne Nebel oder Rauch.

Ivan meisterte die Braunen mit kräftiger Hand. Lucy hatte davon gehört, daß Zigeuner besonders gut mit Pferden umgehen konnten. Er hielt die Zügel leicht und doch kraftvoll. Fasziniert starrte Lucy auf seine Hände, bis ihr plötzlich bewußt wurde, was sie da tat. Sie wandte die Augen ab und räusperte sich.

Während sie von der Picadilly Street zur Park Lane kutschierten, sprachen sie wenig. Lucy lenkte sich von Ivan Thornton ab, indem sie Valerie auf die wichtigsten Sehenswürdigkeiten hinwies.

Während sie sich dem Stanhope Gate näherten, das in den Park führte, wurde der Verkehr immer dichter. Als sie jedoch das Tor durchfahren hatten, löste das Durcheinander sich zu einer schmalen Reihe von Phaetons, Kutschen, Landauern und sogar einigen Droschken auf, die hintereinander herfuhren. Wer nicht in einem Fahrzeug saß, ritt zumindest ein feuriges Pferd.

Valerie riß staunend die Augen auf. Während ihrer ersten Saison war Lucy von dieser Zurschaustellung der vornehmen Gesellschaft ebenso beeindruckt gewesen, von all der Seide und dem Musselin, von Flechten und Bändern, Federn und Juwelen. Bei ihrer zweiten Saison hatte sie diesen ganzen Pomp schon etwas gelassener betrachtet. Nun jedoch fand sie sogar einen gewissen Gefallen daran. Londons Reiche und Schöne waren in den Park gekommen wie Kinder, die ihre neuesten Spielzeuge vorführten. Die Frauen machten einander Komplimente über ihre schicken Hauben, die Männer lobten gegenseitig ihre Pferde. Alle beobachteten einander genau, und jedermann versuchte, sich von seiner vorteilhaftesten Seite zu präsentieren.

Ein sehr imposantes Paar fuhr in einer königsblauen

Berline-Kutsche vorüber, je eine fette Katze auf dem Schoß und angeleint an die Kutsche drei Windhunde, die auf den Köpfen königsblaue Kappen trugen, auf denen königsblaue Federn wippten.

Lucy täuschte einen Hustenanfall vor, um nicht laut herauszulachen. Lady Valerie bemerkte es nicht, wohl aber der Graf.

»Sie amüsieren sich, Miss Drysdale? Und das über die Creme de la Creme der Gesellschaft? Meine Großmutter würde Ihre Haltung sicher nicht gutheißen.«

Lucy warf ihm von der Seite einen Blick zu. Er neckte sie, oder? Seine Lippen waren leicht gekräuselt. Trotzdem, sie war nicht sicher. »Es war nur ein Kratzen im Hals«, versicherte sie. Leider ritt genau in diesem Augenblick ein ältlicher Lebemann in einem knallgelben, viel zu engen Jackett vorüber. Sein Reittier war ein Schimmel, der sich nicht die geringste Mühe gab, die Zuschauer zu beeindrucken. Diesmal konnte Lucy ihr Lachen nicht mehr verbergen.

»Lachen Sie nicht«, flüsterte Ivan ihr ins Ohr, »das ist ein Marquis, der erst kürzlich seinen steinalt gewordenen Onkel beerbt hat. Er ist kinderlos und braucht dringend wieder eine Frau, nachdem er schon drei Gattinnen überlebt hat. Die Familie meiner Kusine wäre bestimmt überglücklich, wenn Sie ihr helfen würden, sich einen Marquis zu schnappen.«

Lucys Widerwille zeichnete sich deutlich in ihrem Gesicht ab, denn nun war es Ivan, der lachte – und irgendwie sein Bein wieder an ihres brachte.

Sie beantwortete diese indiskrete Bewegung mit einem unzarten Stoß ihres Ellenbogens in seine Seite und konnte zufrieden feststellen, daß er überrascht nach Luft schnappte. Sein Bein allerdings ließ er da, wo es war.

»Oh, sehen Sie, Miss Drysdale«, rief Valerie, »diese purpurne Kutsche. Ist das der König oder jemand aus seiner Familie?«

Der Graf beugte sich vor, um Valerie zu antworten, und preßte dabei schamlos seine Hüfte an Lucys Seite.

Das ging nun wirklich zu weit! Doch weshalb reagierte sie darauf wie ein unerfahrenes Mädchen mit schwitzigen Händen und rasendem Puls?

»Das ist der Herzog von Cheltenham, Lady Valerie. Genauer gesagt, seine Frau – und einer ihrer engeren Freunde«, erwiderte Ivan trocken, während die besagte Kutsche näher kam. »Der Herzog ist ziemlich stolz auf seine familiären Beziehungen zur königlichen Familie. Deshalb der purpurfarbene Landauer.«

Das war wirklich interessanter Klatsch. Lucys Gedanken waren allerdings mehr darauf gerichtet, wie sie ein wenig Abstand zwischen sich und diese harte, muskulöse Hüfte bringen konnte, ehe ihr Verstand völlig abhanden kam.

»Wollen wir ein wenig zu Fuß gehen?« fragte sie Valerie und stieß Ivan nochmals, diesmal jedoch härter, den Ellenbogen in die Rippen.

Ivan ließ Valerie gar nicht zu Wort kommen. »Ich würde das nicht empfehlen«, sagte er und rückte wenigstens einen Zentimeter ab. »Sie ist noch nicht in der Gesellschaft vorgestellt worden, und man würde es als ungehörig empfinden, wenn sie hier spazierenginge.«

Da hatte er recht. »Vielleicht können Sie uns einigen Bekannten Ihrer Großmutter vorstellen«, schlug Lucy vor.

»Wäre Lady Valerie daran interessiert, sich einen Ehemann im Alter meiner Großmutter zu suchen?« gab er zurück.

»O nein!« rief Valerie aus und wandte schnell ihr Gesicht ab.

»Der Graf neckt Sie nur, Lady Valerie«, tröstete Lucy das Mädchen. »Er weiß, daß ich nicht zuließe, daß man Sie an einen alten Mann verheiratet.«

»Ah, es sind also junge Männer, die sie kennenlernen möchte«, sagte Ivan. »Da haben wir Glück, denn ich bemerke eben einige feine jungen Herren aus meinem Bekanntenkreis.« Er winkte drei Reitern zu, die mit ihren Tieren auf dem Rasen neben dem Weg unterwegs waren.

Er hatte das geplant, schoß es Lucy durch den Kopf. Er hatte alles vorausberechnet, und obendrein waren diese drei Männer, mochten sie auch jung und gutaussehend sein, für die Tochter eines Grafen sicher nicht akzeptabel, das fühlte Lucy genau, obwohl sie die drei nicht kannte.

Als die Reiter Lord Westcotts Gefährt bemerkten, kamen sie darauf zugeritten.

»Guten Morgen, Westcott«, sagte der am elegantesten Gekleidete und lüpfte seinen Hut. Er war bemerkenswert gutaussehend, was durch sein Halstuch, das in einem komplizierten Knoten geschlungen war, und durch seine langen Spitzenmanschetten, die seine Hände halb bedeckten, noch unterstrichen wurde. Ein charmanter, erfahrener Lebemann, urteilte Lucy.

»Lady Valerie Stanwich, Miss Lucy Drysdale, darf ich Ihnen Mr. Alexander Blackburn vorstellen.« Der Name kam Lucy bekannt vor. Vielleicht war er ihr in einer Zeitschrift begegnet.

»Außerdem Mr. Giles Dameron.« Der Genannte war groß, dunkel und hübsch, auf eine etwas derbe, ländlich wirkende, aber sehr ansprechende Weise.

»Und schließlich Mr. Elliot Pierce.« Ein Schurke, schloß Lucy, denn Mr. Pierce war mindestens ebenso hübsch wie Mr. Dameron, genauso lässig wie Mr. Blackburn und wirkte nahezu ebenso arrogant und gefährlich wie Ivan Thornton.

Der Lebemann, der Bauer und der Schurke, nannte Lucy das Trio bei sich. Man konnte ihnen die lange Komplizenschaft mit dem Zigeuner-Grafen geradezu ansehen.

»Wir waren alle gemeinsam in Burford Hall«, sagte Ivan, als wolle er ihre Gedanken bestätigen.

Lucy setzte ein zurückhaltendes Lächeln auf. »Es freut uns, Ihre Bekanntschaft zu machen.«

Mr. Blackburn, der Lebemann, lenkte sein Pferd auf Valeries Seite des Phaetons. »Wie gefällt Ihnen London, Lady Valerie?« Er lächelte so offen und gewinnend, daß Lucy blinzelte. Vielleicht war sie doch vorschnell gewesen in ihrem Urteil, und er war gar nicht so schlimm.

»Es – es ist sehr – sehr groß«, stammelte Valerie und errötete bis unter die Wurzeln ihres Blondhaars.

Mr. Blackburns Gesicht wurde, falls das überhaupt möglich war, noch ernsthafter. »So kam es mir auch vor, als ich zum ersten Mal hier war. Aber man gewöhnt sich mit der Zeit daran. Woher kommen Sie?«

»Aus Sussex, aus der Nähe von Arundel.«

»Arundel«, nickte er nachdenklich, »ich war schon in der Gegend, habe dort ein wenig im Arun gefischt.«

»Meine Brüder fischen dort auch oft«, sagte Valerie und schöpfte ein wenig Mut.

Nun, das ließ sich gar nicht so übel an, dachte Lucy. Die drei mochten keine Adeligen sein, doch ihre Manieren waren untadelig.

»Kommen Sie auch von dort, Miss Drysdale?« Lucy wandte sich dem Frager zu und blickte in Mr. Pierce's Augen. Der Schurke. Er trug eine nachlässige Grazie zur Schau, doch darunter sah Lucy das versteckte Raubtier.

Die Unterhaltung wurde noch einige Minuten fortgesetzt: ob die Damen schon bei Almacks gewesen seien, ob sie Einladungen zum Ball bei den McClendens hätten.

»Ich hoffe doch, daß Sie mir einen Walzer reservieren«, sagte Mr. Blackburn zu Valerie.

»Sie tanzt noch nicht Walzer«, warf Lucy ein, ehe Valerie antworten konnte. »Sie ist noch nicht bei Hofe vorgestellt worden.«

»Ah, dann eben einen anderen Tanz«, sagte Blackburn und schenkte Valerie ein bezauberndes Lächeln.

»Reservieren Sie auch für mich einen Tanz«, fiel Mr. Pierce ein.

»Und auch für mich«, ergänzte Mr. Dameron.

Lucy war ein wenig besorgt, als Valerie lächelnd die Tänze versprach – genau so, wie Lucy es ihr beigebracht hatte. Mr. Blackburn war charmant und hatte von den dreien den am wenigsten bedrohlichen Eindruck gemacht. Doch er war nichts für Valerie, ebensowenig wie die beiden anderen. Valerie mochte nur ein Mädchen vom Land und eine von mehreren Schwestern sein, aber sie war immerhin die Tochter eines Grafen und dazu außerordentlich hübsch. Trotz einer mäßigen Mitgift konnte sie mit ihrem Titel und ihrer Schönheit eine sehr gute Partie machen. Lady Westcott hatte das Lucy gegenüber mehrmals betont. Sie würde diese unpassenden Verehrer genau im Auge behalten müssen.

Lucy begann sich zu fächeln und wandte sich an Ivan Thornton. »Wäre es möglich, Lord Westcott, daß Sie uns auf der Heimfahrt Fatuielle Hall zeigen?«

Sie war erleichtert, als er sofort zustimmte. Die drei anderen Herren tippten an ihre Hüte und verabschiedeten sich.

Ivan lenkte die Pferde geschickt durch die Masse der Kutschen und Reiter, und bald befanden sie sich außerhalb des Parks und trabten flott heimwärts. Zudem behielt Ivan während der Fahrt sein Bein dort, wo es hingehörte. Unterwegs erklärte er den beiden Frauen alles, was es an Interessantem zu sehen gab: Constitution Hall, die Clubs entlang der Pall Mall und Charing Cross. Dann wandten sie sich in die Williams Street und verlangsamten ihre Fahrt vor einem dreigeschossigen, ein wenig heruntergekommenen Backsteingebäude.

»Dies ist die Fatuielle Hall«, erklärte Ivan. »Weshalb wollten Sie sie sehen? Es finden nur noch wenige Amüsements hier statt.«

»Ich habe gehört, daß hier oft Vorlesungen gehalten werden. Vielleicht kann ich einer beiwohnen«, antwortete Lucy.

»Ah, ja, Sie erwähnten das gestern abend. Sagen Sie, Miss Drysdale, kann es sein, daß Sie ein Blaustrumpf sind?«

Lucy machte ihren Rücken steif. »Ich muß sicher nicht betonen, daß viele Damen sich durch eine solche Bemerkung gekränkt fühlen würden.«

»Aber Sie nicht«, beharrte Ivan und sah ihr so lange und eingehend in die Augen, daß Lucy kaum ihre Nervosität unterdrücken konnte. Endlich hielt sie es nicht mehr aus und wandte ihren Blick dem schäbigen Gebäude zu, als sei sie von dessen nichtssagender Architektur fasziniert.

Ivan stieß ein leises Lachen aus und trieb die Pferde an. Doch Lucy hatte genug Zeit gehabt, um einen Zettel an der Tür zu entdecken, der Sir James Mawbeys erste Vorlesung für den neunzehnten Mai ankündigte. Das war morgen. Sie hielt diese Information fest wie einen Schild, der sie vor ihren wirren Gefühlen gegenüber Ivan Thornton schützen sollte.

Zu Lucys Glück unterhielt Lord Westcott sich für den Rest der Fahrt vornehmlich mit Valerie. Diese hatte inzwischen genug Mut gefaßt, um eine normale Konversation mit ihm zu führen, und als sie wieder vor Westcott House angelangt waren, waren Lucys Besorgnisse weitgehend geschwunden, zumindest, soweit sie Ivans drei Freunde betrafen. Möglicherweise waren ein paar Verehrer genau das richtige Mittel, um Valeries schwaches Selbstvertrauen ein wenig zu kräftigen. Vielleicht würden Lord Westcotts Freunde mehr nützen als schaden. Schließlich mußte, eine junge Frau lernen, wie man unwillkommene Verehrer abweist, ohne dabei die Regeln der Höflichkeit zu verletzen.

Lucy nahm sich vor, alles zu tun, um ihren Schützling mit jungen Männern bekannt zu machen, die genügend Ansehen besaßen, um Valeries Familie und Lady Westcott zufriedenzustellen. Und mit ein wenig Glück war vielleicht einer darunter, der zudem Geist und einen guten Charakter besaß.

Lucy und Valerie verbrachten den Nachmittag in Lady Westcotts Gesellschaft und suchten mit ihr mehrere vornehme Adressen auf, architektonische Meisterstücke, die von Reichtum, Macht und langen Ahnenreihen kündeten. In den meisten Häusern hinterließen sie nur ihre Visitenkarten. In dreien jedoch empfing man sie und bot ihnen Erfrischungen an. Die drei Gastgeberinnen waren in Lady Westcotts Alter und gehörten offensichtlich zu ihren besten Bekannten. Die Viscountess Talbert war mit ihr durch Heirat verwandt. Die Gräfin von Grayer gehörte zu den tonangebenden Damen der städtischen Gesellschaft, während die Herzoginwitwe von Wickham schlicht die Herzoginwitwe von Wickham war.

Diese drei bedeutenden Frauen waren aus dem gleichen Holz geschnitzt wie Lady Westcott, und Valerie war von ihnen genauso eingeschüchtert wie von ihrer Patentante.

Lucy war es sofort klar, daß diese drei Damen Valerie eine große Hilfe sein konnten. Darüber hinaus war sie selbst von ihnen fasziniert. Diese Frauen hatten es geschafft, sich in einer von Männern beherrschten Welt einen Platz zu erobern und sich darin zu behaupten. Wie aus einer Frau eine starke Frau wurde, das wäre ein interessantes Thema, das sie gerne mit Sir James diskutieren würde. Sie konnte es kaum erwarten.

Als sie wieder in Westcott House waren, steuerte Lucy sofort auf ihr Ziel los. »Lady Westcott, erinnern Sie sich, daß ich gerne mit Lady Valerie einige Vorlesungen besuchen würde?«

»Einige? Von einigen war nicht die Rede.«

Lucy zwang sich, nicht zu diskutieren. »Morgen nachmittag findet die erste statt.«

»Wir müssen morgen zur Modistin zur Anprobe.«

»Es ist um elf Uhr vormittags.«

»Wir sind außerdem zum Tee bei Lady Hinton eingeladen. Sie ist Sir Roberts neueste Frau, und ich will unbedingt die Veränderungen sehen, die sie in seinem Stadthaus vorgenommen hat. Lady Talbert sagte, das Haus sehe jetzt wieder genauso aus wie bei seiner dritten Frau. Und ich muß unbedingt herausfinden, ob die neue Lady Hinton das absichtlich oder zufällig zuwege gebracht hat. Denn wenn es ein Zufall sein sollte, so macht sie sich damit zum Gespött der Saison.« Ihr Gesicht verzog sich zu einem stummen Gelächter.

Lucy schürzte die Lippen und versuchte vergeblich, ihre Worte zurückzuhalten. »Werden Sie sie dann von ihrem Mißgriff unterrichten – falls er unabsichtlich geschah?«

Lady Westcott warf Lucy einen schlauen Blick zu. »Darüber habe ich noch nicht entschieden. Was würden Sie an meiner Stelle tun?«

Lucy fühlte, daß es von ihrer Antwort abhing, ob sie die Erlaubnis erhalten würde, morgen die Vorlesung zu besuchen. Sie mußte also ebenso schlau sein wie die Gräfin. Was für eine Antwort würde dieser berechnenden Frau wohl gefallen, die sogar ihren einzigen Enkel als ein Faustpfand ihrer Macht betrachtete?

Die Antwort lag auf der Hand.

»Ich denke, daß es auf Lady Hinton selbst ankommt. Wenn Sie der Meinung sind, daß sie in Zukunft für Sie nützlich sein könnte, dann müssen Sie ihr unbedingt sagen, daß ihre neue Ausstattung ein Abklatsch einer ihrer Vorgängerinnen ist. Sie können ihr dann die zu erwartende Demütigung ersparen, indem Sie das Gerücht verbreiten, Lady Hinton habe dieses Dekor gewählt, um ihrem Gatten, den sie anbetet, eine Freude zu machen.«

Lucys Rede schien Lady Westcotts Beifall zu finden, bis auf die letzten Worte. Da runzelte sie die Stirn und schob ihre Teetasse beiseite. »Den sie anbetet? Pah, Sie sind ein genauso romantisches Gänschen wie Valerie, wenn Sie glauben, eine Frau müsse ihren Mann anbeten.«

Lucy ließ sich nicht einschüchtern. »Ich sagte nicht, eine Frau müsse ihren Mann anbeten. Ich habe nur gesagt, daß Sie und Lady Hinton andeuten könnten, daß dies der Fall sei.«

Lady Westcott betrachtete Lucy kühl, doch dann lachte sie auf.

»In der Hauptsache haben Sie recht, Miss Drysdale. Ich werde Lady Hinton besuchen und dann entscheiden, ob sie mir nützlich sein kann oder nicht. Wenn ich sie vor einem gesellschaftlichen Fauxpas bewahren kann, wird sie auf jeden Fall in meiner Schuld stehen.«

»Heißt das, daß Valerie und ich Sie nicht brauchen und statt dessen die Vorlesung besuchen können?«

Langsam und nachdenklich nickte die Gräfinwitwe. »Sie sind eine aufgeweckte junge Frau, Miss Drysdale. Bemerkenswert aufgeweckt.«

Lucy nahm das Kompliment lächelnd an. Auch wenn sie nicht damit prahlte, so war ihr doch seit langem klar, daß ihre intellektuellen Fähigkeiten größer waren als die der meisten Mädchen. Doch hier war mehr vonnöten, als lediglich aufgeweckt zu sein. Schließlich galt es, einen jungen Mann zu finden, der sowohl Valerie gefallen als Lady Westcotts Vorstellungen entsprechen sollte.

Die Gräfinwitwe hatte bei der Vorlesung nachgegeben, weil sie sich in dem Glauben befand, Lucy zu manipulieren und unwissentlich zur Komplizin ihres Planes zu machen, Lord Ivan mit Lady Valerie zu verkuppeln.

Von Lucys Absichten hatte sie keine Ahnung …

Lucy lächelte die Gräfinwitwe an. Sie würde ein Problem nach dem anderen angehen. Heute abend würde jedenfalls der Ball bei den McClendons stattfinden, auch wenn Lady Westcott ihn lediglich als Tanzerei abtat, da kaum über zweihundert Personen zu erwarten waren. Ob zweihundert oder vierhundert, für Valerie machte das einen Unterschied. Sie verging fast vor Angst bei dem Gedanken an so viele fremde Menschen.

Der Eindruck, den Valerie heute abend machen würde, konnte sehr wohl ausschlaggebend für den Rest ihrer Saison sein. Lucy war daher entschlossen, sie zur Schönsten des Balles zu machen, zumindest aber zum Mittelpunkt eines eigenen kleinen Hofstaates von Verehrern.

Sie wollte keinen Augenblick von ihrer Seite weichen und den passenden Verehrer für sie herauspicken.

6

Noch war es nicht Mitternacht, aber schon war man sich allgemein darüber einig, daß der Ball der McClendons das erste Großereignis der Saison sei. Lady McClendon war hingerissen, Lord McClendon war sehr stolz und ein wenig angeheitert, und die beiden unverheirateten Töchter hatten noch kein einziges Mal im wilden Wirbel der Tänze ausgesetzt.

Valerie war zuerst wie ein Kind an Lucys Arm gehangen und hatte nur auf die sagenhaften Kleider, die funkelnden Juwelen und die sich in ständiger Bewegung befindliche Menschenmenge gestarrt. Nachdem jedoch Lady Westcott sie einer Reihe von Leuten vorgestellt und man ihr viele Komplimente gemacht hatte, taute sie allmählich ein wenig auf.

Doch dann trat sie zweimal ins Fettnäpfchen, indem sie die Herzogin von Wickham und die Viscountess Talbot mit den falschen Titeln ansprach. Daß Lady Westcott sie dafür scharf in den Arm kniff, war ihr auch keine Hilfe, sondern verschüchterte das arme Mädchen so sehr, daß es kaum noch ein Wort hervorbrachte.

Zum Glück kümmerten ihre zahlreichen Bewunderer sich nicht darum. Sie war so vielen eifrigen jungen Grafen, Baronen und Rittern vorgestellt worden, daß es sogar Lucy schwerfiel, sie alle auseinanderzuhalten.

Im Augenblick tanzte Valerie einen schwungvollen Galopp mit dem ehrenwerten Chester Davies. Mit einem weniger einschüchternden Tanzpartner als Ivan Thornton hatte das Mädchen keine Probleme, Schritt zu halten. Die zwei waren ein hübsches Paar, stellte Lucy von dem Platz aus fest, an dem sie mit anderen Anstandsdamen stand. Andererseits sah Valerie so lieblich aus, daß ihr Glanz auf jeden Tänzer abfärben mußte, mit dem sie sich auf dem Parkett befand.

Lucy summte zur Musik, als plötzlich ein leises, aber unüberhörbares Raunen durch den Saal ging.

»Sehen Sie?« hörte sie eine Stimme zu ihrer Linken. »Ich sagte doch, daß er kommen würde.«

»Mylady hat mir strikte Anweisung gegeben, daß mein Mädchen zwar mit ihm, aber nicht mit einem seiner Trabanten tanzen dürfe«, sagte eine andere Stimme.

»Nicht einmal mit dem, von dem es heißt, er wäre ein Bastard des Königs?« fragte wieder die erste.

Lucy brauchte nicht länger zuzuhören. Es gab nur einen Mann, der, auch ohne daß sein Name genannt wurde, sofort alle Aufmerksamkeit auf sich zog. Ivan war mit seinen Freunden aus dem Hyde Park angekommen. Das vierblättrige Kleeblatt.

Nervös strich Lucy ihren adretten Haarknoten glatt, holte tief Luft und versuchte sich wieder zu beruhigen. Mit etwas Glück war Valeries Tanzkarte bereits voll. Wenn nicht … Nun, dann konnte Valerie trotzdem nicht viel passieren, wenn sie mit Ivans Freunden tanzte. Sie schien bei den meisten wohlangesehenen jungen Männern bereits einen Stein im Brett zu haben, und falls einige wenige Snobs einen Tanz mit Ivans Freunden mißbilligten, so würde das nichts weiter ausmachen.

Die Galoppreihe wirbelte mit gebauschten Kleidern aus Seide, Satin und Musselin an Lucy vorüber. Doch Lucy sah den Tänzern nicht mehr zu. Statt dessen hielt sie möglichst unauffällig nach dem Quartett Ausschau. Wo waren sie?

Nein, wo war Ivan?

Obwohl Lucy sich um den Grafen von Westcott eigentlich nur bekümmern durfte, soweit Lady Valeries Belange betroffen waren, mußte sie sich eingestehen, daß ihr Interesse weit darüber hinaus ging. Selbstverständlich war das närrisch, und Lucy hätte viel darum gegeben, sich einreden zu können, daß dieses besondere Interesse nur mit ihrer allgemeinen Wißbegierde zusammenhinge, die Charaktere und Motive anderer Menschen zu erforschen.

Doch so war es eben nicht. Er interessierte sie deshalb, weil die Berührung seiner Hüfte nicht nur ihre Hüfte, sondern ihr ganzes Sein erwärmt hatte. Weil er vor einigen Nächten vor ihrer Schlafzimmertür gestanden war und sie sich eingebildet hatte, sein Atem habe sie gestreift. Weil er klug und gerissen war und die ganze Gesellschaft noch weit mehr verachtete, als sie es tat.

»Das ist es, was junge Frauen ruiniert«, murmelte sie halblaut. Solche unangebrachten Fantasien hatten schon viele Mädchen ins Elend gebracht.

»Was haben Sie gesagt?« fragte eine Anstandsdame mit Spitzenhaube, die neben ihr stand. »Einer von denen hat eine junge Frau ruiniert?«

»Nein, nein«, erwiderte Lucy hastig. »Ich sagte, der Maifeiertag wäre ruiniert, falls es regnen sollte.« Ihre Nachbarin schüttelte den Kopf und blickte sie skeptisch an.

Lucy schenkte ihr ein knappes Lächeln und wandte sich ab, um nach Valeries Blondschopf Ausschau zu halten. Auf der gegenüberliegenden Seite der Tanzfläche entdeckte sie Lady Westcott mit ihren Freunden Laurence Caldrige, Lord Dunleith und der Viscountess Talbert. Lord Dunleith schien etwas in Lady Westcotts Ohr zu flüstern, während diese auf jemanden starrte, der sich auf Lucys Seite des Raumes befinden mußte.

Das konnte nur Ivan sein. Lucy hätte sich am liebsten hinter der Menschenmenge versteckt, damit er sie nicht entdeckte. Doch eben jetzt hörte die Musik auf, und Mr. Davies brachte Valerie zu Lucy zurück.

Ivan und seine berüchtigten Freunde erspähten sie sofort und folgten ihr. Lord Westcott schenkte Lucy einen anerkennenden Blick, seine ersten Worte waren jedoch an Valerie gerichtet, wie es sich gehörte.

»Guten Abend, Kusine.« Er grüßte sie mit einer großartigen Verbeugung und küßte ihre Hand, die er dabei länger festhielt, als es nötig gewesen wäre.

Nervös preßte Valerie die Lippen zusammen, während Lucy sich räusperte. War das alles nur Schau für seine

Großmutter, oder versuchte er, Valerie aus dem Konzept bringen? Wenn das sein Ziel war, so hatte er es erreicht. Das Selbstbewußtsein, das sie im Laufe des Abends durch die Bewunderung so vieler junger Männer erworben hatte, fiel unter Ivans Aufmerksamkeit völlig in sich zusammen.

Auch das Funkeln des Diamanten in seinem linken Ohrläppchen war nicht dazu angetan, Valerie zu beruhigen. War dieser Zigeuner je von einem anderen Mann an Keckheit übertroffen worden?

»Guten Abend, Lord Westcott«, sagte Lucy, um ihn von seinem Opfer abzulenken, ehe es unter seinem unausgesetzten Blick zu einem Häufchen Pudding zerfließen konnte. Sofort wandte Ivan ihr seine glänzenden Augen zu.

»Guten Abend, Miss Drysdale. Sagen Sie, erfüllt Lady Valerie Ihre Erwartungen?«

Lucy konnte wegen seiner Worte, die er ohne Rücksicht auf die Anwesenheit des Mädchens äußerte, nur die Stirn runzeln.

Dann entdeckte sie das hochmütige Glitzern in seinen Augen. Er versuchte wieder einmal, sie zu reizen.

Sie rang sich ihr heiterstes Lächeln ab, obwohl ihr Herzschlag sehr schnell ging. »Lady Valerie hat meine Erwartungen mehr als erfüllt, woran sowieso nicht zu zweifeln war.«

»Haben Sie mir einen Tanz reserviert?« unterbrach sie Giles Dameron. Er verbeugte sich vor den Damen und wiederholte seine Frage.

Die dankbare Valerie erlangte etwas von ihrer Fassung wieder, als Mr. Dameron sie mit seinem derben Charme so direkt ansprach. »Aber ja, Mr. Dameron, das habe ich«, antwortete sie lächelnd, schlug die Augen nieder und begann sich mit ihrem Perlmuttfächer zu fächeln.

Zusammen zogen sie ab: Mr. Dameron, der es nicht für nötig hielt, die Zustimmung der Anstandsdame abzuwarten, und Valerie, die sichtlich froh war, der überwältigenden Präsenz ihres Vetters zu entkommen.

»Ein hübsches Paar«, brummte Alexander Blackburn, der auch diesmal höchst modisch gekleidet war und eine gelangweilte Lässigkeit zur Schau trug, um die ihn jeder Lebemann der Gesellschaft beneiden mußte.

Elliot Pierce's Langeweile indessen war von ganz anderer Art. »Sind die Spieltische schon eröffnet? Sie müssen mir verzeihen, Miss Drysdale, aber abgesehen von meinen Verpflichtungen gegenüber Lady Valerie werden Sie mich nicht oft auf der Tanzfläche finden.«

»Das ist schon in Ordnung«, meinte Lucy.

»Nein, das ist es nicht«, mischte Ivan sich ein. »Ich bitte um Entschuldigung für die schlechten Manieren meiner Freunde, Miss Drysdale. Da sie Sie nicht zum Tanz aufgefordert haben, werde ich es tun.«

Indem er so sprach, griff er nach Lucys Händen. Diese entzog sie ihm jedoch und versteckte sie in ihren Röcken. Sie konnte es nicht wagen, mit diesem Mann zu tanzen, der sie jedesmal aus der Fassung brachte. »Wenn Sie darüber nachdenken, Lord Westcott«, sagte sie, »so ist diese Aufforderung, die Sie lediglich aus Pflichtgefühl aussprachen, eine größere Beleidigung als die, die ich durch Ihre Freunde erfahren habe, denn diese beleidigten mich zumindest nicht absichtlich.«

»Leise, Miss Drysdale, sonst machen Sie meinen Ruf als Gentleman zunichte«, flüsterte Ivan ihr gefährlich nahe ins Ohr.

Lucy bemerkte die Ironie in seiner Stimme; doch zu ihrem Ärger mußte sie auch feststellen, daß sie in den Mittelpunkt des Interesses der Umstehenden gerückt waren. Mehr als ein Dutzend Augenpaare beobachtete die kleine Auseinandersetzung mit unverhohlener Neugierde.

Doch Lucy hatte noch nie dazu geneigt, sich dem Druck der Öffentlichkeit zu beugen. Sie reckte ihr Kinn vor und blickte direkt in Ivan Thorntons blaue Augen. »Weshalb hassen Sie Ihre Großmutter so sehr?« fragte sie unverblümt.

Mr. Blackburn hüstelte, während Mr. Pierce laut auflachte. »Ich glaube, wir gehen jetzt besser, Alex«, sagte er und nahm Mr. Blackburn beim Arm. »Ich will mir lieber im Rauchzimmer eine Zigarre anzünden, als selbst in Rauch aufzugehen, wenn dieses Feuer außer Kontrolle gerät.«

Gemeinsam verließen sie den Ballsaal, während die Menschen ihnen hinterher starrten. Lucy sah ihnen nach und fühlte sich ein wenig ausgeliefert, da sie Ivan nun allein gegenüberstand. Obwohl sie von Tänzern, von Musik und Hunderten von Gästen umgeben war, fühlte sie sich dennoch ganz allein mit Ivan. Und keine Hilfe schien in Sicht.

Ihr Kinn ruckte noch ein Stück höher, als sie beschloß, wieder in die Offensive zu gehen. »Weshalb hassen Sie Ihre Großmutter?«

Ivans Gesicht versteinerte, während sein Blick von einer beängstigenden Wut kündete. »Das geht Sie nichts an, Miss Drysdale. Kommen Sie, tanzen wir.« Ohne weitere Warnung ergriff er ihre Hand führte sie – nein, zerrte sie – auf die Tanzfläche.

»Ich will nicht tanzen!« zischte Lucy leise, denn sie wollte keine Aufmerksamkeit mehr auf sich lenken. Davon hatte sie schon genug gehabt.

»Aber ich«, gab Ivan zurück. Lucy fand sich plötzlich in seinen Armen, er wirbelte sie herum, und ihre Röcke flogen, als sie sich unter die Tanzenden mischten.

Warum mußte es ausgerechnet ein Galopp sein, fragte Lucy sich, als sie widerstrebend ihre linke Hand auf seinen Arm legte. Mit seiner Hand auf ihrem Rücken schien er sie bei jeder Halbdrehung dichter an sich zu drücken.

»Nicht so eng«, flüsterte Lucy und stieg ihm mit voller Absicht auf den Fuß.

»Wenn Sie mir noch einmal auf die Zehen treten, werde ich Sie plattdrücken«, warnte Ivan und grinste auf sie herab. »Platt ist wohl nicht das richtige Wort, wie?« fuhr er fort und ließ seinen Blick über ihren Busen gleiten.

Obwohl Lucys Kleid nicht so tief ausgeschnitten war wie das der meisten anwesenden Frauen, schoß ihr eine verlegene Röte in die Wangen. »Sie sind unglaublich dreist!«

»Das kommt daher, daß ich es nicht besser weiß.«

»Das ist nicht wahr.«

»Ach nein?« Er grinste nicht mehr. Während einer vollen Runde um die Tanzfläche sprachen sie nicht miteinander, zumindest nicht durch Worte. Was jedoch sein starker, männlicher Körper ihr mitteilte, wollte Lucy, dessen war sie sicher, nicht wissen. Valerie tanzte an Mr. Damerons Arm vorbei. Er schien kein unangenehmer Zeitgenosse zu sein, wenn auch etwas ungeschliffen in seinen Manieren; ganz anders als Ivan, der sehr genau wußte, wie man sich zu benehmen hatte. Wenn Ivan sich schlecht benahm, so immer mit voller Absicht. Lucy beschloß, ihn zu reizen, wie er sie zuvor gereizt hatte.

»Da Sie es vorziehen, nicht zu antworten, werde ich mich sowohl auf das stützen müssen, was ich über Sie gehörte habe, als auch auf meine eigenen Eindrücke, und daraus dann meine Schlüsse über die Verstimmung zwischen Ihnen und Lady Westcott ziehen.«

»Das wird sicher unterhaltsam.« Ivans Züge nahmen den Ausdruck einer nachsichtigen Überlegenheit an, wie ein älterer Mann sie gegenüber einer kindlichen jungen Frau zum Ausdruck bringen mochte. Lucy schwor sich, diese Andeutung eines hochnäsigen Lächelns aus seinem Gesicht zu radieren.

»Ich nehme an, daß wir etwa gleich alt sind …«, begann sie.

»So alt sind Sie schon? Davon hatte ich keine Ahnung.«

»… daß wir aber auf ganz unterschiedliche Weise erzogen wurden«, fuhr Lucy unbeirrt fort. »Ich wuchs im Schoße meiner Familie auf, geliebt und behütet. Nun, vielleicht nicht direkt behütet in den letzten Jahren. Sie dagegen wuchsen bei einer Zigeunersippe auf, ohne Vater.«

»Ich hatte dort einen Vater.«

Lucy biß sich auf die Lippe. Davon hatte Lady Westcott ihr nichts erzählt. »Aha. Sie hatten dort also einen Vater. Das bedeutet, als Lady Westcott Sie nach Westcott House brachte …«

»Sie hat mich nie nach Westcott House gebracht.« Sein Griff um ihre Taille wurde eisern, doch er kam nicht aus dem Takt. Lucy hatte das Gefühl, daß sie ebensogut beide Beine gleichzeitig vom Boden abheben könne, ohne daß er auch nur eine Sekunde den Rhythmus verlöre, während er sie in seiner unnachgiebigen Umklammerung hielt.

»Sie sind geradewegs aus den Armen ihrer Mutter nach Burford Hall verbracht worden?«

»Ich habe ein paar schreckliche Tage auf dem Dachboden des Familiensitzes in Dorset erlebt. Dann schickte man mich nach Bastard Hall – verzeihen Sie, wenn dieser aufschlußreiche Name sie erschreckt –, ohne daß ich meinen leiblichen Vater zu Gesicht bekommen hatte.« Er erzählte das mit unbewegter Stimme.

Angesichts dieser Antwort verging auch die letzte Spur von Boshaftigkeit in Lucy. Ivan schien das zu fühlen, denn er beugte sich zu ihr hinab und flüsterte ihr ins Ohr: »Dies wäre die passende Gelegenheit, mich an Ihre Brust zu ziehen und mir jeden erdenklichen Trost anzubieten.«

Wie von der Tarantel gestochen, zuckte Lucy zurück. Er hatte sie mit seiner traurigen Geschichte eingewickelt, und sie, die immer auf ihr Verständnis der menschlichen Natur stolz gewesen war, war ihm auf den Leim gegangen. Ihre Augen verengten sich zu schmalen Schlitzen. »Wie enttäuschend«, gab sie zurück, »daß Sie letzten Endes auch nur zu einer gewöhnlichen Sorte Männer gehören. Sie wissen, wovon ich rede. Sie glauben, daß Ihre Abstammung Ihnen das Recht gibt, sich nach Belieben zu betragen. Für erstgeborene Söhne ist das typisch. Mein Neffe Stanley ist genauso«, fuhr sie im Plauderton fort. »Er weiß, daß er alles erben wird – Titel, Besitz und so fort –, und benimmt sich entsprechend. Niemand straft ihn ernsthaft, weder seine Eltern, noch sein Lehrer, noch die älteren Diener. Denn schließlich wird er in nicht allzu ferner Zukunft Macht über sie ausüben.«

»Wenn Sie mich zornig machen wollen, indem Sie mich mit diesen verweichlichten, verwöhnten Jüngelchen, die glauben, die ganze Welt sei nur zu ihrem Vergnügen da, in einen Topf werfen, dann verschwenden Sie Ihre Zeit, Miss Drysdale. Meine Jugendjahre sind ganz anders verlaufen.«

»Vielleicht«, lenkte Lucy ein. »Doch das Ergebnis ist dasselbe: ein verwöhnter, arroganter junger Lord, der nur der Befriedigung seiner Launen lebt.«

Damit hatte sie ihn getroffen, dessen war Lucy sich gewiß, auch wenn Ivan keine Miene dazu verzog. Seine nächsten Worte, die er in ihr Ohr flüsterte, verrieten es ihr.

»Möchten Sie gerne wissen, was meine neueste Laune ist?«

Zu Lucys Ärger verließ ihre Zuversicht sie auf der Stelle. Zum Glück hörte eben die Musik zu spielen auf, so daß sie einer Antwort enthoben wurde.

Doch leider ließ Ivan sie nicht gehen.

Sie trat einen Schritt zurück, doch er ließ ihre rechte Hand nicht los. »Lassen Sie uns promenieren«, sagte er. »Sicher haben Sie Lady Valerie beigebracht, daß dies die angebracht Art sei, den Tanz mit einem Gentleman zu beenden.«

»Angebracht für jüngere Damen«, gab Lucy zurück. »Und vorausgesetzt, ihr Tanzpartner *ist* ein Gentleman.« Doch er ließ sie nicht los, und am Ende blieb ihr nichts übrig, als nachzugeben. Er plazierte ihre Hand in der Beuge seines Armes und legte seine freie Hand darauf.

»Sie brauchen sich nicht an mich zu hängen, als könnte ich jede Sekunde Reißaus nehmen«, murrte Lucy, während sie am Rand der Tanzfläche dahinschlenderten.

»Sie würden nicht weglaufen?« spöttelte er. »Darf ich hoffen, daß meine Gesellschaft Ihnen angenehm ist?«

»Ich weiß, daß die Pflichten gegenüber meinem Tanzpartner eine kurze Promenade zwischen den Tänzen mit einschließen.«

»Und Sie tun immer Ihre Pflicht.«

Das war keine Frage, sondern eine Feststellung. Lucy gab keine Antwort, sondern zog es vor, den Menschen zuzulächeln, an denen sie vorüberkamen. Sie grüßte die wenigen, die sie kannte, und bemühte sich, allgemein den Eindruck zu erwecken, daß alles in Ordnung sei.

Natürlich starrten alle sie an, denn sie gaben schon ein seltsames Paar ab – die altjüngferliche Anstandsdame und der berüchtigte Zigeuner-Graf.

Einige Männer beäugten Lucy, als sähen sie sie in einem völlig neuen Licht. Die Frauen betrachteten sie kritisch, als fragten sie sich, warum der sagenhaft reiche Bastard-Graf gerade Lucy als Tanzpartnerin gewählt hatte, während es doch soviele begehrenswertere Partnerinnen gab.

Die Menschen waren von Ivan fasziniert, stellte Lucy fest, und hatten gleichzeitig Angst vor ihm. Und ihm schien das zu gefallen. Nun, sie würde alles daransetzen, ihn nicht merken zu lassen, daß auch sie Angst vor ihm hatte.

»Dann hassen Sie Ihre Großmutter also, weil sie Sie Ihrer Familie entrissen, Sie dann verlassen und in diese Schule gesteckt hat. Habe ich recht?«

»Das ist Schnee von gestern, Miss Drysdale.«

»Schnee von gestern? Warum? Weil es vor zwanzig Jahren passiert ist? Ich bin davon überzeugt, daß Kindheitserfahrungen einen Menschen verfolgen und sein Verhalten als Erwachsener beeinflussen, gleichgültig, ob diese Erfahrungen gut oder schlecht waren.«

Ihre Augen begegneten sich in einem stummen Kampf. Dann erschien plötzlich ein vertrauliches Lächeln auf Ivans Lippen. »Nun, da Sie es erwähnen, glaube ich mich zu erinnern, daß ich als Junge mit einer gewissen Regelmäßigkeit gezüchtigt wurde. Wenn Ihre Theorie stimmt, muß sich aus dieser Erfahrung meine mir bisher rätselhaft gebliebene Abneigung gegen jeden herleiten, der die Hand gegen mich erhebt. Sogar jetzt, wo ich auf mein dreißigstes Jahr zugehe, neige ich dazu, mich gegen jeden Angreifer zu verteidigen, der mir zu nahe kommt« sagte er in spöttischem Ton.

»Spotten Sie nur«, sagte Lucy unbeirrt. »Aber Ihre Abneigung gegen die Gräfinwitwe rührt von den dramatischen Ereignissen in Ihrer Kindheit her.« Sie sah ihn neugierig an. »Sie hatten eine gute Mutter, nicht wahr? Der Gegensatz zwischen dem Leben *mit* ihr und dem Leben danach *ohne* sie ist die tiefste Quelle Ihrer Unzufriedenheit. Wenn Ihre früheste Kindheit freudlos gewesen wäre, wäre Ihr Zorn jetzt wahrscheinlich nicht so groß.«

Lucy hatte ganz impulsiv gesprochen, ohne lange über ihre Worte nachzudenken. Doch ganz offensichtlich hatte sie wieder ins Schwarze getroffen. Ohne Warnung steuerte Ivan sie durch einen offenen Türbogen in einen ruhigeren Nebenraum. Danach noch eine Wendung, und sie befanden sich plötzlich in einem spärlich erleuchteten Bibliothekszimmer.

Lucy wurde es unbehaglich zumute. »Ich glaube nicht, daß ich unsere Unterhaltung hier fortsetzen möchte.«

Ivan zog die Tür mit einem entschlossenen Ruck zu.

Lucys Unbehagen steigerte sich zu schierer Furcht. Ein verräterischer Schweißtropfen rollte zwischen ihren Brüsten hinab. Doch sie wußte, daß es ein fataler Fehler wäre, Ivan ihre Angst zu zeigen. Mit gespielter Gleichgültigkeit verschränkte sie die Arme über der Brust.

»Sie wissen sehr wohl, Mylord, daß es meinem Ruf weitaus abträglicher ist als dem Ihren, wenn wir uns hier alleine einschließen. Wenn es Ihr Ziel war, mich in Verlegenheit zu bringen, so dürfen Sie sich freuen, denn das ist Ihnen gelungen. Würden Sie mir nun erlauben, zum Ball zurückzukehren und meine Pflichten Ihrer Kusine gegenüber wahrzunehmen?«

»Gerade jetzt, wo ich willens wäre, Ihnen den Grund meines Verhaltens zu erklären? Heißt das, daß dieses spezielle Thema Sie plötzlich nicht mehr interessiert, Miss Drysdale?«

Alles, was Lucy jetzt noch interessieren durfte, war, sich aus dieser gefährlichen Lage zu befreien, in die sie sich gebracht hatte. Doch leider gewann ihre Neugierde die Oberhand. Je mehr sie über diesen Mann in Erfahrung bringen konnte, um so besser konnte sie vielleicht auch diese zwiespältige Anziehungskraft verstehen, die er auf sie ausübte. Sie hatte sich immer für zu intelligent gehalten, als daß ihr so alberne Dinge wie die Schwäche für einen Mann zustoßen konnten. Anderen Frauen konnte so etwas passieren, aber doch nicht Lucy Drysdale! Und doch stand sie nun hier und war ihm verfallen, als sei sie ein törichtes kleines Schulmädchen. Nicht einmal Valerie war so närrisch, sich in ihn zu verlieben.

»Ich habe mich immer dafür interessiert, wie der menschliche Geist arbeitet«, brachte sie schließlich hervor. »Doch ich beachte auch die gesellschaftlichen Regeln. Nur zu, Lord Westcott, erklären Sie mir den Grund für Ihren Zorn. Aber beeilen Sie sich«, fügte sie hastig hinzu, »damit ich so schnell wie möglich zu meinen Pflichten als Anstandsdame zurückkehren kann.«

Ivans feingeschwungene Lippen kräuselten sich zu einem ironischen Lächeln. »Na gut, ich werde mich kurz fassen. Doch bevor ich beginne, möchte ich wissen, ob Sie mir gegenüber genauso offen sein werden.«

Lucy war auf der Hut. »Wie meinen Sie das?«

»Nun, was geschah in Ihrer Kindheit«, begann er und kam mit langsamen, geschmeidigen Schritten auf sie zu, »das Sie zu einer so aufmerksamen Beobachterin anderer Leute gemacht hat? Ist Ihr eigenes Leben so langweilig und ereignislos, daß Sie gezwungen sind, es durch das Beobachten anderer Menschen aufzufrischen?«

»Versuchen Sie jetzt, mich zu verärgern, indem Sie mich beschimpfen?«

»Ich wollte Sie nicht beleidigen, Miss Drysdale. Darf ich Sie Lucy nennen?« Seine leise Stimme ließ sie innerlich von Kopf bis Fuß erschaudern.

»Ich … Nein – das würde sich nicht gehören«, stammelte sie.

»Also, dann bleibt es bei Lucy. Es kommt nicht in Frage, daß man von mir sagt, ich benähme mich gehörig.« Als wären seine Worte nicht Frechheit genug, besaß er die Unverschämtheit, ihr lächelnd tief in die Augen zu schauen.

Versuchte er, sie zu verführen? Natürlich war diese Annahme lächerlich, und doch war der Ausdruck in diesen unerhört blauen Augen nicht mißzuverstehen. Nein, nicht blau, schwefelfarben eher, denn er blickte sie an, als würde seine Leidenschaft sie im nächsten Moment zu Asche verbrennen!

Lucy wich ein wenig zur Seite, um den Abstand zu Ivan zu vergrößern und nicht mehr direkt in seine Augen blicken zu müssen. Fieberhaft suchte sie nach einer Möglichkeit, das Thema zu wechseln und das Feuer zu löschen, das er irgendwo tief in ihr entfacht hatte. »Ich finde es sehr interessant – Sie vielleicht weniger –, aber auch jetzt erinnern Sie mich stark an meinen Neffen. Er reizt seinen Bruder ständig, ärgert und neckt ihn auf jede erdenkliche Weise, bis dieser schließlich vor Wut außer sich gerät. Er versuchte dieses Spielchen auch oft mit mir, aber jetzt nicht mehr so häufig, denn er weiß inzwischen, daß ich nicht mehr darauf hereinfalle. Ebensowenig, wie ich auf Sie hereinfalle, Mylord.«

Sie war während ihrer Rede hinter einen breiten Eichentisch geschlüpft, wo sie sich ein wenig sicherer fühlte. Trotzdem war ihr bewußt, daß sie genauso sinnlos daherredete wie ihre Schwägerin Hortense, um ihre Nervosität zu überspielen.

Vielleicht konnte es ihr mit Geschick gelingen, Ivans Aufmerksamkeit auf Valerie zu lenken und diese gleichzeitig vor ihm zu beschützen. Sie nahm all ihre Kraft zusammen und schenkte ihm ein süßes Lächeln. »Ich schlage einen Pakt zwischen uns vor, Lord Westcott, eine Übereinkunft, die uns beiden zugute kommen könnte.«

»Eine Übereinkunft, die uns beiden zugute kommen könnte?« Er sah sie eindringlich an. Nie zuvor hätte Lucy gedacht, daß blaue Augen so warm blicken und ein solches Gefühl in ihr erwecken konnten. »Meine liebe Lucy, haben Sie mir eben einen Antrag gemacht?«

»Was?!« Seine Worte rissen Lucy jäh aus ihrer Betrachtung seiner blauen Augen. »Einen Antrag? Was meinen Sie – oh!« Ihre Augen wurden zu Schlitzen, und sie stemmte die Fäuste in die Hüften. Ihre Wangen waren glühendrot vor Verlegenheit. Doch das stachelte ihre Wut nur noch mehr an. »Wenn Sie darauf bestehen, sich weiter aufzuführen wie ein aufsässiger kleiner Junge, dann haben wir wohl nichts mehr zu besprechen.«

Mit dem Ausdruck des unschuldig Gekränkten breitete Ivan die Arme aus. »Ein kleiner Junge? Das trifft mich tief. Sehe ich aus wie ein kleiner Junge?«

Lucys strapazierte Nerven ließen sie heftiger als gewohnt antworten. »O nein. Sie sehen wie ein Mann aus, wie ein Mann, der sich seiner Anziehungskraft auf Frauen sehr sicher ist. Und doch steckt in Ihnen ein verängstigter kleiner Junge. Ein zorniger, heulender kleiner Junge, der nicht über seine einsame, erschreckende Kindheit hinweggekommen ist.«

Die Atmosphäre in der Bibliothek erkaltete so fühlbar, als wäre jedes von Lucys Worten aus Eis gewesen.

Ivans gute Laune war sichtlich geschwunden. »Ich halte Ihnen zugute, Miss Drysdale, daß Ihre Erfahrungen sich vermutlich mehr auf Jungen denn auf Männer erstrecken, sonst würden Sie besser urteilen. Ich bin kein Junge mehr, seit man mich in Bastard Hall abgestellt hat. Ich bin kein Junge mehr«, fuhr er leise, verächtlich fort, »seit ich von meiner Verbindung zu dieser amoralischen Familie weiß und von meiner Verbindung zu dieser amoralischen Gesellschaft, die sich für so überlegen hält. Was immer an Kindlichem in mir war, ist mir vor so langen Jahren ausgetrieben worden, daß ich mich nicht mehr daran erinnern kann.«

Er war großartig in seinem Zorn, großartig, bedrohlich und gefährlich. Aber er war auch verletzlich, und es war diese winzige Spur der Verletzlichkeit, die an Lucys Herz rührte und sie nicht vor ihm zurückschrecken ließ.

»Sie haben jedes Recht, auf Ihre Großmutter wütend zu sein«, murmelte sie in dem Versuch, ihm Trost zu spenden. »Sie haben jedes Recht, sie ebenso zu verletzen, wie sie Sie verletzt hat.«

Doch Ivan wollte ihren Trost nicht. Mit drei Schritten hatte er den Tisch umrundet. Seine Hände packten Lucys Schultern. »Allen Zorn, den ich gegen sie fühle, werde ich sie spüren lassen. In diesem Augenblick jedoch, Miss Drysdale, Lucy, gilt mein Zorn nur Ihnen«, sagte er mit heiserer Stimme.

»Was tun Sie?« rief Lucy mit einer Stimme, die hoch und fremd in ihren eigenen Ohren klang.

»Ich lasse meine Wut an Ihnen aus. Ein Mann, kein Junge, der seine Wut an einer Frau ausläßt, nicht an einem kleinen Schulmädchen.«

Lucy hatte den Sinn seiner Worte verstanden. Ihr Herz hämmerte in ihrer Brust. Sie konnt kaum atmen, doch es gelang ihr, ihm eine Antwort entgegenzusetzen: »Wenn Sie glauben, mich küssen zu können, so haben Sie sich getäuscht.«

Er beugte sich zu ihr herab. »Meine liebe Miss Drysdale, ich werde noch viel mehr tun, als Sie nur zu küssen.«

7

Nicht, als ob Lucy noch nie geküßt worden wäre. Sie war sogar schon öfter geküßt worden und konnte sich an die Zahl der Küsse – es waren elf gewesen – genau erinnern, nicht jedoch daran, wann und wo sie sie jeweils erhalten hatte.

Doch diesen Kuß würde sie nie vergessen.

Dies war der erste Gedanke, der sich aus dem Nebel löste, der ihren Verstand eingehüllt hatte. Nie würde sie diesen Kuß vergessen, denn er war gleichzeitig sanft und wild, zögernd und begehrend, sanft und gierig gewesen. Er tauchte sie in Süße und überflutete sie mit Leidenschaft. Sie hätte schwören können, den Rauch eines Feuers gerochen zu haben.

Dann hob Ivan ein wenig seinen Kopf, gerade so weit, daß er auf ihr Gesicht hinabschauen konnte. Lucy wußte, daß sie ihn nie würde vergessen können. Seine Zuneigung zu ihr war nicht aufrichtig, ebensowenig wie ihre ihm gegenüber. Also war kein wirklicher Schaden angerichtet, redete sie sich ein. Aber er war der erste Mann – der erste und einzige Mann –, der sie je dazu gebracht hatte, seinen Kuß erwidern zu wollen.

Ohne über die Folgen nachzudenken, erhob Lucy sich auf die Zehenspitzen und drückte ihre Lippen auf seinen Mund.

Die Folgen ließen nicht auf sich warten. Ivans Arme legte sich um ihre Taille und drückten ihren Körper gegen seinen, während er sie zum zweiten Mal küßte. In diesem Kuß lag weniger Weichheit, dagegen viel Wildheit und gieriges Verlangen. Es gab kein Zögern mehr in diesem Kuß, aber immer noch viel Zärtlichkeit.

Lucy konnte fühlen, wie ihre Körper sich überall berührten, wo seine Hände sie festhielten: an Bauch, Brüsten, Schenkeln.

Dann begann Ivans Zunge den Saum ihres Mundes zu umspielen und ihre Lippen auseinanderzudrängen. Erregt schnappte Lucy nach Luft. Ivan nahm sofort seinen Vorteil wahr und stieß weiter vor. Zärtlich liebkoste er mit seiner Zungenspitze das empfindsame Innere ihres Mundes.

Natürlich hatte Lucy schon von solchen Küssen gehört – geflüsterte Gerüchte, Gesprächsfetzen. Sie hatte sogar einen kurzen Eintrag darüber in dem Buch einer Freundin gefunden, einem französischen Machwerk über Gesundheit und Hygiene, das sich andeutungsweise auch mit der körperlichen Beziehung zwischen Ehepaaren befaßt hatte.

Doch einen solchen Kuß hatte sie aus dieser trockenen und umständlichen Beschreibung nicht erahnen können. Außerdem waren sie und Ivan kein Ehepaar und würden es niemals werden.

Allein dieser Gedanke hätte Lucys gesunden Menschenverstand wieder wecken müssen. Doch leider küßte Ivan sie hinterhältigerweise gerade an Hals und Ohr, so daß ihr Verstand völlig aus der Bahn geriet.

Als Ivans Hand tiefer glitt, war Lucy verloren. Er hatte in ihr etwas erweckt, das sie bisher noch nicht gekannt hatte und das sowohl ihren Körper als auch ihren Geist erfaßte. Etwas Unvorstellbares. Etwas, von dem sie bisher nichts gewußt hatte.

Nein, sie würde weder diesen Kuß noch diesen Mann vergessen, und wenn sie hundert Jahre alt würde.

»Sie küssen wie eine Kurtisane«, murmelte Ivan, während er an ihrem Ohrläppchen knabberte.

Lucy schluckte schwer. Natürlich, er machte nur Spaß und neckte sie mit ihrer Unerfahrenheit.

»Es tut mir leid, daß ich Sie enttäuscht habe«, flüsterte sie. »Hätte ich Ihre Absichten vorausgeahnt, so hätte ich geübt, um meine Kußtechnik zu verbessern. Und jetzt lassen Sie mich bitte gehen«, verlangte sie und wandte ihr Gesicht ab, als er wieder ihren Mund suchte.

»Ich bin keineswegs enttäuscht«, meinte er und sog an

ihrem Ohrläppchen. »Was Ihnen an Technik fehlt, machen Sie durch Enthusiasmus wett. Jetzt weiß ich, daß Sie gerne küssen. Also leisten Sie keinen Widerstand, Lucy! Alles, was ich möchte, ist ein weiterer Kuß von Ihren süßen, aufreizenden Lippen.«

Süß. Aufreizend. Diesen Worten konnte Lucy nicht widerstehen. Man hatte sie gutaussehend und geistreich genannt. Ein Bewerber hatte ihre daunenweichen Wangen gepriesen, ein anderer ihr Haar mit Seide verglichen. Doch keiner hatte sie je aufreizend genannt. Dazu hatten sie nicht den Mut besessen.

Aber dieser Zigeuner-Graf, dieser Ivan Thornton, besaß mehr Mut als zehn Männer – nein, als elf.

Nur noch ein Kuß, bettelte ihr erhitzter Körper. Nur noch einen, bat ihr vernebelter Verstand. Einen einzigen noch, flehte ihr närrisches Herz.

Sie wandte sich Ivans suchenden Lippen zu, diesen versengenden Lippen, die sie von ihrem adrett frisierten Kopf bis zu den modisch beschuhten Füßen in Flammen gesetzt hatten. Wie von selbst legten ihre Arme sich um seine breiten Schultern, spielten ihre Finger in seinen dunklen Locken.

Ihre Lippen trafen sich zu einem schier endlosen Kuß. Vielleicht waren es auch viele Küsse, zahllose Küsse. Ivan küßte Lucy, Lucy küßte Ivan. Seine Zunge tauchte tief in ihren Mund ein, dann, sie wußte nicht wie, befand sich plötzlich ihre Zunge in seinem Mund. Sie forschte und schmeckte und entdeckte das unvergleichliche Gefühl des Begehrens.

Als sie schließlich gezwungen waren, Atem zu schöpfen, war Lucy zu erschüttert, um Verlegenheit oder Scham zu empfinden. Was zwischen ihnen geschehen war, hatte sie bisher noch nie erlebt, es war, als seien die entgegengesetztesten Gefühle wie Angst, Schrecken und Freude zu einer einzigen köstlichen Empfindung verschmolzen.

Ivan lockerte seinen Griff und legte seine Hände um Lucys Oberarme. Doch er zog sie nicht mehr so nahe an sich heran, sondern versenkte seinen glänzenden, blauen Blick in ihre Augen. »Nun, meine liebe Miss Drysdale, meine lustvolle Lucy. Werden Sie Ihre junge Schutzbefohlene auch lehren, einen Mann so intensiv zu küssen, wie Sie es tun?«

Lucys Hochgefühl erstickte unter diesen spöttischen Worten wie unter einem eisigen Lufthauch. Sie entwand sich seinen Händen, und er ließ sie ohne Widerstand los.

Sie konnte kaum atmen. Ihr Herz raste so wild, daß sie fürchtete, es würde platzen. Doch irgendwie schaffte sie es, ihm zu antworten. »Falls Sie sich nun genug amüsiert haben, darf ich wohl gehen.«

»Ihr Haar ist durcheinander.« Ivan lehnte sich an den Eichentisch und kreuzte nachlässig die Arme vor der Brust.

Mit schmerzhafter Klarheit bemerkte Lucy, daß er bei weitem nicht so schwer atmete wie sie. Hatte ihn dieser Kuß denn nicht erregt?

Mit bebender Hand strich sie ihr Haar zurück. Es war mehr durcheinander als nur ihr Haar, stellte sie bei sich fest. Was sie eben mit diesem Mann getan hatte, war über alle Maßen töricht gewesen – und unverzeihbar, falls ihre Arbeitgeberin, Lady Westcott, davon erfahren würde.

Lucy zwang sich, eine ungerührte Haltung anzunehmen. »Beenden Sie jeden Tanz auf diese Weise, Lord Westcott? Sie entführen Ihre Tanzpartnerin in ein abgelegenes Zimmer und küssen sie um den Verstand? Oder versuchen es zumindest?« setzte sie hinzu, als sie den selbstzufriedenen Ausdruck auf seinem Gesicht sah.

Doch ihr Versuch, den Erfolg seiner Küsse herabzumindern, entlockte ihm nur ein Grinsen. »Ich habe einen Ruf als Wüstling zu verteidigen.«

»Sie werden nicht lange ein freier Wüstling bleiben, wenn Sie sich weiterhin so unvorsichtig betragen. Eine aufmerksame Anstandsdame und ein zorniger Vater würden ausreichen, Sie zu einer möglicherweise ungewollten Verbindung zu zwingen.«

Ivan stieß sich vom Tisch ab und richtete seine Halsbinde. »Es gehört weit mehr dazu als eine neugierige Anstandsdame und ein verärgerter Vater, um mich zu irgend etwas zu zwingen, Lucy. Bedenken Sie das, ehe Sie mir Valerie in den Rachen werfen.«

»Valerie?« rief Lucy. »Sie scherzen. Ich könnte mir für sie keinen schlimmeren Ehemann vorstellen als einen gefühllosen Wüstling. Und für Sie bin ich immer noch Miss Drysdale!«

Sie begab sich zur Tür. Doch als er ebenfalls darauf zuging, mußte sie ihre Panik niederkämpfen, um nicht ihr Heil in aufgeregter Flucht zu suchen. Als er neben ihr stand, vergaß sie beinahe zu atmen.

Seine Augen glitzerten wie Saphire. »Wenn ich Lady Valerie will, so werde ich sie dazu bringen, mich auch zu wollen, seien Sie dessen versichert!«

Gerade so, wie ich dich dazu gebracht habe, mich zu wollen.

Es brauchte diese Worte nicht auszusprechen. Es war, als klängen sie laut durch die angespannte Atmosphäre in der Bibliothek. Als habe er Öl ins Feuer gegossen, flammte Lucys Temperament auf.

»Lady Valerie ist für solche wie Sie nicht zu haben und wird es niemals sein!« rief sie wutentbrannt.

Ihre Worte entlockten Ivan nur ein höhnisches Lachen. »Fordern Sie mich heraus, Lucy? Denken Sie wirklich, Sie könnten ein unbedarftes Mädchen wie Valerie vor meinem Zugriff retten? Eine von drei Töchtern vor dem Heiratswunsch eines Mannes mit meinem Vermögen, meinen Titeln? Sogar wenn ich ein rohes, sabberndes Schwein wäre, Valeries Familie wäre glücklich über einen Heiratsantrag von mir. So ist eben der Lauf der Welt, so geht es zu auf dem Heiratsmarkt. Das wissen Sie doch sicher.«

Leider hatte er recht, das wußte Lucy. Aber das würde sie nie vor ihm zugeben. »Sie sind ein Rohling«, giftete sie. »Und Sie sind unehrlich. Sie tun so, als würden Sie die Gesellschaft und Ihren Platz darin verachten, dabei benutzen Sie Ihren Titel und Ihr Vermögen, um genau das zu bekommen, was Sie wollen.«

Ivans Gesichtsausdruck wurde ernst. Er hob die Hand, und Lucy zuckte zurück. Doch er berührte nur leicht ihre Wange mit seinen Knöcheln. »Waren Sie hinter meinem Titel her oder hinter meinem Vermögen, als Sie mit mir hierherkamen? Oder wollten Sie beides, als Sie Ihren Körper so leidenschaftlich an meinen preßten?«

Lucy schnappte empört nach Luft. In diesem Augenblick verachtete sie ihn. Wahrhaftig! Sie schluckte schwer. »Ich war lediglich neugierig, Mylord. Ich wollte wissen, ob der Klatsch über Sie der Wahrheit entspricht.«

Er lächelte. »Und?«

Ihre Augen schienen ihn wie mit Dolchen zu durchbohren. »O ja. Sind sind in jeder Hinsicht der *Bastard*-Graf.« Ohne auf eine Antwort zu warten, rannte sie aus dem Raum und zurück in die Sicherheit des Ballsaals und der vielen Menschen dort.

Doch sie war noch lange nicht in Sicherheit, fürchtete sie, während sie nach Valerie Ausschau hielt, die gerade einen Schottischen mit einem Mr. Clarence Hopkins tanzte. Sie mochte zwar das letzte Wort gehabt haben, doch sie war noch lange nicht fertig mit Ivan Thornton – und vermutlich auch er nicht mit ihr.

Der Rest des Abends erwies sich als anstrengend. Sie wurde wiederholt zum Tanz aufgefordert, was für eine Frau, die als Anstandsdame fungierte, unerhört war. Sie konnte sich der Aufforderungen kaum erwehren, wie Ivan gewußt haben mußte. Denn, das hatte sie schnell herausbekommen, er war es, der ihr die Tanzwütigen auf den Hals hetzte. Jedesmal, wenn Lucy gezwungen war zu tanzen, machte er Lady Valerie demonstrativ den Hof. Er und seine Freunde bildeten einen ständigen Kreis um Valerie, beschäftigten ihre Aufmerksamkeit und blockten alle Annäherungsversuche anderer Männer ab. Und jedesmal, wenn Lucy versuchte, sich zu ihrer jungen Schutzbefohlenen durchzukämpfen, wurde sie von dem einen oder anderen aus Ivans Gefolgschaft aufgehalten.

Zuerst bat der Lebemann, Alexander Blackburn, um einen Tanz. Er war charmant und ein guter Tänzer, doch

Lucy konnte keine Freude an seiner Gesellschaft empfinden, wenn auf der anderen Seite des Saales Ivan sich an die arme Valerie heranmachte.

Als nächster walzte Giles Dameron mit ihr über die Tanzfläche. Seine Konversation war nicht so flüssig und sein Tanzstil nicht ganz so elegant wie der von Mr. Blackburn, aber er war ein äußerst gutaussehender Mann. Doch nicht gutaussehend genug, um sie von ihren Sorgen abzulenken. Lucy, die über seine Schulter hinweg Valerie im Auge behielt, konnte sehen, wie diese über etwas, das Ivan gesagt hatte, lächelte. Ihr Mut sank.

Verzweifelt hielt sie nach Lady Westcott Ausschau in der Hoffnung, diese würde eingreifen. Doch die alte Dame saß ruhig bei Lord Dunleith und Lady McClendon und betrachtete die fröhliche Gesellschaft ringsum. Das entmutigte Lucy noch mehr und enttäuschte sie bitter. Lady Westcott beobachtete den kleinen Kreis, der Ivan und Valerie einschloß, und schien nicht im mindesten besorgt.

Warum hatte sie Lucy angewiesen, Valerie vor Ivan zu schützen? Die Antwort war so offensichtlich, daß Lucy innerlich stöhnte. Natürlich, um sein Interesse anzustacheln, um ihm einen Köder vor die Nase zu hängen, dem er nicht widerstehen konnte. Die Taktik schien zu wirken.

Doch weshalb hatte Ivan sich dann die Mühe gemacht, eine Anstandsdame zu küssen?

Vermutlich, so dachte Lucy, weil für ihn jede Frau eine Herausforderung bedeutete. Weil er eine elende Kindheit gehabt hatte und es nun jedermann heimzahlen wollte.

Oder weil er in jenen Jahren so wenig Liebe erfahren hatte, daß er diese nun in den Armen jeder Frau suchte, die ihm über den Weg lief. Das war keine echte Liebe, doch woher sollte er das wissen?

Sie runzelte die Stirn, während sie diese Möglichkeit überdachte. Sie weigerte sich, auch nur einen Augenblick lang Mitleid für ihn zu hegen. Schließlich hegte er auch kein Mitleid für andere Menschen. Trotzdem wollte ihr das Bild des kleinen, verängstigten, dunkelhaarigen Jungen nicht aus dem Kopf gehen. Wie wären Stanley oder Derek mit ihrer Angst fertig geworden, wenn man sie so rücksichtslos in eine fremde Umgebung geworfen und sie dort zehn Jahre lang belassen hätte?

Sie war froh, als der Tanz vorbei war, doch als sie sich umblickte, war Valerie verschwunden. Dann setzte die Musik aufs neue ein, und Ivans dritter Freund tauchte vor ihr auf und bat um einen Tanz.

»Danke, Mr. Pierce, ich fühle mich geschmeichelt. Aber ich fürchte, daß ich solchen Anstrengungen nicht mehr gewachsen bin. Ich bin noch ganz außer Atem nach dem Tanz mit Mr. Dameron.«

»Ich versichere Ihnen, Miss Drysdale, daß ein Tanz mit mir keine so harte Arbeit ist wie mit Mr. Dameron.«

»Er ist ein sehr guter Tänzer.«

»Ich bin besser«, stellte Pierce mit schurkischem Grinsen fest. »Wenn auch nicht ganz so begabt wie Thornton.«

In diesem Augenblick erspähte Lucy Lady Valerie, Kopf an Kopf mit Ivan. Sie biß die Zähne zusammen.

Mr. Pierce, der ihrem Blick gefolgt war, lachte. »Sie sorgen sich zuviel um Lady Valerie, jedenfalls, was Thornton anbelangt.«

Lucy sah ihn aus den Augenwinkeln an. Nach Ivan war er derjenige unter den vier Bastarden, wie man sie inzwischen allgemein nannte, der sie am meisten beunruhigte. Mr. Dameron sah unverschämt gut aus, Mr. Blackburn war unverschämt weltmännisch, doch vor keinem der beiden fürchtete sie sich. Auch vor Mr. Pierce empfand sie nicht gerade Angst, aber es umgab ihn eine Aura von Gefahr, so als lauerten unter seiner glatten, lächelnden Oberfläche düstere Abgründe. Über Ivans Vergangenheit wußte sie wenigstens einiges. Über Elliot Pierce wußte sie gar nichts.

»Weshalb sollte ich mir keine Sorgen machen?« fragte sie, indem sie sich zwang, wieder an Valerie zu denken.

Er zuckte die Schultern. »Er wird hinter ihr her sein,

sie einfangen, und sie dann wieder fallenlassen, wie alle anderen.«

»Ja, und sie wird ein gebrochenes Herz haben. Solche unnötigen Schmerzen möchte ich ihr ersparen. Er tut das nur, um sein enormes Selbstbewußtsein zu bestätigen«, sagte sie, obwohl sie glaubte, daß er damit eher versuchte, seine enorme Verletzlichkeit zu verbergen. Doch keinesfalls sollte Valerie darunter leiden. Nicht, wenn sie es verhindern konnte.

»Er ist ein guter Kerl«, sagte Pierce. Lucy war von seinen schlichten Worten überrascht.

»Ich bin sicher, daß er seine Freunde gut behandelt«, lenkte sie ein. »Es ist sein Benehmen gegenüber Frauen, das mir Sorgen macht, und besonders sein Betragen gegenüber Lady Valerie. Entschuldigen Sie mich, Mr. Pierce, aber ich muß zu ihr, bevor er es schafft, ihren Ruf zu ruinieren.«

Doch Mr. Pierce hielt sie am Arm fest und fragte sie mit eindringlichem Blick: »Und wenn seine Absichten ernst sind? Wären Sie dann dagegen?«

Lucy dachte nach. »Wenn er ihr aufrichtige Zuneigung entgegenbrächte – nein, dann hätte ich keine Einwände. Aber es ist alles nur Schau, denn wir beide wissen doch, daß er nicht aufrichtig ist und kein Jota echter Zuneigung für sie empfindet.«

Sie dachte, daß Pierce nun verärgert wäre, doch sein Gesicht blieb ausdruckslos. »Was, wenn ich oder einer der anderen aus unserer Gruppe titelloser Bastarde ihr den Hof machte? Wie würden Sie reagieren, wenn einer von uns wahre Zuneigung für Lady Valerie empfinden würde?«

Seine Augen brannten sich in ihre, und wieder zögerte Lucy. Erklärte er gerade seine eigenen Absichten? Irgendwie konnte sie sich die beiden nicht als Paar vorstellen.

Lucy wählte ihre Worte sorgfältig. »Ich könnte guten Gewissens einen Mann nicht ermutigen, ihr den Hof zu machen, wenn ich davon ausgehen müßte, daß ihre Familie ihn ablehnen würde. Ich bin nur ihre Anstandsdame. Es ist Sache ihrer Eltern und ihrer Patentante, einem Antrag zuzustimmen.«

»Und die würden eine Verbindung mit mir oder Alex oder Giles nie erlauben.«

Lucy warf ihm einen entschuldigenden Blick zu. »Ich fürchte nein.«

»Aber Thornton würden sie als Schwiegersohn nicht ablehnen.«

»Ich vermute, daß sie darüber begeistert wären«, antwortete Lucy ehrlich.

»Und doch wollen Sie seine Absichten hintertreiben, obwohl Lady Valeries Familie mit einem Antrag von ihm einverstanden wäre?« Er schüttelte den Kopf. »Verstehe ich Sie richtig? Wenn Lady Valeries Familie gegen einen Bewerber ist, sind Sie auch dagegen; gegen einen Bewerber, mit dem die Familie einverstanden wäre, würden Sie jedoch ebenfalls opponieren. Es scheint, Miss Drysdale, daß Sie Ihren Pflichten nur zur Hälfte nachkommen wollen.«

Er hatte recht. Unruhig trat Lucy von einem Fuß auf den anderen. »Ich nehme meine Pflichten sehr ernst, Mr. Pierce«, versuchte sie zu erklären. »Aber ich weiß, daß oft zwei Menschen, die dem äußeren Anschein nach ein gutes Paar abgäben, in Wirklichkeit überhaupt nicht zueinander passen. Ebenso weiß ich um die Grenzen meines Einflusses. Obwohl ich ziemlich sicher bin, Valerie von einer Fehlentscheidung abhalten zu können, ist mir klar, daß mir das bei ihrer Familie kaum gelingen würde.« Lucy runzelte die Stirn, verärgert über die Situation, in der sie sich befand, und verärgert darüber, daß sie sich Mr. Pierce gegenüber so genau erklären mußte. Sie straffte die Schultern und hielt seinem amüsierten Blick stand. »Um es in schlichten Worten zu sagen: Ich erfülle zuerst meine Pflicht gegenüber Valerie, dann erst gegenüber ihrer Familie. Würden Sie mich jetzt bitte entschuldigen, ich muß Lady Valerie suchen.«

Ivan schlenderte eben in den Ballsaal, als Lucy Elliot stehen ließ. Die Röte ihres Gesichtes ließ darauf schließen, daß sie aufgeregt war. Sie konnte nicht mit Elliot getanzt haben, denn die Musik spielte noch und die beiden waren nicht auf der Tanzfläche. Was also hatten sie gemacht? Und was hatte Elliot zu Lucy gesagt, daß ihre Wangen nun so hochrot gefärbt waren?

Ivan ballte die Hände zu Fäusten. Hatte Elliot sie bedrängt oder sie gar beleidigt? Die Tatsache, daß Elliot Lucy mit den Augen verfolgte, trug noch zu Ivans Beunruhigung bei. Elliot Pierce war kein Mann für eine Frau wie Lucy Drysdale. Elliot Pierce war für keine Frau gut, falls er sich nicht in der letzten Viertelstunde grundlegend verändert hatte.

Ivan riß den Blick von seinem Freund los und beobachtete Lucy, die den Ballsaal umkreiste, ganz offensichtlich auf der Suche nach Valerie. Vielleicht sollte er zu ihr hingehen und die Sorgenfalten auf ihrer Stirn glätten. Was ihn dazu bewog, wollte er gar nicht so genau wissen. Kaum fünf Minuten zuvor hatte er seiner hübschen Kusine einen keuschen Kuß gestohlen. Falls er allerdings auch nur das geringste Interesse an Valerie verspürt hatte, so war dieses durch jenen Kuß auf der Stelle erloschen. Denn er hatte diesen Kuß mit den Küssen verglichen, die er mit der altjüngferlichen Anstandsdame getauscht hatte, und die arme Valerie hatte bei diesem Vergleich kläglich versagt.

Er holte Lucy in der Nähe des Punschtisches ein. »Sie steckt oben in einem der Schlafzimmer«, flüsterte er ihr von hinten ins Ohr. »Holen Sie sie dort lieber heraus, ehe ihr etwas zustößt.«

Lucy fuhr so schnell herum, daß er sie festhalten mußte, sonst hätte sie bestimmt das Gleichgewicht verloren. Ihre grünen Augen schossen wütende Funken auf ihn.

»Was haben Sie ihr getan?« zischte sie und zog ihn vom Tisch weg in eine ruhigere Ecke. Ihr Griff um sein Handgelenk war fest, stark und warm. Sehr warm. »Wenn Sie sie auf irgendeine Art verletzt haben …«

»Sie ist nicht verletzt – obwohl ich es der alten Hexe zutraue, daß sie ihr eine körperliche Strafe androht.«

Er grinste, als er sah, daß Lucy seine Worte richtig verstanden hatte. Die Wut wich aus ihrem Gesicht und machte einem Ausdruck der Wachsamkeit Platz.

»Lady Westcott ist bei ihr? Aber warum?«

Er zuckte die Schultern, während Lucys Hand immer noch sein Handgelenk umklammert hielt. »Sie hat die lästige Angewohnheit, sich in das Leben anderer Menschen einzumischen. Jetzt scheint Valeries Leben an der Reihe zu sein.«

»Verdammt« murmelte Lucy. Sie bemerkte, daß sie Ivan immer noch festhielt und zog schnell ihre Hand weg.

»Das brennt, hm?«

Die dunkelrosa Farbe, die Lucys Wangen annahmen, war ihm Antwort genug. »Wo sind sie?« fragte sie.

»Bitten Sie mich etwa, Sie nach oben zu begleiten, Miss Drysdale? Vielleicht ist Ihnen der Ernst einer solchen Handlung nicht bewußt, denn man würde mich sicherlich zwingen, Sie zu heiraten, wenn jemand sähe, wie wir uns von der Gesellschaft entfernen und gemeinsam zu den Schlafzimmern gehen.«

Lucys Wangen brannten nun in höchstem Scharlachrot. Daß ihre Emotionen so offen zutage traten, bereitete Ivan ein ungemeines Vergnügen. Doch trotz dieser Emotionen verfolgte sie ihr Ziel mit dem Starrsinn eines Hundes, der sich weigerte, einen Knochen loszulassen, in den er sich verbissen hatte. »Sagen Sie mir einfach, wo sie ist.«

Ivan grinste. »Gehen Sie diese Treppe hinauf und wenden Sie sich dann in die Richtung, aus der sie das alte Reff keifen hören.«

Ohne ihm zu danken, drehte Lucy sich um und eilte die Treppe hinauf. Ivan blieb unten stehen und sah ihr nach, wobei er besonders den Anblick ihres Hüftschwungs genoß, der sich ihm bei jeder Stufe bot, die Lucy nahm.

Am liebsten wäre er ihr gefolgt, hätte sie in eines der Zimmer gezerrt und sich dann in ihr verloren. »Tod und

Teufel«, fluchte er, als er das unzeitige Anschwellen seiner Männlichkeit bemerkte. Es war schon lange her, daß er auf den Anblick einer Frau so stark reagiert hatte, und noch dazu einer Frau, die ihn nicht leiden konnte.

Aber das war keine echte Abneigung, sagte er sich. Sie hatten einfach mit dem falschen Fuß begonnen. Er hatte heute einiges unternommen, um den schlechten ersten Eindruck, den sie von ihm hatte, zu korrigieren. Vielleicht würde es ihm gelingen, ihre Gefühle zu seinen Gunsten zu beeinflussen.

Warum er das allerdings wollte, war ihm selbst ein Rätsel. Er war nicht auf sie angewiesen. Es war ihm gleichgültig, ob sie ihn mochte oder nicht. Es sollte ihm genügen, daß sie ihn begehrte, denn von allen Gefühlen, über die Frauen angeblich verfügten, war Lust das einzige, dem er vertraute. Lust ließ sich nicht lange verbergen, ebensowenig wie eine Frau vortäuschen konnte, daß sie einen Mann begehrte, wenn dies nicht der Fall war. Sie mochte stöhnen und keuchen, sich unter einem Mann in gespielter Ekstase winden wie eine Hure. Ein erfahrener Mann erkannte den Unterschied. Und Ivan war erfahren.

Miss Drysdale hatte heute abend Lust durch ihn erfahren, und das reichte ihm. Liebe, Ehre, Treue – das waren Gefühle, die selten in einer menschlichen Seele zu finden waren und niemals in der Seele einer Frau. Einer Mutter konnte man die Liebe schnell für eine Goldmünze abkaufen. Die Fürsorge einer Großmutter war nichts weiter als verachtenswertes Eigeninteresse.

Sein Gesicht verfinsterte sich, während er Lucy am oberen Treppenende verschwinden sah. Nein, es war ihm völlig gleichgültig, was diese scharfzüngige Miss Drysdale, abgesehen von Lust, für ihn empfand. Und die Tiefen dieser Lust wollte er in den kommenden Wochen gründlich ausloten.

Lucy fühlte Ivans Blick im Rücken, während sie die Treppe hinaufeilte. Unmöglich dieser Mann; was hatte er jetzt wieder vor? Dann – ganz wie er es gesagt hatte – hörte sie Lady Westcotts Stimme. Als Lucy die Tür zu einem kleinen, grün und burgunderrot dekorierten Salon öffnete, war ihr sofort klar, daß Valerie während der Gardinenpredigt ihrer Großmutter noch kein einziges Wort hervorgebracht hatte.

»... das sind Bastarde, und schlimmer als das, arm wie Kirchenmäuse!« schimpfte die alte Frau. Dann bemerkte sie Lucy, und sie wandte sich von dem niedergedrückten Mädchen zu dessen pflichtvergessener Anstandsdame. »Was haben Sie sich dabei gedacht, Miss Drysdale, Valerie einem Schwarm indiskutabler junger Männer auszuliefern?«

Lucy war gekränkt. Den ganzen Abend über war sie belagert worden. Zuerst von Ivan, dann von jedem einzelnen seiner Freunde. Lady Westcotts ungerechte Vorwürfe ließen den mühsam aufrechterhaltenen Damm ihrer Selbstkontrolle brechen.

»Diese indiskutablen jungen Männer, wie Sie sie nennen, sind die Freunde Ihres Enkels. Und obwohl sie Bastarde sind, sind sie nicht ohne Aussichten. Einer von ihnen könnte durchaus eines Tages als Prinz anerkannt werden. Ein anderer, obwohl aus der Schicht der Kaufleute, wurde als Gentleman erzogen und hat, wie ich hörte, durch eigene Unternehmungen beträchtlichen Reichtum erworben.« Das hatte sie gerüchteweise auf dem Fest gehört. Über Mr. Pierce wußte sie nichts, außer daß er viel Geld für Kleidung und Pferde ausgab. Aber da war auch noch Ivan, und Lucy beschloß daher, dem Katz-und-Maus-Spiel, das ihre Arbeitgeberin trieb, ein Ende zu setzen.

»Tatsache ist doch, Lady Westcott, daß Valerie, wenn Sie sie mit Ivan zusammenbringen wollen, auch zu seinen Freunden höflich sein muß.«

Lady Westcott richtete sich hoch auf und sah Lucy mit eisigen Blicken an. »Vielleicht haben Sie meine Anweisung nicht richtig verstanden, Miss Drysdale. Ich hatte Ihnen aufgetragen, ein Zusammenkommen von Ivan und Valerie zu verhindern.«

Lucy verschränkte die Arme vor der Brust. »Doch, ich

habe sehr gut gehört, was Sie sagten. Ich beziehe mich jedoch auf das, was Sie meinten.«

Die beiden Frauen maßen einander über die Distanz des überladenen Zimmers hinweg. Lady Westcott ergriff den Knauf ihres Stockas und sagte von oben herab: »Ich würde morgen gerne ein Gespräch unter vier Augen mit Ihnen führen, Miss Drysdale. Zehn Uhr in meinen Räumen. Zwischenzeitlich bitte ich Sie nachdrücklich, weitere Aufforderungen zum Tanz energisch abzulehnen und Valerie besser im Auge zu behalten.« Damit drehte sie sich um und schritt erhobenen Hauptes und in majestätischer Haltung an Lucy vorbei aus dem Zimmer.

Lucy wußte, daß dies nur ein einleitendes Scharmützel war. Es brauchte wenig Überlegung, um einzusehen, daß Lady Westcott sie am nächsten Morgen ohne weiteres entlassen konnte – und es wohl auch tun würde.

Lucy fühlte sich plötzlich kraftlos. Sie sah zu Valerie hinüber, der die Tränen nur so über das Gesicht flossen. Doch statt Mitgefühl empfand Lucy lediglich Ärger. Wenn Valerie in der Gesellschaft überleben wollte, sowohl in dieser Saison als auch für den Rest ihres Lebens als die Frau eines Lords, dann würde sie etwas mehr Rückgrat beweisen müssen.

»Trocknen Sie Ihre Tränen«, sagte sie freundlicher zu ihr, als ihr eigentlich zumute war. »Sie werden lernen müssen, daß Tränen eine schwache Verteidigung sind. Ein starker Wille und klare Richtlinien werden Ihnen von größerem Nutzen sein. Kommen Sie«, fügte sie hinzu, »setzen Sie sich und versuchen Sie, sich zu fassen.«

»Aber ich verstehe das nicht«, weinte Valerie, »ich habe mich doch nur ein wenig vergnügt. Ich weiß, daß das nicht die Männer sind, die meine Eltern akzeptieren würden, aber das ist mein erster Ball. Ich wußte nicht …« Sie hielt inne und betupfte ihre Augen mit dem Taschentuch. »Und was ist mit Lord Westcott? Will sie mich mit ihm zusammenbringen? Das kann ich nicht, Miss Drysdale, niemals! Sie müssen mir helfen!«

Sie begann erneut so heftig zu schluchzen, daß es Lucy

zu Herzen ging und sie sich schuldig fühlte. Sie rief sich ins Gedächtnis, daß Valerie ein mittleres Kind war. Sie war durch ihre fordernden Geschwister und ihre überforderten Eltern zu dem schüchternen Geschöpf geformt worden, das jetzt vor Lucy saß. Es nutzte nichts, ihr Vorwürfe wegen ihrer Schwäche zu machen. Es wäre besser, dachte Lucy, Valerie zu ermutigen, eigene Stärke zu entwickeln.

Doch, so überlegte sie, während sie Valerie tröstete und ihr half, ihr verweintes Gesicht wieder herzurichten, durfte sie darüber nicht ihr eigenes Problem vergessen. Das morgige Gespräch mit Lady Westcott konnte sehr wohl das Signal für das baldige Ende von Lucys Aufenthalt in London bedeuten. Sie mußte sich schnell etwas einfallen lassen, sonst säße sie zum Ende der Woche schon wieder in Somerset.

Und dann?

Valerie würde von Lady Westcott in eine Ehe getrieben werden, in der sie zugrunde gehen würde.

Und sie, Lucy, würde Sir James' Vorlesungen verpassen. Sie wäre um die Chance gebracht, den einzigen Mann kennenzulernen, dessen Intellekt ihrem eigenen entsprach. Sie würde nie erfahren, ob sie zusammengepaßt hätten, denn sie wäre für den Rest ihres Lebens in Houghton Manor eingeschlossen, wo der Rest ihres Verstandes vor Langeweile dahinmodern würde.

Und Ivan Thornton würde als einziger fröhlich und unbehelligt seines Weges gehen. Immer wieder Ivan Thornton! Lucy wurde wütend.

Morgen wollte sie Lady Westcott daran erinnern, daß deren Pläne ihre Wurzel in dem Haß hatten, den Ivan gegen seine Großmutter hegte. Wenn die Gräfinwitwe ihre Ziele verwirklichen wollte, was immer diese Ziele auch sein mochten, mußte sie anfangen, Lucy nicht als Werkzeug, sondern als Verbündete zu betrachten.

Noch hatte Lucy allerdings nicht die leiseste Ahnung, wie sie Lady Westcott davon überzeugen sollte.

8

Lucy erwachte noch vor Sonnenaufgang. Das schien zu einer unangenehmen Gewohnheit zu werden, dachte sie verärgert, während sie ihr Kissen aufschüttelte, um eine bequemere Position zu finden. Sie hätte gerne weitergeschlafen, denn sie war erst wenige Stunden zuvor zu Bett gegangen.

Sie warf sich auf die andere Seite und ächzte, als ihre Decke sich dabei unter ihrer Achsel verfing. Zudem hatte sie quälende Kopfschmerzen und hatte sich auch im Schlaf nicht entspannen können.

Sie seufzte frustiert und starrte in den weißen Satinhimmel des Bettes. Weshalb war sie aufgewacht? Diesmal waren keine Kutschenräder draußen zu hören, und Ivan Thornton verabschiedete sich nicht unter der Tür von einem Flittchen.

Lucy verzog das Gesicht. Sei fair, dachte sie. Nicht einmal Ivan würde eine gewöhnliche Hure in sein Haus bringen. Trotzdem, das leichtfertige Frauenzimmer, das er vor einigen Nächten hier gehabt hatte, war auch nicht viel besser als eine gewöhnliche Hure, nur teurer gekleidet.

Wütend hieb sie ihre Faust in das unschuldige Daunenkissen. Auch wenn dieser lästige Ivan sie heute nicht mit seinen nächtlichen Eskapaden geweckt hatte, so war er doch die Ursache ihrer Schlaflosigkeit.

Weshalb hatte er sie geküßt? Weshalb hatte sein Kuß sie so aus der Fassung gebracht? Und weshalb, weshalb nur hatte sie seinen Kuß so leidenschaftlich erwidert?

Und als habe ihr dieses Desaster nicht gereicht, hatte sie sogleich das nächste heraufbeschworen. Was hatte sie sich dabei gedacht, Lady Westcott herauszufordern, noch dazu in Valeries Gegenwart?

Stöhnend stülpte sie sich das Kissen über den Kopf.

Wie hatte sie ihren Aufenthalt in London, der ihr doch so viel bedeutete, so leichtfertig auf's Spiel setzen können?

Irgendwo krähte ein Hahn – ein Geräusch, das man in London nicht oft zu hören bekam. Lucy warf das Kissen beiseite und starrte wieder in den sauber gefältelten Betthimmel. Sie konnte ebensogut aufstehen. Vielleicht würden ein paar Schritte im Garten ihrem schmerzenden Kopf gut tun und ihre strapazierten Nerven beruhigen. Wenn sie mit Lady Westcott sprach, mußte sie in bestmöglicher Verfassung sein, sonst wäre der Schaden, den sie sich gestern selbst zugefügt hatte, nicht wiedergutzumachen.

Schnell zog sie ein schlichtes Alltagskleid an, fuhr in ihre Pantoffeln und warf sich ein gestricktes Schultertuch um. Dann, ohne Handschuhe und unfrisiert, schlich sie in die stille Halle, ging die Hintertreppe hinunter und schlüpfte durch den Lieferanteneingang aus dem Haus.

Die leichte Brise war noch ziemlich frisch und brachte schwachen Dunst von Kohlenrauch mit sich. Lucy fand die Londoner recht extravagant. Ihr Bruder hätte den Diener, der es gewagt hätte, in einer solchen Nacht ein Feuer anzumachen, sofort entlassen.

Sie schlenderte auf dem Kiesweg zum Buchsbaumgarten, der sich zwischen den beiden rückwärtigen Flügeln des Hauses erstreckte. In einem dieser Flügel war die Bibliothek untergebracht, in dem anderen das Morgenzimmer. Zwei silberfarbene Gartenbänke standen einander gegenüber, eine Sonnenuhr dazwischen. Sie waren allerdings noch zu feucht, um sich darauf zu setzen. Daher wanderte Lucy müßig durch den Garten, zupfte hier an den Wedeln eines Farns und strich dort einige Tautropfen von den zusammengefalteten Blättern einer Rosenblüte.

Lucy atmete tief die frische Morgenluft ein. Dann entflocht sie den strammen Zopf, zu dem sie ihr Haar für die Nacht zusammengefaßt hatte. Sie versuchte, die bohrenden Kopfschmerzen loszuwerden, indem sie mit den Fingern ihren Nacken massierte. Sie genoß das Zwielicht, das im Garten herrschte, die Feuchtigkeit des Frühlingsmorgens auf der Haut und die Stille, die sie umgab. Trotzdem konnte sie ihre Sorgen nicht ganz beiseite schieben.

Wie sollte sie sich Lady Westcott gegenüber verhalten? Wie konnte sie ihre Arbeitgeberin davon überzeugen, daß sie sie nicht nach Hause schicken durfte?

Dann quietschte eine Türangel, Lucy blickte auf, und der schöne Morgen war dahin.

»Sie sind früh auf oder sehr spät.«

Lucy konnte nicht unterscheiden, ob ihr Herz beim Klang dieser Stimme verzagte oder jubelte. Jedenfalls ließ es sich nicht leugnen, daß es zehnmal schneller schlug als sonst.

Warum war Ivan hier? Und warum gerade jetzt?

»Ich bin früh aufgewacht«, antwortete sie, während seine große, breitschultrige Silhouette sich ihr näherte. »Aber weshalb sind Sie zu dieser Stunde schon auf?«

Ivan blieb auf der anderen Seite der Sonnenuhr stehen, nahe genug, daß man seine Gesichtszüge erkennen konnte. Lucy bemerkte ein leichtes Lächeln auf seinen Lippen. »Ich hatte Träume. Erotische Traume. Und was ist Ihre Ausrede?«

»Bestimmt nicht das!« erwiderte sie heftig. Doch eine lästige Stimme in ihrem Kopf wußte es besser. Vielleicht waren ihre Gedanken nicht im vollen Sinne des Wortes erotisch gewesen, doch das hatte nur daran gelegen, daß sie zu wenig Erfahrung besaß, um sich etwas so richtig Erotisches vorstellen zu können. Doch sie *hatte* an Ivan gedacht, an die Küsse, die sie getauscht hatten, und an die Erregung, die sie dabei empfunden hatte.

»Sie verletzen mich sehr, Lucy, denn ich war sicher, daß unser ...«

»Nennen Sie mich nicht Lucy! Ich habe Ihnen diese Vertraulichkeit nicht gestattet!«

»Ihr Enthusiasmus bei unseren Küssen erschien mir sehr vertraulich. Oder haben Sie nur mit meinen Gefühlen gespielt?« fragte er mit charmantem Grinsen.

Lucys Herz klopfte so heftig, daß ihre Brust zu schmerzen begann. »Sie bringen da etwas durcheinander, und zwar mit voller Absicht.«

Ivan begann, die Sonnenuhr zu umrunden. Sofort tat auch Lucy einige Schritte, so daß die Sonnenuhr zwischen ihnen blieb.

»Falls Sie hergekommen sind, um mich zu ärgern, werde ich gehen«, warnte sie ihn.

»Heißt das, Sie bleiben hier, wenn ich Sie nicht ärgern will? Denn ich versichere Ihnen, Lucy, daß es mir fern liegt, Sie verärgern zu wollen.«

»Sehen Sie? Sehen Sie? Sie tun es wieder! Sie sagen diese – diese suggestiven Dinge. Sie nennen mich Lucy, obwohl ich es Ihnen verboten habe. Und Sie verfolgen mich wie ein großes Raubtier!«

Ivan stieß einen geräuschvollen Seufzer aus und schüttelte in gespielter Entmutigung den Kopf. Doch wenigsten hörte er auf, auf Lucy zuzugehen. Erst da fiel ihr auf, wie nachlässig er gekleidet war; er trug weder Weste noch Rock, um sein Hemd zu bedecken, auch ein Halstuch hatte er nicht umgeschlungen. Sein kragenloses Hemd stand am Hals weit offen, und im ersten Morgenlicht konnte Lucy deutlich die dunklen Locken erkennen, die aus dem Ausschnitt lugten.

Mit seinem langen Haar, das ebenso unordentlich war wie seine Kleidung, und mit diesem perfiden Diamanten am Ohr glich er von Kopf bis Fuß dem Zigeuner, als der er geboren war – ein dunkler, gefährlicher Mann, der alle ihre Sinne in Flammen setzte.

Doch noch war Lucy in der Lage, diese Sinne zu beherrschen. Sie wollte Ivan nicht die Kontrolle der Situation überlassen.

»Fanden Sie den Ball bei den McClendons angenehm?« Lucy hatte die Absicht, die Konversation ganz oberflächlich zu halten. Eine innere Stimme ermahnte sie dagegen, die Unterhaltung lieber ganz abzubrechen und ins Haus zurückzugehen. Doch ihre rebellische Seele zog es vor, diese Stimme des Verstandes zu überhören.

»Angenehm? Unterhaltsam wäre wohl das bessere Wort.«

»Nun, Sie hatten doch bestimmt Freude an dem Abend.«

»Freuden, wahrhaftig«, antwortete er. Seine Blicke wanderten über ihren Körper und verweilten bei den losen Flechten ihres Haares, ihren nackten Armen und ihrer schlicht gekleideten Figur.

Dachte er an den Kuß? Hatte er so viele Freuden dabei empfunden wie sie?

Lucy zog ihr Schultertuch enger um sich, als könne sie damit den Aufruhr der Gefühle, den seine geflüsterten Worte und sein durchdringender Blick verursacht hatten, ersticken. Doch es nutzte wenig. Es war, als würde ihre Haut sich straffer spannen und eine außerordentliche Empfindsamkeit entwickeln, sobald Ivan ihr seine Aufmerksamkeit zuwandte.

»Ich ziehe mich besser in mein Zimmer zurück«, sagte sie, während sie ihr Schultertuch festhielt und ein paar Schritte von ihm zurücktrat.

»Ist Ihnen kalt?« Er kam um die Sonnenuhr herum auf sie zu. Lucy hätte am liebsten auf der Stelle Reißaus genommen. Gleichzeitig sehnte sie sich danach, sich in seine Arme zu werfen. Zum Glück hatte sie sich noch ein Quentchen Verstandes bewahrt, das sie hinderte, das eine oder das andere zu tun.

Doch einfach dazustehen und zu warten, bis er sie erreicht hatte, das war auch nicht besser.

Ivan blieb genau vor ihr stehen und streckte die Arme nach ihr aus.

Lucy hielt den Atem an. Ihr Körper neigte sich ihm entgegen, und fast hätte sie die Augen geschlossen in Erwartung seines Kusses.

Aber Ivan küßte sie nicht. Er legte ihr lediglich das Tuch enger um Hals und Schultern. Dann ließ er seine Hände fallen und blieb reglos vor ihr stehen, näher, als der Anstand es eigentlich erlaubte, aber doch nicht so nahe, daß es unanständig gewesen wäre.

Doch Anstand war nicht, was er im Sinn hatte, wie seine folgenden Worte bewiesen. »Ich weiß eine viel bessere Art, sich zu wärmen, als mit einem blöden Schal.«

Lucy war schon warm genug, doch das hätte sie nie zugegeben. »Dessen bin ich gewiß, Mylord. Jedoch dieser Schal ist für meine Bedürfnisse völlig ausreichend.«

»Und was für Bedürfnisse sind das, Lucy? Sie gehen auf die Dreißig zu, ein Alter, das Sie für immer zur alten Jungfer stempelt, zur vertrockneten ledigen Tante Ihrer Neffen und Nichten. Wollen Sie wirklich behaupten, daß alle Ihre Bedürfnisse befriedigt sind?«

»Ich möchte diese Unterhaltung wahrhaftig nicht fortsetzen. Würden Sie mich bitte entschuldigen.« Lucy schob sich an ihm vorbei und ging stracks auf den Dienstboteneingang zu. Nur noch zehn Schritte, zählte sie; noch neun, noch acht.

Als sie nur noch drei Schritte von der Tür entfernt war, hatte Ivan sie eingeholt. Er griff nach dem Zipfel ihres Schultertuchs und zupfte scharf daran, worauf Lucy, höchst unklug, sich umdrehte und versuchte, ihm den Zipfel zu entwinden.

»Lassen Sie los!« befahl sie.

»Und wenn nicht?« grinste er verschlagen.

»Ich lasse mich nicht auf Ihre albernen Spielchen ein, Lord Westcott.«

»Nennen Sie mich Ivan.«

»Vielleicht sollte ich Sie John nennen«, gab Lucy schnippisch zurück, die sich daran erinnerte, wie sehr die anglisierte Version seines Namens ihn erzürnte. Doch falls er auch jetzt zornig war, so wußte er es gut zu verbergen.

»Ivan, John, mein Liebster«, spöttelte er. »Es ist mir gleich, welchen Namen Sie zärtlich in mein Ohr hauchen.« Er beugte sich zu ihr vor und zog dabei langsam das ganze Tuch von ihren Schultern.

Lucy geriet in Panik. Ihm zu zeigen, wie sehr er sie aus der Fassung brachte, war das letzte, was sie beabsichtigte. Aber sie wußte sich nicht mehr zu helfen.

Sie ließ den Schal los, dieses wollene Dreieck, das sie als Zwölfjährige mühsam gehäkelt hatte, und tat, was sie auf der Stelle hätte tun sollen, als sie Ivan ihm Garten erblickt hatte – nein, was sie sofort hätte tun sollen, als er zum ersten Mal seine verführerischen Augen auf sie gerichtet hatte: Sie drehte sich um und rannte einfach weg.

Die Gräfinwitwe beobachtete Lucys hastigen Abgang aus dem Garten mit gespanntem Interesse. Zu Lady Antonias großer Enttäuschung folgte Ivan ihr nicht. Doch die Enttäuschung ließ nach, während sie ihm weiter zuschaute. Denn er blieb lange stehen und starrte auf die Tür, durch die das Mädchen verschwunden war. Dann hob er den Schal an sein Gesicht.

Er atmet ihren Duft ein, dachte Antonia. Ein zufriedenes Grinsen breitete sich über ihr Gesicht. Es war diese kecke junge Frau, die Ivan wollte. Ihr Plan funktionierte.

Sie ließ die schwere Gardine wieder sinken und ging zur Tür. Ivan wollte Lucy Drysdale. Aber wollte Miss Drysdale Ivan?

Es war an der Zeit, das herauszufinden.

Als sie den gedämpften Klang von Schritten auf dem Flur vernahm, öffnete sie ihre Tür.

»Ach, Miss Drysdale«, rief sie in gespielter Überraschung, »warum sind Sie so früh auf? Ich dachte, nur wir alten Leute litten unter Schlaflosigkeit.« Sie betrachtete das Mädchen von oben bis unten und runzelte die Stirn. »Waren Sie draußen? Ist etwas im Gange? Etwas, das ich mißbilligen würde?«

»Nein, nein, es ist – es ist nichts dergleichen. Ich konnte einfach nicht schlafen, und da dachte ich – ich dachte, ein kleiner Gang durch den Garten würde mir guttun.«

»Es ist recht kühl draußen. Sie hätten ein Tuch umnehmen sollen, um nicht zu frieren.«

»Ja. Ja, das hätte ich«, stammelte Lucy. »Tut mir leid, Mylady, falls ich Sie gestört haben sollte. Würden Sie mich bitte entschuldigen?«

Antonia entließ sie mit einer Handbewegung. »Vergessen Sie nicht: in meinem Wohnzimmer um zehn Uhr.«

Miss Drysdale nickte nur und verschwand wortlos in ihrem Schlafzimmer.

Gut, sehr gut, dachte Antonia, als sie sich wieder in ihr Zimmer zurückzog. Sie ging zum Fenster und schaute wieder in den Garten hinab, doch Ivan war nicht mehr da. Aber auch der Schal war verschwunden, stellte Antonia leise kichernd fest.

Dies war jedenfalls die vergnüglichste Saison, die sie in London verbrachte, seit sie sich damals bei ihrer eigenen ersten Saison so heftig in Gerald Thornton verliebt hatte. Es war wundervoll gewesen und schrecklich und herrlich zugleich. Wundervoll, die intensiven Gefühle in sich zu entdecken; schrecklich die Furcht, diese Gefühle würden möglicherweise nicht erwidert; und herrlich zu erfahren, daß sie doch erwidert wurden.

Welche Phase dieser Gefühle durchlebte Miss Drysdale gerade? Vermutlich den schrecklichen Teil, nahm Antonia an. Und Ivan?

Ihre Befriedigung verblaßte ein wenig. Befand Ivan sich in der wundervollen Phase, weil er die Wirkung entdeckt hatte, die er auf Miss Drysdale ausübte? Oder befand er sich lediglich in einem Stadium der Lust? Sie mußte sich sehr in acht nehmen, damit er ihren Plan nicht durchschaute.

Was Miss Drysdale betraf, so würden sie ja nachher ein Gespräch führen. Doch gleichgültig, wie diese Unterredung verlaufen würde, eines war sicher: Sie würde Lucy Drysdale genau zwischen Ivan und Valerie stellen, so daß Ivan genügend Zeit bekäme, die wundervollen Gefühle der Liebe zu entdecken. Denn letzten Endes konnte es nur die Liebe sein, dessen war Lady Antonia gewiß, in deren Stricken er sich verfangen würde.

Und wenn es zur Liebe nicht reichte, so blieb immer noch die Lust. Das wichtigste war, ihn zu einer Heirat zu bewegen – und dazu, ein Kind zu zeugen.

Exakt beim zehnten Schlag der großen Standuhr in der Halle klopfte Lucy an Lady Westcotts Türe.

Hatte schon je ein Tag so schlecht für sie begonnen? Und war je ein Abend so übel verlaufen wie der gestrige? Dieser Vormittag war lediglich die Fortsetzung der vergangenen Nacht, und alles, was Lucy in dieser Zeit an Unheil widerfahren war, hatte sie dem Grafen von Westcott zu verdanken. Sogar ihre Schlaflosigkeit ging auf sein Konto.

Und nun mußte sie irgendwie diese aufgebrachte Großmutter, ihre schwierige Arbeitgeberin, beruhigen. Obwohl Ivan und seine Großmutter wie Hund und Katze waren, waren sie doch unleugbar aus demselben Holz geschnitzt: intelligent, berechnend und arrogant bis zur Unerträglichkeit. Die beiden waren einander wert, stellte Lucy fest, während sie ärgerlich an ihrem bestickten Leibchen zerrte.

»Herein«, ertönte Lady Westcotts herrische Stimme durch die Tür.

Lucy trat ein und ging auf die alte Dame zu, die in einer sonnigen Ecke des Zimmers vor einem Klapptischchen saß, auf dem eine Tasse heißer Schokolade und ein Teller mit Muffins standen. Lady Antonia ließ Lucy auf einem Stuhl ihr gegenüber Platz nehmen und deutete dann auf das Tablett. »Haben Sie schon gefrühstückt, Miss Drysdale?«

»Ja«, log Lucy. Ihr Magen war nicht in der Lage gewesen, etwas aufzunehmen, und sie hätte auch jetzt noch nichts heruntergebracht. »Vielleicht sollten wir es gleich hinter uns bringen«, sagte sie, da sie glaubte, es sei das beste, sofort auf den Punkt zu kommen. »Ich nehme an, daß Sie mit der Erfüllung meiner Aufgabe als Lady Valeries Anstandsdame unzufrieden sind. Dazu muß ich sagen, daß ich mit der Art, wie Sie sich als meine Arbeitgeberin verhalten, genauso unzufrieden bin.«

Lady Westcott, die eben ihre Tasse zum Mund führen wollte, hielt mitten in der Bewegung inne. Über den Rand der Tasse hinweg starrte sie Lucy an. »Mein Verhalten als Ihre Arbeitgeberin?« Ihre schmalen Brauen hoben sich so hoch, daß ihre Stirn von einer Vielzahl paralleler Linien gefurcht wurde. »Sagen Sie, Miss Drysdale, versuchen Sie absichtlich, Ihre Entlassung herbeizuführen?«

Lucy krümmte sich innerlich. Warum mußte sie immer in die Offensive gehen, wenn sie sich in die Enge getrieben fühlte? Das war zwar eine gute Methode, um sich gegen knurrende Hunde, lästige Kinder und betrunkene Rüpel zu wehren, doch bei dieser herrschsüchtigen Gräfinwitwe konnte das nicht fruchten.

»Nein, Mylady. Ich wünsche mir sehr, in Ihrem Haushalt verbleiben zu dürfen. Trotzdem müssen Sie zugeben, daß Sie nicht ganz aufrichtig zu mir waren.«

Nun hatte sie Lady Antonia auch noch der Lüge bezichtigt – wenn das ihre Chancen nicht verbesserte! Lucy haderte mit sich selbst.

Lady Westcott jedoch zuckte nur die Schultern und schlürfte von ihrer Schokolade. »Ich habe Ihnen einige Aspekte meiner Absichten vorenthalten«, gab sie zu. »Ich dachte, daß Sie Ihre Aufgabe besser erfüllen könnten, wenn Sie wirklich glaubten, daß ich keine Vereinigung zwischen meinem Enkel und meinem Patenkind wollte.«

»Die beiden passen überhaupt nicht zueinander.«

Die alte Frau betrachtete Lucy eine Weile, ehe sie antwortete. »Hätte ich gewußt, Miss Drysdale, daß Sie eine heimliche Romantikerin sind, so hätte ich Sie nicht engagiert, obwohl ich jetzt feststelle, daß alle Anzeichen vorhanden waren. Sie sind nicht ledig, weil niemand sie haben wollte, sondern weil sie niemanden haben wollten. Dummes Mädchen, haben Sie auf die große Liebe gewartet? Es gibt wenige Liebesheiraten, wissen Sie, besonders in unserer Klasse.«

Vor einigen Wochen hätte Lucy laut aufgelacht, wenn man sie eine Romantikerin genannt hätte. Doch jetzt wand sie sich unter den Worten der alten Dame. Und wieder verteidigte sie sich, indem sie zum Angriff überging. »Haben Sie Ihre Ehe so gehaßt, daß Sie dieses

Unglück nun allen jungen Menschen aus Ihrer Familie zufügen möchten?«

Das brachte das Blut der Gräfinwitwe in Wallung. Lady Westcotts gleichmütige blaue Augen blitzten ärgerlich. »Ich gehörte zu den glücklichen, Miss. In zehn Generationen der Westcotts gab es keine so glückliche Ehe wie meine.«

Jetzt waren es Lucys Augen, die zu funkeln begannen. »Weshalb wollen Sie dann eine so unmögliche Verbindung zustande bringen? Warum haben Sie mich eingestellt, um Lord Westcott von Valerie fernzuhalten, obwohl Sie wissen mußten, daß er sie dann um so hartnäckiger verfolgen würde?«

»Weil er selbst noch nicht weiß, was er will.« Lady Westcott setzte ihre Tasse ab. »Wenn er nur einmal eine akzeptable junge Frau – eine beliebige akzeptable junge Frau – aussuchen und sich lange genug mit ihr abgeben würde, um sie wirklich kennenzulernen, so könnte er schließlich finden, was er braucht.«

»Und was ist es, das er braucht?«

Antonia begegnete Miss Drysdales skeptischem Blick mit einem völlig aufrichtigen Gesicht. Innerlich jedoch gratulierte sie sich, eine so hervorragende Schauspielerin zu sein. Es war an der Zeit, Miss Drysdale den Gnadenstoß zu versetzen.

»Was mein Enkel braucht, ist eine Frau, die ihn liebt. Eine Frau, die er wiederlieben kann.« Obwohl Antonia diese Worte sprach, um die Gefühle des Mädchens aufzurühren, stellte sie fest, daß sie der Wahrheit entsprachen. »Natürlich will er das nicht glauben. Wahrscheinlich glaubt er überhaupt nicht an die Liebe. Aber Liebe ist es, was er braucht.«

Miss Drysdales Widerstand schwand. Mit ernstem Gesicht beugte sie sich vor. »Glauben Sie nicht, daß er die richtige Person selbst finden muß?«

»Aber er sucht nicht nach ihr«, gab Antonia zurück. »Sehen Sie das nicht? Nur wenn ich ihm Valerie vorenthalte, wird er sich die Zeit nehmen, mehr als einmal mit ihr zu tanzen, ihr zu schmeicheln und ein, zwei Küsse von ihr zu rauben. So macht er es bei allen Frauen. Wenn Sie ihn nur ein wenig bremsen können, so daß er sich mehr Mühe geben muß, sie zu bezaubern, dann, so glaube ich, kann sie ihn sich angeln.«

»Aber sie will sich ihn nicht angeln.«

Antonia wischte den Einwand mit einer Handbewegung beiseite. »Sie ist ein nachgiebiges Kind, das sagte ich Ihnen schon. Mit der Zeit wird sie ihn lieben. Für den Augenblick genügt es, wenn sie Angst vor ihm hat.«

Über das Silbertablett mit dem Krug heißer Milch und geschmolzener Schokolade, mit den Schüsselchen voll Butter und Erdbeermarmelade und mit dem Teller voll köstlicher Muffins hinweg starrten die beiden Frauen einander an. Dann stand Miss Drysdale auf, und Lady Westcott hielt vor Spannung den Atem an.

»Unter diesen Umständen«, erklärte Lucy, »kann ich nicht weiter als Anstandsdame von Lady Valerie fungieren. Sobald Sie einen passenden Ersatz für mich gefunden haben, werde ich dieses Haus verlassen.«

»Das können Sie nicht!« rief Lady Antonia mit einer Vehemenz, die sowohl Lucy als auch sie selbst überraschte, und sprang auf. Nach einem Augenblick setzte sie sich wieder.

»Ich glaube einfach nicht, daß Sie sich in Somerset zu Tode langweilen wollen, weil wir nicht einer Meinung über die passende Frau für meinen Enkel sind«, fuhr sie etwas ruhiger fort.

»Das sehen Sie falsch, Lady Westcott. Zu der Frage, welche Frau zu Ihrem Enkel passen würde, habe ich keine Meinung. Sie hatten mich eingestellt, um dabei zu helfen, Lady Valerie angemessen zu verheiraten. Es ist Lady Valeries Wohlergehen, um das ich mich sorge. Wenn es Ihr Wunsch ist, daß ich eine passende Gattin für Ihren Enkel finde, so hätten Sie mich von Anfang an darüber informieren müssen.«

»Vielleicht hätte ich das«, gab Antonia, die mit dem Verlauf dieser Unterhaltung nicht zufrieden war, zurück.

Daß dieses Mädchen aber auch so schlau, so geradeheraus und so eigensinnig sein mußte! »Wüßten Sie denn eine Person, die als Gattin für ihn in Betracht käme?«

Das war natürlich eine müßige Frage. Aber die Tatsache, daß Miss Drysdale zögerte, als dächte sie ernsthaft darüber nach, befriedigte sie innerlich; vor allem, da sie zu erkennen glaubte, daß Lucy diese Rolle für sich begehrte. Das Mädchen war sich dessen vielleicht selbst noch nicht bewußt, doch für Lady Westcott bestand kein Zweifel daran.

»Nun gut, Miss Drysdale«, sagte sie einlenkend, »handeln Sie nach Ihren Wünschen. Halten Sie Ivan von Valerie fern, wenn Ihnen das richtig erscheint. Finden Sie einen Mann für sie, der zu ihrem sanften Wesen paßt. Doch gestehen Sie mir folgendes zu: Falls Ivan sich ändern und Valerie Interesse an ihm zeigen sollte, dann entmutigen Sie sie nicht. Einverstanden?«

»Ich glaube nicht, daß sie ihre Meinung ändern wird«, gab Miss Drysdale zu bedenken.

»Vielleicht nicht. Aber ich möchte Ihr Wort, daß Sie sie nicht gegenteilig beeinflussen, falls sie sich für Ivan erwärmen sollte.«

Lucy dachte lange nach, viel zu lange für Lady Antonias Ungeduld, die sie am liebsten an der Schulter gepackt und geschüttelt hätte. Doch schließlich nickte sie. »Gut. Ich werde mich in einem solchen Fall nicht einmischen.«

»Noch etwas«, sagte Antonia, die kaum ihre Erleichterung verbergen konnte. »Nachdem Sie meine Pläne für Ivan zunichte gemacht haben, müssen Sie eine Wiedergutmachung leisten.«

»Eine Wiedergutmachung?« fragte Lucy vorsichtig. »In welcher Weise?«

Antonia zuckte die Schultern. »Halten Sie die Augen offen. Sagen Sie mir Bescheid, wenn Sie bemerken, daß er an einer der diesjährigen Debütantinnen Interesse zeigt.«

»Sie wollen, daß ich ihm eine Frau suche?« rief Lucy ungläubig.

»So würde ich es nicht nennen. Sie müssen keine Frau für ihn *suchen*. Wie Sie schon sagten, wird er sicher in der Lage sein, selbst eine zu finden. Ich möchte diesen Vorgang nur ein wenig beschleunigen. Einverstanden?«

Das sture Ding hätte am liebsten nein gesagt, das sah Antonia ihr an. Doch zum Glück siegte ihr Wunsch, in der Stadt zu bleiben, so daß sie am Ende seufzend zustimmte. »Einverstanden«, sagte sie mit gepreßter Stimme.

Sie hatten auch ein Einverständnis darüber erreicht, wer Ivans zukünftige Frau würde, dachte Antonia. Miss Drysdale wußte es nur noch nicht.

9

Die Modistin samt ihren Gehilfinnen kam um elf. Lucy tauchte kurz im Morgenzimmer auf, um die Vielfalt an Seide, Musselin und Satin, an Federn und Häkelspitze, an Knöpfen und Borten gebührend zu bewundern. Nachdem sie Valerie davon überzeugt hatte, sich auf Blau-, Weiß- und Rosatöne sowie auf ein sanftes Silbergrau zu beschränken, empfahl sie sich wieder.

Da Lady Westcott für Valeries extravagante Garderobe aufkam, war es nach Lucys Ansicht nur billig, ihr auch die Auswahl der Muster und Schnitte zu überlassen. Sie war froh, daß die Gräfinwitwe sie von dieser Aufgabe entbunden hatte.

Sie war nur um Haaresbreite ihrer Entlassung entgangen, und obwohl sie ihrer Arbeitgeberin noch immer mißtrauisch gegenüberstand, mochte sie doch keinen endgültigen Bruch herbeiführen. Schließlich wollte sie ihre Zeit in der Stadt so vorteilhaft wie möglich nutzen, und dazu gehörte, so hatte sie sich vorgenommen, sich bis zum Herbst eine neue Anstellung zu suchen.

Im Augenblick jedoch wollte sie sich auf die Vorlesung vorbereiten, die heute abend stattfinden sollte, und darauf, wie sie sich danach Sir James am besten nähern und ihn ansprechen könnte. War nur zu hoffen, daß sie auf seine Gegenwart nicht ebenso heftig reagierte wie auf die von Ivan Thornton.

Und weshalb dachte sie jetzt überhaupt an *ihn*?

Er und alles, was letzten Abend und diesen Morgen vorgefallen war, war das letzte, woran sie jetzt denken sollte.

Sie eilte die Treppe hinauf und schlüpfte in ihr Zimmer. Dort setzte sie ihr Hütchen auf und zog ihren Spenzer an. Sie wollte am Berkeley Square spazierengehen, um ihre Gedanken zu ordnen. Als sie jedoch auf dem

Weg zur Tür war, bemerkte sie auf ihrem Bett eine hübsch verpackte Schachtel.

Eine Schachtel – auf ihrem Bett!

Ihr Herz begann zu rasen. Das konnte nur Ivan gewesen sein.

Langsam ging sie auf die Schachtel zu und streckte ihre zitternde Hand danach aus. Er wird sicher nicht plötzlich aus der Schachtel springen, ermahnte sie sich. Zweifellos verbarg sich ihr Umhangtuch darin, auch wenn diese Art der Rückgabe etwas protzig war.

Doch es war nicht der schlichte Wollschal, den sie seit vielen Jahren getragen hatte. Der Schal, der aus der Schachtel quoll, war aus exquisiter, schwerer Seide, in deren Fäden sich das Sonnenlicht fing.

Behutsam strich Lucy mit der Hand über den kühlen, schmiegsamen Stoff und die reiche Fransenborte. Er war wunderschön und mußte viel Geld gekostet haben. Sogar die Farbe, ein tiefes Blaugrün, durchwoben mit Gold und Silber, war vollkommen.

Ehe sie gewahr wurde, was sie tat, hatten ihre Hände das Tuch aus der Schachtel gehoben. Es lag keine Karte bei, aber von wem anders als Ivan konnte der Schal sein?

Lucy seufzte und legte ihre Wange an den unglaublich weichen Stoff. Weshalb hatte er das getan? Er mußte doch wissen, daß eine unverheiratete Frau ein solches Geschenk von einem Mann nicht annehmen durfte. Doch wie sollte sie es zurückgeben? Es ihm durch einen Dienstboten bringen zu lassen hieße, das ganze Haus über dieses Geschenk zu informieren. Und es ihm selbst zurückzubringen, erschien ihr zu gefährlich. Auf keinen Fall wollte sie sich in die Nähe seiner privaten Räume begeben.

Was also sollte sie tun?

Wider besseres Wissen zog Lucy den Spenzer wieder aus, warf sich das Tuch um die Schultern und zog es zurecht. Dann betrachtete sie sich in dem Ankleidespiegel, der in der Zimmerecke stand. Der Stoff nahm die Goldreflexe in ihrem dunklen Haar auf und unterstrich die Farbe ihrer Augen. Wie hatte Ivan einen so vollkommenen Gegenstand gefunden? Und wann hatte er die Zeit gehabt, danach zu suchen?

Nein, wichtiger war die Frage, weshalb er es getan hatte. Warum hatte er ihr nicht einfach ihren alten Schal zurückgegeben? Und warum hatte er diesen überhaupt an sich genommen?

Weil er völlig unberechenbar war.

Lucy zog den Schal von ihren Schultern und warf ihn auf das Bett. Sie mußte ihn zurückgeben. Ivan mußte einsehen, daß er nicht weiter mit ihr spielen konnte wie mit all den anderen Frauen. Er konnte sie nicht manipulieren wie ein kleines Mädchen.

Vielleicht sollte sie ihn statt dessen wissen lassen, daß er es war, der manipuliert wurde, und zwar von seiner Großmutter. Das würde ihn wütend machen! Leider würde es auch Lady Westcott wütend machen, und das durfte Lucy nicht riskieren, wenn sie in der Stadt bleiben wollte.

Sie starrte auf den Schal und überlegte. Sie mußte ihn verstecken, bis sich eine Gelegenheit fände, ihn zurückzugeben. Die Dienstmädchen durften die Schachtel nicht sehen, sonst gäbe es Gerede.

Vorsichtig legte sie das Tuch zurück in die Schachtel, drückte den Deckel darauf und schob alles unter das Bett. Sie nahm sich vor, heute auf keinen Fall mehr an Ivan Thornton zu denken. Energisch schlüpfte sie in die Ärmel ihres jagdgrünen Spenzers, schnappte ihr Strohhütchen und befestigte die Bänder unter dem Kinn. Sie hatte schon so lange auf die Begegnung mit Sir James gewartet, und keinesfalls wollte sie sich diesen bedeutenden Tag von einem arroganten Zigeuner verderben lassen.

Sie stöberte in einer ihrer Hutschachteln und zog das dünne Bündel Briefe von Sir James heraus. Sie wollte in den Berkeley Square Park gehen, sich eine ruhige Bank suchen und alle Briefe ihres Idols noch einmal lesen. Sie wollte sich auf den wahren Zweck ihres Aufenthalts in

London besinnen und den Grafen von Westcott auf den Platz verweisen, der ihm zustand. Er war ein charmanter Lebemann, ein geübter Verführer, und es geziemte jeder jungen Frau zu lernen, wie man mit solchen Männern umzugehen hatte. Ivans Aufmerksamkeiten eine tiefere Bedeutung beizumessen hieße sich zum Narren zu machen – gleichgültig, wieviel Mitleid man mit seiner schlimmen Kindheit hatte.

Ivan beobachtete vom Fenster aus, wie Miss Drysdale über die glatt gepflasterte Straße zum Park in der Mitte des Platzes ging. Wie er es erwartet hatte, trug sie den Schal nicht, den er ihr gesandt hatte. Jede andere ledige Frau aus seinem Bekanntenkreis hätte ihn getragen, hätte ihn vor der ganzen Gesellschaft hin- und hergeschwenkt, um ja sicherzustellen, daß jedermann erfuhr, von wem er kam.

Doch nicht Miss Drysdale.

Nicht Miss Drysdale, die jetzt so zielsicher die Straße hinabschritt. Die sich prüde kleidete, aber wie eine Kurtisane küßte. Die der Mittelpunkt eines jeden Balles hätte sein können, es statt dessen aber vorzog, eine muffige Vorlesung anzuhören.

Er ließ den Vorhang fallen und betrachtete seinen fast nackten Körper. Er war erregt, das war nicht zu übersehen. Allein zu beobachten, wie dieses eigensinnige Wesen über die Straße ging und hinter den Büschen des Parks verschwand, erregte ihn wie einen grünen Jüngling, der zum ersten Mal verliebt war.

Nur war es keine Verliebtheit. Es war reine Lust, die er für diese blaustrümpfige Miss Drysdale empfand, schlichte, pure Lust.

»Ihr Bad ist bereitet«, verkündete ein Diener hinter ihm.

»Danke, Sie können gehen.« Seinen lose umgelegten Morgenmantel in Gegenwart seines Kammerdieners abzulegen und diesem den pikanten Zustand seines Körpers zu enthüllen, war das letzte, was Ivan wollte. Zwar würde der Mann den Grund dieser Erregung nicht kennen, doch Ivan wollte seine Gefühle, die sich so deutlich offenbarten, für sich behalten.

Zu schade, daß Lucy nicht sehen konnte, was sie da angerichtet hatte.

Die Tür schloß sich hinter dem Diener, und Ivan schaffte sich durch einen Fluch ein wenig Erleichterung. Dieses verwünschte Biest!

Er warf seinen Morgenmantel ab und stieg in die Wanne. Dann ließ er sich in das dampfende Wasser gleiten. Es war siedend heiß, doch seine widerspenstige Männlichkeit ließ sich dadurch nicht beeindrucken.

Er hätte ein kaltes Bad verlangen sollen, das hätte ihn vielleicht von den erotischen Bildern in seinem Kopf abgelenkt. Aber vielleicht auch nicht. Er hatte einige Tage gemeinsam mit Elliot herumgehurt, doch kein einziges Mal war er so erregt gewesen wie jetzt; und das durch eine Frau, die sich nicht einmal im selben Zimmer wie er befand; eine Frau, die kaum jemand als eine gute Partie für einen so reichen jungen Mann wie ihn betrachten würde; eine Frau, die übriggeblieben war und sich mit der Rolle der Anstandsdame begnügen mußte.

Und doch war sie weitaus interessanter als alle Frauen, die er bisher kennengelernt hatte. Wäre er an einer Ehe interessiert, so würde sie die Liste der in Frage kommenden Kandidatinnen anführen.

Aber er wollte keine Ehe, weder mit ihr noch mit einer anderen. Was er wollte – was er brauchte –, war eine Bettgefährtin, die besser war als die Frauen, die er bisher gehabt hatte.

Er schloß die Augen, legte den Kopf zurück auf den Rand der Wanne und stellte sich vor, wie Lucys schmale Hände ihn abseiften.

Wie von selbst fand seine Hand sein erigiertes Glied. Das heiße, seifige Wasser ließ seine Finger stimulierend daran auf- und abgleiten. Seine fiebrigen Gedanken stellten sich vor, daß es eine kleinere, schmalere Hand sei und die Reibung weniger drängend. Er sah Lucy in dem Schal vor sich, den er ihr geschickt hatte, mit nichts darunter.

Ihr Haar umfloß wild und lockig ihre Schultern, wie heute morgen. Ihre langen Beine waren nackt unter den Seidenfransen.

Er stöhnte laut auf und bewegte seine Hand schneller. Es grenzte an Wahnsinn, sich nach einer verflixten blaustrümpfigen alten Jungfer zu sehnen, wenn er jede beliebige Frau haben konnte!

Doch er empfand Lust für sie, und das Wasser schäumte über den Rand der Wanne, als er sich dieser Lust ergab.

Danach saß er in dem abgekühlten Wasser, befriedigt und doch unzufrieden. Dies war nur ein schwacher Abklatsch dessen gewesen, was er wirklich wollte. Aber vielleicht würde dieses Drängen in ihm jetzt eine Weile nachlassen. Keinesfalls wollte er, daß sie ihm seine verzweifelten Gefühle anmerkte.

Jedenfalls würde er etwas unternehmen müssen. Mit Lucy nur zu flirten machte alles bloß noch schlimmer. Er mußte dieses sture Weib verführen, dann wäre es vorbei. Sobald er sie gehabt hätte, würde er sie vergessen können. So war es bisher immer gewesen.

Er schöpfte tief Atem. Es war Zeit, aus der Wanne zu steigen und den Tag zu meistern.

Es war Zeit, einen flotten Spaziergang zum Berkeley Square Park zu unternehmen.

»... ihre Gehirne sind wie Schwämme, die alle beabsichtigten und unbeabsichtigten Lehren, die wir ihnen erteilen, in sich aufsaugen. Sie lernen das Alphabet, und sie lernen, wie lange sie schreien müssen, um die Aufmerksamkeit ihrer Eltern zu erlangen. Sie lernen zu zählen und komplizierte mathematische Berechnungen anzustellen, sie lernen, wie sie den Menschen um sich herum schmeicheln, sie bedrohen oder sie auf andere Weise manipulieren können. Kurzum, die Erziehung eines Kindes umfaßt weit mehr, als im Unterricht vermittelt wird.«

Lucy starrte auf die Worte des Briefes. Wie war das mit den mathematischen Berechnungen? Sie las den Absatz noch einmal mit größter Aufmerksamkeit. Dieses Problem hatte sie schon den ganzen Vormittag lang gehabt: Wie sehr sie auch versuchte, sich auf Sir James' Briefe zu konzentrieren, sie schaffte es nicht, ihre Gedanken davon abzuhalten, sich in andere Richtungen zu verflüchtigen.

Nein, das stimmte nicht. Es gab nur eine Richtung, in die sie sich bewegten: Ivan Thornton. Ivan der Schreckliche. Ivan der Lästige. Ivan, der ihre Gedanken und ihren Körper auf die Folter spannte.

Mit frustriertem Seufzen wechselte Lucy ihre Stellung auf der harten Parkbank. Gegenüber blühte der Rhododendron verschwenderisch in weiß und rosa, die hohen Linden, die den Park säumten, ließen ihr frisches grünes Laub in der Sonne des Frühlingstages glänzen. Kecke Spatzen und Finken zankten sich in der Eiche zu ihrer Rechten, und ein graues Eichhörnchen, das vorbeisprang, hielt kurz inne, um ihr einen hoffnungsvollen Blick zuzuwerfen.

Doch Lucys Geist befaßte sich weder mit Spatzen und Eichhörnchen, noch mit Blüten und Bäumen. Ivan Thornton besetzte all ihre Gedanken und weigerte sich, diesen Platz zu räumen.

Warum ließ sie das zu? Sie, die doch sonst so logisch und kontrolliert handelte, benahm sich wie eine Törin, wenn es um ihn ging.

Logik, das war der Schlüssel. Sie richtete sich auf, faltete Sir James' Brief zusammen und legte das ganze Bündel neben sich. Anstatt sich ihren Emotionen auszuliefern, mußte sie sich vor Augen führen, aus welchen Vernunftgründen Ivan für sie selbst genauso unpassend war wie für Valerie.

Er war unaufrichtig. Das war der Hauptgrund.

Er war maßlos. Diese Maßlosigkeit reichte von dem maßlos auffälligen Ohrring bis zu dem maßlos unziemlichen Geschenk, das er ihr gemacht hatte.

Er war viel zu reich für eine Frau wie sie und viel zu gutaussehend. Und er war zerfressen von Verbitterung wegen seiner unglücklichen Vergangenheit.

Sie hatte seine unvorteilhaften Eigenschaften treffend aufgezählt, bis auf die letzte. Er war von Verbitterung zerfressen, doch man konnte ihm das nicht verübeln, denn er hatte offensichtlich eine elende und einsame Kindheit gehabt.

Andererseits, wäre sein Leben bei einer nomadisierenden Zigeunersippe besser gewesen?

Lucy starrte auf die Rhododendronbüsche, ohne sie wahrzunehmen. Sie hatte bisher nie darüber nachgedacht, wie Zigeuner lebten. Sie vermutete jedoch, daß Zigeunereltern ihre Kinder ebenso liebten wie jeder normale britische Bürger. Und man mußte davon ausgehen, daß für das Aufziehen von Kindern Liebe das Wichtigste war, wichtiger als Sprache, Kleidung, Kultur, wichtiger sogar als Religion.

Sie erkannte plötzlich, für wie selbstverständlich sie immer das Vorhandensein ihrer eigenen Familie gehalten hatte und wie kritisch und ungeduldig sie dieser Familie gegenüber oft gewesen war. Sie schwor sich, nie wieder so undankbar zu sein.

Doch das brachte sie einer Klärung ihrer Gefühle zu Ivan nicht näher. Wenn er während der ersten Jahre, die er in der Obhut seiner Mutter verbracht hatte, geliebt worden war, so hatten ihm die folgenden Jahren um so grausamer erscheinen müssen.

»Was gäbe ich nicht darum, den Grund für dieses Stirnrunzeln zu erfahren!«

Lucy fuhr zusammen und blickte auf. Genau vor ihr stand ein Mann. Ivan! Sofort errötete sie bis an die Haarwurzeln.

Und warum? Sie errötete doch sonst nicht so leicht. Weshalb war er überhaupt hier?

»Woran dachten Sie?« fragte er weiter, als sie nicht antwortete und ihn nur blöde anstierte. »Darf ich hoffen, daß Ihre Gedanken mir galten?«

»Nein, ich habe überhaupt nicht an Sie gedacht«, log Lucy. Dann hatte sie Gott sei Dank ihren Verstand wieder unter Kontrolle. »Sind Sie mir gefolgt?«

Ivan lächelte auf sie herab und sah dabei in seinem dunkelblauen Gehrock, seiner gestreiften Weste und seiner eleganten Halsbinde unerhört gut aus. »Wie Sie wissen, bin ich kein Langschläfer. Genau wie Sie finde ich einen Spaziergang im Park eine angenehme Weise, den Tag zu beginnen.«

»Ich kam hierher, um in Ruhe nachdenken zu können.«

»Und um alte Briefe zu lesen, wie es scheint.« Er deutete auf das Bündel neben ihr. »Liebesbriefe?«

»Das geht Sie nun wirklich nichts an«, entgegnete Lucy. Sie nahm die Briefe und steckte sie so gleichgültig wie möglich in ihren Beutel. Sie hatte nicht daran gedacht, daß Ivan diese Handlung als Einladung mißdeuten könnte, sich neben sie auf die Bank zu setzen. Und er setzte sich viel zu nah neben sie, als daß sie hätte ruhig bleiben können.

Sie wollte sich erheben, doch er hielt sie am Arm zurück. Sein Griff war weder grob noch schmerzhaft, aber trotzdem unnachgiebig.

Lucy blickte auf seine behandschuhten Finger und versuchte das Rasen ihres Pulses unter Kontrolle zu bringen. Langsam hob sie ihre Augen. »Sie können sich nicht ununterbrochen derartig gegen mich benehmen. Es gehört sich nicht, und ich werde es nicht dulden.«

Er grinste. »Wie wollen Sie es verhindern?«

»Als erstes werde ich Ihnen das Schultertuch zurückgeben, das Sie in mein Zimmer gelegt haben.«

»Ach, jemand hat ein Tuch in Ihr Zimmer gelegt?« staunte Ivan mit so unschuldsvoller Miene, daß Lucy ihm fast hätte glauben können.

»Necken Sie mich nicht. Ich werde Ihnen den Schal zurückgeben, und Sie geben mir dafür meinen alten wieder.« Erfolglos versuchte sie, ihren Arm aus seinem Griff zu befreien. »Lassen Sie mich los, Lord Westcott!« verlangte sie.

»Nennen Sie mich doch Ivan.«

»Nein.« Wieder versuchte sie sich ihm zu entwinden.

»Falls ich es gestern abend nicht erwähnt haben sollte – Sie tanzen sehr gut«, sagte Ivan unbekümmert.

»Sie sind gewiß nicht hergekommen, um über den Ball zu sprechen.«

»Sie küssen übrigens auch sehr gut. Doch das war mir schon nach Ihrer Art zu tanzen klar.«

Lucy rückte so weit wie möglich von ihm ab und hoffte, daß Ivan das schnelle Schlagen ihres Herzens nicht bemerkte. Er hatte bereits an dem Abend, als Valerie gespielt und sie mit ihm getanzt hatte, eine Bemerkung über den Zusammenhang zwischen Tanz und anderen, leidenschaftlicheren Beschäftigungen gemacht. Daher verstand sie seine Anspielung nur zu genau.

Eigentlich hätte sie ihm für seine Frechheit eine Ohrfeige geben müssen, wie sie es schon einmal getan hatte. Doch sie war viel zu durcheinander.

»Würden Sie mich bitte loslassen?« drängte sie noch einmal.

»Nennen Sie mich doch Ivan!« beharrte er.

Lucy wandte ihren Blick ab und kämpfte mit zusammengebissenen Zähnen um ihre Selbstbeherrschung. Es war besser, wenn er nichts davon bemerkte. Und so sehr sie wünschte, daß ihre Handlungen von kühler Logik diktiert würden, so war doch das Gegenteil der Fall. Sie fühlte Panik in sich aufsteigen. »Lassen Sie meinen Arm los, Ivan«, flüsterte sie und blickte starr geradeaus.

»Sagen Sie bitte«, raunte er in ihr Ohr.

Sie wandte ihm ihr Gesicht zu und blickte direkt in seine spöttischen Augen. »Bitte«, flüsterte sie.

Einen Augenblick lang zögerte er, und Lucy hatte die fantastische Vorstellung, er würde sie küssen, hier, im hellen Tageslicht, mitten im Park.

Doch als er dann ihr Handgelenk losließ, war sie fast enttäuscht. Glücklicherweise erlangte sie aber mit dem Moment der Freiheit auch ihr lebhaftes Temperament zurück. Zornsprühend sprang sie auf.

»Ich wäre Ihnen dankbar, wenn Sie mich nicht mehr belästigen würden! Ich wünsche keine Unterhaltung mit

Ihnen, Lord Westcott! Und auf keinen Fall wünsche ich eine vertrauliche Unterhaltung!«

Ivan lehnte sich auf der Bank zurück und wirkte gleichzeitig entspannt und gefährlich. »Unterhaltung – was für ein vieldeutiges Wort. Was wäre, wenn ich eine private Unterhaltung mit Ihnen wünschte, Lucy?«

Lucys Augen verengten sich vor Wut zu Schlitzen. Am liebsten hätte sie ihm ihren Beutel über den Kopf geschlagen. »Haben Sie die Auswirkungen Ihres Benehmens überdacht, Lord Westcott? Vermutlich nicht! Lassen Sie uns für einen Augenblick annehmen, daß ich Ihnen erlaubt hätte, mich mit meinem Vornamen anzureden, und daß ich Sie mit Ihrem angeredet hätte.«

»Sie können ihn nicht einmal jetzt aussprechen, nicht wahr, Lucy?« Er grinste sie an, und ihre Wut verdreifachte sich.

»Lassen Sie uns annehmen, ich würde Sie Ivan nennen«, fuhr sie heiser fort. »Ivan«, wiederholte sie noch heiserer, als sie das unverhüllte Begehren in seinen Augen sah.

»Ich könnte Ihnen erlauben, meine Hand zu halten, während wir auf einer Parkbank sitzen. Ich könnte Ihnen sogar einen Kuß geben, anstatt darauf zu warten, von Ihnen geküßt zu werden.«

Er setzte sich gerade. Sie hatte jetzt seine volle Aufmerksamkeit.

»Nachdem Sie aber der Typ Mann sind, der eine Frau verläßt, sobald er meint, sie habe sich ihm ergeben, so dürfte ich mich nicht so leicht fangen lassen. Nein, ich sollte nur ein wenig nachgeben, mich dann zurückziehen und darauf warten, daß Sie die Verfolgung wieder aufnehmen.«

»Das klingt nach einem köstlichen Spiel, Lucy. Ich frage mich, ob Sie auch eingeplant hätten, sich je einfangen zu lassen?«

»O ja, Mylord, das hätte ich. Doch nur zu einem Zeitpunkt, wo man uns dabei erwischen würde. Wozu sonst sollte eine Frau ein solches Spiel spielen, wenn es nicht dem Zweck diente, einen reichen Ehemann zu ergattern?« Lucy lächelte kokett.

Das Glitzern in Ivans Augen ließ darauf schließen, daß dieser Hinweis ihm gar nicht gefiel. Doch das Lächeln wich nicht aus seinem Gesicht.

»Wenn ich Sie verführen wollte, Lucy, würde ich schon dafür sorgen, daß wir nicht ertappt würden.«

»Wenn ich Sie verführen wollte«, gab Lucy zurück, »würde ich es nur dort zulassen, wo ich das meiste dabei herausschlagen könnte.«

Ivans Blick glitt über ihre Gestalt, verhielt kurz bei ihren Brüsten und dann bei ihren Lippen. »Sie sind dabei, mich zu verführen«, sagte er mit rauher Stimme, die sie beinahe aus der Fassung brachte.

»Nicht genug Zeugen für mich«, gab sie zurück. Dann erhob sie sich. »Guten Tag, Lord Westcott. Sie brauchen mich nicht zum Haus zurück zu begleiten. Ich finde meinen Weg allein.« Damit verließ sie ihn und ging schnell davon.

Sie konnte seine Augen in ihrem Rücken fühlen, wie Finger, die kühn über ihre prickelnde Haut strichen. Noch schlimmer war, daß dieses Prickeln sich an den peinlichsten Körperstellen einnistete. Ihre Brustwarzen verhärteten sich und rieben unangenehm gegen den Stoff ihres Hemdes. Ihr Unterleib zog sich zusammen und schien von innen mit einer sündigen, kleinen Flamme zu brennen.

Es war die Flamme des Begehrens, das wußte Lucy jetzt, obwohl noch kein anderer Mann sie bisher entfacht hatte.

Möge deine Zigeunerseele im Höllenfeuer brennen für die Qualen, die du mir bereitest, dachte sie. Alles wäre nicht so schlimm, wenn er ihr in aufrichtiger Absicht den Hof machen würde. Doch das war nicht der Fall, und das verletzte Lucys Stolz zutiefst.

Aber dieses Spiel konnte von zweien gespielt werden, überlegte sie, während sie aus dem Park trat und geradewegs auf das Haus zuging. Er wollte ebensowenig ertappt werden wie sie. So lange sie ihn an diese Tatsache erinnerte, befände sie sich in Sicherheit. So hoffte sie zumindest.

Ivan wußte, daß er grinste. Jeder, der ihn ansah, konnte zweifellos seine Gedanken erraten. Doch diesmal war es ihm egal.

Lucy Drysdale war seltsamerweise die fesselndste Frau, der er je begegnet war. Hätte eine andere zu ihm von Nachgeben und Zurückziehen gesprochen oder davon, ihn zu küssen oder ihn zu verführen – nun, er hätte sich gut unterhalten und vielleicht erregt gefühlt. Doch er hätte gewußt, daß das Spiel für ihn bereits gewonnen und die Kapitulation der Frau nur noch eine Frage der Zeit wäre.

Bei Lucy war der Ausgang jedoch nicht so offensichtlich.

Nein, verbesserte er sich, der Ausgang war gewiß. Es würde damit enden, daß sie ihre Lust aneinander ausleben würden. Daran gab es gar keinen Zweifel. Doch wann es soweit sein würde, welche köstlichen, unerwarteten Wendungen sich bis dahin noch ergeben würden, konnte er nicht voraussagen.

»Zur Hölle damit!« Der bloße Gedanke an die widerspenstige Miss Drysdale verursachte ein schmerzhaftes Ziehen in seinen Lenden. Daß sie sich gegen seine Anziehungskraft zur Wehr setzte, war eine größere Verlockung als alle schmachtenden Blicke, die ihm hinter Fächern hervor während der vergangenen Monate zugeworfen worden waren.

Er suchte nach einer neuen, bequemeren Position auf der Parkbank, in der man ihm seinen Zustand nicht sofort ansah. Tief durchatmend, zwang er seine Gedanken in eine andere Richtung. Dabei beobachtete er einige Spaziergänger, zwei eifrig ins Gespräch vertiefte Matronen, ein Kindermädchen mit einem kleinen Jungen und einem Hund, sowie einen Gärtner, der eine bereits vollkommen geformte Hecke weiter trimmte.

Ivans Blick kehrte zu dem Jungen zurück. Er hatte

einen dicken, blonden Haarschopf, trug einen Spitzenkragen und Spitzenärmel. In der Hand hatte er einen Stock, den der kleine Hund ihm unermüdlich zu entreißen suchte. Doch das Kindermädchen unterbrach immer wieder das Spiel.

»Du wirst deine Handschuhe schmutzig machen!«

»Laß den Hund nicht an dir hochspringen!«

»Wenn du dich nicht ordentlich benimmst, gehen wir nach Hause!«

Der Junge blieb stehen, so daß das unangenehme Frauenzimmer ihn einholen konnte. Sofort nahm sie ihm den Stock weg, brach ihn entzwei und warf die Stücke genau vor Ivan in die Rhododendronbüsche. Natürlich stürzte sich der Hund kopfüber ins Gebüsch auf der Suche nach dem Stock. Währenddessen packte das Kindermädchen den Jungen am Arm und schüttelte ihn.

»Wenn du dich unmanierlich benimmst, gehen wir nach Hause.«

»Ich möchte aber bleiben«, antwortete der Junge klagend.

»Dann benimm dich! Ich meine es ernst, John. Wenn du dich nicht wie ein ordentlicher, junger Gentleman betragen kannst ...«

Ivan hörte nicht mehr zu, seine gute Laune hatte sich ins Gegenteil verkehrt. Er war selbst dieses Kind gewesen, dachte er, während er dem Jungen nachblickte, der widerstrebend hinter dem Kindermädchen hertrottete, der Freiheit beraubt, die er so sehr brauchte.

In Ivans Wange begann ein Muskel zu zucken. Wenn er Kinder hätte, würde er sie frei in den Wäldern und Feldern spielen lassen. Er würde sie nicht zwingen, Handschuhe anzuziehen und würde sie die Namen der Bäume im Wald lernen lassen, ehe sie die Reihenfolge der englischen Könige lernen mußten.

Doch er wollte ohnehin keine Kinder.

Er erhob sich und wandte dem kleinen John samt Kinderfrau und Hund den Rücken zu. Wenn der Junge Rückgrat hatte, würde er sich eines Tages auflehnen.

Wenn nicht, dann würde der Junge seinerseits einen Haufen rückgratloser Ebenbilder seiner selbst zeugen, und der Kreislauf würde sich fortsetzen.

Ivan wollte nicht in Selbstmitleid versinken. Der Nachmittag lag vor ihm, und er mußte eine Menge Energie loswerden. Und nachdem er das bei dieser süßen, scharfzüngigen Miss Drysdale nicht konnte, würde er eben zur Pall Mall hinübergehen und sich ein williges Flittchen suchen.

Allerdings, so fiel ihm ein, hatte er das schon versucht, und es war nicht sehr befriedigend gewesen. Besser war, zum Mayfair Athletic Club zu gehen. Sicher fand sich jemand im Boxring, der gewillt war, über drei Runden mit ihm zu gehen.

Solange er die mißtrauische Miss Drysdale nicht eingefangen hatte, mußte er zusehen, wie er seine überschüssigen Energien auf andere Weise loswerden konnte. Irgendein ahnungsloser junger Lord im Boxring würde ihm jetzt gerade zupaß kommen.

10

Lucy fühlte sich im siebten Himmel. Sie und Valerie waren aus dem Haus gekommen, ohne Ivan über den Weg zu laufen. Ohne Zwischenfall waren sie zu dem Gebäude gelangt, in dem die Vorlesungen stattfanden, und jetzt, in wenigen Minuten, würde sie endlich Sir James Mawbey sehen und seinen brillanten Ausführungen lauschen können.

Valerie blickte um sich. »Es sind mehr Menschen da, als ich erwartet hatte«, meinte sie.

»Menschen von ganz anderer Art als die, mit denen wir letzthin Umgang hatten«, gab Lucy zurück. Als sie ihre Eintrittskarten gelöst hatten und die Fatuielle Hall betraten, mischten sie sich tatsächlich unter ein besonderes Publikum. Zu einem großen Teil bestand die Zuhörerschaft aus Menschen mittleren oder höheren Alters: dunkel gekleidete Graubärte und ordentliche Matronen. Aber es gab noch andere: Gelehrte mit ernsten Gesichtern, billigen Gehröcken und abgeschabt glänzenden Hosen; Ladenbesitzer in ihren praktischen Überziehern, Kaufleute in schweren Stiefeln. Einige vornehme Damen, die durch die Qualität ihrer Kleidung auffielen, hatten sich ebenfalls eingefunden.

Lucy stellte fest, daß sich ihr ein interessanter Querschnitt durch die britische Bevölkerung bot. Sie konnte kaum ihre Aufregung meistern.

»Dauert es lange?« fragte Valerie.

»Es müßte bald beginnen«, antwortete Lucy, während sie sich auf ihre Sitze in der ersten Reihe niederließen.

»Nein, ich meinte, ob die Vorlesung sehr lange dauern wird.«

Lucy blinzelte zu Valerie hinüber. »Ich vermute, Sie waren nicht gerade versessen auf Ihre Schulstunden.«

Valerie lächelte entschuldigend. »Geschichte und

Rechnen waren langweilig. Aber ich lese gerne, besonders Romane.«

»Wahrscheinlich haben Sie nie etwas von einem Autor wie James Mawbey gelesen. Ich jedenfalls hatte nie etwas so Erhellendes gelesen, bis ich auf seine Artikel gestoßen bin.«

Doch nun betrat Sir Mawbey die Bühne, und Valerie war vergessen. Er war da, und Lucy befand sich mit ihm im selben Raum.

Er war – genau, wie sie ihn sich vorgestellt hatte – von mittlerer Größe, obwohl er durch seine Überschlankheit größer wirkte, hatte dunkles, wirres Haar und einen langen Backenbart, den er wohl trug, so vermutete Lucy, um älter zu wirken. Denn er war jünger, als sie gedacht hatte. Ob er verheiratet war?

Sir James blickte in sein Publikum. »Das Erstgeburtsrecht ist in unserem geliebten Land, wie in ganz Europa, der Hauptgrund für familiäre Zwistigkeiten«, verkündete er. Mit dieser flammenden Behauptung begann er einen einstündigen Diskurs, der gelegentlich durch ein unwilliges Gemurmel oder auch beifälliges Klatschen seiner Zuhörer akzentuiert wurde.

Ob das Publikum seinen Thesen nun zustimmen oder sie ablehnen mochte, es bestand jedenfalls kein Zweifel daran, daß das Wohl und Wehe von Kindern ihm zutiefst am Herzen lag. »Von dem Augenblick an, in dem sie in diese harte Welt hineingeboren werden, lernen sie, wessen Arme weich und warm sind und wessen nicht; wer für ihre Ernährung und Unterkunft sorgt und wer nicht; wem sie vertrauen können – und hier kommen wir auf den Punkt.«

Er hielt inne und blickte eindringlich auf sein Publikum. »Sie lernen, wem sie nicht vertrauen können. Allzuoft lernen sie, daß man niemandem vertrauen kann: nicht den Eltern, die sie zum Wohl der älteren Söhne verraten, nicht den Geschwistern, die nur darauf aus sind, selbst soviel wie möglich zu ergattern. Was also wird aus ihnen?«

Sir James lehnte sich über das Rednerpult, und seine dunklen Augen glühten fanatisch. Lucy bebte, als dieser feurige Blick über sie und Valerie hinwegglitt und dann auf ihnen ruhen blieb, wie schon einige Male während der Vorlesung. »Aus einem solchen ungeliebten Kind wird ein Erwachsener ohne Gefühl dafür, was es heißt, zu lieben oder geliebt zu werden. Dieser Erwachsene erzieht wiederum Kinder nach seinem eigenen Muster: der älteste Sohn verwöhnt und verzogen, bis er zum selbstsüchtigen Monstrum wird. Der nächstjüngere wird dadurch wie von selbst zum eifersüchtigen Neider und die weiteren Geschwister werden völlig übergangen, außer wenn sie durch ihr erschreckend schlechtes Benehmen die Eltern dazu zwingen, ihnen doch gelegentlich etwas Aufmerksamkeit zukommen zu lassen.«

Sir James trat einen Schritt vom Pult zurück. »Beim nächsten Mal werde ich genauer erklären, wie die Eltern die Fallgruben vermeiden können, deren es bei der heutigen Kindererziehung leider zu viele gibt.«

Er ging von der Bühne, noch ehe der Applaus verklungen war. Sofort war er von Bewunderern und Fragenden umlagert. Auch Lucy wollte sich diesem Kreis anschließen, war aber anfangs zu sehr von Ehrfurcht gebannt, um sich zu bewegen.

»War er nicht wundervoll?« hauchte Valerie neben ihr. Lucy nickte, die Augen fest auf den kaum sichtbaren Kopf ihres Idols geheftet. »Ja, das war er. Hatte ich es Ihnen nicht versprochen?«

Valerie stand auf und schüttelte ihre Röcke zurecht, ohne dabei die Menge um Sir James aus den Augen zu lassen. »Sollen wir zu ihm gehen und mit ihm reden, Miss Drysdale? Was halten Sie davon? Können wir? Ich denke, wir sollten es tun.«

»Und sollen wir auch seine folgenden Vorlesungen besuchen?« fragte Lucy lächelnd zurück. Doch Valerie gab keine Antwort mehr, sondern eilte schon vor Lucy her auf den Kreis zu, der den charismatischen jungen Gelehrten umgab.

Valeries komische Eile gab Lucy die Zeit, sich zu sammeln, bevor sie den Mann traf, mit dem sie seit eineinhalb Jahren korrespondierte.

Sie stand auf und strich die Knitter und Falten aus ihrem Rock. Als sie nach ihrem Beutel langte, fühlte sie das schmale Bündel Briefe. Er hätte mir sicher nicht geschrieben, wenn er unzugänglich wäre, sprach sie sich selbst Mut zu. Bestimmt würde Sir James sich freuen, sie zu sehen, und sich sogar geschmeichelt fühlen. Sie würden eine Unterhaltung beginnen, die ebenso leicht und ungezwungen sein würde wie die Briefe, die sie ausgetauscht hatten.

Wohin das dann führen sollte, wußte Lucy natürlich nicht, doch sie gestattete sich die Freiheit eines kleinen Gedankenspieles.

Nur wenige Ehen wurden aus Liebe geschlossen. Besitz und Abstammung zählten mehr in dieser Gesellschaft, wenn es darum ging, eine vorteilhafte Partie zu machen. Doch für Lucy waren Besitz und Abstammung nie von Bedeutung gewesen, und dasselbe mußte für Sir James gelten. Gegenseitiger Respekt, Bewunderung und gleichgelagerte Interessen waren weitaus stärkere Garanten für das Gelingen einer Ehe. Und sie und Sir James waren mit diesen Eigenschaften selbstverständlich großzügig ausgestattet.

Aber Sir James erregte ihre Gefühle nicht so wie Ivan Thornton.

Lucy verschluckte einen groben Fluch wegen ihrer lüsternen Gedanken. Wie konnte sie gerade hier und jetzt an so etwas denken? Die Empfindungen, die Ivan in ihr weckte, konnten sie nur ins Verderben führen. Doch was sie für Sir James Mawbey fühlte, konnte ein Leben lang halten.

Sie stellte sich vor, wie sie beide in seiner Bibliothek – ihrer beider Bibliothek – saßen und lasen, bedeutende Gedanken hegten und tiefsinnige Gespräche bei einer Tasse Tee führten.

Ja, das war genau die Zukunft, die sie erstrebte. Dafür

war sie nach London gekommen. Keinesfalls wollte sie sich durch müßige Betrachtungen über Ivan Thornton von ihrem Ziel abbringen lassen.

Als der Menschenauflauf um Sir James sich ein wenig zu lichten begann, holte sie tief Luft und ging auf ihn zu. Valerie hatte es bereits geschafft, sich einen Platz direkt vor ihm zu erobern. Wenn Lucy sich nicht beeilte, würde das Mädchen sich ihm selbst vorstellen, und das ging nun wirklich nicht. Schlimm genug, daß Lucy sie beide vorstellen mußte. Doch zumindest war sie älter als Valerie, so daß eine Vorstellung, besonders unter dem Blickpunkt, daß sie bereits korrespondiert hatten, nicht zu vorlaut wirken würde. Ein Kind wie Valerie jedoch würde mit ihrem Enthusiasmus den Eindruck erwecken, sie hege ein unziemliches Interesse an dem Mann.

Lucy stellte sich also neben Valerie und nahm sie am Arm, um sie davon abzuhalten, sich undamenhaft zu benehmen.

Sir James seinerseits schien die Anwesenheit der beiden jungen Damen deutlich zu bemerken, denn er beendete die Unterhaltung mit einer drahthaarigen älteren Frau ziemlich schnell.

»Darf ich fragen, mit wem ich die Ehre habe?« fragte er mit einer leichten Verbeugung.

»Es ist für uns eine Ehre«, erwiderte Lucy. »Darf ich Ihnen Lady Valerie Stanwich vorstellen. Ich bin Miss Lucy Drysdale.«

Sir Mawbeys Blick ruhte auf Valerie, dann, als habe er Lucys Namen erst mit Verzögerung vernommen, wandte er seine Augen von Valeries Gesicht ab, das schiere Bewunderung ausdrückte. »Miss Drysdale, es ist sehr schmeichelhaft, daß Sie sich heute abend herbemüht haben. Sie kommen aus ...«

»Somerset«, soufflierte Lucy.

»Aha. Und Sie, Miss Stanwich, kommen Sie auch aus Somerset?«

»Nein, Mylord. Ich komme aus Arundel in Sussex«, antwortete Valerie und errötete, was ihrem Teint eine niedliche Farbe und ihren Augen einen hübschen Glanz verlieh.

Lucy stöhnte innerlich. Sir James als ›Mylord‹ anzureden! Jedes Baby wußte das. Besonders ein Baby, dessen Vater ein Graf war. Würde er sich, in Anbetracht seiner Verachtung für das britische Klassensystem, beleidigt fühlen? Würde er die arme Valerie verbessern und sie vor all diesen Menschen demütigen?

»Arundel«, sagte er und richtete seine Augen interessiert auf Valerie. »Ich habe schon oft darüber nachgedacht, ob ich dort Vorlesungen halten sollte. Gibt es geeignete Räumlichkeiten?«

Lucy, die anfangs erleichtert war, daß er sich nicht beleidigt gezeigt hatte, war nun leicht verstimmt, als Valerie das Gespräch mit Sir James an sich zog. Nein, das stimmte eigentlich nicht. Es war Sir James, der meist sprach, während Valerie nur hier und da eine Zustimmung äußerte und den Gelehrten bewundernd anhimmelte. Und ebenso bewundernd sah dieser auf das hübsche junge Mädchen.

Noch nie hatte Lucy bisher das Gefühl der Eifersucht kennengelernt. Aber nun war es soweit.

»Werden Sie Ihre Theorie über Disziplin während einer Ihrer Lesungen ansprechen?« fragte sie, als Sir James kurz innehielt, um Atem zu schöpfen.

»Das wird das Thema meiner dritten Vorlesung in dieser Reihe«, antwortete er und sah endlich auch sie an. Dann wandte er sich wieder an Valerie. »Werden Sie auch kommen, Miss Stanwich?«

»*Lady* Valerie«, brummte Lucy, doch sofort schämte sie sich ihrer kleinlichen Reaktion.

Sir James schien sie jedoch gar nicht gehört zu haben. Valerie, die ihr Kommen zusagte, anscheinend auch nicht.

In Lucys Kopf schrillte eine Alarmglocke. Valerie entwickelte doch hoffentlich keine Zuneigung zu Sir James Mawbey, und gewiß würde dieser sich nicht in ein Mädchen von so beschränktem Intellekt verlieben?

»Diese Verbindung scheint im Himmel geschlossen worden zu sein.«

Lucy zuckte bei diesen Worten zusammen. Diese Stimme, so spöttisch, gehörte unverkennbar Ivan Thornton. Was hatte er hier zu suchen?

Sie drehte den Kopf gerade weit genug, um Ivan hinter sich stehen zu sehen. »Verschwinden Sie!« zischte sie.

»Was? Ich soll die Pläne meiner Großmutter hintertreiben und zulassen, daß meine geschätzte Kusine sich mit einem radikalen Gelehrten einläßt? Ich würde meiner Familie einen schlechten Dienst erweisen, wenn ich Valerie jetzt allein ließe. Finden Sie nicht?«

Lucy drehte sich vollständig zu ihm herum. Natürlich neckte er sie nur, das konnte sie am schelmischen Blitzen seiner blauen Augen erkennen. Es würde ihn vermutlich prächtig amüsieren, wenn die begehrenswerte Valerie eine Verbindung mit einem so unpassenden Verehrer wie Sir James einginge. Obwohl Lucy noch mit halbem Ohr das hinter ihr fortgeführte Gespräch hörte, richtete sie ihre Aufmerksamkeit jetzt ganz auf Ivan. »Was machen Sie hier?« flüsterte sie. »Sind Sie uns gefolgt?«

»Ich folge Ihnen, Miss Drysdale, Ihnen allein.«

Lucys Herz tat einen Sprung und wollte nicht mehr aufhören, beharrlich bis zum Halse zu schlagen. »Mir?« fragte sie mit piepsiger Stimme, um dann sofort den Mund zu schließen. Das hatte ja geklungen wie eine Vierzehnjährige, die zum ersten Mal ihrem Schwarm nahe kam. Sie räusperte sich. »Sie haben mir nicht zu folgen.«

Ivan hob eine Augenbraue – eine Demonstration männlicher Arroganz. »Ich bin ein Graf. Ich kann verdammt noch mal tun, was ich will.«

»Gehört dazu auch das Fluchen in Damengesellschaft?« zischte Lucy zurück, die langsam wieder zu Sinnen kam.

»Da holt mich meine schlechte Erziehung wieder ein.«

Lucy durchbohrte Ivan mit einem, wie sie hoffte, niederschmetternden Blick. »Das ist keine Entschuldigung dafür. Nun, ich darf wohl.«

Damit wandte sie sich von Ivan ab, um das Gespräch zwischen Valerie und Sir James zu unterbrechen. Doch Ivans Anwesenheit in ihrem Rücken blieb ihr peinlich bewußt.

Plötzlich wisperte er in ihr Ohr: »Wollen Sie mich nicht vorstellen?«

Lucy wollte nicht, falls es sich irgend vermeiden ließ.

Doch genau in diesem Augenblick wurde Ivan von Valerie bemerkt.

»Ach, Lord Westcott« rief sie aus, ohne eine Spur ihrer sonstigen Verlegenheit. »Haben Sie auch Sir James' Vorlesung gehört?«

»Ich bin leider ein wenig zu spät gekommen, um alle Theorien von Sir James über die negativen Auswirkungen des Erstgeburtsrechts mitzubekommen.« Er streckte dem Gelehrten die Hand hin. »Ich bin Ivan Thornton, Lady Valeries Vetter.«

Sir James ergriff die dargebotene Hand und stellte sich seinerseits vor. Dann fügte er fragend hinzu: »Lord Westcott? Sie sind der Graf von Westcott?«

»Derselbe.«

»Ein erstgeborener Sohn, nicht wahr?« meinte Sir James mit leicht mißbilligendem Ton.

»Ein einziger Sohn, und noch dazu ein außerehelicher«, gab Ivan mit trügerisch süßer Stimme zurück.

Die beiden Männer maßen einander für einen langen, unangenehmen Moment. Dann nickte Sir James. »Ja, natürlich, natürlich. Ich frage mich, ob Sie und Lady Valerie und Miss Dinsdale …«

»Drysdale«, unterbrach ihn Lucy.

»Verzeihung«, antwortete er abwesend. »Würden Sie drei meine Gäste beim Abendbrot sein? Ich esse nie vor einer Vorlesung, und jetzt bin ich sehr hungrig«, erklärte er und heftete den Blick wieder auf Valerie.

»Danke, Sir James, aber ich fürchte, das wird nicht möglich sein«, warf Lucy ein, ehe die anderen etwas sagen konnten. »Man erwartet uns in Westcott House«, fügte sie hinzu, als Valerie ihr einen bittenden Blick zuwarf. »Lady Antonia wäre ziemlich verärgert, wenn wir uns verspäteten.«

Valerie schien niedergeschlagen, aber noch niedergeschlagener war Sir James. »Vielleicht am Donnerstag?« fragte er hoffnungsvoll. »Sie werden doch am Donnerstag meine Vorlesung besuchen, Lady Valerie?«

»Ich werde mich persönlich darum kümmern«, antwortete Ivan an ihrer Stelle. »Aber jetzt sollten wir uns auf den Weg machen.«

»Sehr gut. Lord Westcott, Ladies.« Sir James verbeugte sich zuerst vor Lucy, dann vor Valerie. Als Valerie ihm mit verliebtem Blick ihre Hand hinstreckte, ergriff er sie und drückte einen heißen Kuß auf ihre Finger.

Lucy starrte wortlos auf die Szene, die sich ihr bot. Alles war auf den Kopf gestellt. *Sie* war es doch, von der Sir James bezaubert werden sollte. Von *ihrem* Wissen über sein Werk hatte er doch beeindruckt werden sollen, von *ihrem* Verständnis für seine Arbeit. *Sie* hätte er zum Abendessen einladen sollen, so daß sie die Unterhaltung in Ruhe hätte fortsetzen konnen.

Keinesfalls hatte er sich in ein Mädchen verlieben sollen, das frisch aus dem Schulzimmer kam und nicht einen einzigen originellen Gedanken im Kopf hatte.

»Sind sie nicht ein reizendes Paar?« raunte Ivan ihr zu.

Lucy hätte das rundweg abgestritten, wenn nicht Ivans Atem sie am Ohr gekitzelt und ihr Herz einen weiteren Satz gemacht hätte.

Nein, nein, nein, schalt sie sich. Sie durfte nicht immerzu auf diese Weise auf Ivan Thornton reagieren. Es war Sir James, für den sie sich interessierte!

Doch wie es schien, zeigte Sir James kein Interesse an einer blaustrümpfigen alten Jungfer. Wie jeder Mann in England war vermutlich auch er mehr an einer rosigen Unschuld mit Vermögen interessiert.

Sie verkniff sich einen undamenhaften Fluch und rückte ein Stück von Ivan ab. Dann ergriff sie Valerie fest am Arm.

»Guten Abend, Sir James«, sagte sie und zog Valerie,

ohne ihr Zeit zum Widerspruch zu lassen, förmlich aus dem Saal.

Als sie auf die von Gaslaternen erleuchtete Straße traten, schwieg Valerie gedankenverloren. Ivan hingegen schwieg nicht.

»Was für ein Glück, daß ich heute abend auf Sie zwei hübsche Damen getroffen bin.«

»Auf uns getroffen?« gab Lucy zurück. Obwohl ihr klar war, daß er nicht der Grund für ihren Ärger und ihre Enttäuschung war, bot er doch ein wundervolles Ziel dafür. Außerdem war er ihnen gefolgt. Nein, mir ist er gefolgt, verbesserte sie sich und fühlte einen Schauder den Rücken hinablaufen. Doch sie verdrängte dieses Gefühl. Sie war zu sehr verletzt, um ihren Emotionen zu trauen. »Wenn Sie uns begleiten wollten, so hätten Sie uns einfach fragen können.«

»Und Sie hätten freudig zugestimmt, nicht wahr, Lucy?«

»Nennen Sie mich nicht so!« fauchte sie. Valerie blickte erstaunt auf, und Lucy zwang sich zur Ruhe. »Sie könnten sich nützlich machen, Mylord, indem Sie unsere Kutsche rufen.«

»Auch das noch«, antwortete der Unverschämte und zwinkerte ihr zu. Doch er tat, worum sie ihn gebeten hatte. Während der wenigen Minuten, die Lucy mit Valerie vor dem Gebäude wartete, überlegte sie, wie sie sich angesichts Valeries Verliebtheit verhalten sollte. Sie wollte dem Mädchen in strengen Worten darlegen, daß es sich von Sir James fernhalten solle, da dieser nicht der Richtige sei und obendrein Valeries Familie ihr niemals erlauben würde, einen armen Gelehrten zu heiraten.

Andererseits, so vermutete Lucy, würde eine Gardinenpredigt Valeries keimende Gefühle möglicherweise noch verstärken. Nein, besser wäre es, Valeries Schwärmerei für den jungen Gelehrten als das zu behandeln, was sie war: eben nur eine Schwärmerei. Eine vorübergehende Schwäche. Männer hatten so was dauernd, warum sollte es einer Frau nicht ebenso gehen?

Trotzdem wollte Lucy auf Nummer sicher gehen und Valerie am Donnerstag so weit wie möglich von der Fatuielle Hall fernhalten, und ebenso an allen anderen Vorlesungsdaten.

Als habe sie Lucys Gedanken gelesen, seufzte Valerie: »Ich kann den Donnerstag kaum noch erwarten.«

»Ich bin nicht sicher, ob wir jede Vorlesung besuchen können«, sagte Lucy vorsichtig. »Wir müssen abwarten, was Lady Westcott für Sie geplant hat.«

»Aber Sie müssen sie überzeugen!« bat Valerie.

Was Valerie sonst noch sagte, hörte Lucy nicht mehr, denn die Kutsche ratterte heran. Zu ihrem Mißvergnügen mußte Lucy feststellen, daß Ivan sein Reittier hinten angebunden hatte. Wollte er etwa mit ihnen nach Hause fahren?

Trotz der Abendkühle fühlte sie einen Schweißtropfen zwischen ihren Brüsten herabrollen.

Sie war ihm heute abend nicht gewachsen, das wußte sie. Dazu waren ihre Gefühle zu wirr. Erst die Enttäuschung über Sir James, dann die Besorgnis über Valeries Neigung und schließlich noch das Bewußtsein ihrer eigenen Reaktion auf Ivan. Obwohl sie ihn verabscheute, schaffte er es immer wieder, ihre primitivsten Gefühle zu wecken.

Und nun hatte er es sich in den Kopf gesetzt, Valerie und Sir James als erstrebenswertes Paar zu fördern. Mit absoluter Zielsicherheit traf er immer wieder Lucys empfindliche Stellen. Und die Möglichkeit, daß Valerie sich Sir James schnappte, war eine von Lucys empfindlichsten Stellen.

Doch ob nun Lucy Ivan gewachsen war oder nicht; er beabsichtigte jedenfalls, die Kutsche mit ihnen zu teilen.

Er half zuerst der abwesend lächelnden Valerie hinein, die sich vor ihm nicht mehr zu fürchten schien, nachdem er seinen eisernen Willen nicht mehr auf sie, sondern auf Lucy richtete. Lucy fragte sich, ob er plante, seine Großmutter zu verärgern, indem er seine Aufmerksamkeit nicht seiner hübschen jungen Kusine, sondern deren Anstandsdame schenkte.

Sie fühlte sich aufgerieben zwischen der ränkeschmiedenden alten Frau und deren boshaftem Enkel.

Stirnrunzelnd setzte sie den Fuß auf das Trittbrett. Als Ivan sie jedoch leicht am Handgelenk faßte, verfinsterte sich ihr Gesicht vollends.

»Sie sehen aus«, sagte Ivan, »als wären Sie mit dem Verlauf des heutigen Abends nicht zufrieden. Ich hoffe, daß Sir James' Vorlesung keine Enttäuschung für Sie war.«

»Ganz im Gegenteil«, erwiderte Lucy und reckte kriegerisch das Kinn vor, »ich war von seiner Deutung unserer nationalen Verstrickung in die Klassenunterschiede fasziniert.«

»Sie sind selbst Teil dieses Systems, das er angreift.«

»Ebenso wie Sie.«

»Nur durch Mißgeschick.«

»Das ließe sich von jedem sagen, der einen Titel oder Land oder auch nur ein größeres Vermögen besitzt. Jeder, der erbt, erbt nur, weil kein anderer einen größeren Anspruch auf dieses Erbe geltend machen kann.«

»Ja. Aber Sie sprechen von Menschen, die das, was sie als ihr ihnen zustehendes Erbe betrachten, mit Klauen und Zähnen verteidigen. Meine Lage könnte nicht gegenteiliger sein.«

»Aber das Ergebnis ist doch dasselbe. Ich stelle fest, Mylord, daß Sie die Bürde Ihres Titels ebensogut tragen wie alle Ihre Standesgenossen.«

Ivan hob erstaunt die Augenbrauen. »Was heißt das? Ich traue meinen Ohren nicht. Haben Sie mir ein Kompliment gemacht?«

»Wenn Sie Arroganz für eine Tugend halten, dann habe ich das wohl«, erwiderte Lucy und verbarg ihre Verwirrung hinter einer Maske des Ärgers. »Entschuldigen Sie mich, Lord Westcott.« Sie drehte sich um, um in die Kutsche zu steigen.

Aber er ließ sie nicht gehen, und als sie versuchte, sich

loszureißen, schlossen seine Finger sich noch enger um ihr Handgelenk. »Ich heiße Ivan«, erinnerte er sie mit leiser, rauher Stimme.

Er beugte sich vor, um ihre Hand zu küssen. Doch es waren nicht ihre behandschuhten Finger, die er küßte, denn irgendwie hatten seine Lippen das Stück bloßer Haut gefunden, wo ihr Ärmel und der modisch kurze Handschuh eine Lücke ließen. Er küßte die Innenseite ihres Handgelenks, in dem der Puls stürmisch raste, und er küßte mit beiden Lippen und der Zunge, so wie er ihren Mund in der Bibliothek der McClendons geküßt hatte.

Sofort machten sich von diesem kleinen Hautfleckchen aus prickelnde Gefühlswellen auf die Reise durch Lucys ganzen Körper, wie bei einem ins Wasser geworfenen Stein, der immer weitere Kreise verursacht. Lucy verlor unter dem Anprall der Gefühle fast das Gleichgewicht.

Jeder Gedanke an Sir James war wie weggeblasen, vertrieben von Ivans überwältigender Präsenz, von der Geschmeidigkeit seiner Lippen, von der Wärme seiner Berührung, von dem Duft nach Seife, Tabak und etwas anderem, Undefinierbarem, das nur ihm zu eigen war.

Lucy war seinem Zauber verfallen, trotz all der guten Gegengründe, die sie sich so oft vor Augen gehalten hatte. Sie wußte, daß er ebenso unaufrichtig war, wie er gut aussah. Und trotzdem konnte sie ihm nicht widerstehen.

»Bitte nicht«, flüsterte sie, ohne zu merken, daß sie gesprochen hatte.

Als er seinen Kopf hob und sie musterte, wußte sie, daß er in ihrem Gesicht wie in einem Buch lesen konnte. Das war nicht gut. Aber weder konnte sie ihre Augen von seinem Blick lösen, noch konnte sie ihre Hand aus seinem Griff befreien.

Es war Valerie, die den Bann brach. »Miss Drysdale?« fragte sie. »Fahren wir nicht nach Hause?«

Ivan ließ Lucy los, und diese kletterte, wütend auf sich selbst, in die Kutsche, wobei sie es ablehnte, sich auf ihn zu stützen. Steif setzte sie sich neben Valerie.

Warum muß ich jedesmal den Kopf verlieren, dachte sie verärgert.

Ivan stieg nach ihr ein, schloß den Verschlag und setzte sich den beiden Frauen gegenüber. Mit einem kräftigen Klopfen bedeutete er dem Kutscher loszufahren, und mit einem plötzlichen Ruck setzte das Gefährt sich in Bewegung. Ivan lehnte sich nachlässig zurück und betrachtete die beiden Frauen in der Düsternis des Wageninneren.

Noch war die kleine Laterne in der Kutsche nicht entzündet, wofür Lucy dem Himmel dankte. Sie wollte nicht, daß er noch mehr aus ihrem Gesicht herauslas, weder den Zorn noch den schleichenden Schrecken. Aber sie hatte nicht mit der Wirkung seiner leisen, seidigen Stimme in der Dunkelheit gerechnet.

»Ich hoffe, daß Sie beide die Vorlesung genossen haben.«

»O ja, sehr!« rief Valerie. »War Sir James nicht einfach großartig? Er war so lehrreich. Ich hatte nie zuvor darüber nachgedacht, warum mein Bruder Claude immer an Harry herumgekrittelt hat. Aber dank Sir James ist es mir jetzt klar. War er nicht einfach großartig?« wiederholte sie.

Ivan kicherte amüsiert. »Und Sie, Miss Drysdale? Fanden Sie ihn ebenfalls großartig?«

»Jawohl«, antwortete Lucy kühl. »Und Sie?«

»Recht interessant. Interessanter jedenfalls, als ich erwartet hatte. Ich glaube jetzt zu verstehen, weshalb Sie so unnachgiebig auf dem Besuch seiner Vorlesung bestanden.« Er hielt gerade lange genug inne, um in Lucy Zweifel an der Bedeutung seiner Worte aufkommen zu lassen.

»Was ich nicht verstehe«, fuhr er fort, »ist, weshalb Sie Lady Valerie mitgenommen haben. Sir James' aufrührerische Ideen werden ihr nicht helfen, eine gute Partie zu machen.«

»Eine gute Partie zu machen ist nicht alles«, gab Lucy zurück. Doch ihr Mut sank. Er wußte es. Er hatte mit unfehlbarem Gespür ihr Interesse an Sir James und ihre Eifersucht auf Valerie bemerkt. Lucy wäre am liebsten im Erdboden versunken.

Doch sie durfte nicht zulassen, daß Ivan die Oberhand gewann, also fuhr sie fort: »Ich zum Beispiel bin als ledige Frau viel zufriedener als ich es im Gefängnis einer unglücklichen Ehe wäre.«

»Mir geht es ebenso«, sagte Ivan. »Passen Sie auf, Lady Valerie, Heirat ist kein erstrebenswertes Ziel.«

»Das habe ich nicht gesagt«, gab Lucy bissig zurück und hielt sich am Fensterrahmen fest, als die Kutsche sich in eine scharfe Linkskurve neigte. »Für manche Menschen ist eine Ehe erstrebenswert, für andere nicht. Sie jedenfalls sind auf keinen Fall ein verläßlicher Berater in solchen Dingen.«

»Sie aber auch nicht, meine ich. Nicht, wenn Sie in Ihrem gegenwärtigen Zustand wirklich so zufrieden sind, wie Sie behaupten.«

Ivan ärgerte Lucy mit Absicht. Sie besaß eine scharfe Zunge und war immer zu einem verbalen Schlagabtausch bereit. Warum ihm das so gefiel, wußte er selbst nicht. Es war eben so.

»Seien Sie ehrlich, Miss Drysdale. Sir James entsprach nicht Ihren Vorstellungen, wie?«

Als er sie scharf die Luft einsaugen hörte, wußte er, daß er ins Schwarze getroffen hatte. Sie hegte für diesen hageren Sir James mehr Gefühle, als sie zugab. Dessen auf der Stelle aufgeflackertes Interesse für Lady Valerie hatte Ivans kleinen Blaustrumpf völlig unerwartet getroffen, und jetzt hatte sie mit ihrer Eifersucht zu kämpfen.

Ivan unterdrückte ein Lachen. Jeder Mann, der ein dummes Gänschen, wie hübsch es auch sein mochte, einer klugen und anregenden Frau wie Lucy Drysdale vorzog, mußte ein ausgetrocknetes Gehirn haben.

»Sir James war genauso erhellend, wie ich es mir vorgestellt hatte«, gab Lucy spitz zurück.

Ach wirklich, dachte Ivan und wandte sich Valerie zu, die verträumt geschwiegen hatte. Vermutlich dachte sie an Sir James. »Er schien ganz hingerissen von Ihnen zu sein, Lady Valerie.«

Das Mädchen begann zu kichern, hörte jedoch sofort auf, als Lucy die Hand auf ihren Arm legte.

»Es wäre nett, wenn Sie sie nicht necken würden«, sagte Lucy, ganz Anstandsdame bei der Ausübung ihres Amtes. »Sir James war sehr höflich, aber er weiß gewiß, ebenso wie Valerie, daß er und sie sich in ganz verschiedenen Kreisen bewegen.«

»Das tun sie, das tun sie«, stimmte Ivan bereitwillig zu. Aber nicht mehr lange, dachte er. Sir James konnte sicher ein wenig Aufregung in seinem eintönigen Leben gebrauchen, und er, Ivan, war genau der rechte Mann, sie ihm zu verschaffen.

11

Lucy schlief schlecht in dieser Nacht. Immer wieder schreckte sie hoch, weil sie meinte, ein Klopfen an der Tür zu hören. – Ivan?

Nein, da war niemand.

Trotz des bequemen Bettes ließen ihre Gedanken, die ständig um Ivan kreisten, sie nicht ruhig schlafen.

Er stand nicht vor ihrer Tür, und sie redete sich ein, froh darüber zu sein. Aber war sie das wirklich? In der Stille der Nacht kämpfte Lucy mit ihren Dämonen.

Sie war erschauert, als damals Ivan durch die Türritze geflüstert hatte – genau in ihr Ohr, so hatte es ihr geschienen. Und als er sie auf dem Ball der McClendons geküßt hatte, hatten wilde, schwindelerregende, angsteinflößende Emotionen sie durchbebt.

Und jetzt war es soweit, daß schon ein Kuß von ihm auf ihr Handgelenk ungehörige Sehnsüchte in ihr weckte.

Was, um alles in der Welt, sollte sie nur anfangen? Nichts lief so, wie sie es geplant hatte. Sogar Sir James, den zu treffen sie so lange gehofft hatte, war eine Enttäuschung gewesen. Obwohl ihr seine Vorlesung gut gefallen hatte, hatte seine unverhüllte Bewunderung für Valerie sie gekränkt. Außerdem war er viel zu förmlich.

Wenn sie jedoch ehrlich war, so mußte sie zugeben, daß ihre Enttäuschung über Sir James nicht die Hauptursache ihres Unbehagens war. Diese Ehre gebührte allein Ivan Thornton.

Lucy wurde es zu warm im Bett. Sie stieß die Decke zurück, warf sich herum, boxte ihr Kissen und versuchte eine Lage zu finden, in der sie sich entspannen konnte.

Daß ihre erste Begegnung mit Sir James nicht so verlaufen war, wie sie es sich ausgemalt hatte, hatte nichts zu bedeuten. Sie hatten ja keine Chance gehabt, sich wirklich kennenzulernen. Doch wenn diese Gelegenheit sich böte … Nun, dann würde er sie schnell höher einschätzen als Valerie. Und dann würde er auch die Gedanken an Ivan Thornton aus ihrem Kopf vertreiben.

Das Problem war, daß sie einfach zu oft an Ivan dachte. Aber das würde sich ändern. Lucy wollte in Zukunft mehr an Sir James denken. Sie wollte sich vorstellen, wie er, nicht Ivan, ihr Handgelenk küßte; wie er, nicht Ivan, mit ihr tanzte, sie in die leere Bibliothek entführte und sie dann wie ein Verdurstender küßte.

Seine Umarmung würde besitzergreifend sein, seine Lippen fest, aber zärtlich und unglaublich erregend.

Lucy seufzte und ließ ihrer Fantasie freien Lauf. Sie konnte fast spüren, wie Sir James' Hände sie an seinen Körper zogen, dann ihren Leib umfaßten und sie noch fester an sich drückten. Sie stellte sich seine Lippen auf den ihren vor und seine Zunge in ihrem Mund.

Sollte sie ihn weiter gewähren lassen? Was, wenn seine Hände zu anderen Körperstellen glitten – Körperstellen, die nur die Hand eines Gatten berühren durfte?

Wie von selbst preßte eine ihrer Hände sich an ihre Brust, die andere gegen ihren Bauch. Lucy wußte von den ehelichen Pflichten, wußte, was zwischen Mann und Frau vor sich ging. Sie hatte sich das immer als einigermaßen peinlich und sogar ziemlich unangenehm vorgestellt. Doch sich selbst und Ivan sich dabei vorzustellen, weckte ihre schlimmsten, herrlichsten Gefühle …

Nein! Lucy stöhnte. Sie hatte doch gar nicht an Ivan denken wollen.

Schuldbewußt riß sie die Hände hoch und setzte sich auf. Sie wollte nicht mehr an so etwas denken; sie würde sich einfach weigern.

Wenn ihre Gefühle für Sir James' und seine Gefühle für sie nicht das waren, was sie sich erhofft hatte, so ließ sich das nicht ändern. Aber sie wollte sich nicht von einem attraktiven Gauner verführen lassen, den ein gebrochenes Frauenherz ebensowenig kümmerte wie ein Paar ruinierter Stiefel.

Wenn er nur ehrlich wäre! Doch das war Wunschdenken, das sie unterdrücken mußte.

Obwohl es noch nicht hell war, stieg Lucy aus dem Bett und begann sich für den Tag herzurichten. Hundert Bürstenstriche für ihr Haar und kaltes Waschwasser. Danach wollte sie eine ruhige Stunde in der Hausbibliothek verbringen.

Aber sie traute sich nicht, durch die stille Halle zu gehen, aus Angst, sie könnte Ivan begegnen.

Nein, sie wollte lieber auf ihrem Zimmer bleiben und einen Brief nach Hause schreiben. Papier und Feder besaß sie ja. Und wenn es hell wurde und das Haus zum Leben erwachte, konnte sie sich hoffentlich aus der Geborgenheit ihres Zimmers hinauswagen.

Zwei Stunden später begab sie sich mit Lady Westcott, die zur selben Zeit aus ihrem Zimmer getreten war, die Treppe hinab zum Frühstück.

»Das trifft sich ja gut, Miss Drysdale. Ich hatte mir vorgenommen, Sie heute morgen nach der Vorlesung zu fragen, die Sie und Valerie besucht haben. Haben Sie Ihre Zeit lohnend verbracht?«

Lucy ging neben der aristokratischen alten Dame her. »Es hat mir sehr gut gefallen«, begann sie, doch dann hatte sie eine Idee und fuhr fort: »Aber ich glaube, daß es Valerie vielleicht zu gut gefallen hat.«

»Zu gut?« Lady Westcott blieb stehen. »Bitte erklären Sie, was Sie unter ›zu gut‹ verstehen.«

Lucy wußte, daß Valerie ihr zürnen würde, doch was sie vorhatte, war schließlich nur zum Besten des Mädchens. »Ich mache mir Sorgen darüber, daß Valerie eine unkluge Zuneigung zu dem Lehrer gefaßt haben könnte.«

»Eine unkluge Zuneigung? Was genau wollen Sie damit sagen? Sie befand sich doch nur ein oder zwei Stunden mit ihm im selben Raum. Wer ist er überhaupt?«

»Er heißt Sir James Mawbey, und Valerie war sehr beeindruckt, sowohl von seinem Intellekt als auch von seiner Person. Und genauso beeindruckt war er von ihr«, fügte Lucy hinzu und fühlte sich dabei wie eine hinterhältige Verräterin.

»Sie sind also besorgt darüber, daß er nicht der Richtige für sie wäre. Er ist doch nicht etwa verheiratet?«

»O nein, das nicht. Aber er steht dem britischen System des Erstgeburtsrechts nicht gerade freundlich gegenüber.«

Lady Westcott stieß ein kurzes Lachen aus und schickte sich an, die Treppe weiter hinabzusteigen. »Zweifellos ist er ein jüngerer Sohn. Wenn Sie ihn inakzeptabel finden, dann verhindern Sie ein weiteres Treffen. Schließlich sind Sie Valeries Anstandsdame.«

»Genau das habe ich vor. Trotzdem würde ich selbst gerne weiterhin seine Vorlesungen besuchen. Sie gaben mir die Erlaubnis, als Sie mich eingestellt haben.«

Sie waren inzwischen am Fuß der Treppe angelangt. Wieder blieb Lady Westcott stehen und wandte sich Lucy zu. Sie runzelte die Stirn. »Warum bestehen Sie darauf? Könnte es sein, daß Sie sich selbst für den Mann interessieren?«

Lucy schüttelte heftig den Kopf. »Nein, natürlich nicht. Aber ich habe seine Artikel gelesen und möchte deshalb auch gerne seine Vorlesungen hören. Er spricht nicht nur über das Erstgeburtsrecht, sondern befaßt sich hauptsächlich mit Kindern und den Auswirkungen der Erziehung.«

»Seine Vorlesungen. Aha. Ich hoffe, daß ich keine Radikale in meinen Haushalt eingeführt habe.«

»Vermutlich ist Ihr Enkelsohn viel radikaler als ich«, antwortete Lucy einigermaßen hochnäsig.

Die alte Dame mußte lächeln. »Sehr gut gesagt, Miss Drysdale. Aber wie sollen wir jetzt in dieser Angelegenheit, soweit sie Valerie betrifft, verfahren?«

»Ich denke, wenn Sie für Valerie Pläne für den Donnerstag nachmittag machen, die meine Anwesenheit nicht erfordern, so wäre allen geholfen.«

»Allen, außer Valerie«, stellte Lady Westcott fest.

»Ich glaube nicht, daß sie lange um Sir James trauern

wird«, meinte Lucy. »Sie haben nur einige Worte gewechselt. Sie wird ihn vergessen.«

»Sie haben nur einige Worte gewechselt. Sie wird ihn vergessen«, wiederholte Lady Westcott nachdenklich, während sie Lucy musterte. »Der Eifer, mit dem Sie sich Ihrer Aufgabe widmen, ist lobenswert. Erst wollen Sie Valerie vor einem Grafen behüten, ihrem eigenen Vetter, den Sie als schlechte Wahl für sie betrachten. Jetzt schützen Sie sie vor einem wahrscheinlich mittellosen radikalen Gelehrten. Wie es scheint, sind Sie in Ihrem Pflichtbewußtsein nicht zu erschüttern, Miss Drysdale. Ich muß sagen, daß ich höchst neugierig darauf bin, welchen künftigen Anwärter Sie unserer lieben Valerie für würdig halten.«

Lady Westcott schien Lucy für eine äußerst gewissenhafte Anstandsdame zu halten. Doch Lucy mußte sich eingestehen, daß ihre Motive weniger ihrem Eifer als einer gewissen Selbstsucht entsprangen. Denn den einen von Valeries sogenannten Bewerbern begehrte sie selbst für ihren Intellekt, den anderen – nun, den anderen begehrte sie einfach.

Inzwischen befanden sie sich im Eßzimmer, und Lucy füllte ihren Teller am Buffet. Dann setzte sie sich zu Tisch und starrte auf die Eier, den Schinken und die Brötchen vor ihr. Angesichts ihrer neuen Selbsterkenntnis war ihr der Appetit vergangen.

Konnte eine Frau in zwei Männer verliebt sein? In den Verstand des einen Mannes und in den Körper des anderen?

Sie verachtete sich. Niemals hätte sie nach London kommen dürfen. Sie hätte in Somerset bleiben und dort ihre Tage zufrieden verleben sollen. Wie oft hatte ihr Bruder ihr zugeredet, sich mit ihrer Lage abzufinden, weniger wählerisch bei den Männern zu sein, die um sie warben, und Befriedigung in dem zu finden, was auch andere Frauen befriedigte: ein angenehmer Ehemann, ein eigener Haushalt und eine Stube voller Kinder.

Aber nein, dafür war sie immer zu überheblich gewesen. Und was hatte es ihr nun eingebracht? Erniedrigende Lust und kleinliche Eifersucht.

Ihr Unbehagen verstärkte sich noch, als sie Schritte in der Halle vernahm, die sie sofort als die Ivans erkannte.

Sie wollte weglaufen und sich verstecken. Das ging natürlich nicht an. Also wartete sie innerlich bebend auf seinen Eintritt.

»Guten Morgen«, grüßte Ivan die beiden Frauen, sein Blick jedoch ruhte auf Lucy, die neben Lady Westcott saß.

Nachdem er seinen Teller gefüllt hatte, ließ sich Ivan Lucy gegenüber nieder. »Ist das nicht gemütlich«, meinte er, nachdem ein Diener ihm Kaffee eingeschenkt hatte.

»Na, du bist ja heute morgen sehr guter Dinge«, stellte Lady Westcott fest.

»Stimmt.«

»Darf ich hoffen, daß dieser Umstand auf eine Frau zurückzuführen ist?«

Ivan blickte Lucy bedeutungsvoll an, ehe er sich seiner Großmutter zuwandte. »Sie wären überglücklich, wenn ich mit ja antworten würde. Deshalb sage ich nur, daß ich einen angenehmen Abend verbracht und danach gut geschlafen habe, wobei mir die interessantesten Träume erschienen sind. Und nun habe ich einen hoffentlich angenehmen Tag vor mir, es sei denn, Sie versuchen, ihn mir zu verderben.«

Lady Westcott kniff die Lippen zusammen. »Bis jetzt war meine Anwesenheit hinreichend, um dir den Tag zu verderben. Könnte es sein, daß wir beide nun ein Stück weitergekommen sind?«

Ivan sah die alte Frau kühl an. »Ihre Anwesenheit hier, oder besser gesagt die Anwesenheit Ihres Hofstaates – und hier meine ich besonders Valerie und Miss Drysdale – hat mir mehr Abwechslung verschafft, als ich erwartet hatte.« Sein Blick kehrte zu Lucy zurück.

Eine Abwechslung, dachte Lucy. Wie nett. Da hatte sie sich nun die größten Selbstvorwürfe wegen ihres Interesses an seiner Person gemacht, und er nannte sie lediglich eine Abwechslung. Wie hatte sie nur vergessen können, daß es schließlich seine Unaufrichtigkeit war, die ihn für Valerie ebenso wie für jede andere vernünftige junge Frau – sie selbst eingeschlossen – inakzeptabel machte?

Sofort wich ihre Reue einem aufsteigenden Zorn. »Ich spreche gewiß für Lady Valerie ebenso wie für mich selbst, wenn ich sage, daß wir beide nichts mehr erstreben, als für einen Mann von solch erlesenem Geschmack, wie Sie es sind, eine Abwechslung darstellen zu dürfen.«

Ivan grinste und betrachtete genüßlich ihren Mund, ehe er ihr wieder in die Augen sah. »Darf ich hoffen, daß sich hinter Ihrem Sarkasmus der Wunsch verbirgt, mehr als eine Abwechslung zu sein?«

Lucy stieß den Stuhl zurück und sprang auf die Füße. »Lassen Sie sich in Ihren Ausführungen nicht stören«, sagte sie bissig und wandte sich dann an Lady Westcott. »Sie entschuldigen mich?« Ohne eine Antwort abzuwarten, rauschte sie aus dem Zimmer.

Nach ihrem Abgang herrschte tiefes Schweigen. Ivan war so sehr in eine Vision vertieft, wie dieser leidenschaftliche Zorn sich zu einer Leidenschaft anderer Art formen ließe, daß er zuerst gar nicht hörte, daß seine Großmutter zu ihm sprach.

»Geht hier etwas vor, von dem ich nichts weiß?«

Als Ivan sie nur wortlos anstarrte, fuhr sie fort: »Erwägst du, dich mit einer Angestellten einzulassen?«

Ivans gute Laune schlug um. »Würde es Ihnen etwas ausmachen, wenn es so wäre? Ich würde in einem solchen Fall nur dem Beispiel meines geschätzten Vaters folgen.«

»Miss Drysdale ist eine Dame und verdient deinen Respekt.«

»Wohingegen meine Mutter nur eine Zigeunerin war und nichts verdiente, richtig?«

Lady Westcott tupfte ihren Mund mit einer bestickten Serviette und legte diese dann beiseite. »Das habe ich nicht gesagt. Verdreh mir nicht die Worte im Mund.«

»Aber Sie glauben es. Sie glaubten es, als Sie herausfanden, daß Ihr Sohn eine Zigeunerin geschwängert hatte. Sie glaubten es, als Sie erfuhren, daß diese Zigeunerin Ihren ersten Enkel zur Welt gebracht hatte. Sie glaubten es, als Sie zu der Erkenntnis gelangen mußten, daß ich Ihr einziger Enkel bleiben würde. Ihr einziger Erbe. Sie haben mich meiner Mutter gestohlen.«

»Sie hat dich mir verkauft!«

Lady Westcott erhob diese Behauptung nicht zum ersten Mal. Und jedesmal, wenn er sie hörte, sah Ivan rot.

»Sie hatte zum Teufel noch mal keine andere Chance! Wahrscheinlich hat sie geglaubt, daß ich als Sohn eines Grafen ein besseres Leben hätte. Wie sehr sie sich getäuscht hat.« Er sprang so heftig auf, daß der Stuhl umfiel. »Sie haben alles versucht, den Namen Thornton von dem Makel des Zigeunerbluts reinzuwaschen. Aber es ist Ihnen nicht gelungen! Ich bin ein halber Zigeuner, und wenn ich mir eine Frau nehme, so wird es eine Zigeunerin sein. Die sind mir weitaus lieber als jede fischblütige Engländerin!«

Lady Westcott saß wie versteinert, während Ivan davonstürmte und zuerst die Türen krachend hinter sich zuwarf. Er lief zu den Ställen, ließ sich ein Pferd bringen und sattelte es in seiner Ungeduld selbst. Dann machte er sich auf und davon, flog die Allee zur Berkeley Street hinunter und trieb sein Pferd, ohne auf Fahrzeuge oder Fußgänger zu achten, nach Picadilly, wo er den Kopf des Pferdes freigab, nachdem er den Park erreicht hatte. Er mied jedoch die Rotten Row und andere Plätze, an denen er weiteren Reitern hätte begegnen können.

Während er sein Reittier über die ungemähten Wiesen galoppieren ließ, schien er mit dem Pferd wie verwachsen zu sein – wie man es von einem Zigeuner erwartete. Anfeuernd flüsterte er dem edlen Tier ins Ohr. Das Pferd, als habe es verstanden, erhöhte noch seine Anstrengung.

Vorwärts ging es, über eine Hecke, durch einen Bach, dann einen Hügel hinauf in den Schatten eines Weißbuchenhaines.

Erst da ließ er das Tier den Schritt verlangsamen, und

erst jetzt gestattete er sich, über seinen momentanen Zorn und Schmerz hinauszudenken.

Obwohl er seine vorigen Worte als Waffe gebraucht hatte, erschien ihm der Gedanke an eine Zigeunerfrau einigermaßen verlockend. Schon öfter hatte er darüber nachgedacht. Andererseits hatte er in den vergangenen Jahren genug Zeit mit Zigeunern verbracht, um festzustellen, daß er nicht mehr zu ihnen paßte. Er fühlte sich unter Zigeunern genauso unwohl wie in der vornehmen Gesellschaft. Er war weder Fisch noch Fleisch, sondern ein Heimatloser zwischen zwei Welten, zwei Kulturen. Er hatte sich im Zwiespalt befunden, so lange er denken konnte. Aber jetzt, da er in der Lage war, sich an der Frau und der Gesellschaft, die sein Leben zu einer endlosen Hölle gemacht hatten, zu rächen, mußte er feststellen, daß er nichts so sehr ersehnte wie Frieden.

Seine Gedanken schweiften zu Lucy. Er erinnerte sich, wie sehr sie bemüht war, seine Aufmerksamkeiten gegenüber Valerie und ihr selbst abzuwehren. War es sein Zigeunerblut, das sie abstieß, oder war es der Mensch, zu dem er geworden war, dieser illusionslose, unaufrichtige Wüstling, dem alles gleichgültig war außer seinen eigenen selbstsüchtigen Vergnügungen?

Müde und verschwitzt schwang er sich von seinem schwer schnaufenden Pferd und führte es unter den Baldachin der verwobenen Zweige.

Vielleicht hatte Lucy recht. Vielleicht benahm er sich wirklich wie ihr kleiner Neffe, wie ein verwöhntes, widerspenstiges Kind, wenn es um seine Großmutter ging. Seine Gefühle Lucy gegenüber waren die eines Mannes für eine Frau. Und obwohl sie dagegen ankämpfte, waren ihre Gefühle für ihn die einer Frau für einen Mann.

Außer daß sie glaubte, Sir James zu wollen.

Ivan klopfte den feuchten Hals des Pferdes und führte es weiter. Die Zweige der alten Weißbuchen bildeten ein dichtes Dach über seinem Kopf und hallten wider vom Zetern der Spatzen und Häher und dem Keckern verärgerter Eichhörnchen. Dicke Baumstämme umgaben ihn wie lebende Mauern. Es war kaum zu glauben, daß er sich mitten in London befand, in einer Stadt von mehr als einer Million Einwohnern, die alle ihre eigenen Sorgen hatten.

Wie gerne würde er sich aus der Stadt zurückziehen, weg von dem widerwärtigen Heiratsmarkt und, vor allem, weg von seiner Großmutter. Und wie schön wäre es, wenn Miss Lucy Drysdale ihn begleiten würde.

Ivan blieb stehen und überdachte seinen Einfall. Wenn der Zweck ihres Aufenthalts in London nicht mehr existierte, stünde sie allein da. Zuerst mußte er ihre Hoffnungen bezüglich eines gewissen Gelehrten zerstören. Allein der Gedanke an ihre Neigung zu diesem Mann erbitterte Ivan. Außerdem mußte er ihre Verbindung zu Valerie und damit zu seiner Großmutter abschneiden.

Er grinste, denn die Lösung lag auf der Hand. Und der zu erwartende Zorn der Gräfinwitwe war ein zusätzlicher Pluspunkt für den Plan, den er eben ausgeheckt hatte.

Ivans gute Laune war wieder hergestellt. Er bestieg sein Pferd, das inzwischen ausgeruht war, und ritt gemächlich zurück. Was genau er auf lange Sicht mit Lucy vorhatte, konnte er noch nicht sagen. Im Augenblick reichte es ihm, einen Plan zu haben, an den er sich halten konnte. Er wollte Schritt für Schritt vorgehen.

»Eine Dinnerparty? Warum hat man mich nicht informiert?« wollte Lady Westcott wissen.

»Ich – ich informiere Sie jetzt, Mylady. Deswegen bin ich gerade hier …« Die Haushälterin verstummte unter Lady Westcotts vernichtendem Blick und vergrub verlegen die Hände in der Schürze.

Die plötzliche Stille veranlaßte Lucy, aufzuschauen. Sie sah genau in Lady Westcotts Augen.

»Nun, haben Sie das gehört, Miss Drysdale? Nach diesem unangenehmen Zwischenfall beim gestrigen Frühstück scheint es nun, daß mein Enkel sich entschlossen hat, eine Dinnerparty zu veranstalten. Was halten Sie von dieser Wendung der Dinge?«

»Ich habe keine Ahnung davon, was in Lord Westcotts Kopf vorgeht«, antwortete Lucy wahrheitsgemäß. Der Mann war ihr tatsächlich ein Rätsel. Sie hatte ihn nach dem Frühstück des vorigen Tages nicht wiedergesehen. Er schien seine Zeit außer Haus verbracht zu haben. Auch heute hatte er sich noch nicht blicken lassen. Eigentlich hätte sie sich darüber freuen müssen, dachte sie, doch in Wahrheit war sie verärgert, unglücklich und äußerst verwirrt.

Sie schob eine Nadel in ihr Hütchen und befestigte sie an ihrem Haarknoten. Dann zog sie ihre Handschuhe an und wandte sich Lady Westcott zu. »Danke, daß Sie mir die Kutsche für die Fahrt zur Vorlesung überlassen.«

Lady Westcott winkte ab. »Wo ist Valerie?«

Lucy schnitt eine Grimasse. »Sie liegt mit Kopfschmerzen im Bett. Es tut mir leid, daß Sie dadurch die Verabredung mit den Pintners nicht einhalten können.«

»Hettie Pintner ist schwer zu ertragen, genauso wie ihr Gatte. Ein stiller Abend ist wahrscheinlich angenehmer.« Sie hielt inne, betrachtete Lucy und fuhr dann fort: »Genießen Sie die Vorlesung, Miss Drysdale. Dann hat wenigstens eine von uns einen Nutzen von dem Stadtaufenthalt.«

Einen Nutzen? Während Lucy zur Fatuielle Hall fuhr, kam es ihr gar nicht so vor, als habe sie einen Nutzen von ihrem Aufenthalt in London. Nichts entwickelte sich so, wie sie es erhofft hatte. Statt für einen hochgeistigen Gelehrten schwärmte sie für einen nichtsnutzigen Gauner. Und besagter Gelehrter interessierte sich nicht einmal für sie, sondern für eine hübsche Erbin, die gerade ihren Kinderschuhen entwachsen war.

Nein, London war ganz anders, als sie es erträumt hatte.

Als sie Fatuielle Hall erreicht hatte, befand sie sich in ziemlich grimmiger Laune. Drinnen erkannte sie einige Zuhörer wieder, die sie bei der ersten Veranstaltung gesehen hatte. Sie wählte ein Platz weit hinten und überlegte, ob sie Sir James diesmal ansprechen sollte. Sie würde es nicht ertragen können, seine enttäuschte Miene zu sehen, wenn er Valeries Abwesenheit entdeckte.

Das Licht im Saal ging aus, nur die Lampen am Podium wurden entzündet. Kurz bevor Sir James ans Rednerpult treten sollte, kam jedoch noch eine geräuschvolle Gruppe verspäteter Gäste.

Lucy hoffte, daß sie sich nicht vor sie setzen würden, denn sie wünschte einen ungehinderten Blick auf Sir James. Sie wollte sich davon überzeugen, daß er ihre Sinne ebenso ansprach wie ein anderer Mann – ein Mann, an den sie nicht denken mochte. Aber genau vor sie setzten sich die späten Zuhörer, drei Männer und eine Frau, wie Lucy aus den Silhouetten erkannte.

Eine fünfte Person setzte sich genau neben sie. Lucy blickte hinüber, verärgert über diese Kühnheit. »Wenn es Ihnen nichts ausmacht, Sir …«

»Ist dieser Platz reserviert?« fragte eine bekannte Stimme.

Lucys Herzschlag setzte aus. Ivan! Warum quälte dieser Mensch sie ohne Unterlaß?

»Sie folgen mir schon wieder«, sagte sie anklagend, bemüht, ihre Erregung zu verbergen.

»Das tue ich in der Tat. Es ist schlimm genug, daß ich Ihre unschuldige Schutzbefohlene aus dem Haus gelockt habe. Doch wenn man sie in Begleitung nicht nur eines, sondern gleich vier Bösewichten sähe, wäre ihr guter Ruf so unwiderbringlich dahin, daß nicht einmal ich ihn wieder herstellen könnte.«

Lucy blickte ihn mit ungläubig geöffnetem Mund an. Die Frau in der Reihe vor ihr war Valerie?

»Die einzige Chance, ihren guten Ruf zu retten«, fuhr Ivan fort, »bestand darin, Sie, ihre Anstandsdame, zu finden.«

Stumm starrte Lucy ihn an. Valerie drehte den Kopf zu ihr und warf ihr einen besorgten Blick zu. Allerdings heischte dieser Blick keineswegs um Verzeihung, stellte

Lucy fest. So viel zu dem sanftmütigen Kind, für das Lady Westcott sie hielt. Wenn es um das ging, was sie wirklich wollte – nämlich Sir James -, so schien Valerie einen Willen von Eisen zu besitzen.

Verlegenheit, Enttäuschung und Wut stürmten gleichzeitig auf Lucy ein. Sie warf Ivan, dem Urheber dieses Skandals, einen flammenden Blick zu. »Sie sind wirklich unmöglich«, zischte sie. »Sie sind noch schlimmer, als ich dachte. Alles, was Sie interessiert, ist, sich auf Kosten anderer zu amüsieren.«

Sie sprang auf, in der Absicht zu gehen und Valerie mitzunehmen. Doch mit stählernem Griff packte Ivan sie am Arm und zwang sie wieder auf den Sitz. »Wir bleiben und hören uns die Vorlesung an. Wir alle«, stellte er unmißverständlich klar.

»Fassen Sie sich, Miss Drysdale«, sagte Alexander Blackburn, indem er den Kopf zu Lucy umwandte, »wir werden unser Bestes tun, um Ihnen gute Gesellschafter zu sein.«

»Ich habe nichts gegen Ihre Gesellschaft, Mr. Blackburn, sondern gegen seine«, antwortete Lucy und blickte zürnend auf Ivan. »Zweifellos hat er Sie genauso für seinen schäbigen Plan eingespannt wie Valerie.«

Sie versuchte, Ivan ihren Arm zu entwinden, doch ohne Erfolg. Statt dessen beugte er sich noch näher zu ihr.

»Sind Sie wütend, weil ich hier bin oder weil Valerie hier ist?«

»Das ist eine idiotische Frage.«

»Das finde ich nicht. Es ist eine Frage, die genau den Punkt trifft. Tatsache ist doch, daß Sie Valerie nicht hierhaben wollen, weil Sie selbst sich für diesen Mann interessieren.« Er deutete zur Bühne, auf der Sir James erschienen war und gerade ans Pult trat. Applaus erklang. Er war noch immer derselbe hagere junge Mann, der er vor zwei Tagen gewesen war. Doch seine Wirkung auf Lucy war dieses Mal eine andere.

Von Sir James blickte sie zu Valerie. Sogar in deren Profil spiegelte sich deutlich die Verehrung des Mädchens für den Lehrer. Lucys Mut sank. Trotzdem wollte sie Ivan keine Zugeständnisse machen. Mit zusammengebissenen Zähnen blickte sie stur geradeaus zur Bühne, obwohl nichts von dem, was Sir James vortrug, in ihrem Gedächtnis haften wollte.

»Würden Sie bitte meinen Arm loslassen«, zischelte sie aus dem Mundwinkel.

»Versprechen Sie, daß Sie bleiben!« flüsterte Ivan nah an ihrem Ohr. Zu nah. Lucy fühlte seinen warmen Atem an ihrem Hals und schluckte.

»Ich kam her, um Sir James zu hören, und ich werde mir das nicht Ihretwegen entgehen lassen«, erwiderte sie.

Sie blickte Ivan von der Seite her an und sah, daß er lächelte, dieses süffisante, selbstzufriedene Lächeln. Seine Augen glitzerten in der schwachen Beleuchtung. Er ließ ihr Handgelenk los und Lucy sah wieder weg. Doch obwohl er sich während der ganzen restlichen Vorlesung vorbildlich verhielt, konnte Lucy sich nicht ein einziges Wort merken.

In der Reihe vor ihr war Alexander Blackburn eingeschlafen, Giles Dameron starrte umher, zur stockfleckigen Decke und auf die feuchten Wände. Elliot Pierce war noch unhöflicher. Nach kaum zehn Minuten stand er auf, entschuldigte sich und ging hinaus in die Eingangshalle.

Valerie jedoch hing unbeirrt an den Lippen des Vortragenden. Als endlich die Lichter wieder angezündet wurden, war Lucy bereit zuzugeben, daß das Mädchen wirklich eine ernsthafte Zuneigung zu dem Mann am Pult gefaßt hatte. Es war völlig unlogisch, aber die Tatsache ließ sich nicht leugnen. Und als Sir James besorgt den Blick durch den Raum schweifen ließ und ein törichtes Lächeln auf seinem Gesicht erschien, als er Valerie entdeckte, fügte Lucy sich seufzend ins Unvermeidliche.

Trotzdem verstand sie nicht, wie ein schmachtender Blick von einer unbedarften jungen Frau bei Sir James mehr Erfolg haben konnte als viele Monate eifriger Korrespondenz mit jemandem, der seinen Geist bewunderte und seine Interessen teilte. Als Valerie den Gang hinauf eilte, um Sir James zu begrüßen, verdrehte Lucy angewidert die Augen.

»Das ist wahre Liebe, hm?«

Lucy sah Ivan ärgerlich an. »Sie ermutigen sie, obwohl Sie genau wissen, daß es nur zu einem gebrochenen Herzen führen wird.«

»Wessen Herz wird brechen, Valeries oder Ihres?«

Lucy blieb zähneknirschend stehen. Sie weigerte sich, bei diesem Katz-und-Maus-Spiel mitzumachen. »Sie wissen, daß weder Lady Westcott noch Valeries Familie ihre Zustimmung geben werden. Aber wahrscheinlich ist genau das der Grund für Ihre Intrigen. Sie wollen das Leben jedes Menschen in Ihrer Umgebung ruinieren, vor allem das Ihrer Großmutter. Ob sie dabei ein paar Unschuldige mit zugrunde richten, kümmert Sie nicht. Hauptsache, Sie machen Ihre Großmutter unglücklich.«

Ivans Gesicht blieb bemerkenswert ruhig. »Wir sind wohl eifersüchtig?« schnurrte er.

»Das bin ich nicht!« rief Lucy wütend. Sie schob sich an ihm vorbei und lief hinter Valerie her, die sich unter die bewundernde Menge gemischt hatte, die Sir James umgab.

»... und ich bin ein mittleres Kind«, sagte Valerie gerade.

»Ich auch«, erwiderte Sir James; dann lächelten sie sich an.

Eine ältliche Matrone schnalzte mißbilligend mit der Zunge und stieß ihre Begleiterin an. Lucy warf den zwei Frauen einen bösen Blick zu, dann wandte sie sich an Valerie.

»Entschuldigen Sie, Valerie, aber wir müssen gehen.«

Als sie Sir James' enttäuschtes Gesicht sah, fühlte sie ein leichtes Schuldbewußtsein. Doch sie gab nicht nach. »Lady Westcott wird sich Sorgen machen. Schließlich sind Sie krank gewesen.« Sie blickte Valerie bedeutungsvoll an.

Valerie besaß so viel Anstand, schuldbewußt dreinzuschauen. Doch ehe sie antworten konnte, hatte Ivan das Wort ergriffen. »Ich versichere Ihnen, Miss Drysdale, daß meine Kusine sich bei mir in guten Händen befindet.«

»Trotzdem wird Lady Westcott nicht ruhig sein, ehe sie nach Hause kommt.«

Ivan betrachtete Lucy gleichmütig. Er sah nicht länger amüsiert aus, aber auch nicht zornig. Doch gerade diese Emotionslosigkeit ließ ihn um so gefährlicher erscheinen. Hinter ihm warteten seine drei Trabanten, und Lucys Mut sank.

Wie hatte sie in dieses Chaos geraten können? Sie hatte doch nur nach London kommen wollen, um Sir James persönlich kennenzulernen. Nie hatte es in ihrer Absicht gelegen, zur glücklosen Vermittlerin in diesem Krieg zwischen Ivan Thornton und seiner Großmutter zu werden oder zwischen Ivan Thornton und dem Rest der Welt. Und nun waren ihre Hoffnungen auf Sir James ebenfalls zerstört.

Valerie schaute hilfesuchend zu Ivan auf, und sofort schrillte in Lucys Kopf eine Alarmglocke. Was ging hier vor, seit wann betrachtete Valerie Ivan als Beschützer?

Als könne er Gedanken lesen, trat Ivan näher. »Was halten Sie davon, Mawbey, zu uns zum Dinner zu kommen und Lady Valeries Patentante kennenzulernen?« Er reichte Sir James eine Visitenkarte. »Mittwoch abend. Dürfen wir Sie erwarten?«

Der Anblick von Sir James' Gesicht, auf dem sich seine Emotionen, angefangen von Überraschung, Mißtrauen, Ungläubigkeit und schließlich Freude abzeichneten, war fast komisch zu nennen. »Ich fühle mich geehrt, Lord Westcott. Ich werde den Termin in meinem Kalender vermerken.« Er drehte die Karte in seinen Fingern hin und her und sah schließlich Valerie an. »Ich freue mich besonders darauf, Sie dort zu sehen, Lady Valerie«, sagte er mit schüchternem Lächeln.

Es würde ein Fiasko werden, dessen war Lucy sicher. Ivan führte dieses Fiasko herbei, und jeder der Anwesenden konnte dabei nur verlieren – außer ihm selbst natürlich.

Sie verabschiedeten sich von Sir James. Doch als Lucy Valeries Arm nehmen wollte, drängten Mr. Dameron und Mr. Blackburn sich dazwischen. Mr. Pierce bot Lucy seinen Arm, doch sie starrte ihn nur erbittert an.

Ivan jedoch ließ ihr keine Wahl. Er nahm einfach ihre Hand und hängte sie bei sich ein. »Meine liebe Miss Drysdale, lassen Sie sich einen Rat geben von jemandem, der Ihnen nur Gutes wünscht. Sie dürfen Ihrem Temperament nicht so freien Lauf lassen.«

»Tatsächlich? Das dürfte auch für Sie gelten, wenn auch nicht in Hinsicht auf Ihr Temperament. Ihr unvernünftiger Drang nach Rache tut Ihrer Persönlichkeit Abbruch.« Dann ließ sie jede erzwungene Höflichkeit fallen und fragte geradeheraus: »Was erhoffen Sie sich eigentlich von dieser Dinnerparty?«

»Was läßt Sie glauben, ich erhoffte mir etwas davon?«

»Weil ich Sie kenne. Sie veranstalten dieses Essen nicht aus reiner Herzensgüte.«

»Sie verletzen mich, Miss Drysdale«, lachte Ivan. »Aber vielleicht ist alles, was ich mir erhoffe, Ihr erregbares Temperament ein wenig herauszufordern.«

Sie waren inzwischen in die Vorhalle gelangt, und durch die offenen Portale konnte Lucy die Westcott-Kutsche erkennen. Sie riß ihre Hand aus Ivans Armbeuge und versuchte, das Spiel seiner harten Armmuskeln zu ignorieren. »Wenn Sie und Ihre Freunde die größere Kutsche bevorzugen, so können Lady Valerie und ich den offenen Zweispänner nehmen.«

»Es würde mir nie einfallen, zwei Damen ohne gehörige Begleitung fahren zu lassen.«

»Ich bin Lady Valeries Anstandsdame. Ich bin die gehörige Begleitung«, erinnerte Lucy ihn.

»Trotzdem bestehe ich darauf, Sie beide nach Hause zu bringen.«

»Sie meinen, Sie bestehen darauf, Ihrer Großmutter unter die Nase zu reiben, wie Sie sie ausgetrickst haben.«

»Meine Großmutter wird eher über die Aufmerksamkeit erfreut sein, die ich meiner heiratsfähigen Kusine erweise.«

Lucy warf ihm böse Blick zu. »Fürchten Sie nicht, daß Ihre Großmutter und Lady Valerie Sie austricksen könnten? Daß sie Sie in eine kompromittierende Situation bringen könnten – wie Sie zum Beispiel Lady Valerie zu einem heimlichen Rendezvous aus dem Haus locken?«

»Was für eine üble Fantasie Sie haben«, schalt er. »Deswegen habe ich ja meine Freunde mitgebracht. Kommen Sie jetzt, Miss Drysdale. Lucy«, fügte er etwas leiser hinzu. »Lassen Sie uns nicht weiter darüber diskutieren.«

Lucy forschte in seinem Gesicht. Ivan war der widersprüchlichste Mann, dem sie je begegnet war. »Ich dachte, Sie wollten mein erregbares Temperament reizen, um Ihre eigenen Worte zu gebrauchen.«

Ihre Augen trafen sich, und keiner von beiden wandte den Blick ab. Dieser Augenblick der Stille führte dazu, daß der Ton ihrer Unterhaltung sich änderte. Ivan sprach als erster. »Ihr Temperament ist sehr sprunghaft. Sie bewegen sich mit Grazie zwischen den Extremen. Ein Mann könnte neugierig darauf werden, welche Leidenschaften sich unter dieser Fassade noch verbergen. Und zufällig bin ich ein sehr neugieriger Mann.«

Die Bedeutung seiner Worte konnte nicht mißverstanden werden. Obwohl Lucy wußte, daß sie einer solchen Kühnheit einen scharfen Dämpfer aufsetzen sollte, schaffte sie es nicht. Seine Stimme schien ihr Gehirn in Watte gehüllt zu haben.

Doch ein Quentchen Verstandes war zum Glück übrig geblieben. Steif wandte sie sich von Ivan ab, und als sie Valerie sah, flog sie geradezu auf diese zu, wie eine Taube zum rettenden Schlag.

Wie sie die Fahrt nach Westcott House überstand, die ganze Zeit mit Ivans Blicken auf sich, die sie zu liebkosen schienen, wußte Lucy später nicht mehr zu sagen. Doch sobald sie zu Hause angekommen waren, ergriff sie die Flucht. Sie schickte Valerie zu Bett und entfloh danach sofort in die Sicherheit und Einsamkeit ihrer Schlafkammer.

Aber die Einsamkeit war ihr in dieser Nacht keine Freundin. Denn da sie bis zum nächsten Morgen der Verantwortung für Valerie ledig war, hatte sie nichts mehr, was ihr vor den eigenen Gedanken, die auf sie einstürmten, Schutz bot.

Ivan war neugierig auf ihre verborgenen Leidenschaften? Wenn er wüßte!

Denn während des größten Teils der Nacht träumte Lucy davon, wie er diese Leidenschaften befriedigte.

Und danach lag sie wach und stellte sich den bitteren Nachgeschmack vor, den sie empfinden mußte, sollte sie diesen Leidenschaften je nachgeben.

12

Lady Westcott reichte Lucy die Gästeliste. »Sehen Sie her«, schalt sie, »was soll ich mit einer Liste anfangen, auf der nur Junggesellen stehen? Und was für Junggesellen!«

Lucy nahm die Liste, die in einer kühnen, kräftigen Handschrift geschrieben war – Ivans Handschrift.

Ein unwillkommener, heißer Knoten formte sich in Lucys Magen. Schnell gab sie Lady Westcott das Papier zurück. War denn alles, was der Mann tat, kühn und kräftig? Mußten sogar das Papier und die Tinte, die er benutzte, ihre Emotionen anheizen, bis sie sich wie eine schmachtende Törin vorkam?

»Nun«, riß Lady Westcott sie aus ihren Gedanken, »wer ist dieser Sir James Mawbey? Ein weiterer von Ivans Kumpanen?«

Lucy konzentrierte sich auf den Brief, den sie ihrem Bruder und seiner Familie schrieb – zu schreiben versuchte. »Sir James Mawbey ist der Gelehrte, dessen Vorlesungen ich besucht habe.«

Es folgte ein kurzes Schweigen, doch Lucy meinte förmlich das Klicken in Lady Westcotts Gedanken zu hören. »Der, zu dem Lady Valerie diese unselige Zuneigung gefaßt hat?«

Lucy legte die Feder beiseite und blickte zur Gräfinwitwe hinüber. »Genau der.«

Zu ihrer Überraschung schien jedoch Lady Westcott über diese Mitteilung nicht sehr betroffen zu sein, höchstens ein wenig gedankenvoll und vielleicht ein klein wenig amüsiert.

»Könnte es sein, daß Ivan sich als Kuppler betätigt? Obwohl er natürlich weiß, daß ich einem armen Gelehrten nie meine Zustimmung erteilen würde?«

»Irgendwas in dieser Richtung«, murmelte Lucy. Er hatte sich ja auch nicht gescheut, Lucy unter die Nase zu reiben, daß Sir James sich nicht für sie interessierte. Doch das brauchte Lady Westcott nicht zu wissen.

Doch leider schien Lady Westcott für Herzensangelegenheiten einen sechsten Sinn zu besitzen, denn sie studierte Lucys Gesicht eingehend. »Ich glaube immer noch, daß Sie etwas für diesen mittellosen Lehrer empfinden. Sie wissen«, schnitt sie Lucys Einwand mit erhobener Hand ab, »daß Sie nicht die Mittel besitzen, einen Mann ohne nennenswerte Einkünfte zu heiraten.«

»Ich bin mir der Grenzen meiner Situation wohl bewußt«, gab Lucy zurück. »Aber Sie befinden sich im Irrtum, wenn Sie annehmen, ich sei an Sir James interessiert.« Einst, so dachte sie dabei, hatte ich diese kindische Vorstellung, doch jetzt nicht mehr.

Lady Westcotts einzige Reaktion auf Lucys gewählte Worte bestand im Hochziehen einer Augenbraue. Dann schüttelte sie Ivans Papier. »Nun, was sollen wir jetzt mit dieser üblen Gästeliste anfangen?«

Wortlos nahm Lucy ihr die Liste aus der Hand und las sie, die Schmetterlinge in ihrem Bauch ignorierend, noch einmal. Sie enthielt vier Junggesellen, einige jüngere Ehepaare und Laurence Caldridge, Lord Dunleith. »Gibt es noch andere junge Damen und deren Eltern, die wir einladen könnten?«

»Niemanden aus den höheren Gesellschaftsschichten. Sie wären schockiert bei der Vorstellung, ich könnte ihre kostbaren Töchter mit diesen vermögenslosen Bastarden zusammenbringen.«

»Sie sind nicht alle ohne Vermögen«, erwiderte Lucy, die über die hochnäsige Haltung der Gräfinwitwe verärgert war. »Tatsächlich haben Mr. Dameron und Mr. Pierce sich beträchtliche Vermögen erworben. Der einzige ohne zuverlässiges Einkommen ist Mr. Blackburn, und der ist ein Sohn des Königs.«

»Geld ohne familiären Hintergrund zählt nicht, und das wissen Sie.«

»Außer man hat einen Titel und ertrinkt in Schulden.«

»Ertrinkt in Schulden«, wiederholte Lady Westcott

nachdenklich. Dann verengten sich ihre blauen Augen. »Vielleicht sollten wir dieses Riddingham-Mädchen und ihre Eltern einladen. Ihr Vater hat außer dem Familiensitz in Essex alles verspielt. Und auch Viscount Latner nennt kaum noch zwei Groschen sein eigen und hat dabei drei Töchter zu verheiraten. Sehr gut, Miss Drysdale; diese Dinnerparty könnte doch noch ein Erfolg werden.«

Das war mehr als fraglich, fand Lucy, behielt ihre Meinung aber klug für sich. Trotzdem blieb da immer noch Sir James. »Ich glaube nicht, daß wir Sir James von der Liste streichen können. Ivan hat ihm bereits eine persönliche Einladung ausgesprochen.«

Lady Westcott zuckte die Achseln. »Wahrscheinlich kann er bei einer einzigen Dinnerparty nicht viel Schaden anrichten, besonders, wenn Sie sich speziell um ihn kümmern. Wir müssen unsere Sitzordnung sehr gut durchdenken. Wären Sie jetzt so freundlich, meinen Sekretär zu rufen?«

Am Abend der Dinnerparty kleidete Lucy sich mit besonderer Sorgfalt an.

Sie war nicht zu Sir James' dritter Vorlesung gegangen. Statt dessen hatten sie und Valerie Lady Westcott ins Theater begleitet. Trotzdem bedauerte Lucy es nicht sehr, die Lektion verpaßt zu haben. Und sie war auch nicht besonders glücklich bei der Aussicht auf den langen Abend, den sie heute an der Seite von Sir James verbringen mußte. Doch wenigstens hatte sie genügend Gesprächsstoff für eine Unterhaltung mit ihm. Einige Fragen über die versäumte Vorlesung, und schon würde er mit seinem Lieblingsthema loslegen. Sie brauchte dann nur noch an den passenden Stellen zu nicken.

Warum also hatte sie den größten Teil des Nachmittags damit verbracht, ihr Haar zu waschen und zu trocknen, indem sie auf einem sonnigen Fleckchen im Garten saß und es ständig bürstete?

Sie war immer ein wenig stolz darauf gewesen, daß ihr üppiges Haar glänzte wie poliertes Mahagoni. Doch weshalb die Mühe heute? Ihr Haar war zu einer schlichten Frisur aufgesteckt, wie es sich für eine Anstandsdame gehörte. Außer einigen verspielten lockigen Strähnen im Nacken war die Frisur ausgesprochen streng.

Doch auch, wenn sie es lose über ihre Schultern fallen ließe, was spielte das schon für eine Rolle? Es gab bei diesem Dinner niemanden, den sie zu beeindrucken wünschte. Sir James würde es nicht einmal bemerken – was ihr auch ganz egal war.

Natürlich mußte man immer mit einem Kompliment von Ivan rechnen. Doch darauf durfte man nichts geben.

Aber trotz aller Niedergeschlagenheit betrachtete Lucy sich, nachdem sie angekleidet war, kritisch im Spiegel. Ihre Schuhe waren frisch poliert, ihr flaschengrünes Kleid aus indischem Musselin war frisch ausgebürstet und dann mit Rosenwasser gebügelt worden. Sie trug ihre Lieblingsohrstecker aus Gold und Aquamarin und ein Paar sehr weiblicher, fingerloser Spitzenhandschuhe. Was jetzt noch fehlte, um ihrer Aufmachung den letzten Schliff zu geben, war ein herrliches Seidentuch …

Lucy stöhnte laut auf. Woher war dieser idiotische Gedanke in ihren Kopf geschossen? Niemals wollte sie diesen Schal tragen. Natürlich war er wundervoll, aber die Art, wie er in ihren Besitz gelangt war, war entschieden ungehörig. Sie mußte ihn so schnell wie möglich zurückgeben.

Und doch war der Schal nicht das drängendste Problem. Das war ihre Erscheinung, denn ihr Gesicht, obwohl nicht gepudert und geschminkt, zeigte trotzdem eine so lebhafte Farbe, als habe sie ihre Wangen und Lippen mit Karmesin geschminkt.

Lucy seufzte. Sie sah aus wie ein errötender Backfisch, und für eine Frau ihres Alters war das keineswegs erstrebenswert. Sie bedachte ihr Spiegelbild mit einem letzten Stirnrunzeln und verließ ihr Zimmer. Als sie die Hälfte der Stufen nach unten zurückgelegt hatte, hielt sie inne.

Ivan befand sich schon in der Halle. Lady Westcott hatte verlangt, daß sie sich alle zur Begrüßung in Reihe aufstellten, und Lucy hatte gezweifelt, ob Ivan sich diesem Diktat beugen würde. Und nun stand er zu ihrer Überraschung bereits da.

Das Herz schlug ihr bis zum Halse, als sie sich zwang, gemessenen Schrittes unter seinen beobachtenden Augen die verbleibenden Stufen hinabzusteigen.

Er kam zum Fuß der Treppe, so daß sie auf der letzten Stufe stehenbleiben mußte. Sie befanden sich jetzt auf gleicher Augenhöhe. Doch obwohl sie nun nicht wie sonst zu ihm aufblicken mußte, fühlte sie sich klein, zerbrechlich und verletzlich.

»Sie sehen heute wunderhübsch aus, Lucy.«

Lucy begann zu schwitzen, als sei der Hauch eines heißen Wüstenwindes über sie hinweggefegt. »Danke. Aber Sie selbst sehen auch sehr gut aus.« Verwirrend, herzzerreißend, unglaublich gut, dachte sie.

Der Augenblick zog sich in die Länge. Ivan bewegte sich nicht, und Lucy fand nicht die Kraft, an ihm vorbeizugehen. Erst ein resolutes Klopfen von Lady Westcotts Stock auf den Marmorboden löste den Bann.

»Ähem«, schnaubte die alte Dame ziemlich unelegant. Ihr scharfer Vogelblick flog von Lucy zu Ivan, dann wieder zu Lucy. »Wo ist Valerie? Warum sind Sie ohne Valerie heruntergekommen?«

Dankbar für einen Grund zur Flucht raffte Lucy ihre Röcke und eilte die Treppe wieder hinauf. Ivan sah ihr nach, dann blickte er sich nach seiner Großmutter um. Diese hatte ihn offensichtlich scharf beobachtet.

»Wenn du Angestellte verführen willst, dann beschränke dich bitte auf die niederen Klassen.«

Ivan lächelte nicht. »Seien Sie zufrieden, Madam, daß ich überhaupt hier bin, und machen Sie mir keine Vorschriften, wie ich mich zu benehmen habe.«

Wütend schürzte die alte Dame die Lippen. »Miss Drysdale steht unter meinem Schutz, und wenn du nur einen Funken Ehre im Leib hättest, würdest du das respektieren. Lieber schicke ich sie zurück nach Hause, als dir zu erlauben, sie ins Elend zu stürzen.«

»Sie setzen mir Valerie vor die Nase, möchten aber Miss Drysdale vor meinen unehrenhaften Absichten retten. Ihre Denkweise scheint mir ziemlich konfus. Doch auf jeden Fall treffe ich meine eigenen Entscheidungen und richte mich dabei nicht nach Ihren Wünschen oder Drohungen.«

Doch das war nicht die ganze Wahrheit, gestand er sich ein, während er Valerie und Lucy gemeinsam die Treppe herabkommen sah. Er war entschlossen, weder eine Frau seiner Großmutter wegen zu hofieren noch auf sie zu verzichten. Trotzdem hatte ihr Versuch, Einfluß auf ihn zu nehmen, seine Laune getrübt.

Er wandte sich den beiden Frauen zu. Valerie erschien wie ein Traum in Weiß, geschmückt mit blaßblauen Rosetten und fließenden Bändern. Ihr blondes Haar war in Locken aufgesteckt, und einige dieser Locken ringelten sich aufs niedlichste über die Ohren herab. Sie war der Inbegriff einer ätherischen Schönheit, eines Engels, der auf die Erde gekommen war, um eine widerstandslose männliche Bevölkerung zu verzaubern.

Im Gegensatz dazu war Lucy dunkel gekleidet und ihre Frisur streng gebändigt – genau wie ihre Emotionen.

Doch diese Emotionen warteten nur darauf, befreit zu werden, ebenso wie ihr herrliches Haar, und Ivan war zutiefst davon überzeugt, daß er derjenige sein würde, der sowohl ihr Haar als auch ihre Emotionen befreite. Diese dunklen Locken herabzulassen und seine Finger darin zu vergraben, die Frau zu küssen, bis ihre Verteidigungswälle einstürzten und ihren natürlichen Leidenschaften freien Lauf ließen – und natürlich auch seinen …

Er unterdrückte einen Fluch, da seine Leidenschaft sich bereits zu regen begann. Wie, zum Teufel, schaffte es diese Frau, ihn in einen brünstigen Jüngling zu verwandeln, der zum erstenmal die Qualen des Herzens empfand?

Nein. Nicht des Herzens. Die Empfindung saß an einem tiefer gelegenen Körperteil. Doch diese Erkenntnis nützte ihm auch nichts.

»Guten Abend, Lord Westcott«, sagte Valerie und schenkte ihm ein schüchternes Lächeln.

»Lady Valerie.« Ivan verbeugte sich. »Sie sind schöner als je. Ich fürchte, Sie werden heute abend einen Aufruhr unter unseren männlichen Gästen verursachen.«

Valerie belohnte ihn mit einem dankbaren Lächeln, das um so bezaubernder wirkte, als es aufrichtig war. Seit Ivan ihr in der Angelegenheit mit Sir James zu Hilfe gekommen war, sah sie ihn in der Rolle eines älteren Bruders; für Ivan eine ungewohnte, aber nicht unangenehme Rolle. Außerdem verwirrte es seine Großmutter, wie er unschwer aus deren Gesicht ablesen konnte.

Er wandte seinen Blick Lucy zu. »Ihre Schutzbefohlene macht Ihnen alle Ehre, Miss Drysdale. Darf ich hinzufügen, daß Ihnen dieser Grünton ganz besonders gut steht. Er läßt Ihre Augen strahlen.«

Was er sonst noch sagen wollte, behielt er für sich: daß er ihr den Stoff vom Leib reißen wollte, daß er ihre Augen noch ganz anders wollte glänzen lassen …

Der schwere Türklopfer setzte seinen unanständigen Betrachtungen ein Ende. Lucy bedankte sich leise für sein Kompliment und stellte sich dann in die Reihe, um die ersten Gäste zu begrüßen.

Daß Sir James der erste Ankömmling war, überraschte Ivan nicht besonders.

»Lord Westcott; Lady Westcott.« Sir James vollführte eine gelungene Verbeugung vor der Gräfinwitwe. »Es ist mir eine Ehre, Gast in Ihrem Hause zu sein.«

»Sie sind uns sehr willkommen«, sagte die alte Frau. »Ich glaube, mein Patenkind, Lady Valerie Stanwich, haben Sie schon kennengelernt.«

Sir James' Begrüßung von Valerie interessierte Ivan nicht besonders; doch wie Lucy darauf reagierte, das interessierte ihn sehr. Während er sie beobachtete, veränderte sich ihr Ausdruck von erfreut über betont erfreut bis zu unverhohlenem Mißmut.

Das Gefühl, zurückgewiesen zu werden, stieg wie ein heißes Fieber in ihm auf; es war ähnlich wie damals in

Burford Hall, als er nagende Eifersucht gegenüber den Jungen empfand, die in den Ferien zu ihren Eltern nach Hause durften.

Tod und Verdammnis, wie konnte sie diesen unbeholfenen Gelehrten ihm vorziehen?

Lucy ihrerseits sah besorgt, wie Sir James Valerie begrüßte. Nur für die errötende Valerie hatte er Augen und diese nur für ihn. Welch ein Desaster. Das konnte nur zu gebrochenen Herzen führen, fürchtete sie. Wie konnte Ivan seine Kusine so grausam mißbrauchen?

Sie wandte den Blick von dem sich immer noch unterhaltenden Pärchen zu Ivan. Zu ihrem Ärger stellte sie fest, daß seine Augen sie hinter halbgeschlossenen Lidern hervor beobachteten. Sein Gesicht war ernst.

Erst als Sir James endlich auf sie zutrat, konnte sie sich von Ivans Augen losreißen.

»Miss Drysdale. Wie nett, Sie wiederzusehen.«

»Es ist mir ein Vergnügen, Sir James. Es tut mir leid, daß ich Ihre letzte Vorlesung nicht besuchen konnte. Wird die Reihe fortgesetzt?«

Glücklicherweise brauchte sie sich seine langatmige Erklärung nicht zu Ende anzuhören, denn nun kam Lord Dunleith, gefolgt von Mr. und Mrs. Hartford Bass und deren ältestem Sohn, Geschäftsfreunden Ivans. Bald danach trafen Sir Francis Riddingham, seine Frau Maryanne und ihre Tochter, Miss Violet Riddingham, ein und kurz darauf die Viscountess Latner mit ihren beiden ältesten Töchtern, Ernestine und Edna.

Die Eingangshalle war voller Menschen, und der Butler hatte begonnen, einige von ihnen in den Salon zu führen, als die letzten Gäste eintrafen. Ivans Freunde kamen gemeinsam, und Lucy mußte zugeben, daß sie einen sehenswerten Anblick boten. Drei Männer, jeder auf seine Weise auffallend gut aussehend. Und jeder attraktiv und gefährlich für jedes anwesende junge Mädchen. Das Fehlen normaler Familienbindungen wurde bei zweien durch Geld und bei dem dritten durch die Möglichkeit einer Beziehung zum Königshaus aufgewogen.

Da konnte jedes junge Mädchen ins Schwärmen geraten. Leider war es keiner von diesen dreien, der Lucys Herz so schnell schlagen ließ. Das brachte allein Ivan zuwege, der, obwohl nicht weniger gefährlich, den verspäteten Segen der vornehmen Gesellschaft besaß.

Mr. Blackburn begrüßte Lucy als erster. »Sie sehen sehr gut aus, Miss Drysdale. Ich hoffe, daß Sie mir mein Komplizentum mit Ivan nicht nachtragen«, setzte er freundlich grinsend hinzu.

»Das würde ich nie tun, Mr. Blackburn. Doch Sie werden verzeihen, wenn ich mir aus eben diesem Grunde Sorgen um Sie mache. Lord Westcott wird Sie noch in Schwierigkeiten bringen, wenn Sie nicht aufpassen«, sagte sie neckend.

»Ich werde auf ihn achten«, warf Giles Dameron ein. »Hallo, Miss Drysdale. Schön, Sie wiederzusehen.«

»Wirklich«, antwortete Lucy, »es ist ein Vergnügen, Sie hier zu haben. Und Sie auch, Mr. Pierce.«

»Das Vergnügen ist ganz auf meiner Seite«, antwortete dieser höflich. Da nach ihm niemand mehr kam, begaben sich Lady Westcott und Valerie zu den anderen Gästen, die in den Salon hinüberschlenderten. Auch Lucy wollte gehen, doch Mr. Pierce ließ ihre Hand nicht los.

Als sie ihn fragend anblickte, gab er den Blick ein wenig spöttisch zurück. »Sie wissen, daß Sie mit dem Feuer spielen«, sagte er so leise, daß außer ihr niemand es hören konnte.

»Feuer?« Lucy wußte genau, was er meinte. Sie zog ihre Finger aus seiner Hand. »Sie sind Ivans Freund; warum warnen Sie mich vor ihm? Sollten Sie sich nicht lieber um ihn sorgen?«

Elliot zuckte verlegen die Schultern, doch seine schwarzen Augen ließen sie nicht los. »Ich denke, daß die Pläne, die er mit Ihnen hat, ihn nicht sehr glücklich machen werden.«

»Seine Pläne für mich? Er hat kein Recht, Pläne für mich zu machen«, rief Lucy, dann fragte sie stirnrunzelnd: »Und was genau sind seine Pläne für mich? Und weshalb sollte er mit Ihnen und seinen anderen Freunden über mich sprechen?«

Elliot lächelte wieder, doch Lucy konnte nicht unterscheiden, ob ernst oder spöttisch. »Ivan ist sehr verschlossen, doch ich kenne ihn seit vielen Jahren. Ich weiß, was er braucht und was er nicht braucht.«

Unerklärlicherweise fühlte Lucy sich durch diese Worte sehr verletzt. Sie zog sich hinter ihren verwundeten Stolz zurück wie hinter einen Schutzschild. »Entgegen Ihren Vermutungen, Mr. Pierce, habe ich keine Absichten, was Ihren Freund Lord Westcott betrifft. Ich habe nicht auf ihn gesetzt und verfolge ihn nicht. Können wir jetzt hineingehen?«

Sie wandte sich ab und ging auf den Salon zu, innerlich vor Zorn bebend. Diese Frechheit, ihr zu unterstellen, sie sei die falsche Frau für Ivan Thornton. Kein einziges Mal hatte sie angenommen, daß sie die richtige sei.

Natürlich hatte sie auf der Party der McClendons mit Ivan getanzt. Und sie hatte ihn geküßt. Hatte er das seinen Freunden erzählt? Oder daß sie den Schal, den er in ihr Zimmer gelegt hatte, noch immer nicht zurückgegeben hatte?

Bis sie Valerie im Salon eingeholt hatte, hatte sie sich in beträchtliche Aufregung hineingesteigert. Anstatt ihre junge Schutzbefohlene zu ermuntern, sich auch mit anderen Gästen zu unterhalten, stand sie neben ihr und Sir James und unterhielt sich über Brüder und Schwestern und die Rolle der Eltern.

Ivan beobachtete sie, sie konnte das Gewicht seiner Blicke fast körperlich fühlen. Doch sie mied entschlossen seine Augen.

Sehen Sie, Mr. Pierce, wie sehr Sie sich im Irrtum befinden, dachte Lucy empört.

Doch obwohl sie Ivan nicht ansah, schaffte sie es, jeden Moment genau über seine Bewegungen und seine Gesprächspartnerinnen informiert zu sein. Als Simms, der Butler, endlich mit der kleinen Silberglocke das Zeichen zum Beginn des Dinners gab, war Lucy soweit,

Miss Violet Riddingham am liebsten ins Gesicht zu schlagen und der jüngeren Miss Latner die Augen auszukratzen.

Das Essen selbst brachte keine Besserung; denn sie saß zwischen Sir James und Viscount Latner, während Ivan seinen Platz zwischen Valerie und der älteren Miss Latner hatte.

Das Menü bestand aus mehreren Gängen. Als Lucy lustlos an ihrem gefüllten Huhn herumgeschnippelt, desinteressiert in den überbackenen Austern gestochert und ihr drittes Glas Wein – nach dem Genuß von zwei Gläsern Champagner – geleert hatte, war sie Sir James' Theorien zur Kindererziehung überdrüssig und zu Tode gelangweilt von Lord Latners Ansichten über die Position des Königs gegenüber den amerikanischen Kolonien.

»Das sind keine Kolonien mehr«, erinnerte sie ihn mit mühsam unterdrückter Ungeduld. »Schon seit über fünfzig Jahren nicht mehr.«

»Und daran ist der Vater des Königs schuld«, schimpfte Lord Latner. »Ich behaupte, daß er da schon verrückt gewesen ist, vermutlich sogar schon vorher.«

Lady Westcott erhob sich, ehe Lucy ihrem stupiden Tischnachbarn eine wirklich beleidigende Antwort geben konnte. »Meine Damen, ich schlage vor, daß wir uns in den Salon zurückziehen.«

Als die Damen sich erhoben, standen auch die Herren auf. Sir James' Augen folgten Valerie. Doch war es, als ruhten die Blicke aller anderen, aber auf jeden Fall die von Ivan und seinen Freunden, schwer auf ihr.

Ivans Freunde mißbilligten sein Interesse für sie, das war einmal klar. Doch warum sie sich überhaupt darum bekümmerten, verstand Lucy nicht. Schließlich hielt sie nicht nach einem Ehemann Ausschau, und Ivan war gewiß nicht auf der Suche nach einer Gattin. Was also fürchteten die drei?

»Wir nehmen jetzt den Kaffee, Simms«, sagte Lady Westcott, als alle Damen sich im Salon befanden. »Möchte jemand von Ihnen sich etwas frisch machen?«

Das war Lucys Chance zur Flucht. Während die anderen Damen abwechselnd die entsprechenden Räumlichkeiten an der Rückseite der Halle aufsuchten, entschuldigte Lucy sich und ging die Treppe hinauf. Sie brauchte dringend einige Minuten, um sich zu sammeln, sonst würde sie diesen fürchterlichen Abend nicht überstehen.

Doch als sie in ihrem Schlafzimmer stand, ging ihr die Wahrheit auf: Es gab nur einen Ausweg aus diesem Dilemma, und das war die Heimkehr nach Somerset. Nur dort würde sie Zuflucht vor der Versuchung finden, die Ivan Thornton für sie darstellte. Und seine Freunde, die sich unnötig über sein zeitweises Interesse für sie sorgten, würden aufatmen können.

Tränen stiegen in Lucys Augen, aber sie unterdrückte sie. Sie gehörte nicht zu der weinerlichen Sorte, hatte nie dazu gehört. Warum ihr ausgerechnet jetzt nach Weinen zumute war, verstand sie nicht. Etwa weil sie London verlassen sollte? Es gab doch keinen Grund mehr, länger hierzubleiben. Der Friede und die Ruhe auf dem Lande begannen langsam, ihr verlockend zu erscheinen. Außerdem war jede Faszination, die sie Sir James gegenüber empfunden hatte, beim ersten Treffen geschwunden.

Oder hatte sie bereits in dem Augenblick zu schwinden begonnen, da sie Ivan kennengelernt hatte?

»Verflixt!« Sie goß sich etwas Wasser in die Waschschüssel, erfrischte darin ihr Gesicht und spülte ihren Mund aus. In ihrem Kopf begann es sich zu drehen, und schnell richtete sie sich wieder auf.

Sie hatte zuviel getrunken – ein weiterer Grund, nach Houghton Manor zurückzugehen. Sie hatte sich in letzter Zeit überhaupt sehr ungehörig benommen, zuviel getrunken, zuviel getanzt. Einem Mann hinterhergeschmachtet, der nicht dafür geschaffen war, die aufrichtige Zuneigung einer Frau zu erwidern.

»So kann es nicht weitergehen«, sagte sie laut zu dem blassen Gesicht, das ihr aus dem Spiegel entgegensah.

Doch sich das nur zu sagen, reichte nicht. Nein, sie mußte weg von hier, weg von Ivan.

Lucy trocknete ihr Gesicht ab und holte tief Luft. Sie wollte jetzt wieder hinuntergehen, und gleich morgen früh würde sie Lady Westcott um eine Unterredung bitten. Danach würde sie sich so schnell wie möglich in die Kutsche nach Exeter setzen.

Doch all diese guten Vorsätze erwiesen sich als nutzlos, sobald sie ihr Zimmer verlassen hatte. Kaum hatte sie die Tür hinter sich zugezogen, sah sie sich Ivan gegenüber.

Sie blieb kurz stehen und entschloß sich dann, einfach weiterzugehen. »Mylord«, nickte sie ihm höflich zu, als sie auf ihn zukam. Er sollte sich nicht einbilden, daß sie sich länger hier oben, allein mit ihm, aufhalten würde.

Als er Lucy sah, verhielt er seinen Schritt und vertrat ihr den Weg. Nach Mr. Pierces dunkler Warnung, dem schlechtverhehlten Interesse von Miss Riddingham und dem ständigen Gedanken an Ivans Unaufrichtigkeit war das einfach zu viel.

»Was wollen Sie hier eigentlich?« fragte sie wütend.

Ivan lächelte, doch es war kein glückliches Lächeln. »Das könnte ich Sie auch fragen.«

Lucy richtete sich auf und schob resolut das Kinn vor. »Wenn Sie es genau wissen wollen, ich wollte mich ein wenig frisch machen. Und Sie?«

Ivan verschränkte die Hände im Rücken und wippte auf seinen Absätzen. »Ich will mich nur vergewissern, daß in meinem Hause nichts Unziemliches vor sich geht.«

Lucy war einen Moment sprachlos. »Sie wollen doch nicht andeuten, daß Sie mich eines solchen Betragens verdächtigen?«

»Sie haben sich schon einmal so betragen.«

»Ich! Ich?« Lucy war so erregt, daß sie stotterte. »Wenn Sie das meinen, wovon ich glaube, daß Sie es meinen ...«

»Sie haben mich mehr als bereitwillig geküßt. Ich frage mich, wen Sie sonst noch geküßt haben.«

Lucy starrte ihn an. »Was unterstellen Sie mir? Daß ich mich hier oben mit jemandem getroffen habe? Wenn Sie das denken, müssen Sie blind sein. Sir James ist so mit Lady Valerie beschäftigt …«

»Was ist mit Elliot Pierce?«

Lucys Temperament war am überkochen. »Elliot Pierce? Das können Sie nicht ernst meinen!« Das war doch einfach zu lächerlich. Aber gleichzeitig war es unerträglich. »Mich interessiert überhaupt kein Mann, Mylord. Wahrscheinlich ist es allein Ihr eigenes schlechtes Gewissen, das Ihnen jetzt solche schäbigen Ideen eingibt. Mit wem haben Sie hier ein Rendezvous? Mit der älteren Miss Latner oder mit der jüngeren? Oder vielleicht mit Miss …«

»Mit Ihnen.«

Ivans Worte fielen mitten in Lucys Satz, mitten in ihre Anklage, mitten in ihren Zorn. Verblüfft, zum Schweigen gebracht durch diese zwei Worte, starrte sie ihn an.

»Mit mir?«

»Ja.«

Er streckte die Hand aus und berührte leicht mit seinem Daumen Lucys Unterlippe, eine sanfte, zärtliche Bewegung, die all ihre Entschlüsse zunichte machte.

»Sie … Sie spielen mit mir. Sie sollten nicht …«

»Nein? Es ist genau umkehrt. Sie spielen mit mir, Lucy.«

Lucys Lippen prickelten von der Berührung. Sie brannten. Dann strichen Ivans Finger über ihre Wange, zeichneten ihre Form nach bis zum Hals. Lucy begann zu zittern.

Das letzte noch funktionierende Teilchen ihres Verstandes stellte fest, wie gut Ivan sein Repertoire beherrschte. So schrecklich gut. Es war, als habe er eine schlummernde Kraft entfesselt, der sie sich als willenloses Opfer ergeben mußte.

Innerlich schrie sie nach Rettung und wollte doch gar nicht gerettet werden.

»Spiel mit mir, Lucy; ich möchte, daß du es tust.«

Wie von selbst ergriffen ihre Finger sein Handgelenk, doch anstatt ihn zurückzustoßen, zog sie ihn noch näher an sich heran. »Warum tun Sie das?« fragte sie verzweifelt.

»Ich kann nicht anders.«

»Aber – aber Sie müssen damit aufhören – hilflose Frauen zu verführen.«

»Dann hilf mir«, flüsterte er, »damit aufzuhören.«

»Wie?« hauchte Lucy, als sein Gesicht sich dem ihren näherte. »Wie?«

»Küß mich!«

Das war keine Bitte, sondern ein Befehl. So unausweichlich wie Ebbe und Flut, wie das Kommen und Gehen der Jahreszeiten. So unerbittlich wie das Leben und der Tod.

Ivans Mund senkte sich zu ihr herab, und von da an war sie verloren. Wie ein Blitzschlag in einen einzelnen Baum einen ganzen Wald in Flammen aufgehen lassen konnte, so setzten Ivans heiße Lippen Lucy in Brand. Ihr Verstand verbrannte zu Schlacke, ihre Vorsicht zu Asche. Das Anstandsgefühl, das diese Flammen hätte dämpfen sollen, war zu einem Nichts verkohlt.

Wie sie diesen Mann begehrte – und er sie!

Zu viele rastlose Nächte und zu viele unbefriedigende Tage hatte Ivan ausgestanden. Dieser Abend war der schlimmste gewesen. Lucy an Sir James' Seite sitzen zu sehen, gleichgültig ob der Mann in Lucy verliebt war oder nicht, hatte die Sache auch nicht besser gemacht. Allein der Gedanke, daß Lucy eine kaum verhohlene Bewunderung für den Mann hegte, machte Ivan rasend.

Um dem Ganzen die Krone aufzusetzen, legte auch Elliot mehr Interesse für Lucy an den Tag als je für eine Frau seines zweifelhaften Bekanntenkreises. Er hatte sogar mehrmals nach ihr gefragt. Als Elliot Lucy in der Eingangshalle zurückgehalten hatte, war Ivan mißtrauisch geworden.

Als Elliot sich dann nach dem Abendessen aus der Gesellschaft der Gentlemen verabschiedet hatte, hatte dies bei Ivan einen Anfall wütender Eifersucht ausgelöst. Elliot Pierce war ein Wüstling der schlimmsten Sorte.

Aber nicht Elliot Pierce war jetzt hier oben und küßte Lucy, sondern er, Ivan. Und er wollte mit seinen Küssen jeden möglichen Gedanken Lucys an einen anderen Mann ersticken.

Er erlegte sich keine Zurückhaltung auf, sondern ließ sie sein ganzes Verlangen fühlen. Es war ihm gleichgültig, ob er sie erschreckte. Er würde ihr die Angst vor den Genüssen des Fleisches austreiben.

Doch zu Ivans Befriedigung benahm Lucy sich nicht so, als habe sie Angst. Sie reckte sich ihm entgegen und öffnete ihren Mund seinen Lippen und seiner Zunge. Es war, als hieße sie ihn willkommen. Er ergriff Besitz von ihrem Mund, den sie ihm willig überließ.

Diese Frau war süß und köstlich, und er wollte jedes Stück von ihr verschlingen. Er zog sie heftig an sich und ließ sie seine Erregung spüren. Gott, wie er sie brauchte!

Endlich lösten sie keuchend ihre Lippen voneinander. Doch das war nicht das Ende, sondern erst der Anfang. Suchend und erkundend glitt Ivans Hand über Lucys Rücken bis zur bezaubernden Rundung ihres Gesäßes. Als sie unbewußt aufstöhnte, nahm er seinen Vorteil wahr. Er hatte von Anfang an erkannt, daß sie zur Leidenschaft veranlagt war. Zu lange war diese Leidenschaft brachgelegen und war unterdrückt worden. Doch er würde ihre Leidenschaft ebenso entfesseln, wie seine eigene Leidenschaft entfesselt war.

»Ich möchte dich aufessen, Lucy, dich schmecken, dich fühlen«, keuchte er, während er an ihrem Ohrläppchen knabberte und seine Hand ihre Brust streichelte.

»Da«, murmelte er, und setzte auf ihren Nacken einen Kuß nach dem anderen, während er mit der anderen Hand die Stelle zwischen ihren Beinen liebkoste. Er schob sein Knie zwischen ihre Schenkel.

»Und da«, flüsterte er, streichelte ihre harten Brustwarzen und rieb sich drängend an ihrem Becken.

»Ivan«, seufzte Lucy erschrocken und entzückt.

Seinen Namen so von ihr zu hören, erregte ihn noch mehr.

Lucy hatte ihre Arme um seinen Nacken geschlungen und küßte ihn wild. Es war die Erfüllung all seiner Fantasien, die ihn verfolgt hatten, seit er an jenem Abend mit ihr im Salon getanzt hatte. Er wollte sie und er würde sie bekommen.

Er hob sie auf seine Arme, ohne seinen Mund von ihrem zu lösen, und fand irgendwie den Weg in ihr Zimmer. Mit einem Stoß flog die Tür auf, mit einem weiteren fiel sie krachend ins Schloß.

Zusammen fielen sie auf das Bett, er rollte sich über sie, und sie war unter ihm gefangen.

Ivan versuchte sich ins Gedächtnis zu rufen, daß Lucy vermutlich noch Jungfrau war. Doch es fiel ihm schwer. Während er mit einer Hand ihre Röcke emporschob, löste er mit der anderen ihr Haar.

Lucy war nicht weniger eifrig, denn sie schaffte es, seine Halsbinde aufzuknoten und gleichzeitig mit den Fingern in seinem Haar zu wühlen und ihn zu küssen, wo immer sie konnte: auf seinen Mund, auf sein Ohr, auf seinen Hals. Ihre Zunge wagte zögernde Vorstöße, die Finger auch.

Als sie eine Hand unter seinen Gehrock schob, half er ihr, ihn abzustreifen. Als sie zwei Knöpfe seiner Weste öffnete, riß er sich das Kleidungsstück ab, daß die restlichen Knöpfe nur so durch die Luft spritzten.

Dann beugte er sich wieder über sie und verschlang mit seinen Blicken jeden Zentimeter ihrer herrlichen Gestalt. Gerötete Wangen, hellhäutige Hüften, dunkles Haar wirr über die Kissen gebreitet.

Sie war das Traumbild einer Frau. Sie war sanft und doch stark, lieblich, aber nicht fade, klug und schön – und sie war sein.

Ivan küßte den Rand ihres Mieders, dann ging er tiefer, bis er ihre aufgerichteten Brustwarzen durch den Stoff fühlte.

Er ließ seine Zunge darum kreisen, und als Lucys Atem schneller wurde, sog er sie zwischen seine Zähne. Eine seiner Hände suchte ihren Weg hinab, glitt über die nackte Haut ihrer Schenkel und fand den heißen, feuchten Ort.

Er wollte sie auch dort küssen; überall wollte er sie küssen und zu einem wilden Höhepunkt bringen.

Da wurde krachend die Tür aufgerissen, und die Flamme, wie mit Eiswasser übergossen, erlosch.

»Gütiger Gott im Himmel!« rief Ivans verfluchte neugierige Großmutter.« Was geht hier vor?«

13

»Was geht hier vor?« Wäre die Situation nicht so schrecklich gewesen, so hätte Lucy über diese lächerliche Frage laut gelacht. Was da vor sich ging? Lady Westcott war verheiratet gewesen, sie hätte die Antwort eigentlich kennen müssen.

Doch die Lage war gräßlich. Es war demütigend, unfaßbar, einfach eine Katastrophe.

Ivan sprang auf und drehte sich herum. Dabei versuchte er, Lucy so gut es ging vor den bohrenden Blicken seiner Großmutter abzuschirmen. Lucy rappelte sich auf und setzte sich auf die Bettkante, obwohl sie fürchten mußte, daß dies nur Lady Westcotts Aufmerksamkeit auf ihre entblößten Beine und wirren Röcke lenken mußte. Aber es kam noch schlimmer: Als sie zur Tür blickte, sah sie nicht nur ein, sondern drei Paar schockierter Augen. Lady Westcott stand in vorderster Front, doch hinter ihr reckten Sir Laurence und Elliot Pierce die Köpfe.

Heiß und verräterisch schoß das Blut in Lucys Wangen. Gott im Himmel, welcher Wahnsinn hatte sie überkommen, sich derart gehen zu lassen?

Die Antwort lag auf der Hand: Ivan Thornton. Er war der Wahnsinn, von dem sie besessen war. Er schien sie zu allem bringen zu können, was er wollte. Sie hatte sich fast von ihm verführen lassen. Nein, die Wahrheit war: Sie *hatte* sich von ihm verführen lassen. Nur durch Zufall war es nicht zum Äußersten gekommen.

»Ich wäre Ihnen sehr dankbar, wenn Sie uns kurz allein ließen«, grollte Ivan. »Ihr wart schon zu lange allein«, gab Lady Westcott zurück. »Ich wäre dir dankbar, wenn *du* aus Miss Drysdales Schlafzimmer verschwinden würdest.«

Lucy stand hinter Ivan, und obwohl sie zu Tode erschrocken war, stieß sie ihn an:

»Geh nur, geh«, flüsterte sie ihm zu.

Er wandte sich zu ihr um, und ihre Blicke trafen sich. Sein Verlangen war noch immer deutlich in seinen Augen zu lesen. Doch es war vorbei, das wußte Lucy in dieser Sekunde. Man würde sie mit Schande nach Somerset zurückschicken.

Dann fiel Ivans Blick auf ihren Busen, und Lucy sah mit Schrecken den verräterischen nassen Fleck auf ihrem Mieder.

Ihre Hand flog zu ihrer Brust, während ihr das Herz bis zum Halse schlug. »Geh jetzt, bitte«, flüsterte sie lautlos. Dann drehte sie sich um, ging zum Fenster und starrte in die Nacht hinaus.

Sie hörte Ivan gehen. Er nahm seinen Rock und seine Weste vom Bett und ging zur Tür.

Während dieser peinlichen, endlosen Sekunden hatte Lady Westcott geschwiegen. Doch Sir Laurence murmelte ständig vor sich hin: »In seinem eigenen Hause – ein unschuldiges Mädchen – widerwärtig ...«

Dann sagte Elliot Pierce etwas, das Lucy nicht verstehen konnte, doch Ivans Antwort hörte sie: »Das kostet dich deine Haut!«

Lucy drehte sich rasch um und sah die beiden Männer einander gegenüberstehen, draußen im Korridor, direkt vor der offenen Tür. Elliot bot ein Bild ungezwungener Arroganz, Ivan stand stocksteif mit geballten Fäusten.

»Nenne mir nur Ort und Zeit, Thornton, ich werde dasein.«

»Nein!« schrie Lucy. Sie sah die beiden Männer an. Obwohl sie den Grund ihrer plötzlichen Feindschaft nicht verstand, wußte sie, daß es etwas mit ihr selbst zu tun haben mußte. »Er hat nichts damit zu tun, Ivan, nichts! Ich will nicht, daß ihr beide euch wie zwei Raufbolde aufführt, obwohl ihr euch so nahe steht wie Brüder.«

»Danke, Miss Drysdale«, sagte Elliot lächelnd und neigte sein Haupt.

»Genug davon!« rief Lady Westcott. »Ivan, ich möchte

dich in der Bibliothek sehen, nachdem ich mit Miss Drysdale gesprochen habe.«

Die Männer gingen, und die Tür fiel mit einem anklagenden Geräusch zu. Lady Westcott blickte Lucy schweigend an. »Nun«, sagte sie schließlich. Sie kam auf Lucy zu, den Stock mit dem Kristallknauf in der Hand. »Ich habe mir das selbst zuzuschreiben.«

»Sie?« Das hatte Lucy nicht erwartet, nachdem sie doch nun endgültig Lady Westcotts Pläne mit Ivan und Valerie zunichte gemacht hatte. Sie hatte damit gerechnet, daß die alte Frau ihr wütende Vorwürfe machen und sie hinauswerfen würde. Und dazu hatte sie auch das Recht.

»Ich hätte ihn besser im Auge behalten sollen. Und Sie auch«, fügte die Gräfinwitwe hinzu und blickte Lucy durchdringend an.

»Es ist wohl kaum Ihre Schuld«, murmelte Lucy. »Sie hatten mich als Anstandsdame eingestellt. Ich hätte es besser wissen müssen – und jetzt weiß ich es besser. Die Schuld liegt ganz bei mir.«

Lady Westcott tappte mit der Fußspitze auf den Boden. »Bis morgen nachmittag wird jedermann Bescheid wissen. Wir müssen schnell handeln.«

Lucy nickte. »Ich werde sofort anfangen zu packen. Soll ich … Würden Sie … Kann Simms mich von irgend jemand zur Poststation bringen lassen?«

»Zur Poststation? Wenn Sie sich jemals wieder in anständiger Gesellschaft bewegen wollen – sogar wenn es nur auf dem Lande sein sollte –, dann gibt es nur eine Handlungsweise, Miss Drysdale. Und das ist nicht die Flucht.«

Lucy starrte Lady Antonia verständnislos an. »Sie möchten doch sicher nicht, daß ich weiter als Valeries Anstandsdame hierbleibe. Das würde auch ihren Namen in den Skandal verwickeln. Das wollen Sie doch bestimmt nicht.«

»Ich will diese Angelegenheit auf die einzig korrekte Weise zu Ende bringen. Ich will, daß Sie meinen Enkel heiraten, und zwar so schnell wie möglich. Natürlich wird es Gerede geben. Doch wenn Sie erst verheiratet sind, wird man diesen Ausrutscher der großen Leidenschaft zuschreiben, die er und Sie füreinander empfinden. Also«, fuhr sie fort, »schlage ich vor, daß Sie auf der Stelle an Ihre Mutter und Ihren Bruder schreiben. Ich werde gleichfalls heute abend einen Boten nach Somerset schicken, um Ihre Verwandten von der bevorstehenden Hochzeit zu informieren und sie einzuladen. Wenn sie kein eigenes Haus in der Stadt haben, können sie hier wohnen.«

Sie hielt inne und sah Lucy erwartungsvoll an. »Sie wollen doch Ihre Familie bei der Hochzeit dabeihaben, nicht wahr?«

Lucy starrte die Frau mit ungläubig geöffnetem Mund an, unfähig zu verstehen, was diese sagte.

Bevorstehende Hochzeit? Ihre und Ivans Hochzeit?

Sie schüttelte verständnislos den Kopf. »Lady Westcott, ich fürchte, das wird nicht möglich sein.«

»Und ob das möglich ist. Sie haben alle meine Pläne zuschanden gemacht, junge Frau. Sie haben Ivan verführt, obwohl Sie wußten, daß ich andere Pläne mit ihm hatte. Das wenigste, was Sie jetzt tun können, ist, die Dinge wieder in Ordnung zu bringen. Es geht hier nicht nur um *Ihren* Ruf, wissen Sie. Sie haben sich rücksichtslos benommen, und dem muß jetzt ein Ende gesetzt werden.«

Indem sie so sprach, stelzte Lady Westcott aus dem Zimmer, ähnlich wie kurz zuvor Ivan, und schloß energisch die Tür hinter sich.

Lucy war von allem, was in so kurzer Zeit auf sie eingestürmt war, so verwirrt, daß ihr nur ein Satz darauf einfiel: »Ivan wird dem nie zustimmen«, rief sie Lady Antonia durch die geschlossene Tür nach, »er wird nicht zustimmen! Und ich auch nicht!« Die letzten Worte unterstrich sie durch zorniges Aufstampfen. Doch die Tür dämpfte ihre Stimme, und der Teppich verschluckte ihre wütende Geste.

Trotzdem hörte Antonia Lucys Ausruf, doch sie glaubte nicht daran.

Auf dem Gesicht der Gräfinwitwe ging ein Lächeln auf, und ihre Augen glänzten triumphierend, als sie zur Bibliothek ging. Sie stand nahe vor dem Ziel, sehr, sehr nahe. Ihr letzter Notnagel hatte gehalten, und jetzt ging es nur noch um Ivan. Wenn sie sein Verhalten richtig deutete, so war er bereit, den Sprung zu tun.

Sie durfte jetzt nur nicht zu eifrig erscheinen.

Vor der Bibliothek blieb sie stehen. Sie roch den Rauch von Tabak, aber kein Laut war drinnen zu hören. Wahrscheinlich waren jetzt alle da drin und stierten sich gegenseitig an. Langsam und tief atmete sie ein. Sie würde nun sehr behutsam vorgehen und ihre Worte vorsichtig abwägen müssen. Aber sie fühlte sich ihrem Vorhaben gewachsen.

Ivan würde ihr nicht entwischen, nicht dieses Mal. Sie hatte ihren Köder sorgfältig ausgelegt.

Ivan räkelte sich in dem schweren Ledersessel und sah dem Rauch nach, der von seiner Zigarre aufstieg. Er rauchte, um Lord Dunleith zu ärgern – und um seine Hände davon abzuhalten, Elliot zu erwürgen. Lieber würde er den Mann zur Hölle schicken, als ihn noch einmal in Lucys Nähe zu lassen. Und er wußte schon genau, wie er das anfangen würde.

Jetzt kam die alte Hexe herein, aufrecht, als habe sie ihren Besen verschluckt. Entschlossen. Ivan betrachtete sie so gleichmütig wie nie zuvor.

Die Alte hatte ein eiskaltes Herz und Nerven wie Drahtseile. Sie versuchte, das Leben ihrer Verwandten ebenso zu kontrollieren wie die riesigen Besitztümer, um die ihr Sohn sich nie gekümmert hatte. Sie hatte die Grundstücke und Gelder der Familie besser verwaltet als so mancher Mann. Doch wenn es darum ging, Menschen zu manipulieren, versagte sie kläglich.

Einen Augenblick lang fragte Ivan sich, wie wohl das Leben seines Vaters verlaufen war – mit einer solchen

Mutter. War seine totale Unfähigkeit vielleicht seine Art gewesen, sich gegen seine Mutter aufzulehnen?

Ivan runzelte die Stirn. Es interessierte ihn nicht die Bohne, weshalb sein Vater ein rückgratloser Versager gewesen war. Er jedenfalls wollte nicht in seine Fußstapfen treten.

Lady Westcott blieb unter der Tür stehen und blickte Ivan an. »Wenn ich gewußt hätte, was du heute abend vorhattest, dann hätte ich eine andere Gästeliste aufgestellt.«

»Ich wäre wohl auch auf dieser Liste zu finden gewesen«, bemerkte Elliot.

»Jetzt reicht's aber, junger Mann«, erboste sich Lord Dunleith. »Eine solche Unverschämtheit lassen wir ...«

»Sie würden die Liste anführen«, sagte Lady Westcott zu Elliot, »natürlich hinter meinem unmoralischen Enkel.«

»Ich gratuliere, Madam«, warf Ivan ein, »Sie haben das Zeug zu einer erstklassigen Kupplerin. Sollte ich je eine Orgie planen, werde ich mich zuerst mit Ihnen beraten.«

»Jetzt reicht's aber!« wiederholte Lord Dunleith und kam schnaufend auf die Füße. »Ich lasse nicht zu, daß Sie Antonia derartig beleidigen. Und Sie sollen aus der heutigen Affäre auch nicht ungeschoren davonkommen.«

Er stand Ivan gegenüber und schüttelte seine gichtige Faust. »Da Miss Drysdale hier niemanden hat, der ihre Ehre verteidigt, werde ich diese Aufgabe übernehmen. Erklären Sie sich, Westcott, sonst sehe ich mich gezwungen, Sie herauszufordern.«

Ivan sog an seiner Zigarre und blies einen vollkommenen blaugrauen Rauchring. »Sie wollen mich herausfordern?« Er grinste den wütenden alten Mann an. »Vermutlich auf Schwerter, wie?«

»Glauben Sie ja nicht, daß ich mit Ihnen nicht fertig werde«, schimpfte Lord Dunleith.

»Und falls es Ihnen doch nicht gelingen sollte, werde ich es tun«, fiel Elliot ein.

Sofort flackerte Ivans Zorn wieder auf. Elliot brauchte

sich nicht einzubilden, er könne sich hier als Lucys edlen Retter aufspielen und dadurch ihre Zuneigung gewinnen. Das kam gar nicht in Frage. Ivan legte die Zigarre in den Aschenbecher und betrachtete kalt den Mann, den er so viele Jahre für seinen Freund gehalten hatte. »Ich glaube, es fällt dem Herausforderer zu, Ort und Zeit zu nennen?«

»Es wird kein Duell geben!« fiel Lady Westcott ein. »Das lasse ich nicht zu.«

»Ihre Wünsche sind mir gleichgültig, Madam, und sind es immer gewesen«, antwortete Ivan bissig.

Lady Westcott musterte ihn verächtlich. »Mein Gott, du bist noch schlimmer, als ich dachte. Du hast mit der Zuneigung jeder Erbin gespielt, die dir über den Weg lief, ohne einer einen Antrag zu machen. Und jetzt läßt du dich auf eine billige Affäre mit einer Anstandsdame ein.«

»Wenn sie gut genug ist, um die Anstandsdame Ihres Patenkindes zu sein, so ist sie auch gut genug für mich.«

»Ich habe nicht gesagt, sie sei keine respektable Partie. Ganz im Gegenteil. Sie hat zwar weder einen Titel noch eine große Mitgift. Doch eines besaß sie bisher: einen makellosen Ruf. Den hast du ihr jetzt geraubt. Du hast eine unbescholtene junge Frau in den Ruin getrieben. Und weshalb? Nur mir zum Trotz. Wenn du wenigstens ...«

»Ich habe nicht die Absicht, Miss Drysdale zu ruinieren.«

»Ach nein?« rief Lady Antonia. »Glaubst du, dieser Skandal ließe sich unterdrücken?«

»Ich hoffe nicht«, sagte Ivan. Er wandte sich zu Elliot und warf ihm einen warnenden Blick zu. »Ich möchte, daß jedermann erfährt, daß ich Lucy Drysdale heiraten werde, daß sie meine Frau und daher für jeden anderen tabu ist.«

Die Reaktionen auf diese überraschende Ankündigung waren interessant zu beobachten. Elliot sah Ivan nachdenklich an und fing dann an zu grinsen. Ob dieses

Grinsen spöttisch oder zustimmend war, ließ sich nicht feststellen.

Die Augen von Lady Westcott verengten sich, als könne sie nicht glauben, was sie eben gehört hatte. Doch dann breitete sich langsam ein Ausdruck der Erleichterung über ihr faltiges Gesicht aus. War es möglich, dachte Ivan, daß ihre Sorge um Lucy stärker war als der Wunsch, ihn mit Valerie zu verheiraten?

Nur Lord Dunleith runzelte die Stirn. »Was sagten Sie? Was hat er gesagt, Toni? Ich habe es nicht verstanden.«

»Er sagte, er würde sie heiraten«, antwortete Lady Westcott, blickte dabei aber Ivan an. »Du, verheiratet mit Miss Drysdale.« Sie schüttelte den Kopf. »Vermutlich sollte ich erleichtert sein, daß wenigstens einer von euch beiden ein wenig Vernunft zeigt.«

Erstaunt fragte Ivan: »Sollte ich dieser Bemerkung entnehmen, daß Lucy nicht vernünftig ist?«

Antonia zuckte mit den Schultern. »Das letzte, was ich von ihr hörte, war, daß eine Heirat mit dir nicht in Frage käme.«

Von allem, was Lucy dazu hätte sagen können, war dies das schlimmste. Obwohl Ivan seine äußere Fassung behielt, wand er sich innerlich, als habe er einen Schlag einstecken müssen. Er streifte die Asche von seiner Zigarre. »Nicht in Frage? Solange sie noch nicht verheiratet ist – in diesem Fall wäre ich aus dem Schneider –, kommt alles in Frage.«

»Vielleicht ist sie über die Aussicht einer Ehe mit dir einfach nicht erfreut«, sinnierte Elliot. »Vielleicht sind ihre Gefühle schon anderweitig vergeben.«

Ivan hätte Elliot das Grinsen am liebsten mit seinen Fäusten aus dem Gesicht geprügelt. »Ich glaube«, sagte er, »daß ich besser als ihr alle über Lucys Gefühle informiert bin. Ihre Gefühle sind der Grund, daß wir dieses Gespräch überhaupt führen.« Er stand auf. »Ich glaube, Lucy und ich brauchen ein kurzes Gespräch unter vier Augen.«

»Ach?« schnaubte Lady Westcott. »Ich werde sie rufen

lassen. Ihr habt fünf Minuten hier in der Bibliothek. Das reicht.«

Sie musterte Ivan und seufzte. »Trotz der wenig idealen Begleitumstände hoffe ich … Ich wünsche dir das Beste, Ivan.« Dann begleitete sie die beiden anderen Männer aus der Bibliothek, und Ivan blieb allein zurück, ihre letzte Bemerkung noch im Ohr.

Sie wünschte ihm das Beste?

Gedankenverloren starrte er auf die Glut seiner Zigarre. Sie hatte ihn schon lange gedrängt zu heiraten. Die Tatsache, daß sie die Braut nicht hatte aussuchen können, mußte an ihrem Stolz nagen. Doch sie schien – wenn auch widerstrebend – mit Lucy Drysdale einverstanden zu sein, sonst hätte sie ihm nicht alles Gute gewünscht.

Er drückte die Zigarre aus und stieß sich aus dem Sessel. Dieses verfluchte Weib! Sie hatte ihn genau da, wo sie ihn haben wollte.

Doch war diese Heirat wirklich das, was sie wollte? Sie hatte sich für ihn eine reiche Erbin gewünscht, ein dummes, hirnloses Gänschen, das den Familienbesitz noch vergrößern sollte. Lucy jedoch war ein reizbarer Blaustrumpf mit einer ziemlich bescheidenen Mitgift.

Tatsache war jedoch, daß er überhaupt nicht beabsichtigt hatte zu heiraten. Ivan ging hinüber zum Tablett mit den Getränken und goß sich ein ordentliches Glas Whisky ein.

Zur Hölle, so hatte er sich das nicht vorgestellt! Er hatte nicht seiner Sinnenlust freien Lauf lassen wollen, um sich dann von seiner Großmutter erwischen zu lassen.

Leise öffnete und schloß sich die Tür, ohne daß er es hörte. Er tat einen Schluck aus seinem Glas, setzte es ab, hob es wieder an und trank den restlichen Inhalt in einem Zug. Dann drehte er sich um – und sah Lucy.

Sie stand an der Tür, als wäre sie bereit, jeden Moment die Flucht zu ergreifen. Sie hatte ihr Haar und ihre Kleidung in Ordnung gebracht. Trotzdem sah sie verändert aus.

Ihre Lippen waren zerbissen und geschwollen, ihre Wangen gerötet. Ivan kam der Gedanke, daß er, wenn er auf ihre Brust starren würde, durch den Stoff ihre Brustwarzen sich aufrichten sehen könnte.

Wie er sie begehrte!

Doch, falls er ihren Gesichtsausdruck richtig deutete, begehrte sie ihn im Moment keineswegs. Sie musterte ihn mit wachsamen Augen.

Ihren Entschluß niederzuringen bedeutete für Ivan eine Herausforderung.

»Weshalb willst du mich nicht heiraten?« fragte er ohne Umschweife.

Lucy reckte das Kinn vor. »Wir passen nicht zusammen, das müssen Sie doch selbst sehen.«

»Ich habe Geld, Land und einen Titel. Ist das nicht der Wunschtraum jeder Frau?«

»Wenn das mein Wunschtraum wäre, könnte ich schon seit zehn Jahren verheiratet sein und vier oder fünf Kinder haben.«

»Ich verstehe. Also, was willst du?«

»Das könnte ich Sie fragen, Mylord.«

»Mylord? Nachdem, was beinahe zwischen uns passiert wäre – und was passieren wird -, nennst du mich Mylord?«

Lucy schluckte, und Ivan war fasziniert von der zarten Bewegung ihres Halses. Am liebsten hätte er sie auf der Stelle geküßt.

»Zwischen uns wird nichts mehr passieren. Ich werde nach Somerset zurückkehren.«

»Das wirst du verdammt noch mal nicht!«

Sie schluckte wieder. »Ich werde nach Somerset zurückkehren und Sie – Sie können Ihren unseligen Krieg mit Ihrer Großmutter fortführen.«

Lucy sah so mutig und gleichzeitig so zerbrechlich aus, daß Ivan trotz seiner schlechten Laune Mühe hatte, ein Grinsen zu unterdrücken. Ein Leben mit Lucy würde niemals langweilig werden. »Du hast meine Frage nicht beantwortet. Was suchst du in einem Ehemann?«

»Ich will überhaupt keinen Ehemann. Und Sie wollen keine Ehefrau«, fügte sie hinzu. »Warum also darüber reden?«

»Je länger ich darüber nachdenke, um so besser gefällt mir die Vorstellung, eine Ehefrau zu haben. Zumindest würde mich dann niemand bei einem Liebesakt mit ihr unterbrechen.«

Wie er es erwartet hatte, errötete Lucy. Ivan durchquerte den Raum und blieb auf Armeslänge vor ihr stehen. »Niemand würde uns unterbrechen, Lucy. Wären wir verheiratet, könnten wir uns gleich hier auf den Seidenteppich legen, und ich könnte dir den letzten Faden vom Leib reißen«, sagte er mit einer Stimme, die durch seine erotischen Fantasien rauh geworden war. »Und du müßtest mich ausziehen. Dann ... Dann wären wir beide sehr froh darüber, miteinander verheiratet zu sein.«

Das Bild, das er sich ausmalte, erregte ihn. Lucy fühlte dasselbe, denn ihr Atem ging flach und schnell, und ihre Augen wurden dunkel vor Verlangen. Ihr Blick wanderte von seinem Gesicht zu seinen Lenden.

»Das ist dein Werk«, flüsterte er. Lucy riß den Blick davon los. »Das ist doch nicht peinlich«, sagte Ivan. »Und das ist mein Werk«, fuhr er fort, indem er die Hand ausstreckte und sanft über ihre harte Brustwarze rieb.

Mit einem kleinen, erschrockenen Schrei wich Lucy zur Seite. Ivan lehnte sich gegen die Tür und versuchte, seine Ruhe wiederzufinden. Er mußte lernen, sich besser zu beherrschen, aber es gelang ihm nicht. Ihm war, als müsse er bersten vor Begehren.

»Körperliche Lust ist keine ausreichende Grundlage für eine Ehe«, sagte Lucy mit erstickter Stimme.

»Gut, dann werde meine Geliebte!«

»Das werde ich nicht!«

Ivan sah ihr ins Gesicht. »Ich habe das nicht ernst gemeint, Lucy. Und wenn du glaubst, du könntest dich vor mir hinter diesem Tisch verstecken, so nützt das gar nichts.«

»Ich werde dich nicht heiraten.«

Er ging auf sie zu. »Warum nicht, zum Teufel?«

»Weil – weil wir einander zutiefst unglücklich machen würden.«

»Wohingegen es dich zutiefst beglücken würde, gesellschaftlich ruiniert zu sein und für den Rest deines Lebens eine Ausgestoßene zu bleiben.« Ivan beugte sich vor und blickte ihr fest in die Augen. Er konnte sehen, daß seine Worte sie getroffen hatten.

Doch Lucy konterte mutig: »Mit der Zeit wird der Klatsch nachlassen.«

»Nur, wenn du dich auf dem Land vergräbst.«

Lucy schüttelte den Kopf. »Ich werde mich auf eine so unvernünftige Heirat nicht einlassen, gleichgültig, was du sagst.«

Ivans Geduldsfaden begann zu reißen. Lucy schien es ernst zu meinen. Sie lehnte es ab, ihn zu heiraten, lehnte ein Angebot ab, über das sie vor Freude einen Luftsprung hätte machen müssen. Er starrte sie an. Sie war genau wie sein Vater. Auch der war jederzeit bereit, mit einer Zigeunerin zu schlafen. Aber wehe, sie wollte die Beziehung legalisieren!

Er war jedoch kein rechtloser Zigeuner, wie seine Mutter es war. Er war Ivan Thornton, Graf von Westcott, Viscount Seaforth und Baron Turner. Er konnte alles haben, was er wollte. Und was er jetzt wollte, war, ihr die ganze Macht vor Augen zu führen, über die er gebot.

»Wir werden innerhalb der nächsten Woche heiraten. Ich werde deinen Bruder schriftlich um deine Hand bitten. Ich bin sicher, daß er vernünftiger ist als du.«

»Du kannst mich nicht dazu zwingen, Ivan. Wir würden es beide bereuen.«

»Ich bereue es jetzt schon«, bemerkte er giftig. Er faßte über den Tisch hinweg, ergriff sie beim Arm und zog sie gegen den harten Tisch. »Gib nach, Lucy! Du hast keine andere Wahl.« Dann küßte er sie, rücksichtslos und brutal, um ihr zu zeigen, daß sie ihm nichts abschlagen konnte. Er wollte sie für ihren Widerstand bestrafen.

Als sie sich wehrte, hielt er sie fest. Als sie versuchte,

ihr Gesicht wegzudrehen, verstärkte er seinen Griff noch. Und als ihre Lippen sich schließlich seinem Angriff öffneten, als seine Zunge ihr schmeichelte, bis sie weich und nachgiebig war, hätte er am liebsten ihr ganzes Inneres in sich hineingesogen.

Wie konnte sie ihm diesen erbärmlichen Gelehrten vorziehen? Wie hatte sie Pierce nur ansehen können?

Ivan war erregt und so hart wie das Holz des fühllosen Tisches, gegen den sein Körper sich preßte. Er konnte und wollte keine Woche mehr warten!

Dann schmeckte er Lucys warme, salzige Tränen, und die Vernunft kehrte widerstrebend zurück.

Er lockerte seinen Griff. Lucys Gesicht war von Erregung gerötet und naß von Tränen der Verzweiflung. Daß er ihr körperliches Begehren wecken konnte, ohne dabei an ihr Herz zu rühren, trieb Ivan fast zur Verzweiflung.

»Ich werde dich bekommen, Lucy, das ist beschlossene Sache. Es wäre leichter für dich, wenn du dich damit abfändest.« Damit ließ er sie los, drehte sich herum und ging rückwärts zur Tür hinaus. Das letzte, was sie von ihm sah, war der sich deutlich abzeichnende Beweis seines Begehrens.

Niemals, das nahm Ivan sich vor, würde er Lucy wissen lassen, wie nahe er daran gewesen war, die Lust, die sie in ihm erweckte, mit Liebe zu verwechseln.

14

Es war die schrecklichste Woche in Lucys bisherigem Leben. Ivan war ausgezogen. Seit der schlimmen Szene in der Bibliothek hatte sie ihn nicht mehr gesehen. Lady Westcott hatte darauf bestanden, daß es sich für einen Bräutigam nicht schicke, mit seiner Braut unter einem Dach zu wohnen, und Ivan schien sich gefügt zu haben.

Wie sehr Lucy auch widersprach, seine Braut zu sein, man hörte nicht auf sie. Wie oft sie auch darum bat, Ivan sprechen zu dürfen, Lady Westcott ließ ihn nicht holen.

Eine Sonderlizenz zur Heirat, unter Umgehung der üblichen Aufgebotszeit, war beschafft und eilige Vorbereitungen zu einer Hochzeit im kleinen Kreis in der Kapelle St. Mary zu den Erzengeln getroffen worden.

Als eine Schneiderin erschien, um das Hochzeitskleid anzufertigen, verweigerte Lucy die Zusammenarbeit. Doch auch das hielt Lady Westcott nicht auf. »Nehmen Sie die Maße von einem ihrer anderen Kleider. Nähen Sie das Kleid aus blaßblauer Seide, mit flaschengrünen und cremefarbenen Besätzen. Es soll elegant sein, ohne frivol zu wirken, wie es sich für eine Frau ihres Alters gehört.«

»Ich werde es nicht tragen«, beteuerte Lucy. »Und ich werde keinen Mann heiraten, der mich haßt.«

»Er haßt Sie nicht.«

»Er haßt alles und jeden. Sie, mich, sogar seine engsten Freunde.«

Doch Lucy konnte die Gräfinwitwe nicht umstimmen. Dann, drei Tage nach jenem verhängnisvollen Abendessen, traf ihre Familie ein. Nicht nur Graham, sondern, schlimmer noch, auch Hortense, alle Kinder, Lucys Mutter und vier Dienstboten, und es erhob sich ein großes Wehklagen.

»Du wirst uns alle ruinieren!« wütete Graham.

»Ich kann es gar nicht glauben, meine einzige Tochter ...«, weinte Lucys Mutter.

»Arme Prudence«, schluchzte Hortense, »arme Charity und arme Grace. Nach diesem Skandal werden sie nie mehr den Kopf hoch tragen können in der guten Gesellschaft. Und an gute Partien ist gar nicht zu denken.«

»Ich werde dein Taschengeld streichen«, verkündete Graham. »Du wirst auf der Straße sitzen, denn ich lasse dich nie wieder in die Nähe meiner Kinder!«

»O Graham«, jammerte seine Mutter, »nur das nicht!«

Lucy hätte ihre Familie am liebsten angeschrien. Sie wollte davonlaufen, sich irgendwo verkriechen und sich ordentlich ausweinen. Doch auch Weinen würde nichts helfen: Sie saß wie eine Maus in der Falle.

Wenn nur Ivan nicht so eigensinnig auf dieser irrwitzigen Hochzeit bestünde. Und wenn Ivan kein Graf mit großem Vermögen wäre, würde Graham sie nicht so bedrängen. Was Ivans Motive betraf ...

Lucy kam zu dem Schluß, daß sie ungeschickt vorgegangen war. Ivan hatte die Zurückweisung seines Antrags persönlicher aufgefaßt, als sie es beabsichtigt hatte. Er war zu sehr in seinen Gefühlen verletzt gewesen, als daß er die sachlichen Gründe für Lucys Ablehnung hätte erfassen können. Sie wünschte sehr, ein Gespräch mit ihm unter ruhigeren, weniger emotional aufgeladenen Umständen führen zu können.

»Ich werde über das, was du gesagt hast, nachdenken«, schnitt sie Graham das Wort ab. Hortense blinzelte, und Lucys Mutter hörte auf, sich die Augen mit einem Taschentuch zu tupfen.

»Du solltest sehr gut darüber nachdenken«, gab Graham zurück und zupfte ungeduldig an seiner Weste.

»Ich glaube, ich werde mich ein wenig hinlegen«, sagte Lucy und unterdrückte eine schärfere Antwort. »Das Abendessen werde ich auf meinem Zimmer einnehmen«, fügte sie, zu Lady Westcott gewandt, hinzu und zog sich dann hastig zurück.

Doch als sie allein und ohne Ablenkung in ihrem Zimmer auf und ab ging, fühlte sie sich schlechter als zuvor. In zwei Tagen sollte sie mit Ivan verheiratet werden. Das Haus stand Kopf infolge der Vorbereitungen, und in den Zeitungen waren Heiratsankündigungen veröffentlicht worden.

Lucy setzte sich auf die Fensterbank und starrte hinab auf die Straße. Warum sich gegen das Unausweichliche wehren? Jede andere unverheiratete Frau ihres Alters wäre aus dem Häuschen vor Freude, sich einen gutaussehenden, reichen Mann wie den Grafen von Westcott geschnappt zu haben. Bestimmt gab es viele junge Damen, die gern an ihrer Stelle gewesen wären. Er wehrte sich nicht gegen die Heirat, warum also sie?

Weil sie ihn liebte, er aber nicht sie.

Unglücklich seufzte sie. Es hatte keinen Zweck, sich noch länger etwas vorzumachen. Es war nicht nur Lust, die sie für Ivan empfand, nicht nur körperliches Begehren nach einem Mann, dem die Frauen zu Füßen lagen. Nein, irgendwann war viel mehr daraus geworden. Er war nicht so rauh und verwegen, wie er sich gab, und auch nicht unempfindlich gegen Beleidigungen. Er war ein Mann, der die Liebe nie kennengelernt hatte und dem nicht bewußt war, daß er Liebe brauchte. Aber gerade das machte ihn für sie so liebenswert. Sie wollte ihn mit Liebe umgeben, ihn durch ihre Liebe beschützen, ihn durch diese Liebe glücklich machen.

Nur wollte er ihre Liebe gar nicht. Und was er ihr geben wollte, waren ein Titel, herrliche Häuser und ein großzügiges Taschengeld. Alles, was er dafür verlangte, war der Gebrauch ihres Körpers. Weiter würden seine Gefühle für sie nie gehen.

Diese bittere Wahrheit brachte sie zum Weinen.

Die Ungleichheit in dieser Beziehung machte ihr Angst. Zu lieben und nicht wiedergeliebt zu werden – das würde sie nicht aushalten. Dieses Schicksal war unerträglich.

Sie wischte ihre Augen ab und blickte hinaus ins Zwielicht. Auf der anderen Straßenseite fuhr eine Kutsche davon, aus der ein Mann ausgestiegen war, der jetzt dastand und dem Gefährt nachsah. Lucy fühlte sich an die Nacht erinnert, in der sie beobachtet hatte, wie Ivan sich von jener Frau verabschiedet hatte, und ihr Herz wurde noch bedrückter.

Was sollte sie tun, wenn er nach der Hochzeit weiterhin solche Frauenzimmer traf?

Damit mußte sie rechnen, denn weshalb sollte er sich ändern? Vielleicht würde er sich sogar eine Geliebte halten, ja, vielleicht hatte er schon eine!

Ihr Magen begann sich nervös zu verkrampfen, und sie sprang auf. Sie versuchte sich einzureden, daß sie sich über etwas aufregte, wofür es keinen Anhaltspunkt gab, daß ihre Fantasie mit ihr durchging. Doch sie war machtlos dagegen.

Sie mußte Ivan sehen und noch einmal versuchen, ihn von dieser Heirat abzubringen, die sie beide nur ins Unglück stürzen konnte.

Es war gar nicht so schwer, Ivan zu finden. Lucy mußte nur heimlich einen der Stallburschen bestechen. Lord Westcott hielte sich bestimmt bei Mr. Pierce und Mr. Dameron in der Tyne Street auf, meinte der Junge. Er wollte sie hinbringen.

»Er ist bei Mr. Pierce? Bist du sicher?«

»Dort ist er oft, ebenso Mr. Blackburn. In dem Viertel leben viele Junggesellen.« Der Junge zögerte. »Wollen Sie wirklich dorthin gehen, Miss?«

»Ja«, sagte Lucy und gab ihm noch einen Shilling. »Laß uns gehen.«

Das Haus, vor dem sie schließlich standen, war still, nur einige Lampen brannten. »Keiner daheim«, berichtete der Junge. »Der Butler sagt, sie wären oft bis spät in der Nacht weg.

Bis spät in der Nacht – wer weiß, wie lange das dauern würde. Lucy überlegte, was sie nun tun solle: warten oder zum Berkeley Square zurückkehren. »Ich würde Lord Westcott gerne eine Notiz hinterlassen. Frag den Butler, ob er mich in den Salon führen würde«, sagte sie und stieg aus der Kutsche. »Sag ihm, daß ich Feder, Tinte und Papier brauche.«

Lucy fiel es schwer, die richtigen Worte zu finden. Obwohl sie immer stolz darauf gewesen war, wie gut sie sich schriftlich ausdrücken konnte, wies das vor ihr liegende Blatt viele durchgestrichene Zeilen auf.

Sie fragte sich schon, ob sie den Text je zu Ende bringen würde, als sie Schritte in der Halle vernahm. – Ivan? Hoffnung und Furcht vermischten sich in ihrem Gemüt, als sie aufsprang.

Doch es war nicht Ivan, sondern Mr. Pierce, der über ihre enttäuschte Miene lächelte. »Anscheinend bin nicht ich es, den Sie erwartet haben.«

Er trat weiter in den Raum, streifte seine Handschuhe ab und öffnete seine Rockknöpfe. »Wenn Sie ihn sprechen wollten, hätten Sie ihm nur eine Nachricht zu senden brauchen, und er wäre zu Ihnen gekommen.«

»Niemand wollte ihm eine Botschaft übermitteln. Daher beschloß ich, selbst zu kommen.«

»Er wird sich sehr freuen, Sie zu sehen. Soll ich Sie zu seinen Räumen bringen, damit Sie sich auf seine Ankunft vorbereiten können?«

Mißbilligend schürzte Lucy die Lippen. »Deswegen bin ich nicht gekommen.«

Mr. Pierce dachte kurz nach. »Wenn nicht deswegen, weshalb dann?«

»Nicht, daß es Sie etwas anginge, aber – aber ich wollte mit ihm über – über unsere bevorstehende Heirat sprechen.«

»Verstehe. Und nachdem Sie ihn nicht antrafen, schrieben Sie ihm eine Notiz?«

Lucy griff nach den drei zerknitterten Blättern. »Ja.«

Elliot streckte die Hand aus. »Dann geben Sie sie mir. Er bleibt vielleicht noch ziemlich lange aus. Aber ich kann sie ihm bringen, wenn Sie das wünschen. Ich habe eine ungefähre Vorstellung davon, wo er sich aufhalten könnte.«

Lucy nagte an der Innenseite ihrer Wange. Auch sie

hatte eine ungefähre Vorstellung, und diese Vorstellung versetzte ihr einen Stich ins Herz. Sie nickte. »In Ordnung. Lassen Sie mich noch unterschreiben und den Brief versiegeln.«

»Wenn ich den Brief lesen wollte, würde mich ein Wachssiegel nicht davon abhalten«, schmunzelte Elliot.

Lucy stellte die Stacheln auf. »Ich dachte, Sie wären sein Freund.«

»Das bin ich auch, obwohl er in der letzten Zeit ein wenig unfreundlich zu mir war. Aber wir haben unsere Mißverständnisse in den letzten Tagen beseitigt.«

»Trotzdem möchte ich nicht, daß Sie meine Zeilen lesen.«

»Sie müssen einfach auf Ihr Glück vertrauen, Miss Drysdale. Wenn Ivan diesen Brief erhalten soll, so kann das nur durch mich geschehen.« Er löste seine Halsbinde und ließ sich in einem Sessel nieder. »Ich schlage vor, Sie schreiben zu Ende.«

Elliot ließ sich von Lucys durchbohrenden Blicken nicht beeindrucken. Wütend auf ihn und auf alle Männer, setzte Lucy sich wieder und stieß die Feder ins Tintenfaß.

… und so, wie Du sehen kannst, wird diese Heirat keinem von uns Gutes bringen, und Dir schon gar nicht. Das Getuschel über unseren Fehltritt wird lange nicht so beständig sein wie die Folgen einer unbedachten Eheschließung.

Ich wünsche Dir das Beste für Deine Zukunft und hoffe aufrichtig, daß Du eine Frau findest, die Du lieben und achten kannst und die diese Gefühle auch Dir entgegenbringt.

In Freundschaft,

Sie hielt inne. In Freundschaft? Sie würde ihn immer lieben und nichts für sich wünschen als seine Liebe. Traurigerweise war er gerade zu dieser Liebe nicht fähig.

In Freundschaft,
Lucy Drysdale

P.S. Mr. Elliot Pierce hat möglicherweise diesen Brief gelesen. Ich hoffe, daß Dir diese Tatsache kein zusätzliches Unbehagen bereitet.

Lucy faltete die drei Blätter, steckte sie in einen Umschlag und versiegelte sie mit dem Wachs einer brennenden Kerze, in das sie das Muster vom Griff eines Brieföffners, der auf dem Tisch lag, hineindrückte.

»Hier. Brechen Sie das Siegel, wenn Sie es unbedingt wollen. Aber versprechen Sie mir, daß Sie ihm den Brief heute noch übergeben.«

»Ich schwöre es bei dem Blut meines unbetrauerten Vaters.«

Lucy gab Mr. Pierce den Umschlag, dann stand sie auf, und nachdem er sich nicht rührte, fragte sie: »Wollen Sie ihn denn nicht suchen?«

Er blickte lächelnd zu ihr auf und drehte die Botschaft in den Fingern. »Sie sind nicht von der Sorte, die er gewöhnlich hat.«

Lucy war sowieso schon deprimiert, doch diese unerfreuliche Bemerkung stieß sie noch tiefer hinab. »Das ist mir bekannt.«

»Andererseits, mit all diesen Frauen hat er nur gespielt – oder sie körperlich benutzt«, fügte er hinzu. »Aber vielleicht waren die nicht von seiner Sorte, sondern Sie.«

Lucy wünschte von Herzen, daß es so wäre. »Er glaubt, daß zwischen uns etwas vorgeht – zwischen Ihnen und mir«, sagte sie mit einer nervösen Handbewegung.

Er lächelte. »Ja, das glaubt er. Aber zweifellos wird dieser Brief ihn über sein Mißverständnis aufklären.« Er stand auf, um sie zur Tür zu begleiten. »Wenn Sie nicht weiteres Öl in die Flammen der Gerüchte gießen wollen, sollten Sie jetzt lieber gehen, Miss Drysdale. Wir wollen doch nicht, daß irgend jemand auf die Idee käme, es ginge tatsächlich etwas zwischen uns beiden vor.«

Lucy trat aus dem Haus, doch mit jedem Schritt, den sie die Treppe hinunter tat, wuchs ihre Besorgnis. Was, wenn Mr. Pierce Ivan den Brief nicht gab? Oder wenn er aus unerfindlichen Gründen Ivans Verdacht bezüglich eines Einverständnisses zwischen ihr und ihm noch schürte?

»Sie werden ihm doch meinen Brief geben?«

»Selbstverständlich.«

»Schwören Sie es?«

»Wozu soll das denn gut sein? Wenn ich so hinterhältig bin, Ivan den Brief nicht zu geben, dann bin ich sicher auch hinterhältig genug, Ihnen alles zu versprechen, was Sie hören wollen.«

Lucy runzelte die Stirn. »Ich glaube, ich möchte meinen Brief wiederhaben.«

Sie stand eine Stufe unter ihm, und er sah durch die Dunkelheit auf sie herab. »Gehen Sie heim, Miss Drysdale, und glauben Sie mir, daß Ivans Wohlergehen mir am Herzen liegt.« Dann, ohne eine Vorwarnung, umfaßte er ihr Kinn mit einer Hand und drückte ihr einen schnellen Kuß auf die Stirn.

Lucy stolperte rückwärts, schockiert, aber nicht durch ein Gefühl der Ungehörigkeit. Weder die Art seines Kusses noch sein Lächeln ließen auf mehr als eine brüderliche Art der Zuneigung schließen. Doch gerade das hatte sie von Mr. Pierce nicht erwartet. Sie wußte nicht, was sie sagen sollte.

»Gute Nacht, Lucy. Süße Träume.«

Lucy stieg in die Droschke und sah ihn durch die Fensteröffnung an. »Gute Nacht«, antwortete sie, verwirrt und doch auf seltsame Weise beruhigt.

Die berittene Gestalt im Schatten der gegenüberliegenden Häuser war nicht so beruhigt. Wütend über den Anblick, niedergeschmettert – aber beruhigt? Keinesfalls.

Ivan starrte der davonrollenden Kutsche nach und rang nach Atem. Die Szene hatte ihn erwischt wie ein heimtückischer Tiefschlag. Dieses niederträchtige kleine Flittchen!

Sein Blick schweifte zurück zum Haus, und sein Schmerz wurde so heftig, daß sein Pferd nervös zu tänzeln begann. Er gab ihm die Sporen, und noch ehe die Haustür hinter Elliot zugefallen war, war Ivan schon vom Pferd gesprungen und rannte die Stufen hinauf. Als er hineinstürzte, fand er Elliot auf der Innentreppe sitzend, die Ellenbogen auf die Knie gestützt und einen Brief zwischen den Fingern drehend.

»Suchst du mich?«

Ivan beherrschte den Drang, seine Faust in Elliots grinsendes Gesicht zu schlagen. Nach zwanzig Jahren sollte er allmählich wissen, daß Elliot nie etwas ohne eine Absicht tat. Und diese Absichten waren oft abenteuerlich, denn der Mann fürchtete nichts und niemand und ließ sich durch nichts aufhalten. Doch auf seine unkonventionelle Weise war er immer loyal zu seinen Freunden gestanden. Noch nie hatten sie bisher wegen einer Frau gestritten, überlegte Ivan. Allerdings hatten sie auch noch nie eine Frau wie Lucy kennengelernt.

Er ging auf Elliot zu und blieb unmittelbar vor ihm stehen. »Was zum Teufel geht hier vor?«

Elliot schenkte ihm ein sarkastisches Grinsen. Er hielt Ivan den Brief entgegen. »Ich glaube, das wird einiges erklären. Er ist für dich. Von der entzückenden Miss Drysdale«, fügte er süffisant hinzu.

Ivan stierte ihn an, dann riß er ihm den Umschlag aus der Hand. Er erbrach das provisorische Siegel, stellte sich unter eine der Wandlampen und fing an zu lesen.

… Wir sollten nicht heiraten … ein schrecklicher Fehler …

Drei Seiten schwacher Ausreden, die der Wahrheit sorgfältig aus dem Weg gingen. Ivans Zorn steigerte sich mit jeder Zeile, die er las.

… Ich wäre eine miserable Gräfin. Du verdienst jemanden, der dem Titel Ehre macht und die Rolle Deiner Gemahlin würdig ausfallt. Du solltest jemanden heiraten, der Dir etwas bedeuten kann.

Ivan zerdrückte das Pergament in seiner Faust. Eine Frau, die ihm etwas bedeutete? So ein Schwachsinn. Sie sprach von sich selbst, nicht von ihm. *Sie* wollte jemanden heiraten, der ihr etwas bedeutete. Jemanden, den sie lieben konnte. Und diese Person war offensichtlich nicht er.

Daß diese törichte Skrupelhaftigkeit wahrscheinlich der Grund dafür war, daß sie noch immer keinen Mann hatte, tröstete Ivan kaum. Und daß er vermutlich nur einer von vielen abgewiesenen Anwärtern war, machte die Sache auch nicht besser.

Tatsache war und blieb, daß sie lieber von der Gesellschaft ausgestoßen als die reiche, respektierte und bewunderte Ehefrau des Grafen von Westcott war. Anscheinend zog sie das schlimmste Schicksal einer Ehe mit ihm vor.

»Na, wird die Heirat jetzt abgesagt?« schnurrte Elliot. »Hat sie dich abgewiesen oder dir eingeredet, dein Angebot zurückzuziehen? Ich frage mich, wie ein wahrer Gentleman sich verhalten soll, wenn er sich einer derart widerstrebenden Braut gegenüber sieht.« Er dachte einen Moment lang nach. »Falls du dein Angebot zurücknimmst, stünde sie als Opfer da, während du der Schurke warst. Die Öffentlichkeit würde mit ihr fühlen, und ihr Ruf wäre vielleicht nicht ganz so arg geschädigt. Trotzdem wäre sie öffentlich gedemütigt. Du dagegen würdest dich nicht schlechter befinden als jetzt: Du wärst nach wie vor der Bastard-Graf, der sich keinen Deut um irgendwas oder irgendwen schert. Das ist doch der Ruf, der dir behagt, nicht wahr?«

Langsam hob Ivan den Kopf und blickte Elliot eisig an. Anfangs hatte die Eifersucht ihn fast übermannt, doch nun hatte er sich wieder unter Kontrolle. »Wo liegt dein Interesse in dieser Angelegenheit, Elliot?«

Elliot zuckte die Achseln, lehnte sich gegen die Stufen und stützte sich auf die Ellenbogen. »Ich langweile mich. Die Geschäfte laufen gut, da gibt es keine Herausforderungen mehr. Deinen Satelliten zu spielen und wohlerzogene junge Damen zu schockieren hat keinen Unterhaltungswert mehr. Aber nun diese neue Wendung: Du hechelst hinter einer blaustrümpfigen alten Jungfer her, und sie weist dich ab.« Wieder zuckte er mit den Schultern. »Das ist bei weitem die beste Unterhaltung, seit wir wieder in der Stadt sind.«

»Stellst du denn Berechnungen an, wer gewinnen wird – ich oder Lucy?«

Elliot grinste. »Giles ist naiv genug zu glauben, daß das Kätzchen sich zu nichts zwingen läßt, was es nicht will. Alex dagegen meint, daß Titel und Geld immer die Oberhand behalten. Sein Rat wäre, daß du ihr einen so günstigen Ehevertrag anbietest, daß sie ihre Position überdenken muß. Das Geld wird sie zum Nachgeben bewegen, solange du die unabhängige Miss Drysdale wissen läßt, daß sie mit diesem Geld anfangen kann, was sie möchte.« Sein Grinsen verstärkte sich. »Vielleicht möchte sie zu kurz gekommene Gelehrte unterstützen.«

Ivans Finger krampften sich um Lucys Brief. Verdammt wollte er sein, wenn seine Frau hinter idiotischen Gelehrten wie Sir James Mawbey herrennen würde. »Und wie lautet deine Meinung?«

Elliot erhob sich. »Ich setze auf Miss Drysdale. Ich habe großes Vertrauen in sie, denn sie zeigt Vernunft in ihrem Benehmen und Leidenschaft in ihren Überzeugungen.«

Daß jemand anders das Wort Leidenschaft in Zusammenhang mit Lucy erwähnte, stachelte Ivan auf. Er wußte, daß Elliot ihm einen Köder vor die Nase hielt, doch es war schwer, nicht danach zu schnappen.

»Es sind genau diese Leidenschaften, die sie letztendlich vor den Altar bringen werden«, antwortete Ivan.

»Mit dir?«

»Mit mir.«

»Möchtest du darüber eine freundschaftliche Wette eingehen?«

Ivan betrachtete den Mann. Elliot zeigte ein seltsames Interesse an Lucy, und obwohl er bald mit ihr verheiratet sein würde, konnte es nicht schaden, Elliot von ihr fernzuhalten. »Sobald ich sie am Donnerstag geheiratet habe, verläßt du die Stadt, nein, besser das Land. Für mindestens ein Jahr. Das soll dein Einsatz sein«, fügte er hinzu.

Elliot kratzte sich am Kinn. »Und wenn du sie am Donnerstag nicht heiratest, machst du den Weg für einen anderen Bewerber frei.«

Ivan ballte die Fäuste. »Für dich?«

»Wäre es dir lieber, sie bliebe ihr Leben lang ledig?«

Lucy sollte nicht mehr lange ledig bleiben, das schwor sich Ivan, als er wenige Minuten später durch die mitternächtlichen Straßen Londons ritt. Ein trüber Mond begleitete ihn auf seinem Weg durch die von Lampen beleuchteten Alleen und Gassen zum Berkeley Square. Aus der Ferne heulte ein Hund, andere Hunde fielen ein. Eine Kutsche fegte an Ivan vorbei, doch ansonsten störte nichts seine Gedanken.

Noch heute nacht wollte er Lucys Brief in eigener Person beantworten und alle ihre Zweifel aus dem Weg räumen. Was auch immer sie geschrieben hatte, sie würde den Ruin sicher nicht dem Titel einer Gräfin vorziehen. Oder doch?

Lucy saß am Fenster und bürstete ihr Haar. Es war spät, und als sie sich vorhin über die Dienstbotentreppe zu dem Gang geschlichen hatte, an dem ihr Zimmer lag, waren die Lichter in allen Räumen bereits gelöscht worden. Schnell hatte sie ihr Nachtgewand übergezogen, doch ihre erregten Nerven hatten sie nicht einschlafen lassen.

Würde Elliot Ivan den Brief geben? Würde Ivan den Brief lesen – ihn wirklich lesen – und einsehen, daß eine Heirat ein nicht wieder gutzumachender Fehler wäre?

Sie starrte blicklos aus dem Fenster und fuhr fort, ihr Haar zu bürsten, ohne wie sonst die Bürstenstriche zu zählen. Sie nahm weder die Kutsche wahr, die auf der Straße vorüberfuhr, noch die jagende Katze, die am Zaun entlangstrich und schließlich hinter einigen Büschen verschwand.

Als jedoch ein Reiter in den Platz einbog, war ihre Aufmerksamkeit geweckt.

Es war seine Zielgerichtetheit, die sie aus ihren Gedanken schreckte. Als er geradewegs auf Westcott House zuritt, hielt Lucys Hand mitten in der Luft inne. Ihr Atem stockte, und ihr Herz begann heftig zu schlagen.

War das Ivan? Konnte das möglich sein?

Er war es wirklich.

Vor der Eingangstür hielt er an, sprang aus dem Sattel und blickte genau zu ihr hinauf.

Sie schreckte vom Fenster zurück. Achtlos fiel die Bürste zu Boden, während Lucy zu ihrem Bett huschte und von dort aus ängstlich zum Fenster starrte. Er würde jetzt heraufkommen, das wußte sie. Er hatte ihren Brief gelesen, und jetzt war er außer sich, daß sie die Erniedrigung einer Heirat mit ihm vorzog.

Eigentlich hatte sie damit rechnen müssen, daß er nicht nachgeben würde. Als Kind war er von seiner Familie zurückgestoßen worden. Als Mann ließ er sich nicht mehr zurückstoßen, doch genau das hatte sie in seinen Augen getan. Dabei wäre sie liebend gerne seine Frau geworden, wenn er sie diese Rolle wirklich ausfüllen ließe.

Doch wie sollte sie ihm das klarmachen? Ich liebe dich, aber du liebst mich nicht; und ich kann dich nur heiraten, wenn du mich liebst – nein, das konnte sie nicht sagen. Aber etwas würde sie sagen müssen.

Lucy wandte ihre angstvoll geweiteten Augen vom Fenster zur Tür. Er würde doch sicher nicht hier heraufkommen?

Natürlich würde er das.

Sie wollte zur Tür, um sie zu verschließen, setzte sich aber wieder auf das Bett. Fasse dich! redete sie sich zu. Sie wollte die Sache mit ihm ausdiskutieren, und dies war die Gelegenheit. Aber nicht hier, nicht im Nachthemd. Sie riß ihren Morgenmantel vom Stuhl und ging wieder zur Tür, doch ein Klopfen ließ sie innehalten. Es war kein wütendes, forderndes Klopfen, sondern nur ein dreimaliges leises Pochen. Doch dieses leise Pochen klang wie eine Warnung in ihren Ohren.

»Ich komme«, rief sie, während sie mit den widerspenstigen Ärmeln ihres Morgenmantels kämpfte.

»Nein, ich komme herein.« Im selben Augenblick stand Ivan schon im Zimmer.

Lucy erstarrte. Ihr einer Arm steckte noch immer in dem verdrehten Ärmel fest. Erschrocken starrte sie Ivan an. Er durfte nicht in ihrem Schlafzimmer sein; sie sollten überhaupt nicht hier zusammen sein. Entweder mußte er gehen, oder sie war gezwungen, das Zimmer zu verlassen.

Doch als die Tür mit einem entschlossenen Geräusch zufiel, als Ivan den Schlüssel umdrehte und sich mit ihr einsperrte, war ihr klar, daß keiner von ihnen irgendwohin gehen würde.

Du wolltest mit ihm sprechen, also sprich jetzt, befahl sie sich.

»Hören Sie, Mylord …«

»Sag Ivan«!« Er ging ganz unbefangen auf sie zu. »Laß mich dir helfen.« Er faßte nach dem unbotmäßigen Ärmel ihres Morgenrocks.

»Danke, nein! Ich will ihn *anziehen!*« rief Lucy, als er ihr das Kleidungsstück sacht vom Körper zog. Sie wollte es erhaschen, doch Ivan warf es in eine Ecke.

»Also, Ivan«, begann sie in zurechtweisendem Ton, »du kannst nicht einfach hier hereinstürmen …«

»Zu spät, Lucy. Ich bin schon da.« Er sah sie eindringlich aus brennend blauen Augen an.

Lucy schluckte und verschränkte nervös die Arme vor der Brust. »Wenn du mit mir sprechen möchtest, so können wir das unten in der Bibliothek tun.«

»In der Bibliothek.« Ivan lächelte und ließ seinen begehrlichen Blick über ihren Körper wandern. »Was ich vorhabe, läßt sich besser in einem Schlafzimmer als in der Bibliothek ausführen. Andererseits bin ich durchaus flexibel.«

»Hör auf damit! Du mißdeutest meine Worte absichtlich, und – und du bist überhaupt nicht flexibel.« Lucy begann den Grund unter den Füßen zu verlieren, und der beste Weg, dagegen anzukämpfen, war, einen Streit mit Ivan vom Zaun zu brechen.

Doch Ivan war nicht auf Streit aus. Statt dessen, so fürchtete Lucy, hatte er nur das eine im Sinn. Sie entschloß sich, offen zu sein. »Wenn du glaubst, du bräuchtest mich nur zu verführen, um meine Meinung bezüglich einer Heirat zu ändern, so befindest du dich im Irrtum. Oder beabsichtigst du, mich – mich zu vergewaltigen?« Das häßliche Wort war ausgesprochen.

Ivans Augen verengten sich. Doch dann lächelte er, ein kaum merkliches, selbstsicheres Lächeln, das Lucys Herz in einem rasenden Rhythmus schlagen ließ, der gewiß nicht gesund war.

»Ich würde dich nie zu etwas zwingen, was du nicht selbst wünschst, Lucy. Das müßtest du wissen. Aber ich stehe nicht an, dich zu erinnern, wie gern du dich von mir küssen – und berühren – läßt.« Seine Stimme ließ Lucy bis ins innerste Mark erzittern.

Sie wich zurück. »Tu das nicht, Ivan! Bitte! Wir müssen reden, und nicht – nicht ...«

»Nicht Liebe machen?« Ivan schüttelte den Kopf, während er ihr folgte, sie mit den Augen verschlang, sie mit seinem Blick zum Schmelzen brachte. »Aber ich möchte Liebe machen, gerade jetzt, so dringend, wie ich atmen muß. Und du fühlst dasselbe, nicht wahr?«

Lucy war bis zu ihrem Bett zurückgewichen. Ivan blieb wenige Zentimeter vor ihr stehen. *Du fühlst dasselbe.* Die Worte zitterten in der Luft zwischen ihnen nach.

Ja, sie fühlte dasselbe!

Hilflos blickte sie ihn an, eine Gefangene ihrer eigenen verrückten Gefühle und seiner körperlichen Anziehungskraft.

»Küß mich!« befahl er, während seine Augen ihre Lippen abtasteten.

Lucy versuchte ihren Atem zu kontrollieren, den Wunsch zu kontrollieren, sich auf der Stelle in seine Arme zu werfen. Er wollte sie. Sie wollte ihn. Warum also sollten sie es nicht tun?

Weil er sie nicht liebte. Sie bedeutete für ihn lediglich eine Herausforderung, die er meistern wollte.

»Küß mich!« wiederholte er.

Ohne weiter nachzudenken, krallte Lucy ihre Finger in den Stoff seines offenen Gehrockes. Sie senkte den Kopf an seine Brust, doch noch widerstand sie. »Geh weg. Bitte, geh weg«. bettelte sie, während ihre Hände sich fester in sein Revers gruben.

»Ich kann nicht.« Mit einem Finger hob er ihr Kinn an, bis sie ihm in die Augen blicken mußte. »Ich kann nicht.«

Dann beugte er sein Gesicht zu ihr hinab, so daß sie seinen Atem fühlte. »Küß mich, Lucy!«

Und sie küßte ihn. Sie hob sich auf die Zehenspitzen und preßte ihre Lippen auf seinen Mund, und die Freude, die sie dabei empfand, war unaussprechlich. Sie war es müde, sich gegen ihn zu wehren. Sie wollte nicht mehr gegen ihr Verlangen ankämpfen.

Sie wußte, daß sie unklug handelte und daß sie es am nächsten Morgen bereuen würde. Aber sie brauchte diese herrliche, schreckliche Woge der Gefühle, die sie jedesmal davontrug, wenn Ivan sie berührte.

Also klammerte sie sich noch fester an den Wollstoff und küßte den Mann, als gäbe es kein Morgen.

Nichts war so, wie sie es sich früher einmal vorgestellt hatte. Es gab kein Schmeicheln, keine hübschen Komplimente, keine schüchternen Berührungen. Sie war nicht parfümiert und zurechtgemacht, hatte keine komplizierte Frisur, aus der man kokett die Nadeln ziehen konnte.

Nein, unter dem dünnen Nachthemd war sie nackt, und ihr Haar fiel offen bis auf ihre Hüften hinab. Ivans Hände betasteten gierig ihren Körper. Durch das weiche Leinen hindurch fühlte Lucy seine harten Handflächen und starken Finger, die über ihren Rücken glitten, ihre Taille umfaßten und über ihre Schenkel strichen.

Dann faßte er in ihr Haar und zog ihren Kopf zurück, um ihren Mund um so leichter finden zu können.

Nein, Lucy wollte sich nicht wehren – und hätte es nicht gekonnt.

Als Ivan sie an sich drückte, sie gleichsam in seinem Kuß einsog, war das etwas, das mit dem Wort Kuß nur unzureichend zu umschreiben war. Seine Lippen und seine Zunge neckten und verführten ihren Mund, seine Arme umfingen sie, sein Körper erhitzte sie mit dem Feuer seines Begehrens.

Lucy wollte all dies Begehren erfüllen. Sie wollte mehr in Ivan befriedigen als den körperlichen Hunger, der ihn trieb. Sie wollte ihn lieben und Liebe mit ihm machen, bis er befriedigt war und Frieden gefunden hatte – Frieden des Herzens.

Hinter ihr war das Bett, und mit einem kühnen Ruck ließ sie sich mit Ivan darauf fallen. Ihre Körper preßten sich aneinander wie damals am Abend jener fatalen Dinnerparty. Ivan stützte sich auf seine Arme und entledigte sich mit Lucys Hilfe seines Rockes und seiner Weste. Doch weiter konnte Lucy nicht gehen, denn weiter reichten ihre Erfahrungen nicht.

»Zieh mein Hemd hoch«, wies er sie an, knabberte an ihrem Ohr und ließ dann einen Schauer kleiner, heißer Küsse auf ihren Hals und die Grübchen an ihren Schlüsselbeinen regnen. »Jetzt zieh es mir über den Kopf«, fügte er hinzu.

Irgendwie schafften sie es, denn gleich darauf sah Lucy seine breite, nackte Brust vor sich, die schwarzen Haare, in die die flachen männlichen Brustwarzen eingebettet waren. Bei diesem Anblick verhärteten sich ihre eigenen Brustwarzen.

Als habe er ihre Gedanken gelesen, streichelte Ivan mit seiner Hand über die Wölbung ihrer Brüste.

Als Lucy aufstöhnte, begann er ihre Brustspitzen mit seiner Zunge zu umkreisen.

Ein Stöhnen der Angst und gleichzeitig der Freude entfuhr Lucy, und unbewußt hob sie ihm ihren Körper entgegen. Er erwiderte den Druck und preßte sie tiefer in das Federbett. Nun war er es, der stöhnte.

»Ich kann nicht länger warten«, murmelte er.

Er rollte sich von ihr hinab, und für einen Augenblick

empfand Lucy tiefe Enttäuschung. Doch nur einen Moment lang. Denn er schüttelte seine Stiefel ab und streifte seine Hosen herunter. Dann wandte er sich ihr wieder zu und schob mit einer ungeduldigen Bewegung ihr keusches Nachthemd bis über ihre Brust hoch. Dann hielt er inne und betrachtete ihre hinreißende Gestalt.

Wäre Lucy nicht ihrerseits so von seinem nackten Körper fasziniert gewesen, so hätte sie gewiß versucht, sich zu bedecken. Doch Ivan war so großartig, so überwältigend männlich, daß sie nichts weiter tun konnte, als ihn anzustarren. Er stellte jede klassische Statue in den Schatten. Schon einmal hatte sie sich an seine breiten Schultern geklammert und den Druck seiner muskulösen Brust gefühlt. Doch nackt war diese Brust noch eindrucksvoller. Glatte, olivfarbene Haut, betont von dunklem, lockigem Haar. Muskeln, wie gemeißelt, die in einen harten, flachen Bauch ausliefen. Ein riesiges, vorgerecktes …

Plötzlich erschrocken, riß Lucy ihre Augen los. Was war das? Das war doch unmöglich. Keinesfalls konnte *das* da hineinpassen, wo – wo sie wußte, daß es hineinpassen sollte.

»Bist du noch Jungfrau?« fragte Ivan.

Lucy brachte kein Wort hervor und nickte nur.

Ivan lächelte und beugte sich vor, um sie zu küssen. »Gut.« Er vergrub sein Gesicht an ihrem Hals, zupfte mit den Zähnen an dem Stoff ihres Nachthemds und begann dann ihre nackten Brüste mit seiner Zunge zu umspielen.

»Ivan … Ivan, ich denke nicht …« Lucys Stimme brach ab, während sie sich in den herrlichen Gefühlen verlor, die er in ihr erweckte.

»Denk nicht«, murmelte er, während er ihr das Nachthemd über den Kopf zog. »Nicht denken. Nur fühlen.«

Als er ihre Brustwarze zwischen seine Lippen sog, blieb Lucy nichts mehr übrig, als zu fühlen. Was Ivan da mit ihr anstellte, verursachte eine Explosion ungekannter Gefühle in ihrem Bauch. Ihr war, als schmölze sie von innen nach außen, würde heißer und heißer, bis sie sich in siedende Flüssigkeit verwandelte.

Sie krallte sich in seine Schultern, um ihn zum Aufhören zu bewegen – nein, um ihn dazu zu bewegen, niemals aufzuhören.

Mitten im Aufruhr dieser Gefühle glitt Ivan tiefer an ihrem Körper hinab, drückte seine vorwitzigen Lippen in die Vertiefung unter ihrem Brustbein, berührte jede Stelle ihrer Haut mit seiner Zunge. Dann rieb er seine Wange an ihrem seidigen Bauch.

Lucy fühlte das Kratzen seiner Bartstoppeln auf ihrer empfindlichen Haut. Eine seiner Hände umfaßte ihr Gesäß und drückte sie noch heftiger an sich, während er sein Gesicht an ihrem weichen Fleisch rieb. Dann bewegte er seinen Mund, als wolle er sie noch weiter unter küssen.

»Ivan«, keuchte Lucy angstvoll. »Bitte, ich ...« Doch als er aufblickte und sie den Hunger und die wilde Leidenschaft in seinen Augen sah, vergaß sie ihre Worte.

»Bitte«, flüsterte sie und umfaßte sein Gesicht mit ihren Händen, »bitte, küß mich noch einmal.«

Langsam glitt er an ihr nach oben, wobei jeder Teil seines unglaublich maskulinen Körpers sich an ihrem rieb, dann zwang er ihre Beine auseinander und senkte sich mit seinem ganzen Gewicht auf sie. Er hielt ihren Mund in einem Kuß gefangen, während er sie mit der zermalmenden Macht seines Begehrens in die Kissen preßte.

Langsam drang er in sie ein und trieb sie mit rhythmischen Stößen an, drängte seine Hüften an ihre und nahm sie mit jedem Stoß tiefer in Besitz.

Es war ein unbeschreibliches Vergnügen, ein köstliches Dehnen, eine unbeschreibliche Spannung, die Lucy durchbebte. Sie umfaßte Ivans Schultern mit den Armen. Ihre Hände wanderten ruhelos an seinem Rücken auf und ab. Er besaß sie ganz, und sie ließ sich besitzen, klammerte sich mit ihren Beinen an seine Hüften.

Sie fühlte, wie er sich anspannte und anfing, den Kopf

zu heben. Doch sie zog ihn zurück zu sich und küßte ihn, bis er selbstvergessen aufstöhnte.

Dann, ohne Vorwarnung, stieß er tiefer zu als zuvor, und sie fühlte, wie ein scharfer Schmerz sie durchzuckte. Doch Ivan ließ ihr keine Zeit, dem Schmerz nachzuspüren. Denn jetzt ging er zu einem neuen, schnelleren Rhythmus von seltsamer Eile über. Wie von einer mächtigen Woge ließ Lucy sich tragen, kam ihm bei jedem Stoß entgegen und schrie ihr Verlangen und ihre Not hinaus, bis sie sich schließlich in einer Explosion der Befreiung aufzulösen glaubte.

Ivan hatte sie in Brand gesetzt, hatte sie verbrannt, verzehrt, und nun, da sie nur noch Asche war, gehörte sie ihm. Sie war verbrannt im Feuer seiner Leidenschaft.

Nein, verbrannt im Feuer ihrer gemeinsamen Leidenschaft.

15

Ivans Hand zitterte.

Mit einem wütenden Ruck zog er sich einen Stiefel über, dann griff er nach dem zweiten. Leise und schnell kleidete er sich an. Doch seine Augen wanderten immer wieder zu der schlafenden Frau auf dem zerwühlten Bett.

Diese Lucy Drysdale – verwünscht sei ihre kleine blaustrümpfige Seele! – war leidenschaftlicher als jede professionelle Hure, die zu kennen er das Vergnügen hatte. Was jene zu bieten hatten, war nichts weiter als vorgetäuschte Lust, ein Mitternachtshäppchen, um den schlimmsten Hunger zu stillen. Doch Lucy hatte ihm ein zwanziggängiges Festmahl bereitet, mit jeder Köstlichkeit, die ein Mann sich nur erträumen konnte.

Und mit einigen, die kein Mann sich erträumen konnte.

Er stand auf und blickte auf Lucy hinab. Er wollte bleiben. Er wollte wieder zu ihr unter die Decken schlüpfen, an denen nun der Geruch ihrer Vereinigung haftete, und sich an sie drücken. Er wollte das Liebesspiel von neuem beginnen, dann eine Weile neben ihr schlafen und danach wieder von vorne anfangen.

Er spürte das erneute Aufwallen seines Begehrens und unterdrückte einen Fluch. Nach der Hochzeit würde er genügend Zeit haben, sich seiner Braut zu widmen. Heute nacht war er zum Ziel seiner Wünsche gelangt, indem er seinen Anspruch auf ihren Körper unmißverständlich geltend gemacht hatte. Es würde ihr nun nicht mehr in den Sinn kommen, sich einer Heirat zu widersetzen.

Sein Zorn lebte wieder auf, als er an ihr standhaftes Nein zu der anstehenden Hochzeit dachte. Er zog den zerknitterten Brief, den sie ihm geschrieben hatte, aus seiner Jackentasche. Diesen Brief, der nichts anderes besagte, als daß sie sich lieber aus der Gesellschaft ausstoßen ließ, als ihn zu heiraten.

Doch als sie den Brief geschrieben hatte, war sie noch Jungfrau gewesen.

Ivan runzelte die Stirn und sah hinüber zu der weiblichen Gestalt zwischen den zerdrückten Laken, auf die schlanken Arme und wohlgeformten Beine dieser unschuldigen Jungfrau und leidenschaftlichen Liebhaberin.

Nur ein Narr konnte behaupten, daß sie durch diese Nacht an Wert verloren hätte. Doch zu Ivans Glück war es die Meinung solcher Narren, die sie zur Heirat zwingen würde. Lucy konnte seinen Antrag nicht länger ablehnen.

Ivan riß den Brief entzwei. Bei diesem Geräusch öffnete Lucy die Augen. Sie brauchte einen Augenblick, um sich zu besinnen. Das bernsteinfarbene Licht der flackernden Kerzenflammen ließ sie blinzeln. Dann riß sie plötzlich die Augen weit auf und setzte sich mit einem Ruck auf.

Der Anblick ihrer bloßen Schultern und ihres wirren Haares brachte das Blut in Ivans Lenden zum Pulsieren. Doch er bezwang seine Instinkte und konzentrierte sich auf das Wesentliche.

»Da hast du deinen Brief zurück.« Er warf ihr die zerrissenen Seiten zu. »Ich hoffe, daß du angesichts der Ereignisse der letzten Stunden deinen nutzlosen Widerstand gegen unsere Heirat aufgibst.«

Er sah, wie sie schluckte, und konnte nicht umhin, auf die Bewegung ihres Halses zu starren – dieses Halses, dessen Haut so weich und zart war.

Mit Anstrengung zwang er sich zur Konzentration. »Gib mir jetzt dein Einverständnis, denn sonst sehe ich mich genötigt, deinen Bruder über das zu informieren, was zwischen uns vorgefallen ist.«

Lucy schnappte nach Luft und riß die zerknitterten Laken vor ihre Brust. »Das wirst du nicht tun!«

Ivans Augen wanderten über ihren Körper, der nur

von dieser dünnen Stoffschicht bedeckt war. Er könnte sie wieder nehmen, auf der Stelle, wenn er es wollte.

»O doch, das würde ich«, antwortete er. »Wenn du meinen Antrag jetzt nicht annimmst, bleibt mir nichts anderes übrig, als einzugestehen, was wir getan haben. Dein Bruder wird keinen Ausweg sehen, als deine Ehre zu verteidigen. Willst du das, ein Duell deiner Ehre wegen zwischen deinem Bruder und mir?«

Langsam schüttelte Lucy den Kopf. Sie schluckte wieder, schwer diesmal, als kämpfe sie ein Schluchzen nieder. Doch sie weinte nicht.

Ivan nickte. »Morgen wirst du deinem Bruder mitteilen, daß du mich heiraten wirst. Und am Donnerstag wird die Hochzeit sein.«

Lange sahen sie sich an, und Ivan bemerkte, daß er vor Spannung den Atem anhielt.

Endlich sagte Lucy: »Am Donnerstag werden wir heiraten. Nur ...«

Ivan runzelte die Stirn. »Nur was?«

Lucy ließ den Kopf hängen. Ihr Haar fiel um ihr Gesicht, und Ivan konnte in dem ungewissen Kerzenlicht ihre Züge nicht erkennen. Flüsternd sagte Lucy: »Ich frage mich nur – nun – ob du wieder herkommen willst. Morgen nacht.«

Wie eine wilde Woge brausten Besitzerstolz und Leidenschaft über Ivan hinweg. Lucy wollte ihn wieder in ihrem Bett haben. Sie konnte kaum die nächste Nacht erwarten. Wieder überwältigte ihn die Begierde wie eine Bestie mit eisernen Klauen, die sich nicht bändigen lassen wollte.

Er ging einen Schritt auf das Bett zu, blieb aber stehen und rang das Tier in sich nieder. Diese Macht über ihn wollte er ihr nicht einräumen. Sie brauchte nicht zu wissen, wie sehr er sie begehrte, und nicht nur ihren Körper. Er wollte, daß auch sie ihn begehrte. Das hatte er bei keiner Frau zuvor kennengelernt. Er biß die Zähne zusammen.

»Wenn ich mich nicht schon von deiner Unschuld

überzeugt hätte, würde ich mich über eine derart kühne Frage sehr wundern.«

Lucy hob ihr Gesicht, so daß Ivan an ihrem geröteten Gesicht erkennen konnte, was diese Frage sie gekostet hatte und wie sehr seine Antwort sie verletzt hatte. Doch ehe er seine Worte zurücknehmen konnte, sprach Lucy.

»Wenn du erwartest, in mir eine sanfte und nachgiebige Frau zu finden, so wirst du enttäuscht werden. Ich bin nicht grundlos so lange unverheiratet geblieben.«

»Das gilt auch für mich. Wir sehen uns am Donnerstag, Lucy. Bis dann.« Ivan verbeugte sich knapp, drehte sich um und ging.

Draußen blieb er erhitzt und schwer atmend vor ihrer Tür stehen. Wie, so fragte er sich, schaffte es diese Frau immer wieder, ihn allein durch ihren Anblick derart in Erregung zu versetzen?

Drinnen saß Lucy reglos auf ihrem Bett und starrte mit sinkendem Mut auf die Tür, die sich hinter Ivan geschlossen hatte. Wie konnte er ihren Körper so lieben und sie dabei so hassen?

Auf der anderen Seite des Ganges preßte Antonia das Trinkglas gegen die Tür und drückte ihr Ohr daran. Sie strengte sich an, noch mehr zu erlauschen. Ivan war zwei Stunden in dem Zimmer des Mädchens geblieben und dann mit einem Fluch auf den Lippen gegangen. Er war wahrhaft ein Teufel. Miss Drysdale tat möglicherweise klug daran, eine Ehe mit ihm zu fürchten, doch das war Antonia gleichgültig. Er wollte den Blaustrumpf haben, und das Mädchen hatte in dieser Nacht sein eigenes Schicksal besiegelt. Dafür wollte Lady Antonia sorgen.

Antonia ließ das Glas sinken und humpelte zu ihrem Bett zurück. Sie war erschöpft. Die ganze Zeit über hatten ihre Füße geschmerzt. Die gesellschaftlichen Verpflichtungen des Stadtlebens waren äußerst ermüdend. Doch wenn Ivan erst sicher unter der Haube war, wollte sie sich nach Dorset in den Frieden des Familiensitzes zurückziehen und dort auf die Nachricht warten, daß ein Enkelkind unterwegs sei.

Lucy hätte Ivan lieber geschlagen, als ihn zu küssen. Doch zum Glück meldete sich ihr Realitätssinn – und der Sinn für die Erkenntnis des Lächerlichen zurück, und sie mußte sich eingestehen, daß sie nicht ganz ehrlich war. Ja, sie wollte ihn schlagen. Doch noch lieber wollte sie ihn küssen.

Es waren nun eineinhalb Tage vergangen, seit sie Ivan zuletzt gesehen hatte; ein Tag, eine Nacht und noch einige Morgenstunden waren verflossen, seit er sie nackt in ihrem Bett zurückgelassen hatte. Fünfunddreißig Stunden kläglichen Elends. Ärger, Sehnsucht, Angst und Verwirrung waren die Gefühle, in deren Strudel sie hinabgezogen wurde. Auch Wut war dabeigewesen.

Denn Ivan war es nicht zufrieden gewesen, ihr leichtsinniges Verhalten als Damoklesschwert über ihrem Haupt schweben zu lassen. O nein, er hatte es zudem für nötig befunden, ihren Bruder aufzuklären, und sie hatte sich seither ständig Grahams heiligmäßige Predigten anhören müssen. Es hatte Graham nicht gereicht, daß sie sich zur Ehe mit dem Missetäter bereit erklärte. Er hatte die Gelegenheit genutzt, ihren Sündenfall – ihren vollständigen Sündenfall – zum Anlaß zu nehmen, sich jeden Ärger, den er je ihretwegen gehabt hatte, vom Herzen zu reden. Wenn sie Winston Fletcher geheiratet hätte, so warf er ihr vor, wäre dieses Debakel nie geschehen. Hätte sie Carlton Claveries Antrag angenommen, wäre die Familie nicht derart durch eine überstürzte Heirat in Peinlichkeiten geraten. Hätte sie sich von George Anderson vor den Altar führen lassen, wäre der Name der Familie makellos geblieben.

Grahams Redefluß wurde erst durch Lucys entschiedenen Einwurf, daß Ivan ein Graf sei, während Carlton und Winston nur den nicht erblichen Rittertitel trügen und George Anderson nur der zweite Sohn eines Viscounts sei, gehemmt. Sie hatte dieses Argument nicht gern benutzt, doch zumindest hatte es gewirkt.

Nun jedoch, als Graham sie durch den Kirchengang der fast leeren Kapelle von St. Mary of the Archangels führte, war es nicht Ivans Titel, an den Lucy dachte. Sie dachte an den Mann, der mit zerstreutem Blick und ausdruckslosem Gesicht wartend neben dem Priester stand.

In wenigen Minuten würden sie verheiratet sein. Dann würde er sie vor ihrer und seiner Familie sowie den wenigen Freunden, die dieser überstürzten Hochzeit beiwohnten, küssen.

Lucy empfand eine unbestimmte Furcht bei dem Gedanken an den Brautkuß. Vor ihrem inneren Auge sah sie sich vor versammelter Gemeinde zu einem Pfützchen Wasser zerschmelzen, denn es stand durchaus in Ivans Macht, dies durch seinen Kuß zu bewirken. Und es gab keinen Grund anzunehmen, daß er sie nicht auf diese Weise demütigen würde. Schließlich hatte auch sie ihn gedemütigt durch ihre anfängliche Weigerung, ihn zu heiraten.

Sie schluckte schwer, als Graham mit ihr vor Ivan stehenblieb. Die Stille in der Kapelle war erdrückend.

»Wir sind hier versammelt im Angesicht Gottes und der Menschen«, begann der Priester.

Seine Worte verschmolzen in Lucys Ohren zu einem unverständlichen Singsang, und dann war alles vorüber. Das einzige, woran Lucy sich später noch erinnern konnte, waren die beiden Male, als Ivan sie berührte, denn da schlug ihr Herz jedesmal einen Trommelwirbel: das erste Mal, als er ihre linke Hand nahm und ihr einen Ring an den Finger steckte. Vage nahm sie wahr, daß der Ring paßte und schwerer war als jeder Ring, den sie bisher getragen hatte; das zweite Mal, als Ivan sie küßte, nachdem der Priester sie für Mann und Frau erklärt hatte. Ihre Ängste jedoch waren unbegründet gewesen; sie hatte keine Närrin aus sich gemacht. Ivans Kuß war ebenso emotionslos gewesen, wie ihrer gefühlsüberfrachtet war. Er hatte sie nicht einmal an den Schultern gefaßt, sondern sich nur vorgebeugt und kühl und unpersönlich mit seinem Mund ihre Lippen berührt.

Trotzdem begann ihr Herz zu galoppieren, und es raste direkt auf den Abgrund der Verzweiflung zu.

»Meinen Glückwunsch«, sagte der Priester und schüttelte Ivan die Hand.

Graham umarmte Lucy, ebenso wie ihre weinende Mutter, Valerie und Hortense. Sogar Lady Westcott nahm sie kurz in die Arme. Doch alle guten Wünsche konnten nicht darüber hinwegtäuschen, was alle gesehen haben mußten. Ivan Thorntons sogenannte Leidenschaft für seine Braut war entweder ausgebrannt oder hatte nie wirklich existiert.

Lucy war nach Weinen zumute.

Statt dessen setzte sie eine Maske des Gleichmuts auf und ließ sich in der Gruppe, die sich, angeführt von Lady Westcott, zur Eingangshalle der Kirche begab, mittreiben. Ivan hielt sich ein wenig abseits von Lucy. Neben ihm ging Graham, der ihn heftig beglückwünschte.

So sehr Graham wegen der demütigenden Umstände der Heirat mit Lucy geschimpft hatte, so sehr schien er sich für den Grafentitel seines Schwagers zu begeistern. Lucy seufzte. Wenn Ivan doch nur einen Bruchteil der Begeisterung zeigen würde, die Graham zur Schau stellte.

Als habe er ihre Gedanken gelesen, blickte Ivan auf. Ihre Augen trafen sich, doch Lucy fand keinen Trost in Ivans düsterem Blick.

Wie anstrengend dieser Mann war! An einem Tag ging er im Feuer seiner Leidenschaft auf, am nächsten war er kalt wie Eis.

Doch vielleicht dachte er von ihr das gleiche. Das würde den Dingen eine andere Note verleihen.

Lucy holte tief Luft. Sollte sie es wagen? Sie lächelte auf Prudence hinab und kniff sie freundschaftlich in die Wange. »Kümmere dich um deine Schwestern«, sagte sie zu ihr. »Ich fürchte, ich vernachlässige meinen Ehemann.« Sie bekämpfte das Zittern in ihren Knien und ging zu Ivan hinüber.

»Könnten wir miteinander reden?« fragte sie und legte ihre Hand auf seinen Arm. Sein überraschter Blick machte ihr Mut. »Bitte«, fügte sie flüsternd hinzu.

Ivan nickte kurz. Alle starrten ihnen nach, als Lucy ihn in den kleinen Kirchhof hinauszog.

»Geht schon vor«, rief Lucy ihnen zu, »wir kommen gleich nach.«

»Was hat das zu bedeuten?« rief Lucys Mutter.

Alexander Blackburn lachte. »Wir sollen warten, bis …«

Er hielt inne, als Hortense ihre Hände über Prudences Ohren legte. Giles räusperte sich verstohlen.

Elliot war nicht anwesend, das hatte Lucy sofort festgestellt. Sie würde etwas unternehmen, um dieses alberne Mißverständnis zwischen ihm und Ivan beizulegen. Doch erst mußten die Mißverständnisse zwischen Ivan und ihr geklärt werden.

Sie hielt seinen Arm fest, bis sie den kleinen Garten erreicht hatten, der die Kirche vom Pfarrhaus trennte. Als sie jedoch die anderen nicht mehr sehen konnte, wurde sie wieder nervös. Sie ließ Ivans Arm los und verschränkte unruhig die Finger, während sie versuchte, die richtigen Worte zu finden. Ivans Schweigen war keineswegs hilfreich, besonders, da er noch die Arme vor der Brust kreuzte und sie erwartungsvoll anstarrte.

»Es ist zu spät um zu kneifen, Lucy«, meinte er endlich. »Der Akt ist vollbracht. Beide Akte«, fügte er sarkastisch hinzu.

»Ich will nicht kneifen«, gab Lucy zurück. »Obwohl ich dir nie verzeihen werde, daß du meinem Bruder alles über jene Nacht erzählt hast.«

»Ich habe ihm nichts erzählt.«

»Nun, da ich es ihm nicht gesagt habe, kannst es nur du gewesen sein.«

»Vielleicht hat einer der Diener gesehen, wie ich in dein Zimmer ging.«

»Oder deine Großmutter hat uns gehört.« Der Gedanke trieb die Schamröte in Lucys Gesicht. »Nun, das ist jetzt auch nicht mehr wichtig«, bemerkte sie mit einer nervösen Handbewegung. »Wichtig ist …« Ihre Stimme brach, doch dann nahm sie sich zusammen. »Wichtig ist

– nun, ich glaube, daß du keine Ahnung hast, was meine wirklichen Gefühle bezüglich unserer Heirat sind.«

»Deine Gefühle bezüglich unserer Heirat«, echote Ivan. »Ich habe Grund zur Annahme, daß du der Ansicht bist, wir passen äußerst schlecht zusammen.«

Lucy schluckte verlegen. »Ich weiß, daß ich das gesagt habe. Es ist so ... Ich möchte, daß unsere Ehe funktioniert. Ich weiß, daß ich zuerst diese Ehe nicht wollte, aber ... Aber du sollst wissen, daß – daß es mir nicht leid tut, dich geheiratet zu haben.«

Ivan zog seine Augenbrauen empor. »Deine Begeisterung überwältigt mich.«

»Ich habe mich nicht richtig ausgedrückt.« Lucy rang die Hände. Mit Worten schien es ihr nicht gelingen zu wollen, sie mußte zu anderen Maßnahmen greifen.

Mit gespielter Zuversicht tat Lucy die wenigen Schritte über den grünen Rasen hinweg auf Ivan zu. Sie löste seine verschränkten Arme und stellte sich dazwischen. Dann blickte sie geradewegs in seine wachsamen blauen Augen. »Ich werde dir jetzt einen richtigen Hochzeitskuß geben, Ivan. Ich hoffe, daß du mich wiederküßt.«

Dann, angstvoll, zuviel zu sagen, küßte sie ihn.

Es war, als küßte sie eine der Marmorstatuen im Ägyptischen Museum – anfangs. Als sie jedoch nicht nachließ, ihre Lippen auf seine zu pressen und mit der Zunge den Saum seines festgeschlossenen Mundes zu umspielen, ihn zu reizen, wie er sie früher gereizt hatte, da fühlte sie, wie er nachgiebig wurde. Sie fuhr fort, bis seine Lippen sich öffneten, dann vertiefte sie den Kuß, und seine Arme faßten sie fester. Ohne nachzudenken, drückte sie sich an ihn, so daß zwischen ihren Körpern kein Raum mehr blieb.

Er war nicht so gefeit gegen sie, wie es den Anschein hatte! Als sie sich endlich voneinander lösten, klopfte sein Herz ebenso heftig wie ihres.

»In gewisser Hinsicht passen wir sehr wohl zusammen«, sagte Lucy und legte ihren Kopf an Ivans Brust.

Ivan umfaßte ihre Wange und hob ihren Kopf, so daß

sie sich in die Augen sahen. »Für einen Blaustrumpf besitzt du eine schockiernd leidenschaftliche Natur. Vermutlich bist du sogar viel zu leidenschaftlich, um eine gute Gräfin abzugeben.«

Lucys Mut sank. »Ich werde versuchen, Sie nicht in Verlegenheit zu bringen, Mylord.«

»Ist es nicht genau anders herum? Es ist viel wahrscheinlicher, daß ich dich in Verlegenheit bringen werde. Und nenn mich Ivan«, fügte er hinzu. »Nie wieder sollst du mich ›Mylord‹ nennen.«

Lucy lächelte ihn an. Seine entspannten Worte gaben ihr Mut. »Ja, Ivan. Außer wenn ich sehr zornig auf dich bin.«

»Auch Zorn ist ein leidenschaftliches Gefühl – wie Lust«, sagte er und drückte sie noch heftiger gegen seinen erregten Körper.

Lucy blieb fast die Luft weg. Sie war unfähig, ihre eigene Erregung zu zügeln. Doch so sehr sie auf sein Lustgefühl ansprach, so sehr fühlte sie sich gleichzeitig auch niedergedrückt. Sie wollte mehr als nur Lust.

Ivan senkte seinen Kopf und drückte ihr einen Kuß auf die Lippen, der nicht nur von seiner Lust, sondern vielleicht auch von seiner Not sprach. Auf diese Not mußte sie ihr Augenmerk richten, dachte Lucy mit dem Teil ihres Gehirns, der noch zu vernünftigen Gedanken fähig war. Sie mußte ihn dazu bringen, sie zu brauchen. Sie wollte sich unentbehrlich für ihn machen.

»Ich erwarte, daß du mir treu bist«, sagte sie, als sie wieder sprechen konnte.

»Sieh zu, daß du mich befriedigst, dann werde ich dir treu bleiben«, antwortete Ivan. Er bauschte ihre Röcke in seiner Hand, so daß ihre Unterschenkel der frischen Luft ausgesetzt waren.

»Sieh zu, daß du mich befriedigst, dann werde ich dir treu bleiben«, hauchte Lucy, die kaum ihr Begehren zügeln konnte.

Abrupt löste Ivan sich von ihr, gerade weit genug, um auf sie hinabstarren zu können. »Du wirst befriedigt werden, verlaß dich darauf. Aber ich will kein Gerede von Treue oder Untreue. Du hast ein Gelöbnis getan, und du wirst es halten.«

»Genauso wie Sie, Mylord.«

Obwohl immer noch in einer Umarmung gefangen, starrten sie einander an. Heiß und kalt. Würde ihre Beziehung immer so wechselhaft bleiben, fragte sich Lucy.

Da grinste Ivan sein maliziöses, schiefes Grinsen, das Lucy jedesmal zum Schmelzen brachte. »Ich kann es kaum erwarten, wieder nach Hause zu kommen, denn dort werde ich es mit dir bis zur Erschöpfung treiben. Eigentlich kann ich gar nicht so lange warten. Komm!« Er ergriff ihr Handgelenk und begann sie in den Hof zu ziehen, wo die Kutschen warteten.

»Aber … Aber was ist mit dem Empfang? Warte, Ivan! Wir können nicht …«

»Doch, wir können«, sagte er mit Nachdruck. »Ich begehre dich zu sehr, um mich jetzt mit Champagner oder belegten Broten abzugeben und mit Trinksprüchen von irgendwelchen Leuten, die mich keinen Deut kümmern.«

»Nein!« Lucy klammerte sich mit ihrer freien Hand an einen eisernen Zaunpfosten und rammte die Absätze in die Erde. »Bitte, Ivan!«

Ivan blieb stehen und betrachtete sie mit glitzernden Augen. »Wenn ich nachgebe, was bekomme ich dann dafür?«

Lucy war zu verwirrt, um einen klaren Gedanken zu fassen. »Was meinst du?«

»Wenn ich bei unseren Familien herumlungern muß, die mir beide ziemlich gleichgültig sind, dann mußt du dafür eine Wiedergutmachung leisten. Du könntest dich mir zum Beispiel auf dem Heimweg in der Kutsche hingeben.«

»In der Kutsche?«

»Jawohl.«

»Aber wie? Ich meine …« Lucy blickte ihn verständnislos an. »Das meinst du nicht im Ernst.«

»Entweder nachher oder jetzt gleich in der Kutsche.« Er zog heftig an ihrem Handgelenk, und sie mußte den Zaunpfosten loslassen.

»Ist ja gut, einverstanden.«

Ivans Augen glitten über Lucys Gestalt hinweg, als wollten sie sie verbrennen. Lucy begann innerlich zu beben in Erwartung der kommenden Köstlichkeiten. »Ich brauche ein Zeichen von dir«, sagte Ivan. »Ein Pfand, daß du dein Versprechen wirklich halten wirst.«

»Also wirklich, das wird langsam lächerlich.«

»Ich will deine Unterhosen haben.«

»Nein«, keuchte Lucy.

Ivan lachte, und trotz ihres Erschreckens nahm Lucy eine Seite an ihm wahr, die sie bisher nicht gekannt hatte. Er machte Spaß mit ihr, wie ein kleiner Junge, der ein kleines Mädchen neckte. Nur daß es um Pfänder für Erwachsene ging. Jeder Zweifel, ob sie ihn wirklich liebte, verschwand im Nu.

»Entweder deine Hosen oder wir gehen gleich zur Kutsche«, drohte Ivan und verschlang sie mit den Augen.

Lucy erzitterte vor erotischem Vergnügen. Sie stieß einen übertriebenen Seufzer aus. »Na schön.« Ein kurzer Blick rundum, dann hob sie ihre Röcke und löste den Knoten ihrer Unterhosen. Das Kleidungsstück fiel auf ihre Knöchel herab. Mit vor Scham glühenden Wangen stieg sie heraus und trat einige Schritte zurück.

»Da. Nimm sie. Du solltest wissen, Ivan, daß ich viel lieber mit dir zu der Kutsche gehen würde, als diesen Empfang mitzumachen. Aber es muß leider sein.«

Dann, ohne ihm Gelegenheit zu einer Antwort zu geben, drehte sie sich herum und floh in die zweifelhafte Sicherheit des Pfarrhauses.

Der Empfang war eine Qual. Jeder Blick von Ivan peinigte sie mit schlimmen Versprechungen und köstlichen Drohungen. Es wurden insgesamt sechzehn Toasts ausgebracht. Lucy zählte sie mit wachsender Ungeduld. Sie konnte keinen Bissen herunterbringen, und zwischen ihren erregten Nerven, ihrem leeren Magen und den sechzehn Schlucken Champagner war ihr, als schwebe sie auf Seifenblasen. Es war eine Qual, und doch wußte sie, daß die steigende Erwartung das Vergnügen noch vergrößern würde, das sie danach aneinander finden würden.

Stanley und Derek waren schon vor längerem hinausgeschlüpft, um auf dem Kirchhof zu spielen. Prudence und ihre Schwestern waren ihnen gefolgt. Endlich schob Graham seinen Stuhl zurück, um aufzustehen, verlor jedoch das Gleichgewicht und plumpste wieder auf den Sitz.

Statt dessen erhob sich Ivan. »Ich danke euch allen für die guten Wünsche, doch jetzt möchte ich mit meiner Braut allein sein.«

Die Männer lachten. Hortense und Lucys Mutter schnappten nach Luft. Lady Westcott lächelte stillvergnügt in sich hinein. Sie war froh, daß Ivan endlich unter der Haube war. Mit wem er verheiratet war, war ihr nahezu gleichgültig.

Lucy schaute zu Ivan hinüber. Sie hoffte, er habe dieses selbstzufriedene Lächeln auf dem Gesicht seiner Großmutter nicht bemerkt. Doch unglücklicherweise blickte er genau Lady Westcott an. Obwohl sein Gesicht ausdruckslos blieb, sah Lucy, wie er die Hände zu Fäusten ballte. Instinktiv faßte sie nach seiner Hand und schob ihre Finger zwischen seine.

Als er zu ihr hinabblickte, drückte sie seine Hand und lächelte. Er erwiderte ihren Blick, und nach einem Moment fühlte sie, daß der Druck erwidert wurde.

»Komm, Lucy!« sagte er. Dann ergriffen sie Hand in Hand die Flucht.

Bis zur Abenddämmerung war es noch lange hin. Doch als Ivan die Sichtblenden der Kutsche herabließ, wurde es innen dämmrig wie an einem Sommerabend. Der Kutscher fuhr an, und in dem stillen Fahrzeug saßen Lucy und Ivan einander gegenüber.

»Wir fahren auf dem längsten Weg nach Hause«, sagte

Ivan. Er zog seinen eleganten Gehrock aus und warf ihn beiseite.

»Wirklich, Ivan, können wir – können wir nicht einfach warten, bis wir zu Hause sind? Es sind doch nur ein paar Minuten.«

»Nein.« Er knüpfte seine Halsbinde auf und warf sie auf den Rock.

Lucys Inneres begann sich in erregenden Knoten zu winden. »Aber – aber der Fahrer …«

»Der ist beschäftigt.« Er fuhr aus seiner Weste.

»Ja, aber er wird uns hören.«

»Nein. Es sei denn, du kannst dein lustvolles Stöhnen nicht unterdrücken.« Er knöpfte seine Manschetten auf und zog die Hemdschöße aus der Hose. »Wieviele Unterröcke hast du an?«

Erregung schauerte über Lucys Haut, und sie begann zu schwitzen. »Ich – ich weiß es nicht – Ivan!« rief sie, als er ihre Beine auseinander zwängte.

»Wir sind jetzt verheiratet. Du kannst mir meine ehelichen Rechte nicht versagen.«

»Das will ich doch gar nicht. Ich will dich nur …«

»Hinhalten?«

Lucy nickte, doch dann schüttelte sie heftig den Kopf, denn ihr wurde klar, daß sie ihn weder abhalten noch hinhalten wollte. »Drei Unterröcke«, hauchte sie.

»Drei?«

»Jawohl.«

Ihre Augen trafen sich, und die Atmosphäre in der ledergepolsterten Kutsche wurde definitiv schwül. Ivan beugte sich vor, legte eine Hand auf jedes ihrer Knie und fing an, seine warmen Handflächen auf den Innenseiten ihrer Schenkel auf und ab zu bewegen – ganz langsam.

Lucy schmolz dahin. Wie hatte sie sich lebendig fühlen können, ehe sie die in ihr schlummernden Emotionen gekannt hatte, die Ivan in ihr zu wecken verstand?

»Gib mir deinen ersten Unterrock.«

Lucy gab ihm alle drei, einen nach dem anderen, und am Schluß saß sie ohne Strümpfe, Strumpfbänder und

Schuhe da, ihr wasserblauer Rock war hochgeschoben und bauschte sich um ihre Hüften.

Die Kutsche zuckelte dahin, gelegentlich über Kopfsteinpflaster polternd und dann wieder über Kies knirschend. Draußen wich der Lärm des Straßenverkehrs nach und nach dem Gesang der Vögel und dem stetigen Hufschlag der Pferde. In der Kutsche jedoch war nur heftiges Keuchen und leises Flüstern zu hören, während Ivan vor seiner Frau kniete und ihr zeigte, daß man auch in einer Kutsche zu neuen Höhepunkten der Lust gelangen konnte.

Es kostete Lucys ganze Kraft, den Genuß, den er ihr bereitete, nicht laut hinauszuschreien. Und dann kam der Moment, in dem sie nicht mehr an sich halten konnte.

Mit einem lauten Schrei gab sie nach, unter dem Ansturm der Erleichterung erzitternd.

»Ivan! Ivan …«

Am liebsten wäre sie regungslos liegengeblieben, ein aufgeweichtes Häufchen Fleisch, hineingekauert in den Plüschsitz. Doch Ivan zog sie zu sich hinüber.

Bei der ersten Berührung seiner voll erregten Männlichkeit gegen ihre Hüften öffnete Lucy die Augen. Er hatte sie befriedigt, nun war es an ihr, ihm Befriedigung zu verschaffen. Trotz ihrer Erschöpfung erregte sie sein Begehren aufs neue.

Sie hielt sich an seinen Schultern fest, während Ivan sie auf seinem Schoß zurechtsetzte. »Glaubst du, der Kutscher hat mich gehört?« fragte sie.

Ivans Griff um ihre Taille verstärkte sich, während er Lucy fester zu sich hinabzog. »Und wenn, macht das etwas?«

»Ja … Nein … Ich weiß nicht«, stöhnte Lucy, als er in sie eindrang, nur ein wenig zuerst, dann tiefer, dann ganz. »Ich weiß es nicht« wiederholte sie, als sie sich gemeinsam zu bewegen begannen. Auf und ab, hinein und heraus.

Schneller und schneller, bis es ihr egal war, ob die ganze Welt sie hörte.

Er hatte sie zu seinem Eigen gemacht, Mann und Frau, Frau und Mann, genauso, wie sie ihn zu ihrem Eigen gemacht hatte. Sie würde ihn dazu bringen, für ihn unentbehrlich zu sein, und wenn sie darüber zugrunde gehen würde. Und vielleicht, vielleicht würde es ihr irgendwie gelingen, ihn irgendwann dazu zu bringen, sie zu lieben.

Ivan preßte sie in einem letzten Aufbäumen an sich und stieß ein lautes Stöhnen aus, und Lucy schrie noch einmal ihre eigene Befriedigung hinaus. Und wenn auch das, was er hier in der stickigen, feuchten Wärme der Kutsche für sie empfand, nicht Liebe war, so tröstete Lucy sich mit dem Gedanken, daß es sich für sie fast genauso anfühlte.

16

Ivan trug Lucy die Vordertreppe hinauf, wobei er immer zwei Stufen auf einmal nahm. An ihre zerzauste Frisur und zerknitterte Kleidung verschwendete er keinen Gedanken, im Gegensatz zu Lucy. Sie verbarg ihren Kopf an Ivans Schulter und hoffte, daß die Dienstboten nichts bemerkten – und daß sie nicht zuviel herumtratschten, falls es ihnen doch auffallen sollte.

Doch wie konnten sie es übersehen, nachdem Ivan keine Anstalten zur Diskretion machte? Kühn stolzierte er die Halle hinab, Lucy auf seinen Armen, wie einen Preis, den er eben gewonnen hatte.

Doch seltsamerweise kam es Lucy vor, als habe *sie* den Preis gewonnen. Dieser Mann, dieser lebensprühende Zigeuner, gehörte nun ihr. Er war ihr Ehemann. Als er mit ihr in seinen Flügel des riesigen Hauses einbog, drückte sie einen Kuß auf die Stelle, an der eigentlich seine Halsbinde hätte sitzen sollen. Ivan beschleunigte seine Schritte.

Vor einer riesigen Mahagonitür hielt er kurz inne, um diese aufzustoßen. Zum erstenmal sah Lucy seine Räume, und sie erhaschte einen Eindruck von dunklem Holz, kostbaren Stoffen und dem größten Bett, das sie je erblickt hatte.

Dann lag sie flach auf dem Rücken und Ivan auf ihr.

Diesmal befreiten sie sich von allen Kleidungsstücken. Ihre Vereinigung war ebenso drängend, so köstlich und überwältigend wie in der Kutsche.

Sie mußten danach wohl eingeschlafen sein, denn Lucy erwachte, als Ivan gerade eine Reihe von Küssen entlang ihrer Wirbelsäule plazierte, angefangen in ihrem Nacken, den Rücken hinab bis unter die Taille. Als er begann, an ihrem Gesäß zu knabbern, wand sie sich atemlos unter ihm. Sie konnte nicht verstehen, wie es sein konnte, daß ihr Verlangen schon wieder erwachte.

Diesmal liebten sie sich langsam, probierten verschiedene Stellungen aus, doch das Ende war genauso ekstatisch wie beim ersten Mal.

Und in dem Moment des ›kleinen Todes‹ – ein Ausdruck, von dem Lucy gelesen, ihn bisher aber nie verstanden hatte – überkam sie die Gewißheit, daß dies alles war, was sie wollte: bei Ivan zu liegen, mit Ivan zu sterben, für immer in seinen Armen zu sein.

Doch die nachklingende Süße ihres gemeinsamen Höhepunktes sollte nicht lange dauern. Lucy schreckte auf, als sie Ivan einen unterdrückten Fluch murmeln hörte, dem ein energisches Klopfen an die Tür folgte.

»Wacht auf! Aufwachen, sage ich!« ließ sich Lady Westcotts schrille Stimme vernehmen.

»Verschwinden Sie auf der Stelle von der Tür!« rief Ivan wütend. »Verschwinden Sie aus meinem Haus und aus meinem Leben!« fügte er böse hinzu.

»Ich werde nichts dergleichen tun«, ertönte die Antwort. Dann bewegte sich die Klinke, die Tür ging auf, und die Gräfinwitwe kam in das Zimmer.

»Verflucht noch mal!« Ivan sprang aus dem Bett. Lucy, die sich schämte, von Lady Westcott nackt im Bett gesehen zu werden, zog sich die Laken über den Kopf. »Reicht es Ihnen nicht, daß ich verheiratet bin?« brüllte Ivan. »Wollen Sie auch noch zusehen, wie wir die Ehe vollziehen?«

»Etwas Schreckliches ist passiert.«

»Es ist mir völlig gleichgültig, was passiert ist. Raus hier!«

Lucy lugte unter dem Seidenlaken hervor. Trotz des ungewissen Kerzenlichtes konnte sie deutlich erkennen, wie besorgt Lady Westcott war.

»Was ist los?« fragte Lucy. Sie richtete sich in eine sitzende Position auf und hielt sich die Laken unter das Kinn. »Was ist geschehen?«

»Nichts, was ich nicht richten könnte«, gab Ivan

zurück. Nackt wie er war, ging er auf seine Großmutter zu. »Raus! Oder ich werfe Sie hinaus!«

»Ivan, bitte!« rief Lucy. »Laß sie reden!«

»Weshalb sollte ich?«

»Valerie ist weg!« rief Lady Westcott.

»Gut für sie«, brummte Ivan.

»Sie ist mit diesem Gelehrten auf und davon – diesem Gelehrten, den *Sie* ihr vorgestellt haben«, sagte die alte Frau vorwurfsvoll zu Lucy und wedelte anklagend mit einem zerknitterten Blatt Papier.

Ivan schlüpfte in einen Morgenmantel, dann nahm er seiner Großmutter den Brief aus der Hand. Er überflog ihn, lachte kurz auf und reichte ihn Lucy. Während Lucy las, setzte Ivan sich wieder auf das Bett und lehnte sich mit über dem Bauch gefalteten Händen an das Kopfende. Seine Wut schien in Belustigung überzugehen.

»Sie ist also mit dem Mann, den sie liebt, nach Gretna Green geflohen«, sagte er. »Laßt uns hoffen, daß die Ehe vollzogen wird, ehe man die beiden erwischt und die Heirat anulliert. Deshalb bist doch hergekommen, oder? Damit ich sie finde und die Hochzeit verhindere.«

Lady Westcott starrte ihn an. In diesem Augenblick sah sie älter aus, als sie war. Lucy ergriff Ivans Arm. »Bitte, Ivan, mach keine Witze über diese ernste Situation. Deine Großmutter sorgt sich zu Recht über die Zukunft ihres Patenkindes.«

»Du meinst, sie sorgt sich, daß sie selbst in schlechtem Licht erscheinen könnte. Schließlich weiß jedermann, daß Valerie sich unter ihrem Schutz in der Stadt befand.«

»*Sie* waren es, die Valerie zu diesem Mann mitgenommen hat. *Sie* waren es, die sie miteinander bekannt gemacht hat!« Anklagend schüttelte Lady Westcott ihre Faust in Lucys Richtung. »Und das ist nun der Dank, den ich dafür bekomme.«

»Der Dank, den Sie wofür bekommen?« gab Ivan zurück.

Für Lucys Geschmack hatte Ivan zuviel Freude an diesem Streit. »Was jetzt wichtig ist, ist Valerie«, erinnerte sie die beiden.

»Valerie will offensichtlich den Mann heiraten, den sie liebt, ganz anders als die meisten Damen der besseren Gesellschaft«, sagte Ivan und blickte dabei bedeutungsvoll auf Lucy. Als diese keine Antwort darauf fand, wandte er sich wieder an ihre Großmutter. »Nun sagen Sie mir bitte, wofür Lucy Ihnen dankbar sein sollte. Sie nehmen doch sicher nicht für sich in Anspruch, sie in ihren neuen Stand einer Gräfin von Westcott erhoben zu haben?«

Lady Westcotts Gesicht, bisher bleich vor Sorge, verfärbte sich nun rot vor Wut. Sie ging auf die beiden zu, wobei sie bei jedem Schritt ihren Stock hart auf den Boden stieß.

Auf Lucys Seite des Bettes blieb sie stehen. »Ich war es, die sie nach London gebracht hat. Du hättest sie nie kennengelernt, wenn ich sie nicht zuvor aufgetrieben hätte.«

Lucy hätte am liebsten laut aufgestöhnt, da sie wußte, daß dies das letzte war, woran Ivan erinnert werden wollte. Nervös blickte sie ihn an und stellte fest, daß er, wie nicht anders zu erwarten, seine Großmutter mit flammenden Augen anschaute.

»Was erwarten Sie von mir – meinen Dank?«

Lady Westcott verzog das Gesicht zu einem kalten, dünnen Lächeln, das Lucy einen Schauder über den Rücken jagte. In der Hoffnung, Ivan zu beruhigen, legte sie ihre Hand auf seinen Arm. »Das ist doch alles uninteressant. Während ihr beide streitet, kann Valerie schon wer weiß wo sein.«

»Seine Kusine ist ihm gleichgültig«, schnaubte Lady Westcott. »Ihn interessiert weder seine Familie noch deren Position in der Gesellschaft. Der Skandal, der dem Namen Westcott droht, kümmert ihn nicht. Er würde unseren Namen aussterben lassen, nur um mir eins auszuwischen. Aber ich habe ihn überlistet, wie?«

»Mich überlistet?« echote Ivan mit gefährlich sanfter

Stimme. Lucy fühlte, wie seine Armmuskeln sich unter ihrer Hand anspannten.

Lady Westcott lachte selbstzufrieden. »Du bist doch verheiratet, oder? Und das alles verdankst du meiner sorgfältigen Planung.«

Lucy wollte ihren Ohren nicht trauen. Sorgfältige Planung? Ihr war, als schaute sie in einen Abgrund. War es möglich, daß die Ränke der alten Frau noch feiner gesponnen waren, als sie es geglaubt hatte?

Ivan sprang aus dem Bett und starrte seine Großmutter an. »Was für eine sorgfältige Planung?«

Lady Westcott deutete auf Lucy. »Ich habe eine hübsche Frau mit einem scharfen Verstand eingestellt; das genaue Gegenteil der albernen Mädchen, mit denen du herumgetändelt hast. Ich stellte sie ein, um dich von Valerie fernzuhalten, und habe sie dir gleichzeitig direkt vor die Füße geworfen. Und du bist sofort darüber gestolpert! Bist über sie gestolpert, mit ihr ins Bett gefallen, und jetzt bist du mit ihr verheiratet.«

Lucy wollte sie zum Schweigen bringen. »So ist es nicht gewesen!«

Lady Westcott drehte sich herum und faßte Lucy ins Auge. Und obwohl diese wußte, daß sie nicht der Gegenstand von Lady Westcotts Zorn war, war ihr sehr wohl klar, daß sie trotzdem ihren Teil davon abbekommen würde. »Ach nein? Sie langweilten sich auf dem Land und wollten in die Stadt. Jede Frau wünscht sich einen reichen Ehemann, besonders mittellose alte Jungfern wie Sie!«

Noch nie hatte Lucy Ivan so zornig gesehen, und sie konnte ihm keinen Vorwurf daraus machen. An seinem Hals klopfte eine dicke Ader, und einen Moment lang fürchtete Lucy, er würde die keifende alte Frau zu Boden schlagen – wie sie es am liebsten selbst getan hätte. Doch statt dessen packte er seine Großmutter am Arm und schob sie aus dem Zimmer.

»Du wolltest sie! Das kannst du nicht abstreiten!« kreischte Antonia, während sie ihren Stock schwenkte, um damit nach ihrem Enkel zu schlagen. »Das mindeste, was du zum Dank tun kannst, ist, Valerie vor diesem närrischen Gelehrten zu retten! Hast du kein Mitgefühl für dein eigen Fleisch und Blut?«

Ivan stieß sie zur Tür hinaus und pflanzte sich groß und drohend vor ihr auf. »Mein Fleisch und Blut? Sie machen Witze. Wann haben Sie mich je als Ihr Fleisch und Blut betrachtet? Mein ganzes Leben lang war ich für Sie nur eine Peinlichkeit, nicht gut genug, ein Westcott zu sein, bis sich herausstellte, daß es außer mir keine Westcotts mehr geben würde. Und jetzt glauben Sie, mich mit Ihrem Gerede von Fleisch und Blut in die Pflicht nehmen zu können?«

Er stieß ein häßliches Lachen aus. »Valerie hat einen Vater, zu ihm sollten Sie gehen. Sie hat Brüder und Onkel und andere Vettern. Sollen die sich um sie kümmern. Was mich angeht, so gefällt mir Mawbeys Kühnheit. Ich hätte sie ihm, ehrlich gesagt, nicht zugetraut.«

Damit warf er seiner Großmutter geräuschvoll die Tür vor der Nase zu.

Lucy hockte noch immer im Bett, wie erstarrt unter Ivans harschen Worten.

Wie elend mußte seine Kindheit gewesen sein und wie einsam. Wie verlassen und ungeliebt mußte er sich all diese Jahre gefühlt haben.

Sie wollte all das, was andere an ihm versäumt hatten, wiedergutmachen. Sie wollte ihn mit Liebe überschütten und diese schrecklichen Erinnerungen aus seinem Kopf vertreiben.

Doch ein Mensch wird durch seine Erfahrungen in der Kindheit geprägt. Das hatte sie immer geglaubt, und als er ihr sein Gesicht zuwandte, das zu einer Maske der Bitterkeit und des Mißtrauens erstarrt war, war sie mehr denn je davon überzeugt. Seine Kindheit war wahrhaftig bitter gewesen. Er hatte Grund, allem und jedem – auch ihr – zu mißtrauen.

Ivan blieb neben dem Bett stehen. Seine Augen hefteten sich mit beängstigender Intensität auf sie. Das Fehlen jeglicher Wärme in diesen Augen machte Lucy frösteln. »Also. Wo waren wir stehengeblieben?«

Lucy schüttelte den Kopf, und ihre Hände zerknitterten die Laken. »Ivan, wir müssen darüber reden. Ich ...«

»Nein, das müssen wir nicht.« Er streckte die Hand aus, erfaßte eine vorwitzige Locke ihres Haares und rollte sie um seinen Finger. »Nichts hat sich geändert. Darin zumindest hat die alte Füchsin recht. Du hast dir erheiratet, wovon jede Frau deiner Gesellschaftsschicht träumt: einen Mann mit einem Titel und so viel Geld, daß es ihm gleichgültig sein kann, wie klein deine Mitgift ist. Aber auch ich habe erheiratet, wovon jeder Mann träumt: eine wollüstige Dirne, die mir im Bett zu Willen ist. So betrachtet sind wir ein perfektes Paar.«

Ein Muskel zuckte in seiner Wange. »Nimm diese Laken weg! Ich will sehen, was ich für mein Geld gekauft habe.«

Lucy biß die Zähne zusammen und hob das Kinn. »So ist es doch nicht zwischen uns beiden.«

Sie fühlte den Zug auf ihrer Kopfhaut, als Ivan die Locke enger um seinen Finger wickelte.

»Nein? Dann sag mir, wie es zwischen uns beiden ist. Niemand würde uns für ein Liebespaar halten. Mich zu heiraten war das letzte, was du wolltest – wie du mir schmerzlich klargemacht hast ...« Er ließ seine Augen über sie hinweggleiten, und obwohl Lucy noch immer die Laken vor sich hielt, bekam sie eine Gänsehaut. Ivan fuhr fort: »Was mich angeht, so wollte ich dich nackt in meinem Bett haben, sowie ich dich zum ersten Mal erblickt habe. Und jetzt habe ich dich in meinem Bett. So einfach ist das. Nimm das Laken weg«, wiederholte er mit gleichgültiger Stimme.

Doch so wenig Lucy ihren Eheschwur zurücknehmen konnte, so wenig konnte sie jetzt seiner Aufforderung Folge leisten. Ihr Zögern kümmerte Ivan nicht. Mit einem kurzen Ruck riß er ihr die Laken aus der Hand und setzte ihren Körper der kühlen Nachtluft und dem kalten Blick seiner Augen aus.

Lucy wollte weinen. Sie wollte sich bedecken und sich vor diesem nüchternen, prüfenden Blick verbergen. Wie konnte er sie so gefühllos behandeln? Sie wußte, daß er sich betrogen und hintergangen fühlte. Doch trotzdem – wie konnte er sich ihr nähern, als wäre ihre Vereinigung nichts weiter als ein rein physischer Vorgang gewesen, etwa so, als würde man sich kratzen, wenn man einen Juckreiz verspürte?

Doch vielleicht war das wirklich seine Betrachtungsweise, dachte Lucy traurig. Schließlich hatte nur sie sich in ihn verliebt, nicht aber er sich in sie. Also saß sie da, halb in die Kissen gelehnt, unnatürlich steif, während Ivan sie mit seinen Blicken betastete. Daß seine mitleidlosen Augen sie zu verbrennen schienen, machte sie nur noch elender.

Nein, so hatte es zwischen ihnen beiden nicht sein sollen.

»Spreiz deine Beine!«

Lucy schluckte schwer. »Warum tust du das?«

»Spreiz deine Beine!«

»Ich habe nie etwas mit den Plänen deiner Großmutter zu tun gehabt, Ivan, das weißt du. Ich habe mich immer gewehrt.«

Ivans Gesichtsausdruck wurde noch grimmiger. »Das hast du. Aber das zählt nicht. Die Unterbrechung durch meine Großmutter hat mich an etwas erinnert, das ich vorübergehend vergessen hatte: daß unsere Ehe wie alle anderen englischen Ehen ist, nämlich ein angenehmes Übereinkommen zwischen zwei Parteien. Du hast mir einmal vorgeworfen, ich würde meinen Reichtum und meine Titel dazu benutzen, mir zu verschaffen, was ich wollte. Wie es scheint, hattest du recht. Ich habe mir für meinen Namen und mein Geld eine Frau erhandelt – dich. Und jetzt will ich etwas für mein Geld haben. Also los, spreiz die Beine. Zeig mir, was ich für mein Geld und meinen Namen bekommen habe.«

Mit einem Aufschrei des Schmerzes und der Wut rollte Lucy zur Seite. Sie konnte das nicht länger aushalten.

Doch Ivan war schneller und hatte kein Tüpfelchen Mitgefühl für sie.

Blitzschnell hatte er sie unter sich gefangen. Mit einer Hand ergriff er ihre Handgelenke und drückte sie über ihren Kopf. Mit der anderen löste er seinen Morgenmantel. Dann drückte er mit seinen Knien ihre Schenkel auseinander, so daß Lucy hilflos vor ihm lag.

»Du hast jetzt, was du und jedes andere englische Mädchen haben möchte, *Lady Westcott*«, zischte er ihr ins Ohr. »Jetzt gib mir, was jedem Ehemann dafür zusteht!«

Er legte sich mit dem ganzen Gewicht seines starken Körpers auf sie. Seine muskulöse Brust drückte auf ihre weichen Brüste, seine harten Lenden, seine starken Hüften preßten seine Erektion gegen ihren hilflosen Unterkörper.

Lucy war gleichzeitig verängstigt und wütend – und unsagbar traurig. Ihre Augen schwammen in Tränen. »Ich würde dir gerne *geben*, was du willst.« Ein Schluchzen unterbrach ihre Worte. »Aber ich kann es nicht ertragen, daß du es dir *nimmst.*«

Doch Ivan wollte ihre Worte nicht hören, ihre Tränen nicht sehen. Was er wollte war, sich selbstsüchtig an ihrem Körper zu vergnügen und sich danach bis zur Bewußtlosigkeit zu betrinken.

Er hätte es wissen müssen, daß das Gift seiner Großmutter allgegenwärtig war, daß auch Lucy nicht dagegen gefeit war.

Doch sogar durch seinen Zorn und seinen Schmerz klangen Lucys Worte wie Glockenschläge in seinem Ohr, wie eine Beschuldigung, die sich nicht verdrängen ließ: Ich kann es nicht ertragen, daß du es dir *nimmst.*

Verdammt noch mal, was tat er da eigentlich?

Mit einem Stöhnen rollte er von seiner Frau herab und lag da, eine Hand vor dem Gesicht, während er die Dämonen bekämpfte, die ihn überwinden wollten. Doch auch wenn er seine Augen schloß, so konnte er nicht blind sein dem Häßlichen gegenüber, das er beinahe getan hätte.

Neben ihm lag Lucy, scheinbar unbeweglich. Aber er fühlte, wie die Matratze leicht bebte.

Sie weinte, und er war schuld daran. Und weshalb? Weil die alte Hexe ihn wieder einmal zur Weißglut getrieben hatte.

Für eine kurze Weile hatte er geglaubt, zwischen Lucy und ihm könne etwas Positives entstehen. Er hatte es nicht Liebe nennen wollen, aber nun erkannte er, daß es genau das war, worauf er gehofft hatte. Er hatte gehofft, daß sie ihn nur um seiner Person willen geheiratet hatte. Um Ivan Thorntons willen, dem Mann mit der befleckten Herkunft und der ungewissen Zukunft.

Was für ein närrischer Traum war das gewesen! Und obwohl er wußte, daß sie ihn nicht seines Titels wegen geheiratet hatte, half ihm das nun auch nichts mehr. Er hatte mehr von ihr gewollt. Leider hatte er die Tatsache übersehen, daß sie eine Frau war, nicht so schwach wie seine Mutter, nicht so bösartig wie seine Großmutter, aber trotzdem eine Frau. Und er hatte schon vor langer Zeit geschworen, niemals eine Frau Macht über sich gewinnen zu lassen.

Und nun, indem er Macht über Lucy hatte ausüben wollen, indem er ihr beinahe ein Leid angetan hätte, hatte er wohl auch das letzte bißchen Zuneigung, das sie für ihn empfand, abgetötet.

Er setzte sich auf und betrachtete sie vorsichtig. Auf der edlen Seide des Lakens erschienen ihre langen Beine heller als je. Ihre Haut hatte den Alabasterton des Mondlichts, ihr Haar den seidigen Glanz eines Nerzes. Ihr stummes Schluchzen hatte aufgehört, aber sie sah nun frierend und verletzlich aus.

Mehr als je wollte er sie wärmen und beschützen. Aber er würde es nicht ertragen, wenn sie unter seiner Berührung zusammenzuckte.

Er umfing ihre Gestalt mit seinen Blicken, bis ihre Augen sich trafen. Als er darin ihre Angst sah, wandte er sich voller Abscheu vor sich selbst ab.

»Es tut mir leid«, murmelte er. »Ich werde jetzt gehen.«

Doch als er aufstehen wollte, ergriff Lucy ihn am Arm. »Ivan …«

Ivan biß die Zähne zusammen und schüttelte den Kopf. »Ich muß gehen.«

Doch Lucy ließ ihn nicht los. Statt dessen kniete sie sich auf das Bett, so daß ihre Gesichter sich auf gleicher Höhe befanden. »Ich will nicht, daß du gehst.« Dann legte sie ihre Arme um seinen Hals und drückte sich an ihn.

Sein Körper reagierte sofort. Lucy war nicht kalt, sondern warm wie geschmolzenes Wachs und genauso weich. Doch noch immer wollte Ivan nicht nachgeben. Er versuchte ihre Arme zu lösen. »Du mußt das nicht tun«, sagte er.

»Ich weiß.« Lucy küßte seine Wangen, sein Kinn, den Übergang vom Nacken zur Schulter.

Ivan erbebte. Er wollte, daß sie aufhörte, aber er konnte sich nicht rühren. Obwohl ihre Zärtlichkeiten seine Leidenschaften erregen sollten, war etwas in ihnen, das über das rein Körperliche hinausging. Sie waren ebenso beruhigend, wie sie anregend waren. Lucy hüllte ihn in die Zärtlichkeit ihres Herzens ebenso wie in die Zärtlichkeit ihres Körpers.

Doch das war Einbildung, sagte Ivan sich. Die sogenannte Zärtlichkeit eines weiblichen Herzens war eine Legende, ein Märchen. Noch einmal versuchte er, Lucy wegzuschieben.

Aber Lucy ließ sich nicht wegschieben, statt dessen zog sie seinen Kopf zu sich und küßte ihn. Ivans Widerstand brach zusammen. Mit einem Stöhnen, das nach Wut und Verlangen, nach Ablehnung und Begehren klang, nahm er sie in die Arme und legte sie auf das Bett, wo er sich neben ihr ausstreckte.

Diesmal war ihre Vereinigung nicht so wild wie zuvor. Sie war zart und still und beinahe ehrfürchtig. Doch als sie zum Ende kamen, als Ivan sich in Lucys Schoß ergoß und sich ihrer warmen Umarmung ergab, wußte er, daß er noch nie einem anderen menschlichen Wesen so nahe gewesen war. Lucy hatte seine Rüstung durchdrungen, sich unter seiner Haut eingenistet und zielsicher den Weg in sein Herz gefunden.

Lucy schlief ein, während Ivan neben ihr in dem riesigen Bett lag und schwitzend in die Dunkelheit starrte.

Das war es nicht, was er hatte einhandeln wollen. Er hatte gewollt, daß Lucy ihn brauchte. Er hatte der Tonangebende in dieser Beziehung sein wollen. Nie war es ihm in den Sinn gekommen, daß er *sie* brauchen könnte – daß es soweit kommen könnte, daß er sie *liebte*.

17

Ivan leerte den letzten Rest aus der Whiskyflasche in sein Glas. Er sah zu, wie die bernsteinfarbenen Tropfen rollten, sich streckten und schließlich in das Glas fielen. Seine rechte Hand zitterte nicht, als er die Flasche wieder auf den Tisch setzte, noch zitterte seine linke, als er das Glas hob und den feurigen Inhalt in seine Kehle goß.

Doch innerlich bebte er.

Unruhig blickte er umher. Giles und Alexander hockten über einem Brettspiel. Sie hatten zehn Sovereigns auf den Ausgang des Spieles gewettet. Alex machte seine Züge bedächtig, denn er brauchte das Geld. Wenn er verlor, würde er Giles den Gewinn wahrscheinlich schuldig bleiben müssen. Doch auch Giles spielte überlegt. Er wollte immer gewinnen; es spielte für ihn keine Rolle, ob der Einsatz hoch oder gering war.

Elliot jedoch saß müßig herum. Als er seinem Blick begegnete, hob Ivan das Glas, und beide tranken schweigend. Doch zumindest für Ivan war es ein unbehagliches Schweigen.

Er ärgerte sich. Warum zum Teufel hatte er seine Braut allein gelassen und war hierher zum Pisspott gekommen? Mit einem plötzlichen Ruck setzte er das Glas ab.

»Hat Mawbey zu einem von euch etwas über seine Pläne gesagt?« fragte er.

Giles zuckte mit den Achseln, und Alex sagte: »Nicht zu mir. Aber man kann dem Mann zu seinem Schneid nur gratulieren. Er ist nicht der Weichling, für den ich ihn gehalten habe.«

»Ich tippe auf das Mädel«, warf Elliot ein.

Alle blickten ihn an. »Glaubst du, Lady Valerie hat ihn überredet?« fragte Giles. »Sie ist doch so unschuldig, daß sie vermutlich noch nie etwas von Gretna Green gehört hat.«

Ivan reckte den Hals. »Elliot hat vermutlich recht. Meine liebe, unschuldige Kusine hat es sich in ihr hübsches Köpfchen gesetzt, Mawbey einzufangen. Es würde mich überhaupt nicht wundern, wenn sie ihn zur gemeinsamen Flucht gedrängt hätte.«

»Nun, und was willst du jetzt unternehmen?« fragte Elliot.

»Weshalb sollte ich etwas unternehmen?«

Elliot lächelte, und Ivan fühlte sich an einen Tag vor mehr als zwanzig Jahren erinnert, als ein Junge namens Elliot ihn gepiesackt hatte. Ivan war jetzt kein verschreckter kleiner Junge mehr, aber Elliot zeigte gelegentlich immer noch eine leichte Neigung, seine Freunde ein wenig zu quälen.

»Wenn du nicht die Absicht hast, etwas gegen die bevorstehende Entjungferung deiner süßen Kusine zu unternehmen, weshalb hast du dann dein entzückendes kleines Frauchen alleingelassen?«

Ivans Hände ballten sich zu Fäusten. »Mir scheint, daß du ein unnatürlich starkes Interesse an meiner Frau hast.«

»Unnatürlich?« Elliots Grinsen verstärkte sich. »Es wäre unnatürlich, wenn ein Mann sich nicht für eine solche …« Lachend brach er ab, als Ivan auf die Füße sprang.

Obwohl Ivan wußte, daß Elliot ihn nur neckte, konnte er sein Temperament nicht zügeln. »Ich habe genug von deiner Einmischung, Pierce.«

Elliot warf die Hände in die Luft und mimte den Unschuldigen. »Einmischung? Du tauchst hier auf, während wir still auf deine Verehelichung trinken – deine unerwartet plötzliche Verehelichung –, und wirfst mir vor, *ich* würde mich einmischen.«

Ivan fluchte, da er feststellen mußte, daß er sich wie ein kompletter Idiot aufführte. Das war es, wozu Lucy ihn gemacht hatte. Aber nicht mehr lange, so schwor er sich zähneknirschend.

»Was sich zwischen meiner Frau und mir abspielt,

geht dich nichts an. Soweit ich mich erinnere, haben wir vor einigen Tagen eine Wette abgeschlossen, und ich habe gewonnen. Und nun erwarte ich, daß du dich an unsere Abmachung hältst: Wenn ich aus dem Norden zurück bin, wirst du dich auf einer ausgedehnten Reise auf dem Kontinent befinden.«

Er hielt Elliots Blick stand, bis dieser grinsend nickte. Erst da nahm Ivan seinen Mantel. »Da keiner von euch etwas über die beiden weiß, werde ich mich jetzt auf den Weg machen.«

Elliot und Giles schwiegen wohlweislich. Alex sah Ivan nachdenklich an. »Wenn du glaubst, das Mädchen steckt mit Mawbey unter einer Decke, weshalb willst du dich dann einmischen?«

»Wer sagt, daß ich mich einmischen will?«

Lucy starrte auf das Bett. Sie saß zusammengekauert in einem Sessel auf der anderen Seite des Zimmers, gegenüber der ungeheuren Liegestatt aus Mahagoni.

Das Möbelstück war mindestens hundert Jahre alt, wahrscheinlich sogar zweihundert. Etliche Generationen von Westcotts hatten darin geschlafen, sich darin geliebt.

Aber war je zuvor eine der Westcott-Frauen am Morgen nach der Hochzeitsnacht in diesem Bett erwacht und hatte sich allein gefunden? War je eine dieser Frauen von ihrem Mann nur eine Nacht nach der Eheschließung verlassen worden?

Lucy unterdrückte ein Schluchzen und kämpfte energisch gegen die aufsteigenden Tränen an. Ivan hatte sie nicht verlassen. Sie war eine Törin, wenn sie das glaubte. Er war weg, aber er war unterwegs, um Valerie einzuholen, und das war gut so.

Trotzdem, hätten sich nicht andere darum kümmern können? Valerie hatte einen Vater und andere männliche Verwandte, wie Ivan gestern richtig festgestellt hatte. Aber Lucy wußte es besser. Valeries Flucht mit Sir James hatte Ivan eine willkommene Ausrede geliefert, sich aus dem Staub zu machen. In Wirklichkeit hatte er sie gar nicht heiraten wollen, es war ihm nur darum gegangen, seine Großmutter zu brüskieren. Und jetzt fühlte er sich überlistet und in seiner eigenen Falle gefangen. Lucy fürchtete, daß er sie nun mit allen anderen Frauen in einen Topf warf. Das hatte sie nicht verdient!

Warum nur hatte Lady Westcott, nachdem sie ihn endlich verheiratet gesehen hatte, durch ihre Häme alles zerstören müssen?

Lucy verbarg ihr Gesicht in ihrer Armbeuge. Draußen begann ein Hund zu bellen. Eine Frauenstimme rief, eine Männerstimme antwortete. Lucy blickte hoffnungsvoll auf, doch es war nicht Ivan, der draußen lachte.

Eine Träne stahl sich unter ihrem Lid hervor, und obwohl sie sie mit dem Handrücken wegwischte, kullerten schon die nächsten hinterher.

Sei keine Gans! befahl sie sich, stemmte sich aus dem Sessel und blickte umher. Sie hatte nie zur weinerlichen Sorte gehört, und sie wollte jetzt nicht damit anfangen, nur weil ihr Ehemann gegangen war, ohne sich zu verabschieden. Schließlich handelte es sich um eine Familienangelegenheit. Er würde schon wiederkommen.

Als aber die Tage vergingen, wurde sie zunehmend unsicherer, denn je länger Ivan ausblieb, um so unwahrscheinlicher war es, daß er Valerie und Sir James gefunden hatte. Möglicherweise waren die beiden inzwischen schon verheiratet. Hatte Ivan überhaupt nach ihnen gesucht?

Ihre Gefühle waren während dieser Tage schwankend. Oft war sie wütend, dann wieder verzweifelt. Immer wieder fragte sie sich, warum Ivan sie geheiratet hatte. Nur um zu zeigen, daß er es konnte? Dann wieder glaubte sie, daß ihre Heirat, auch wenn sie nicht unter günstigen Umständen zustandegekommen war, sich trotzdem zum Guten hätte wenden können – wenn Ivan es gewollt hätte.

Am vierten Tag seiner Abwesenheit wurde Lucy durch einen Brief von ihm aufgeschreckt. Er habe sich um geschäftliche Angelegenheiten auf dem Land zu kümmern und wünsche, daß auch sie dorthin käme, da er das Haus in der Stadt aufgeben wolle. Über die flüchtigen Liebenden schrieb er kein Wort, was die Gräfinwitwe sehr erboste. Ebensowenig schrieb er über seine eigenen Pläne, was wiederum Lucy deprimierte.

Auch von Valerie waren zwei Schreiben gekommen. In dem ersten entschuldigte sie sich für die Ungelegenheiten und Sorgen, die sie ihrer Patentante bereitet hatte. Das zweite war eine Nachricht von Sir James und Lady Mawbey und zeigte ihre kürzlich erfolgte Heirat an. Die Jungvermählten baten, Lady Westcott in Dorset aufsuchen zu dürfen.

Besonders diese Zeilen versetzten Lucy in Aufregung. Nur wenn Valerie mit Ivan gesprochen hatte, so sagte sich Lucy, konnte sie wissen, daß sie und Lady Westcott nach Dorset gingen. Das bedeutete, daß Ivan sie irgendwo getroffen haben mußte.

Hieß das nun, daß er auch nach Dorset kommen wollte?

Lucy hatte danach weder essen noch schlafen können, so sehr beschäftigte sie diese Frage.

Nun saßen Lady Westcott und Lucy einander in der Reisekutsche gegenüber. »Sie werden eine eigene Zofe brauchen«, sagte Lady Antonia, während das langsame Gefährt die Straße entlangholperte. Sie hatten Guilford hinter sich gelassen und befanden sich nun auf der Straße nach Winchester, wo sie die Pferde wechseln wollten, um danach bei Stockbridge den Fluß Test zu überqueren. »Ich habe zwei Mädchen unter meinem Personal, die in Frage kämen.«

»Können sie lesen und schreiben?« fragte Lucy, die gleichgültig auf die Landschaft hinausstarrte.

»Ich beschäftige grundsätzlich keine Dummköpfe, Miss Drysdale …«

Lady Westcott unterbrach sich, als Lucy ihr einen herausfordernden Blick zuwarf. Lucy war nicht länger Miss Drysdale, sondern die Gräfin von Westcott. Und obwohl es das war, was die alte Frau gewünscht hatte, schien

Antonia sich in diesem Augenblick nicht gern daran zu erinnern.

Lucy fürchtete, daß sie und Ivans Großmutter wohl nie besonders gut miteinander auskommen würden. Die schlimme Szene im Schlafzimmer am Hochzeitstag schien diese Befürchtung zu bestätigen. Die Gräfinwitwe war nicht die Person, die sich ohne weiteres die Macht entwinden ließe. Andererseits hatte Lucy nicht die Absicht, sich vor der schwierigen alten Frau in den Staub zu werfen. Die beiden Augenpaare blickten sich frostig an.

»Ich beschäftige nur die Besten«, fuhr Lady Westcott plötzlich fort, »sei es Zofe, Weißnäherin oder Schneiderin.«

»Ich werde mich bemühen, mir das zu merken. Allerdings konnte es einige Zeit dauern, bis ich mich daran gewöhne, keine altjüngferliche Gouvernante, sondern eine verlassene Gräfin zu sein.«

Lucy, die sich über ihre eigenen mitleidheischenden Worte ärgerte, wandte sich ab und blickte aus dem Fenster. *Aber es stimmt ja,* dachte sie, *in den Augen der Welt bin ich eine mitleiderregende Figur.*

Lady Westcotts schwere seidene Röcke raschelten, als sie auf ihrem Sitz rückte. »Sie sind nicht verlassen. Es sei denn, Sie betrachten sich selbst als verlassen.«

Sehr direkte, jedoch in einem versöhnlichen Ton vorgetragene Worte. Lucy sah sie von der Seite an. »Ich fahre ohne meinen Ehemann meinem neuen Heim entgegen, und ich habe keine Ahnung, wann und ob er mich dort aufsuchen wird. Wie sollte ich mich da nicht als verlassen betrachten?«

»Er ist abgereist, um seine Kusine aufzuspüren, wie es seine Pflicht ist. Außerdem hätte ich Ihnen genug Rückgrat zugetraut, um nicht gleich bei der ersten Schwierigkeit aufzugeben.«

»Haben Sie mich deshalb für Ivan ausgesucht? Wegen meines Rückgrats?«

Die alte Frau sah Lucy herausfordernd an. »So war es. Ich hoffe, daß ich mich nicht in Ihnen getäuscht habe.«

Lucy schaute weg. Bisher hatte sie immer reichlich Rückgrat bewiesen. Aber seit sie sich verliebt hatte, schien dieses Rückgrat geschmolzen zu sein. Aber das brauchte Lady Antonia nicht zu wissen.

Lucy setzte sich gerade, biß die Zähne zusammen und reckte das Kinn vor. »Seien Sie versichert, daß ich meine Verpflichtungen als Gräfin von Westcott so ernst nehmen werde, daß niemand Zweifel an mir haben kann. Weder Sie noch mein abwesender Ehemann.« Dann schloß sie die Augen und lehnte sich zurück, um die lange, unglückselige Reise nach Dorset zu überstehen.

Mit Einbruch der Dämmerung kamen sie vor dem Familiensitz an. Die sinkende Sonne tauchte die Westfassade des Hauses in rötliches Gold. Es war ein hübsches Gebäude aus Portlandsteinen mit fünf stattlichen Giebeln an der Fassade und genügend Fenstern, um einen Trupp von Fensterputzern rund ums Jahr in Atem zu halten. An den Wänden rankte sich Efeu empor und verlieh dem Haus, das ansonsten schmucklos war, ein gemütliches Aussehen. Mit seinen zweieinhalb Stockwerken erhob es sich nicht sehr hoch über den Boden.

Es wirkte insgesamt nicht halb so prunkvoll, wie Lucy erwartet hatte.

Dieser Eindruck änderte sich jedoch schlagartig, sobald man das Haus betreten hatte. Die hohen Kassettendecken waren sorgfältig bemalt. Ob mit Gips oder Holz verkleidet, alle Wände waren mit Blattgold oder Hintergrundmalereien verziert und dicht mit Kunstwerken behängt. Selbst die Böden waren Kunstwerke, eingelegt mit den verschiedenartigsten Hölzern und bedeckt von Teppichen aus allen möglichen orientalischen Ländern.

Die Möblierung reichte von antik bis modern, und zwei der Badezimmer besaßen fließendes Wasser, was einen nahezu unerhörten Luxus darstellte. Doch trotz allen Reichtums schien dem Haus etwas zu fehlen.

Menschliche Wärme war es, die fehlte, stellte Lucy fest, als sie den Widerhall ihrer eigenen Schritte auf den eleganten Stufen vernahm, die in das Obergeschoß führten.

Die Gräfinwitwe hatte ihre persönlichen Habseligkeiten in das Gästezimmer nahe dem östlichen Badezimmer schaffen lassen, während Lucy die Hauptträume und das westliche Badezimmer zustanden.

In einem Augenblick des Zorns ließ Lucy Ivans wenige persönlichen Habseligkeiten in einen der Lagerräume auf dem Dachboden bringen. Falls Lady Westcott mit Lucys Eigenmächtigkeit nicht einverstanden war, so verbarg sie dies in den kommenden Wochen wohlweislich.

Ohne eigentliche Absprache stellte sich zwischen den beiden Frauen bald eine Art friedlicher Routine ein. Lucy machte morgens einen Rundgang durch den Garten und brütete über ihren Gedanken. Nachdenken nannte sie selbst es, aber brüten kam der Sache näher. Anschließend frühstückte sie mit Lady Antonia.

Lucy übernahm die Entscheidungen in Haushaltsangelegenheiten, doch sie traf sie immer in Lady Westcotts Anwesenheit. Gelegentlich bot die Gräfinwitwe ihren Rat – meist guten Rat – an, Lucy überdachte ihn und nahm ihn für gewöhnlich an. Früh am Nachmittag arbeitete Lucy sich durch die gutbestückte Bibliothek, während Lady Antonia die Zeitungen las und danach ein Nickerchen machte.

Sie hielten sich an die auf dem Lande übliche Zeiteinteilung, was hieß, daß sie ihr Abendessen zeitig einnahmen. Manchmal ritt Lucy in dem lang andauernden Zwielicht der Sommerabende aus. Die Ländereien des Besitzes waren ausgedehnt, und die Ställe, obwohl nicht sehr groß, beherbegten einige ausgezeichnete Reitpferde.

Das Dasein der beiden Frauen hätte geradezu idyllisch genannt werden können, hätten sie nicht beide unter der Ungewißheit gelitten, wann Ivan zurückkehren würde.

Valerie schrieb noch zweimal. Zuerst teilte sie mit, daß ihr Aufenthalt in York bei Sir James' Familie sich verzögerte, aber daß sie nach wie vor die Absicht hätten, nach Dorset zu kommen. Dann, daß sie in der letzten Juliwoche, nach einem Besuch bei Valeries Familie in Arundel, in Dorset eintreffen wollten.

Auch Ivan schrieb, aber seine Briefe waren nicht mehr als kurze Notizen.

Ich muß noch länger geschäftlich in York bleiben, lautete die erste. Zwei Wochen später: *Ich reise nach Wales wegen neuer geschäftlicher Verbindungen.*

Wann er in Dorset zu erwarten sei, deutete er mit keinem Wort an.

Lucy bemühte sich, nicht schwermütig zu werden, aber es gelang ihr nicht. Lesen lenkte sie nicht ab. Sie verlor den Appetit. Sogar der Geruch von Essen war ihr kaum mehr erträglich. An dem Nachmittag, an dem Valerie und Sir James ankamen, mußte Fenton, der Butler, sie aus einem Schlummer wecken, in den sie in der Bibliothek gesunken war. Antonia wartete im Foyer auf sie, und zusammen gingen sie hinaus, um ihre Gäste zu begrüßen.

Valerie war nervös, das sah Lucy sofort. Die junge Frau ging, sich ängstlich an den Arm ihres Mannes klammernd, zögernd auf ihre Patentante zu. »Darf ich Ihnen meinen Ehemann, Sir James Mawbey, vorstellen«, sagte sie zu der alten Dame.

»Ich weiß, wer er ist«, versetzte Antonia barsch. Sie beäugte den ernsten jungen Mann und die schüchtern dreinschauende Valerie. »Schau mich nicht so an, Mädchen! Ich habe ein Recht, schlecht gelaunt zu sein, denn du hast mir endlose Peinlichkeiten bereitet. Sag mir eines: Gibt es keine Möglichkeit, die Ehe zu annullieren?«

Sir James reckte sich. »Madam! Sie haben überhaupt kein Recht …«

»Keine Möglichkeit«, unterbrach Valerie ihren wütenden Ehemann. »Wir sind gesetzlich getraut, und auch wenn es nicht so wäre, gäbe es kein Zurück. Wir lieben uns.«

Die Gräfinwitwe faßte den Kristallknauf ihres Stockes fester. »Na schön. Ihr seid also verheiratet. Komm, gib mir einen Kuß und laß uns dann hineingehen. Hier draußen ist es so heiß, daß man in Ohnmacht fallen könnte.«

Sofort löste sich die Spannung zwischen Valerie und der alten Frau. Valerie hängte sich dankbar an den Arm der Gräfinwitwe. Sir James jedoch war nicht so schnell versöhnt und starrte die Alte mißtrauisch an.

Lucy stellte fest, daß es wohl an ihr sein würde, seine aufgestellten Federn zu glätten. »Kommen Sie, Sir James. Sie gehören jetzt zur Familie, und alles wird gut werden.«

Sein Arm, auf den sie ihre Hand gelegt hatte, war steif, und seine Manieren waren noch steifer. »Valeries Patentante wird mir meinen niedrigeren gesellschaftlichen Rang niemals verzeihen«, sagte er bitter.

»Ich glaube, das hat sie schon getan«, erwiderte Lucy. Sie blickte ihm fest in die Augen. »Ich frage mich, was in Ihrer Kindheit vorgefallen sein mag, das Sie veranlaßt hat, so sehr gegen die Adelserbfolge anzukämpfen und doch gleichzeitig an Ihrem höfischen Titel festzuhalten.«

Lucy erwartete eine heftige Antwort. Zu ihrer Überraschung jedoch runzelte Sir James nachdenklich die Stirn. »Es ist seltsam, ich weiß. Und ich habe in letzter Zeit öfter darüber nachgedacht. Ich hätte eigentlich Sie heiraten sollen; Sie mit Ihrem schnellen Verstand und dem bescheideneren Titel«, sagte er ganz unverblümt. »Statt dessen habe ich mich in Valerie verliebt – die übrigens auch recht intelligent ist«, fügte er hastig hinzu. »Aber sie teilt nicht unsere besonderen Interessen, Ihre und meine.«

Lucy schenkte ihm ein knappes Lächeln. »Vielleicht wird Ihr hervorragender Verstand durch Valeries gesellschaftliche Stellung aufgewogen, während ich als genauso lästig verschrien bin wie Sie.«

Sir James grinste, und Lucy grinste zurück.

Inzwischen waren sie im vorderen Salon angelangt, wo sie ihre offene Unterhaltung nicht weiter fortsetzen konnten. Doch Lucy wußte nun, daß sie in Sir James einen Freund gefunden hatte. Jeder Zweifel, den sie am

Gelingen seiner und Valeries Ehe im Geheimen gehegt hatte, schwand. Obwohl die beiden für ein oberflächliches Auge nicht zusammenzupassen schienen, ergänzten sie einander gut.

James hatte in Valerie ein völlig unverdorbenes Mädchen gefunden, das trotzdem eine Frau war. Ihre Persönlichkeit konnte er formen, ihr Gesicht und ihre Gestalt lieben. Valerie hingegen war, als mittleres Kind, in dem Lärm und Trubel einer großen Familie immer im Schatten gestanden. In James aber hatte sie einen ernsthaften, väterlichen Gatten gefunden, der ihr all seine Aufmerksamkeit schenkte.

Diese seltsame Ehe würde gutgehen, davon war Lucy überzeugt.

Hätte sie das doch auch von ihrer eigenen behaupten können …

18

»Wirklich, ich bin nicht krank«, protestierte Lucy.

Valerie betrachtete sie zweifelnd. »Du bist blaß und hast keinen Appetit.« Sie wollte ihre Hand auf Lucys Stirn legen, doch diese duckte sich darunter hinweg.

»Es geht mir ausgezeichnet«, behauptete sie. »Das kommt nur von den vielen Veränderungen in meinem Leben, von der Heirat, dem neuen Heim.«

»Und von einem abwesenden Ehemann?« fragte Valerie sanft.

Lucy schnitt eine Grimasse. Die beiden Frauen saßen auf einer Bank im Garten und schauten dem Sonnenuntergang zu. Heute waren es sieben Wochen, daß Lucy nach Westcott Manor gekommen war. Sieben Wochen und sechs Tage seit ihrer Hochzeit mit Ivan.

Sieben Wochen und fünf Tage, seit sie ihren Mann zuletzt gesehen hatte.

Zum Glück waren Valerie und Sir James da, sonst wäre sie verrückt geworden, Rückgrat hin oder her.

Trauer, Zorn, niederdrückende Verzweiflung – all diese Gefühle hatte Lucy durchlebt, abwechselnd und gleichzeitig. Sie empfand den heftigen Wunsch, Ivan zu erwürgen. Und sie wollte ihn gleichzeitig festhalten und nie wieder gehen lassen. Sie wollte, daß dieses schreckliche Warten endlich aufhörte.

Doch am allermeisten wünschte sie, daß niemand bemerkte, was sie selbst schon länger vermutet hatte: daß sie schwanger war.

Jedesmal, wenn sie daran dachte, setzte ihr Herz aus. Ihr Kind – und Ivans. So sehr sie sich darüber freute, so traurig machte es sie auch. Denn Ivan schien sie hier auf dem Land vergessen zu haben. Sie fürchtete, daß er, sobald er von ihrem Zustand erfuhr, noch weiter weg flüchten würde.

»Wie geht es mit James' Artikel vorwärts?« fragte sie, um Valeries Aufmerksamkeit von sich abzulenken.

Valerie strahlte. »Er arbeitet gerade daran. Übermorgen fahren wir nach London, damit er ihn dem Herausgeber des ›Hastings Journal zur Erforschung des menschlichen Gehirns‹ für die Septemberausgabe übergeben kann.«

Wie derzeit die meisten ihrer Emotionen, so war auch Lucys Gefühl gegenüber Valeries und James' Abreise zwiespältig. Die beiden waren der Inbegriff eines frischverheirateten Pärchens und so offensichtlich ineinander verliebt, daß Lucy es kaum ertragen konnte, mit beiden gleichzeitig in einem Zimmer zu sein. Sie ließen ihre eigenen Heiratsgründe als armselige Ausreden erscheinen.

Andererseits wäre sie jeder Abwechslung beraubt, wenn die beiden nicht mehr da wären. Ihr einziger Begleiter wäre dann das Elend – und Lady Antonia sowie gelegentliche Nachrichten von Ivan. Seine Reisenotizen nannte Lucy diese Briefe bitter, denn sie kamen jedesmal aus einem anderen Ort. Eine Woche in York. Drei Tage in Scarborough, dann ein kurzer Aufenthalt in London, gefolgt von einer Reise nach Portsmouth. Es war zwecklos, ihm zu schreiben, denn Ivan war ständig in Bewegung.

Lucy bemühte sich, Valerie ihr Unglück nicht anmerken zu lassen. »Aber danach kommt ihr doch wieder zu uns, nicht wahr?« fragte sie. »Es wird hier so einsam ohne euch.«

Valerie tätschelte ihre Hand. »Das würde ich natürlich gerne. Du und Lady Westcott wart so freundlich zu uns in diesen Wochen. Aber James muß seine Vorlesungsreihe neu gestalten, und in der Driscoll School werden die Ferien bald vorüber sein. Ich habe noch nicht einmal seine Wohnung gesehen. Ich vermute, daß sie eine richtige Junggesellenbude ist. Ich werde wohl alle Hände voll zu tun haben, sie bewohnbar zu machen und gemütlich herzurichten.« Sie hob den Kopf. »Vielleicht könntest du mich im September besuchen und mir bei meinen Einrichtungsarbeiten helfen. O ja«, fügte sie eifrig hinzu, »es wäre wundervoll, wenn du mit uns nach London kommen könntest.«

Lucy schob eine Locke beiseite, die der Abendwind ihr ins Gesicht geweht hatte. Vielleicht sollte sie wirklich nach London zurückkehren, überlegte sie. Zwar wußte sie nicht, ob Ivan sich dort aufhielt, aber seine Freunde würden dort sein, und vielleicht wußten sie etwas über seinen Verbleib. Außerdem war sie es müde, auf dem Lande die vernachlässigte Ehefrau zu spielen. Da war es schon besser, in die Stadt zurückzukehren und sich der Gesellschaft als die neue, mit messerscharfem Verstand begabte Gräfin von Westcott zu präsentieren. Ihre Überlegungen gewannen langsam Gestalt. Sie wollte Aufsehen in der Stadt erregen, ehe die Saison endete. Und vielleicht würde genau das Ivan aus seinem Versteck hervortreiben.

»Ich glaube, ich werde mit euch nach London kommen«, sagte sie mit neu erwachter Zuversicht. »Ich werde das Stadthaus wieder in Betrieb nehmen, und wir können dort wohnen, während eure Wohnung hergerichtet wird.«

Valeries Begeisterung wich einer leichten Besorgnis. »Was ist, wenn … Glaubst du, das wäre …«

»Meinst du, Ivan könnte sich dort aufhalten? Das werden wir bald feststellen«, antwortete Lucy entschlossen.

Drei Tage später – in London – hatte sie ihre Antwort. Ivan wohnte nicht im Stadthaus. Allerdings erfuhr sie vom Butler, der es von der Köchin wußte, deren Schwester bei den Varneys im Dienst stand, daß der Graf dort vor kaum einer Woche zu einem abendlichen Tanz aufgetaucht war.

Und er schien sich in übler Laune befunden zu haben. Er habe mit jeder Frau getanzt, sich beinahe mit Lord Haverling wegen dessen Schwester geprügelt, sich dann mit einem seiner Freunde gestritten und sei früh gegangen – in ziemlich angetrunkenem Zustand.

Lucy hörte den Bericht des redseligen Butlers mit

gekreuzten Armen und ungeduldig wippender Fußspitze an. Sie wußte nicht, was sie mehr verletzte: seine Aufmerksamkeiten anderen Frauen gegenüber, seine betonte Vernachlässigung ihrer Person oder sein offensichtliches Unglück. Aber er hatte kein Recht und keinen Grund, sie so schlecht zu behandeln.

»Lassen Sie jemanden herausfinden, wo er wohnt, denn ich möchte ihm eine Nachricht senden.«

Der Butler nickte, und als Lucy nichts weiter sagte, verbeugte er sich und wandte sich zum Gehen. Doch Lucy hatte einen Einfall, und ehe er die Tür erreichte, hielt sie ihn auf. »Außerdem, Simms, würde ich mich gerne mit Ihnen, der Köchin und der Haushälterin zusammensetzen; und zwar je eher, desto besser. Ich habe mir vorgenommen, einen Empfang – einen großen Empfang – zu geben, um meine Kusine und ihren Gatten der Gesellschaft vorzustellen, ehe die Jagdsaison beginnt und alle sich aufs Land zurückziehen.«

Daß ihr dieser Einfall erst in diesem Augenblick gekommen war und daß sie keine Ahnung davon hatte, wie man ein solches Fest plante, zählte nicht. Valerie verdiente diesen Empfang, und Lucy als der neuen Gräfin von Westcott oblag es, ihn zu geben. Sie würde sich ohnehin, sobald ihre Schwangerschaft sichtbar würde, aus der Gesellschaft zurückziehen müssen. Doch bis dahin wollte sie sich von niemandem bemitleiden lassen.

Außerdem würde sie durch ihren Plan zwei Fliegen mit einer Klappe schlagen. Sie würde Valerie und Sir James in die Gesellschaft einführen, die James angeblich so ablehnte. Und sie hoffte, damit Ivan aus dem Loch, in dem er sich gegenwärtig versteckt hielt, hervorzulocken.

Valerie war begeistert, als sie die Neuigkeit vernahm, Sir James weniger. Doch seiner jungen Frau zuliebe wollte er jedes Opfer auf sich nehmen, und so stimmte er widerwillig zu. Für die Planung des Ereignisses versicherte Lucy sich der Dienste einer gewissen Madame Leonardo, einer französischen Witwe, die gegen entsprechendes Honorar die Planung und Aufsicht solcher Festivitäten übernahm.

Lucy wollte ihr Fest zum Knaller der Saison machen. Die Tatsache, daß die Saison – bis auf die Vorkommnisse in der Westcott-Familie – ziemlich ereignislos verlaufen war, würde ihr zum Vorteil gereichen. Lucy wußte, daß ihre Heirat Stadtgespräch war. Eine Anstandsdame und der Bastardgraf. Und dann war da Valerie, unbestritten das hübscheste junge Mädchen, das in dieser Saison in der Stadt aufgetaucht und mit einem mittellosen Gelehrten durchgebrannt war, obwohl sie unter den reichsten Männern hätte wählen können.

O ja, es würde nur wenige geben, die nicht zu diesem Empfang kommen würden.

Doch ob Ivan kommen würde, wußte Lucy nicht. Und es gab eine Person, die sie nicht einladen wollte: die Gräfinwitwe.

Lucy hörte bald, daß Ivan bei Giles wohnte. Jedesmal, wenn sie ausging, rechnete sie damit, daß er ihr über den Weg laufen würde. Sie hoffte darauf und fürchtete sich gleichzeitig davor.

Sie ging nicht oft aus. Morgens blieb sie lange im Bett, damit niemand bemerkte, wie übel ihr oft um diese Tageszeit war. An den Nachmittagen erholte sie sich von den Vormittagen. So blieben nur noch die Abende, und da tat sie ihr Bestes, um der Gesellschaft die Rolle der geistreichen Gräfin vorzuspielen. Sie lachte, sie flirtete, sie tanzte. Leider war sie aufgrund ihres Zustandes nicht kräftig genug, um wirklich lange aufzubleiben, und trübte damit ein wenig das Bild, das sie von sich geben wollte. Jedesmal fiel sie nach einem Abend in Gesellschaft todmüde ins Bett. Und am nächsten Morgen begann der Kreislauf aufs neue.

Es war an einem Abend in der Oper, da sie Alexander Blackburn begegnete. Sie und Valerie waren nach der Pause die Treppe zu ihrer Loge hinaufgegangen, und da stand Alexander Blackburn am Ende der Treppe, den Arm um eine gutaussehende Brünette gelegt. Obwohl er

Lucy sofort bemerkte, nickte er ihr nur höflich zu. Auch sie blieb nicht stehen, um sich mit ihm zu unterhalten. Zweifellos war die Dame an seiner Seite, die ihn ungeniert anhimmelte, nicht von der Sorte, die man in Gesellschaft vorstellen konnte, dachte Lucy. Alexander benahm sich also nur, wie es sich gehörte.

Trotzdem war Lucy von der Begegnung niedergedrückt. Alexander war einer von Ivans besten Freunden, und doch hatte er nicht die Höflichkeit besessen, sie anzusprechen. Dann fiel ihr ein, daß auch Ivan anwesend sein konnte. Vielleicht hatte auch er eine solche Frau an seinem Arm. Bei diesem Gedanken drehte sich Lucy der Magen um.

Sie verbrachte den Rest der Oper damit, durch ihr Glas die anderen Logen und das Publikum im Parkett abzusuchen. Doch sie sah weder Ivan noch Alex. Niedergeschlagener als je kam sie zu Hause an und legte sich in ihr einsames Bett.

Als die Tage vergingen und Ivan sich nicht rührte, wurde sie zorniger und zorniger. Er benahm sich wie ein verzogener Fünfjähriger.

Wie aufreibend auch die Verwaltung des großen Westcott-Besitzes sein mochte, so hatte er doch keinen Grund, Lucy auf immer aus dem Weg zu gehen. Er hatte sie in diese Ehe gezwungen, und nun spielte er den Beleidigten.

In ruhigeren Momenten sagte sie sich, daß für ihn ihre anfängliche Weigerung, ihn zu heiraten, genauso aussehen mußte wie die Zurückweisung, die er durch seine Mutter und seine Großmutter erfahren hatte. Anders als bei diesen beiden hatte er jedoch die Oberhand über sie gewonnen und sie zu dieser Ehe gezwungen. Leider hatte er genau in dem Moment, als er das erreicht hatte, durch seine Großmutter erfahren, daß er wieder manipuliert worden war. Und nun hielt er sich fern.

In anderen Augenblicken jedoch schaffte Lucy es nicht, so vernünftig zu argumentieren. Und daß er sich ausgerechnet an ihr für die Lieblosigkeit seiner Familie schadlos hielt, war nicht gerecht, denn sie war die einzige, die ihn wirklich liebte.

Doch wie auch immer Lucys Stimmung war, eine Wahrheit blieb bestehen: Sie liebte Ivan. Sie war wütend auf ihn, sie sehnte sich nach ihm und sie liebte ihn.

Ivan war genauso unglücklich wie Lucy und genauso unfähig, die Situation zu ändern. Sein erster Zorn auf sie – ein Zorn, der eigentlich seiner Großmutter gegolten hatte – war lang verflogen. Valeries Glück, das diese mit ihrem so unpassenden Ehemann genoß, hatte ihn längst gemildert.

Ivan hatte die beiden eingeholt, ehe sie vor dem Priester das Ehegelübde abgelegt hatten, und hatte lange und eingehend mit Sir James gesprochen. Liebte er Valerie? Wo wollten sie leben? Hatte Sir James die Mittel, für den Unterhalt seiner Frau aufzukommen?

Sobald Ivan von Valeries künftigem Glück überzeugt war, hatte er sich als Trauzeuge für die Hochzeitszeremonie zur Verfügung gestellt.

Wenn er nur ein Quentchen Vernunft besessen hätte, wäre er danach auf der Stelle nach London zurückgekehrt und hätte mit seiner Frau eine ebenso eingehende Diskussion geführt. Doch der Gedanke an diese Unterhaltung machte ihm mehr Angst, als er sich eingestehen wollte.

Was würde es nützen, wenn er sie dazu brachte, ihm ihre wahren Gefühle für ihn einzugestehen? Er wußte doch schon, daß sie ihn nicht hatte heiraten wollen. Körperlich paßten sie hervorragend zusammen, doch das konnte den klaffenden Abgrund, der zwischen ihnen lag, nicht überwinden. Er war zu dieser Heirat manipuliert worden. Lucy war zu der Heirat gezwungen worden. Da er das eine nicht vergessen konnte, wie sollte ihr das bei dem anderen gelingen?

Also trödelte er in York herum und kümmerte sich um die dortigen Westcott-Besitztümer. Dann reiste er nach Wales, um dort eine Zinnmine in Augenschein zu nehmen. Er redete sich ein, daß diese Reise gerechtfertigt sei, da er seine Geschäfte zu lange vernachlässigt habe und außerdem Zeit zum Nachdenken benötigte. Doch die Wochen waren verstrichen, und je länger er weg war, um so leichter fiel es ihm, die Rückkehr aufzuschieben. In Scarborough hatte er mit einem Schiffsbauunternehmer verhandelt, danach war er nach London gefahren. Er wollte überall sein, nur nicht in Dorset.

Trotzdem fühlte er sich miserabel. Am schlimmsten war es jedoch in der Nacht gewesen, als Alex ihm erzählt hatte, er habe Lucy in der Oper gesehen. Ivan wollte zu ihr gehen, sie in die Arme schließen und alles Mißtrauen vergessen. Doch wie sollte er das schaffen? Nach dieser langen Zeit seiner unentschuldbaren Abwesenheit mußte Lucy ihn hassen.

Also trank er, suchte Streit und beleidigte sogar seine engsten Freunde. Nur zu Lucy ging er nicht, da er Angst hatte, sie würde seine Entschuldigungen nicht annehmen, sondern ihn zurückweisen.

Als er jedoch ihre Einladung zu dem Empfang für Valerie und Sir James erhielt, war ihm klar, daß er ihr nicht länger aus dem Weg gehen konnte. Sie hatte ihm den Fehdehandschuh hingeworfen und dadurch ihre persönlichen Differenzen in eine öffentliche Arena verlagert. Wenn sie glaubte, ihn zum Narren halten zu können, so sollte sie sich getäuscht sehen.

Lucy befürchtete, sich gründlich verrechnet zu haben. Denn Ivan hatte auf ihren Brief nicht geanwortet, und der Empfang sollte schon heute abend stattfinden. Gegen Mittag suchte Sir James sie auf.

»Möchtest du, daß ich zu ihm gehe, Lucy, und verlange, daß er mit dir die Gäste begrüßt?«

Eine schmerzliche Röte stahl sich in Lucys Gesicht. »Nein. Das ist nicht nötig.« Sie wollte nichts weiter erklären und rannte davon. Man konnte einen Mann wohl nicht zwingen, ein guter Ehemann zu sein, dachte sie bei sich. Besonders einen Mann wie Ivan. Er hatte es sich in den Kopf gesetzt, alle Gesellschaftsregeln zu mißachten und alle Frauen, mit denen er in seinem Leben zu tun gehabt hatte, in ihrer, Lucys, Person zu bestrafen.

Aber ach, wie sehr wünschte sie sich, ihn zwingen zu können, bei ihr zu bleiben. Oder ihn zu überzeugen – oder wenigstens durch Schmeichelei dazu zu bringen.

Sie seufzte. Es hatte keinen Zweck, sich etwas zu wünschen, was nie in Erfüllung gehen würde. Diese Lektion glaubte sie schon seit einiger Zeit gelernt zu haben. Leider schien sie sie immer wieder von neuem lernen zu müssen. Sie mußte anfangen, den Tatsachen ins Auge zu blicken und ihr Leben wieder selbst in die Hand zu nehmen. Und dazu gehörte, diesen elenden Empfang, den sie eingefädelt hatte, wie geplant durchzustehen.

Sie zog ein Kleid mit hoher Taille und enganliegenden Ärmeln an. Es war aus stahlblauer Seide mit einem Überrock aus Chiffon, der mit Gold- und Silberfäden durchwoben war. Es waren die Farben des Schals, den Ivan ihr geschenkt hatte. Das Ergebnis war umwerfend, denn bei jedem Schritt, den sie tat, funkelte sie förmlich.

Das Leibchen hatte einen quadratischen tiefen Ausschnitt, der ihren Busen mehr als nur ahnen ließ. Und was für ein Busen, lobte sie sich, als sie sich in dem Ankleidespiegel betrachtete. Ihrer Schwangerschaft verdankte sie es, daß ihre Brüste sich vergrößert hatten. Ihre ganze Figur war in den letzten Monaten erstaunlich üppig geworden.

Würde das Ivan gefallen?

Stirnrunzelnd wandte sie sich vom Spiegel ab. Es war gleichgültig, ob ihm das gefallen würde, sagte sie sich und zog die bestickten Schuhe an, die sie sich hatte anfertigen lassen. Dann zog sie die enganliegenden Handschuhe über und atmete tief durch. Es war Zeit, nach unten zu gehen und nochmals alle Vorkehrungen zu kontrollieren. Bald würden die ersten Gäste eintreffen, und dann wollte sie bereit und ganz ruhig sein.

Die Eingangshalle erglänzte in goldenem Licht. In jedem Wandhalter und in zahllosen silbernen Kerzenständern, die verschwenderisch auf Konsolen und Tischen verteilt waren, brannten feinste Wachskerzen. Lucy ging weiter in den Salon, wo in zwei riesigen Kronleuchtern je sechzig Kerzen den süßen Honigduft noch verstärkten. Windlichter aus Kristall strahlten, und dazwischen waren überall rote Rosen verstreut.

Rote Rosen stehen für Liebe, dachte Lucy bitter. Nicht ihre eigene Liebe, sondern die von James und Valerie.

Sie starrte auf das größte Dekorationsstück, eine Anordnung, auf der Madame Leonardo bestanden hatte: rote Rosen, weißes Schleierkraut und herzförmige Efeublätter formten einen Bogen über dem großen Spiegel, der eines der Paneele am Ende des Saales ausfüllte.

In dem silbrigen Glas sah Lucy atemberaubend aus. Die Rosen umrahmten ihre in grünblau gekleidete Gestalt. Ich sehe wirklich wie eine Gräfin aus, dachte Lucy, während sie auf ihr ungewohntes Spiegelbild starrte, das ihr königlich und zuversichtlich entgegenblickte.

Sie empfand das als pure Ironie, denn nie hatte sie sich weniger zuversichtlich gefühlt als jetzt.

Unfähig, den Anblick dieser neuen Gräfin Westcott länger zu ertragen, senkte sie den Blick. Wie hatte sie jemals glauben können, sie würde diesen Empfang meistern? Sie wußte nicht, wie sie den Abend überstehen sollte. Ihr Magen verkrampfte sich, und sie fürchtete eine aufkommende Übelkeit.

»Rote Rosen. Für die Liebe?«

Beim Klang dieser leisen, spöttischen Stimme zuckte Lucy zusammen.

Ivan.

Erschrocken hob Lucy die Augen und erblickte ihn im Spiegel. Er stand seitlich hinter ihr, in seiner Hand hielt er eine einzelne langstielige rote Rose. Er trug einen hervorragend geschneiderten Abendanzug. Von dem kräftigen Schwarz des Rockes und dem Schneeweiß des Leinenhemdes hoben sich seine dunklen Gesichtszüge vorteilhaft ab. In seinem Ohr glitzerte der Diamant, und Lucy meinte, noch nie einen so wirkungsvollen Schmuck an einem Mann gesehen zu haben. Der Ohrring wirkte nicht weibisch, sondern schien Ivans wilde, ungezähmte Männlichkeit noch zu unterstreichen.

Er ist da, rief ihr glückliches Herz, er ist da!

Doch sofort wandelte sich ihr Glück in Zorn. Da war er mitsamt seinem gefühllosen Zigeunerherzen und hatte die Frechheit, ein Gesicht zur Schau zu stellen, als freue es ihn nicht im geringsten, hier zu sein.

Ihre Blicke trafen sich in den silbrigen Tiefen des Spiegels. Ivans dunkle Augen waren halbgeschlossen, während Lucys Blicke grüne Zornesfunken sprühten. Ivan kam näher und berührte mit der Rose ihren nackten Hals. »Erzähl mir über diese Rosen«, verlangte er, während er mit der samtigen, halbentfalteten Blüte über ihre Haut strich.

Lucy schwor sich, keine Regung zu zeigen. Wenn er sich nicht für seine lange Abwesenheit entschuldigen wollte, dann wollte sie gewiß nicht das hilflose Weibchen spielen, das um eine Erklärung bettelte. Sie reckte das Kinn vor. »Die Rosen sind für Valerie und Sir James.«

Ein dünnes Lächeln umspielte Ivans Lippen. »Du feierst *ihre* Liebe? Was ist mit *deiner* Zuneigung zu dem großen Gelehrten passiert?«

»Er fasziniert mich nicht mehr. Schon lange nicht mehr.« Sie starrte ihn an. Er war doch sicher nicht auf Sir James eifersüchtig. Erst diese Szene, die er mit Elliot Pierce aufgeführt hatte. Und nun Sir James?

Ivan gab keine Antwort. Statt dessen zeichnete er mit der Rose Lucys Schlüsselbein nach und folgte dann dem Saum ihres großzügigen Ausschnitts.

Lucys Haut begann zu prickeln. Ivan berührte sie und berührte sie doch nicht. Er wollte sie und wollte sie doch nicht. Wie kompliziert er war!

Doch sie war genauso kompliziert, denn so sehr sie ihren Zorn an ihm auslassen wollte, so sehr wollte sie ihn auch um Verzeihung bitten. Sie wollte die Rose wegfegen und Ivan an sich drücken.

Doch unfähig zu jeder Handlung stand sie da und sah zu, wie er diese Rose als herrliche, böse Waffe benutzte.

»Du spielst die Rolle der Gräfin sehr gut«, murmelte Ivan. »Das«, fügte er hinzu und bewegte die Rose über die Schwellung ihrer Brüste, »wird dir heute abend viel Bewunderung einbringen. Bewunderung von Männern. Die Frauen werden dich hassen.«

Lucy schlug die Rose weg. »Ich suche keine Bewunderung, und schon gar nicht von Männern.«

Ivan kam noch näher, und da, wo er zuvor die Rose benutzt hatte, benutzte er nun einen sauber manikürten Fingernagel. »Trotzdem wirst du bewundert werden. Alle werden dich begehren.«

»So wie du mich begehrst?« rutschte es Lucy heraus. Doch ihr Herz begann schneller zu schlagen.

»Ich habe nie einen Hehl aus meinem Verlangen nach dir gemacht.«

Diese schlichte Feststellung schaffte es, Lucys Abwehr zu durchbrechen. Als Ivans Arm sich um sie legte, lehnte Lucy sich zurück an seine harte Brust. Ihre Augen trafen sich im Spiegel. Beide hefteten ihre Augen auf die helle Scheibe, während Ivan Lucys Brüste streichelte und ihrer beider Verlangen erwachte.

Das Bild im Spiegel hätte jeden zufällig Hereinkommenden in Verlegenheit gebracht: Lucy an Ivan gepreßt, mit rosig angehauchtem Gesicht, geöffneten Lippen und rubinroten, aus dem Kleid gesprungenen Brustwarzen, und Ivan, ein düsterer Zigeuner, fähig, die standhafteste aller Frauen durch seine leichte Berührung und seinen Zauber zu verführen.

Lucy wollte ihn. Sie wußte, daß es nicht so sein sollte nach all dem Schmerz und Zorn, den sie seinetwegen in den vergangenen Wochen durchlebt hatte. Aber sie wollte ihn.

Ivan lächelte, als habe er ihre Gedanken gelesen. »Ich werde dich auf einem Bett von Rosen nehmen, meine süße, schimmernde Lucy. Auf einem Bett roter Blütenblätter.« Er senkte seine Lippen auf die zarte Haut ihres Nackens, und obwohl die Berührung so federleicht war, entzündete sie ein Feuer in ihr. Es erhitzte sie von innen nach außen und brannte mit der Flamme unerträglichen Verlangens.

»Ivan.« Sie seufzte seinen Namen fast unbewußt.

Wieder liebkoste er ihre Brustwarze, und Lucy wölbte sich seiner Berührung entgegen, wartete auf mehr. Er bewegte seine andere Hand in heißen Kreisen über ihren Bauch, und sie drückte sich gegen seine erregte Männlichkeit.

»Ich habe Tag und Nacht nur daran gedacht«, bekannte er mit heiserer Stimme neben ihrem Ohr. Seine Worte steigerten Lucys Erregung noch. Aber sie brachten sie auch zurück in die Wirklichkeit. Sie stieß seine Hand von ihrer Brust. »Wenn das stimmt, warum bist du dann nicht zu mir gekommen?«

Sie versuchte sich seinem Griff zu entwinden, doch er ließ sie nicht los. Wieder begegneten sich ihre Augen im Spiegel.

»Geschäfte«, antwortete er nach kurzem Zögern. »Du hast doch sicher meine Briefe bekommen.«

»Das habe ich. Aber du bist seit einer Woche in der Stadt.«

»Ja. Vielleicht hätte ich da zu dir kommen sollen. Aber ...« Lucy fühlte, wie Ivan die Achseln zuckte. »Aber ich habe es nicht getan. Ich entschuldige mich dafür. Also, wo waren wir stehengeblieben?«

Er schob Lucys Röcke hoch, so daß er ihre Beine sehen konnte, und trotz Lucys Ärger über seine dürftige Erklärung konnte sie ihren Blick nicht von dem Bild im Spiegel losreißen. Ihre Beine hoben sich bleich, nackt und verletzlich gegen die Stärke von Ivans schwarzgekleideter Gestalt ab. Lucy erschauderte vor Begehren, doch dann verfluchte sie sich innerlich wegen ihrer Schwäche.

»Du hast kein Recht ...«

»Wir sind verheiratet. Ich habe jedes Recht.«

Ivans Hand streichelte die zarte Haut an der Innenseite von Lucys Schenkeln. Lucy stöhnte leise auf. Sie fühlte, daß sie unterliegen würde, und fürchtete, daß Ivan das bereits erkannt hatte.

Doch plötzlich ließ sich im Eingangsbereich eine Stimme vernehmen, Silber klirrte und die Wirklichkeit kam wieder zu ihrem Recht.

Der Spiegel vor Lucy reflektierte das Bild eines rosigen Weibchens, das sich gegen einen dunklen Mann lehnte. Während draußen Diener geschäftig hin und her eilten und jeden Moment Gäste eintreffen konnten, stand die Herrin des Hauses im Salon und wollte sich vom Hausherrn lieben lassen. Und sie wollte nicht aufhören.

Doch wenn auch einem Grafen und einer Gräfin gegenüber viel Nachsicht geübt wurde, so wäre eine solche Unschicklichkeit im Angesicht der Dienerschaft unverzeihlich.

Der Kampf zwischen körperlichem Verlangen und Vernunft zeichnete sich deutlich in Lucys Gesicht ab. Ivan lachte leise. »Ich glaube, deine ersten Gäste sind soeben eingetroffen.«

Mit einer hastigen Bewegung riß Lucy sich von ihm los.

Ihre Röcke fielen in eleganten Falten hinab und bedeckten wieder ihre Beine. Sie zupfte ihr Leibchen zurecht und richtete, so gut es ging, ihre Frisur. Ihre rosige Gesichtsfarbe und das erregte Glänzen ihrer Augen ließen sich allerdings nicht verbergen.

Hinter ihr stieß Ivan einen tiefen Seufzer aus. »Wir werden wohl noch etwas warten müssen«, meinte er und ließ seinen Blick über Lucys Gestalt wandern.

Lucy schluckte schwer. Der Gauner! Er hatte kein Recht, auf diese Weise zurückzukehren und eine Entschuldigung vorzubringen, die völlig unzureichend und nicht aufrichtig gemeint war.

Doch von seinen Verführungskünsten hatte er nichts verlernt, im Gegenteil. Lucy wußte nicht, über wen sie sich mehr ärgern sollte: über Ivan, der versuchte, sie zu verführen, oder über sich selbst, weil sie sich so leicht verführen ließ. Denn sie konnte es nicht abstreiten, daß ein Teil ihrer selbst es kaum erwarten konnte, bis der Empfang vorüber wäre und die köstlichen Versprechungen, die in Ivans dunklen, glitzernden Augen gelegen hatten, sich erfüllen würden.

Ihr wollte keine passende Antwort einfallen, und da rief auch schon Valerie nach ihr. Dann schwangen die Flügel zur Halle auf und die junge Frau platzte in den Salon.

»Lucy, da bist du ja! – Ivan, wann bist du angekommen?«

»Vor ein paar Minuten«, antwortete Ivan. Er nahm Lucys Arm, und gemeinsam wandten sie sich der lächelnden Valerie zu.

»Ich bin so froh, daß du da bist«, strahlte diese und rief dann in die Halle: »James, James! Ivan ist doch noch gekommen!«

Ivan flüsterte Lucy ins Ohr: »Ja, ich bin hier, und daran solltest du den ganzen Abend denken.« Er reichte ihr die Rose. »Denk daran, was wir hier getan haben, und stell dir vor, was wir später tun werden.«

Er zog sie in die Halle hinaus, und Lucy ging willig mit ihm. Ihre Hand auf seinen Arm gelegt, boten die beiden das perfekte Bild eines vornehmen Paares. In Lucys Herz jedoch tobte der Aufruhr.

Am liebsten hätte sie Ivan in aller Öffentlichkeit für den Schmerz, den ihr bereitet hatte, geohrfeigt. Noch lieber jedoch hätte sie ihn die Stufen zu ihrem gemeinsamen Schlafzimmer hinaufgezerrt, um ihn all das tun zu lassen, was die Sinnlichkeit in seiner Stimme verheißen hatte.

In diesem Augenblick wußte sie nicht, ob sie ihn liebte oder haßte.

Lucy hielt die Rose so fest in der Hand, als sei diese ein Rettungsanker. Sie mußte Ivans herausfordernde Worte aus ihrem Kopf verbannen, sonst würde sie diesen Abend nicht überstehen.

Außerdem wollte sie ihren Zorn auf Ivan festhalten, wollte Ivan damit treffen. Aber sie konnte es nicht.

Was wir später tun werden . . .

Die Wahrheit war, daß sie später, während der kommenden Nacht, alle möglichen schlimmen Dinge, wundervollen Dinge tun würden, denn Lucy wußte, daß sie nicht in der Lage sein würde, ihm lange zu widerstehen.

Doch wenn er glaubte, einfach in letzter Minute hereinschneien zu können, zu tun, als sei nichts gewesen, und alles nach seinem Willen zu lenken, so sollte er sie gründlich unterschätzt haben.

Dieses Spiel konnte auch von zweien gespielt werden.

19

Sie lächelten, sie tranken, sie toasteten Valerie und James zu und hörten sich ihrerseits die Trinksprüche auf ihre eigene kürzlich erfolgte Heirat an. Sie unterhielten sich mit allen, und wenn die Anzahl der Gäste, die sich um drei Uhr morgens noch in Westcott House befanden, auf den Erfolg der Party schließen ließ, dann war dieser Erfolg überwältigend.

Lucy tanzte mit unzähligen Männern. Sir James gehörte allerdings nicht zu ihren Tanzpartnern. Während der wenigen Momente, in denen sie sich in Sir James' Nähe aufhielt, schaffte es Ivan, wie durch Zauberhand aus dem Nichts aufzutauchen und ihre Aufmerksamkeit zu beanspruchen.

Trotzdem tanzte Ivan nicht ein einziges Mal mit Lucy. Er tanzte mit Valerie. Er tanzte mit jeder anwesenden unverheirateten jungen Frau und oft auch mit deren Müttern. Doch er tanzte nicht mit seiner eigenen Frau.

Hätte Lucy nicht ständig seine Augen auf sich gefühlt, so hätte sie durch seine scheinbare Vernachlässigung ihrer Person gekränkt sein können. Aber sie wußte, weshalb er nicht mit ihr tanzte – aus demselben Grund, der sie einen Tanz mit ihm fürchten ließ. Ihre gegenseitige körperliche Anziehungskraft war zu stark. Sobald er sie zum Tanz in seine Arme schließen und ihren Körper zu sich heranziehen würde, würde jedermann sehen können, daß …

Sie verpatzte einen Schritt mit ihrem gegenwärtigen Tanzpartner, Alexander Blackburn.

»Einen Penny für Ihre Gedanken«, sagte Alex und glich ihren falschen Schritt so geschickt aus, daß keine Unterbrechung im Rhythmus entstand.

»Meine Gedanken?« Lucy vermied seinen wissenden Blick. »Es tut mir leid, wenn ich zerstreut erscheine. Ich habe mir nur überlegt, welche dieser lieblichen jungen Damen wohl als nächste in den Genuß Ihrer bezaubernden Gesellschaft kommen wird.«

Alex lachte, und Lucy wußte genau, daß er sich von ihrem Geplauder nicht blenden ließ. »Meine liebe Lucy – oder sollte ich sagen, meine liebe Lady Westcott –, ich versichere Ihnen, daß ich Ihr Freund bin, ebenso wie Giles und Elliot.«

»Meine Freunde? Wenn das stimmt, so erklären Sie mir doch bitte, weshalb ich nahezu zwei Monate ohne meinen Ehemann auskommen mußte. Erklären Sie mir, weshalb er jetzt den aufmerksamen, fürsorglichen Gatten spielt. Erklären Sie mir, weshalb er einmal heiß und einmal kalt zu mir ist, warum er mich verwirrt zurückläßt und ...«

Erschrocken über ihren Ausbruch, hielt Lucy inne. Sie hatte zuviel getrunken, das mußte der Grund dafür sein. Sie schaute zu Mr. Blackburn auf. »Ich hätte das alles nicht sagen sollen.«

»Warum denn nicht?«

»Ich bin Ihre Gastgeberin. Sie sind mein Gast – und Ivans Freund.«

»Trotzdem sind mir seine Schwächen gut bekannt.«

Wie es der Tanz gebot, trennten sie sich und umrundeten das nächste Tanzpaar. Als sie wieder zusammenkamen, hatte Lucy sich ein wenig gefaßt. »Können Sie mir sein Benehmen erklären?« fragte sie.

Alex zuckte mit den Schultern. »Nein, ich verstehe es nicht. Außer ...« Er betrachtete Lucy und fuhr fort: »Außer, daß er eine Heidenangst vor Ihnen hat.«

»Er hat Angst vor mir?« Lucy schüttelte den Kopf. »Das ist doch lächerlich.«

»Logisch betrachtet, ist es das. Aber sagen Sie mir, gründen Ihre Gefühle für ihn auf Logik?«

Lucy starrte Alex verblüfft an. Als er zu grinsen begann, wußte sie, daß er ihre stumme Antwort vernommen hatte. Nein, ihre Gefühle für Ivan hatten nichts mit Logik zu tun. Doch ehe sie Alex über Ivans Gefühle für sie befragen konnte, wurde sie herumgewirbelt und landete direkt in Ivans Armen.

Alex grinste sie spöttisch an und nickte Ivan zu. Dann zog er sich aus dem Kreis zurück, und Lucy tanzte nun doch endlich mit Ivan. Einige Gäste lachten, jemand machte eine witzige Bemerkung über den eifersüchtigen frischgebackenen Ehemann. Doch Lucy hörte nicht darauf. Sie blickte nur in Ivans nachtblaue Augen und seine gleichmütigen Gesichtszüge und empfand den heftigen Wunsch, seine Selbstkontrolle aus dem Gleichgewicht zu bringen.

Eifersüchtig? Ein eifersüchtiger Ehemann ließ seine Frau nicht zwei Monate alleine. Angst? Wovor? Er hatte eine schwierige Kindheit überstanden. Und jetzt besaß er alles, wovon die meisten anderen Männer nur träumen konnten: Er sah großartig aus, war sagenhaft reich, besaß einen Adelstitel und konnte jede Frau haben, die er wollte.

Und doch zählte das alles nicht, wenn man einsam war, sagte sich Lucy – wenn man nicht geliebt wurde.

Der Tanz führte sie auseinander, und während der wenigen Augenblicke, in denen sie getrennt waren, formte sich in Lucy ein Entschluß. Weder ihr Zorn noch ihre Leidenschaft sollten sie von ihrem Ziel ablenken. Jetzt, da sie darüber nachdachte, schien es ihr, daß Ivan diese Emotionen absichtlich in ihr weckte, um sich selbst vor tieferen Gefühlen zu schützen.

Gefühlen wie Liebe.

Aber das sollte ihm nicht mehr gelingen.

Lucy wollte alles daransetzen, die Barrieren einzureißen, die Ivan zwischen sich und ihr aufgebaut hatte. Dieses Mal würde sie ihn herausfordern, sie würde jede Waffe einsetzen, die ihr zur Verfügung stand, und ihn zwingen, seine Gefühle ihr gegenüber offenzulegen. Sie wollte ihn dazu bringen, seine Absichten einzugestehen, und dazu war jetzt die beste Zeit.

Der Tanz brachte sie wieder zusammen, und Lucy schmiegte sich mit voller Absicht enger an Ivan, als es nötig gewesen wäre. Ihre Brüste drückten gegen seine Brust, und mit kaum merklichen Bewegungen rieb sie sich an ihm.

Ivans Finger umklammerten ihre Hand fester. »Versuchst du, mich hier im Ballsaal zu verführen?«

»Du hast zuerst damit angefangen«, antwortete Lucy ein wenig atemlos, da sie nicht mit ihrer eigenen Erregung gerechnet hatte.

»Vielleicht sollte ich unsere Gäste ermutigen, nach Hause zu gehen.«

»*Unsere* Gäste?« Lucy sah Ivan herausfordernd an.

Ein kleiner Muskel zuckte in seiner Wange. »Deine Gästeliste. Mein Haus. *Unsere* Gäste.«

»Ist das alles, was du in unsere Ehe einbringen willst? Dieses Haus? Den Westcott-Titel und alle damit verbundenen Annehmlichkeiten?«

»Gibt es noch etwas, was du dir wünschst?«

»Dich in die Knie zu zwingen«, gab Lucy zurück, ohne nachzudenken. »Deine perfekte, arrogante Fassade einzureißen.«

Die Musik endete, und Lucy riß sich von Ivan los. Einen kurzen Augenblick lang hatten sie einander in die Augen gestarrt, sie mit heißer, er mit eisigkalter Wut. Anstatt ihn zur Leidenschaft zu erwecken, hatte sie ihn nur erzürnt.

Dann fiel ihr die Rose ein.

Sie hatte sie die ganze Nacht getragen, in ihrem Mieder, die halb entfalteten Blätter an ihrer Brust. Jetzt zog sie sie heraus und steckte sie in ein Knopfloch an Ivans elegantem Hemd.

»Ich habe sie für dich warmgehalten, Ivan. Halte du sie jetzt warm für mich.« Damit wandte sie sich ab und ging mit zitternden Beinen auf Valerie und Sir James zu.

Danach hielt sie sich von Ivan fern. Sobald das Buffet angerichtet war, führte sie ihre Gäste in den Speisesaal. Es wurde gegessen und noch mehr getrunken. Anschließend unterhielt man sich noch eine weitere Stunde lang, während Lucy die gute Gastgeberin spielte. Endlich verabschiedete man sich mit freundlichem Lächeln, warmen Wünschen und dem Versprechen, sich bald wiederzusehen.

Doch immer behielt Lucy Ivan und die Rose im Auge, und sie wußte, daß auch er sie beobachtete. Sie konnte seinen bedrohlichen, versengenden Blick geradezu auf ihrer Haut fühlen.

Doch sie beherrschte ihre Rolle gut. Sie warf ihm vielversprechende Blicke zu. Sie spielte die Kurtisane, indem sie ihn zu lange ansah und ihre Augen über seinen kräftigen, schlanken Körper wandern ließ. Sie leckte sich die Lippen, als hungerte sie nach ihm – was ja tatsächlich der Fall war.

Als das letzte Grüppchen Gäste sich verabschiedete und Ivan, Valerie und Sir James mit ihnen beschäftigt waren, zog Lucy sich hastig zurück. Ihr aufreizendes Gebaren hatte eine unerwünschte Nebenwirkung gehabt: Sie war inzwischen selbst zu erregt, um vernünftig zu handeln. Was sie jetzt brauchte, waren ein paar Minuten, um sich zu sammeln. Um die Schranken zwischen sich und Ivan zu durchbrechen, bedurfte es mehr als körperlichen Begehrens. Davon hatten sie bereits genügend.

Lucy wollte mehr von Ivan, und dazu würde sie ihren ganzen Verstand einsetzen müssen.

Ivan hatte Lucys Rückzug in das obere Stockwerk bemerkt und wünschte, seine Gäste würden endlich die Tür von außen zumachen. Statt dessen mußte er ihre wortreichen Verabschiedungen mit kaum gezügelter Ungeduld über sich ergehen lassen.

Giles unterhielt sich mit der kürzlich verwitweten Lady Rowe. Als Ivan sah, wie er ihr in die Kutsche half, hätte er hundert Pfund darauf gewettet, daß die beiden ein baldiges Wiedersehen vereinbart hatten, wahrscheinlich schon innerhalb der nächsten Stunde.

Alex hatte seine Augen auf ein jüngeres Wild geworfen. Er war in Bestform gewesen und hatte jede unverheiratete Frau in seiner Reichweite bezaubert. Nun hatte

Sir Henry Smythe einen Arm um Alex' Schulter gelegt. Smythe war erst kürzlich zu seinem Titel gelangt, aber er saß auf unermeßlichen Geldtöpfen und war der Vater einer mausgesichtigen Tochter, mit der Alex einige Male getanzt hatte. Wenn das Mädchen sich in Alex verliebt hatte, würde ihr Vater nicht zögern, ihn für sie zu kaufen. Ob Alex sich allerdings mit einem so nichtssagenden Wesen würde verbinden wollen, war eine andere Frage.

Das alles war Ivan im Augenblick jedoch herzlich gleichgültig. Er schlug Alex auf den Rücken. »Schön, daß du da warst, Sie auch, Smythe.« Damit schob er Alexander unsanft zur Tür.

Alex grinste und schaute in gespieltem Erstaunen um sich. »Meine Güte, sind wir die letzten? Und wo ist dein liebendes Weib, Thornton?«

Smythe, der dem Alkohol kräftig zugesprochen hatte, rülpste. »Sie – sie liegt wahrscheinlich nackt im Bett und wartet darauf, daß Sie sie beglücken. Wissen Sie, ihr süßes Frauchen hat einen wirklich beachtenswerten – au!«

»O je. Tut mir leid, Sir Henry«, sagte Alex und zog den Mann durch die Tür. »Ich glaube, Ihre schöne Tochter ruft nach Ihnen.«

Ivan warf die Tür so heftig zu, daß die Lichter in ihren Befestigungen klirrten. Mit Mühe hatte er sich zurückgehalten, dem lüsternen alten Geißbock die Nase einzuschlagen. Was ging Smythe Lucys Busen an – auch wenn er wundervoll war? Ivan hatte selbst seine Augen kaum davon abwenden können. Waren Lucys Brüste noch üppiger geworden, oder bildete er sich das nur ein?

Nein, vermutlich lag es daran, daß er so dringend mit ihr schlafen wollte – wie schon seit Wochen. Und die Szene vor dem Spiegel hatte ihn noch angeheizt.

Er schloß die Tür ab, nickte dem Butler zu und ging zur Treppe. Als er dort aber Sir James und Valerie Arm in Arm stehen sah, hielt er ärgerlich an.

»Ich hoffe doch sehr«, grollte er, »daß ihr mir in meinem eigenen Haus nicht den Zugang zu meiner Ehefrau versperren wollt.«

»Du hast sie nicht behandelt, als wäre sie deine Frau«, gab Sir James zurück.

Ivan trat näher. »Geh beiseite!« herrschte er Mawbey an. Dieser schluckte, rührte sich aber nicht. Ivan unterdrückte einen Fluch. Er wollte nicht gegen den Mann kämpfen, aber wenn es nötig sein sollte …

Valerie trat zwischen die beiden Männer. »Bitte, Ivan. Wir wollen uns nicht einmischen.«

»Dann tut es auch nicht.«

»Du weißt nicht, wie unglücklich Lucy war.«

Ivan biß die Zähne zusammen. »Doch, ich glaube, das weiß ich. Und heute nacht will ich es gutmachen.«

Valerie ergriff Ivans Hand. »Du warst fast zwei Monate weg. Das kannst du nicht in einer Nacht wieder gutmachen.«

Fast zwei Monate … Ivan war es erschienen wie zwei Jahre. Wie lange war es Lucy vorgekommen? Ivan blickte auf Valeries ernstes Gesicht hinab. »Was hat dich so weise gemacht?« fragte er freundlicher.

Valerie lächelte. Es war das offene Lächeln eines Kindes und gleichzeitig das wissende Lächeln einer Frau. »Wenn man verliebt ist, gehen einem die Augen auf.«

»Wenn man verliebt ist«, wiederholte Ivan.

»Achte darauf, Liebe nicht mit Lust zu verwechseln«, warf Sir James ein. »Obwohl im glücklichsten Fall beide gleichberechtigt nebeneinander stehen, kann doch das eine nicht durch das andere ersetzt werden.«

In Ivans Kiefer begann ein Muskel zu zucken. »Glaube mir, ich habe diese beiden Gefühle noch nie verwechselt. Und jetzt entschuldige mich.«

Valerie blickte Ivan hoffnungsvoll nach, Sir James' Blick war pessimistisch. Ivan stieg zielstrebig die Stufen hinauf, doch er war nicht mehr ganz so selbstsicher wie zuvor.

Er und Lucy waren verheiratet, und trotz ihrer Meinungsverschiedenheiten gab es an seinem Recht als Ehemann nichts zu rütteln. Lucy dagegen hatte das Recht, in seinem Haus Gesellschaften zu geben, wie sie es heute getan hatte, die Rolle der Gräfin zu spielen und das großzügige Taschengeld auszugeben, das er ihr zugestehen wollte. Glück, sei es ihres oder seines, hatte damit nichts zu tun.

Sie hatte heute abend ihren Spaß gehabt, nun wollte er seinen.

Lucy saß in ihrem gemeinsamen Schlafzimmer, jedoch nicht im Bett, sondern auf einem schweren Polstersessel in der Ecke. Sie trug noch immer das schimmernde stahlblaue Kleid. Schuhe und Strümpfe lagen achtlos hingeworfen auf einem Läufer neben dem Sessel. Obwohl sie schon etliche Haarnadeln aus ihrer Frisur gezogen hatte, lag ihr Haar noch immer in einer schweren Rolle zusammengefaßt auf ihren Schultern.

Sie lächelte nicht, als Ivan eintrat, sich aus seinem Gehrock schälte und fragte: »Brauchst du Hilfe beim Ausziehen?«

Lucy schüttelte den Kopf.

Ivan nahm seine Leibbinde ab. »Wie ich sehe, hast du es dir in unserem Schlafzimmer bequem gemacht. Wo sind meine Sachen?« fügte er hinzu, als er sich umschaute und seine eigenen Toilettenartikel nirgends entdeckte.

»Auf dem Dachboden.«

Ivan, der nun dabei war, seine gefältelte Hemdbrust aufzuknöpfen, hielt inne. »Auf dem Dachboden! Handelt es sich um einen Vergeltungsakt?«

»Du gibst also zu, daß ich Grund zur Vergeltung hätte?«

Ivan fuhr fort, sich auszuziehen. »Das ist nicht mehr wichtig. Was vorbei ist, ist vorbei.«

»Ach ja?« fauchte Lucy.

Ivan betrachtete sie nachdenklich. Er hatte sie heute schon einmal überrumpelt, und sie hatte instinktiv auf seinen Körper reagiert. Sie war wütend gewesen, doch er hatte diese Wut weggestreichelt. Aber jetzt hatte sie Zeit zum Nachdenken gehabt, und Zeit, ihre Wut wieder anzufachen. Es lag auf der Hand, daß sie wieder einmal zornig auf ihn war.

Er entschloß sich, Lucy auch diesmal wieder zu überrumpeln. Sie schien zu glauben, daß sie die Oberhand behalten würde, doch da sollte sie sich irren.

Ivan warf die Manschettenknöpfe auf ein Tischchen, dann trat er, ohne auf ihre Worte einzugehen, auf sie zu. Er beugte sich über sie und stemmte seine Hände auf die Armlehnen, so daß Lucy in dem Sessel gefangen war.

»Wenn du deinen Zorn austoben willst, dann nur zu. Das ändert nichts an der Tatsache, daß du mich willst. Und daß ich dich will.«

In Lucys Augen blitzte etwas auf, etwas, das auch Schmerz sein konnte, doch Ivan entschied sich, es für Wut zu halten.

»Du hast ja keine Ahnung, was ich will.« Lucy sprach mit unbewegter Stimme.

»Meinst du?« Während Ivan ihr noch immer in die Augen sah, bewegte er seine Finger an ihrem Arm hinauf, über den seidigen Stoff des Ärmels, bis er an ihrer Schulter die Stelle erreichte, wo ihre weiße Haut sich zeigte. Dann, noch langsamer, fuhr er am Ausschnitt des Kleides entlang bis dahin, wo die Brüste sich nahezu schamlos weit aus dem Mieder wölbten.

Jeder Teil seines Körpers verlangte danach, sie zu berühren, ihren warmen Hauch zu verspüren. Doch er zwang sich, sich nicht auf seine eigene, sondern auf Lucys Reaktion zu konzentrieren. Er zwang sich, seine eigene wachsende Erregung zu unterdrücken und statt dessen Lucy zu erregen. Sie sollte lernen, daß er der Herr und Meister war.

»Ich glaube, das willst du«, murmelte er und beobachtete, wie ihre Augen sich vor Lust verdunkelten. »Ich glaube, du willst, daß meine Lippen dich hier berühren«, fuhr er fort und umspielte mit seiner Fingerspitze ihre Brustwarze.

»Und ich denke, du möchtest meine Zunge hier spüren.« Diesmal liebkoste er mit seinem Finger die Spitze ihrer aufgerichteten Brustwarze durch den seidigen Stoff hindurch.

Lucy kämpfte darum, sich nicht zu ergeben. Das konnte Ivan deutlich sehen. Doch ihr schweres Atmen zeigte ihm auch, daß sie es nicht schaffen würde.

»Wenn ich mich bezüglich deiner Wünsche irre, Lucy, warum sagst du mir dann nicht deutlich, was du eigentlich willst?«

Lucy atmete schwer, und ihre Augen glänzten, als schwämmen sie in Tränen. Doch sie weinte nicht, und Ivan schob jede Warnung in den hintersten Winkel seines Gehirns. Sie war nur erregt, das war es. Und das war alles, was sie nach seinem Willen sein sollte. Sie brauchte es von ihm, und es war das einzige, was sie wirklich von ihm wollte. Es war das einzige, was sie auf immer an ihn binden würde.

Es war das einzige, korrigierte sich Ivan, was sie an ihn binden würde, solange er sie an sich binden wollte.

Er bewegte seine Finger über ihr zartes, bebendes Fleisch und hörte sie wieder tief einatmen. Doch dann nahm sie zu seiner Überraschung sein Gesicht zwischen ihre Hände und hielt es fest. Ihre Augen, nur Zentimeter voneinander entfernt, versenkten sich ineinander. Zwischen ihnen entstand eine Nähe, eine Klarheit der Sicht, die Ivans Herz nicht nur aufgrund seiner körperlichen Erregung hämmern ließ.

Er wollte zur Seite blicken, doch Lucy ließ es nicht zu. »Ich möchte, daß du mich liebst, Ivan. Das möchte ich.«

Das war leicht getan – und doch nahezu unmöglich.

Liebe mich.

Ivan wußte, daß Lucy nicht nur von Berührungen sprach, von Zärtlichkeiten und körperlicher Erfüllung. Das alles konnte er ihr geben, mußte er ihr geben, wenn er nicht vor Verlangen sterben wollte.

Doch die Liebe, die Lucy wollte, war eine andere Liebe, und die konnte und wollte er ihr nicht geben.

Ivan sah nur eine Möglichkeit, sich von Lucys Blick zu befreien. Halb fluchend, halb stöhnend küßte er sie.

Ihm war, als risse dieser Kuß ihn in einen Mahlstrom, einen dunklen, gefahrvollen Strudel der Gefühle. Doch er war ein Mann, gefeit gegen solche Gefahr und taub für die Stimme der Furcht. Zumindest redete er sich das ein, als er in Lucys weichen Armen versank. Sie konnte ihm nicht wehtun, sie konnte ihm nur fleischliches Vergnügen bereiten. Sie war nur eine Frau, auch wenn er sie besser leiden konnte als andere Frauen. Aber man durfte ihr nicht mehr vertrauen als allen anderen, durfte sich nicht auf sie verlassen. Wenn er sie brauchte, so nur, um seinen Körper und seinen Geist zu erregen. Wenn sie dachte, das sei Liebe, so irrte sie sich. Und wenn sie glaubte, sie könne an seine Empfindungen rühren und ihm einreden, daß es so etwas wie Liebe auf dieser Welt gäbe, so war das schlimmer als ein Irrtum. Es war Torheit.

Und was für eine niedliche kleine Törin sie doch war. Eine süße Törin. Eine gierige, hungrige, leidenschaftliche Törin …

Sie kamen nicht bis zum Bett. Lucy saß in dem Sessel, ihr Mieder war herabgezerrt, ihre Röcke hochgeschoben, während Ivan sich dafür entschädigte, daß er zu Anfang des Abends nicht zur Erfüllung gelangt war. Er brachte sie dazu, sich an der Holzschnitzerei des Sessels über ihrem Kopf festzuklammern, während er ihre Brüste liebkoste und ihre Brustwarzen quälte. Er ließ sie in dieser Position verharren, während er seine Aufmerksamkeit auf den süßen Ort zwischen ihren Beinen verlegte. Sie war feucht und heiß, und es bedurfte wenig, um sie zum Höhepunkt zu bringen.

Als Lucy aufschrie und sich ihrer Leidenschaft überließ, war er selbst hart wie Stein, erregt wie nie zuvor in seinem Leben. Er wollte sie besitzen und sich in ihr ergießen, sie ganz erfüllen und sie als sein Eigentum kennzeichnen. Sein alleiniges Eigentum.

Doch ein aufsässiger Dämon schien von ihm Besitz ergriffen zu haben, denn er wollte noch mehr. Als er zwischen ihren Beinen kniete und zusah, wie die Wellen ihrer Erregung abebbten, empfand er den Wunsch, daß sie sich ihm willenlos auslieferte. Er wollte ihre vollständige Kapitulation. Er wollte alles, was sie ihm zu geben hatte.

Also begann er von neuem, und diesmal wollte er in ihr Gesicht sehen, in ihre Augen blicken, während sie sich ihm ergab.

»Schau mich an Lucy!«

Lucy öffnete die Augen, die von ihrem Orgasmus noch glasig waren, und sah ihn an. Ivan wußte nun, daß sie ihm gehörte, und seine pochenden Lenden schmerzten fast bei dem Gedanken. Trotzdem konzentrierte er sich darauf, Lucys Erregung noch weiter zu steigern.

Lucy keuchte, ihre Brüste waren rosig und ihre Wangen rotgefleckt. Kleine Schreie des Entzückens entrangen sich ihr mit jedem Atemzug. Ihre Augen wollten sich schließen, doch Ivan 1ieß es nicht zu. »Schau mich an!« befahl er mit einer Stimme, die heiser war vor Verlangen. »Schau mich an, Lucy! Jetzt gehörst du mir, verstanden? Mir.«

Als sie nickte, konnte Ivan kaum einen Triumphschrei unterdrücken. Als Lucy jedoch aufstöhnte und sich unter seinen Fingern wand, ohne dabei den Blick von seinen Augen zu wenden, konnte Ivan sich nicht länger zurückhalten. Jetzt stand ihm alles offen, ihr Herz, ihr Körper, alles. Und er wollte sich nehmen, was er kriegen konnte.

Er öffnete seine Hose und drang stöhnend in sie ein. Sofort schien Lucy innerlich aufzugehen, sich ihm anzupassen und sich nach ihm zu formen.

– Oder war es genau umgekehrt?

Doch in diesem seligen Moment ihrer Vereinigung war es Ivan gleichgültig. Als er sich in ihr ergoß und über ihr zusammensank, dachte er nur daran, daß sie jetzt zusammen waren. Daß er sie gefunden und geheiratet hatte. Und daß er sie nie wieder gehen lassen wollte.

20

Lucy erwachte durch die tastende Hand ihres Ehemannes. Die Nacht war noch nicht vorüber, und das Schlafzimmer lag in völliger Dunkelheit. Sie konnte sich nicht daran erinnern, wie sie ins Bett gelangt waren oder sich entkleidet hatten. Jedenfalls waren sie beide nackt.

»Ich werde dich verderben«, murmelte Ivan.

Seine heisere Stimme ließ Lucys Körper erschaudern. Ivan lag Haut an Haut mit ihr, und seine Hand betastete genüßlich ihren Körper, berührte hier, suchte dort. Er küßte sie im Nacken und bewegte dann seine Lippen an ihrer Wirbelsäule entlang.

Als Lucy sich zu ihm umdrehen wollte, sagte Ivan: »Beweg dich nicht. Ich werde alles machen.«

Lucy seufzte. Sie sollte ihn alles machen lassen? Nichts leichter als das. Es würde der Himmel sein.

Es war der Himmel, und es war mehr. Doch leicht war es nicht. Sie hätte ihn gerne geküßt, ihn berührt. Aber Ivan blieb unnachgiebig.

Erst als er in ihr war, konnte sie ihm etwas von ihren Gefühlen zurückgeben. Sie war hilflos unter ihm und doch auch mächtig.

»Ivan«, stöhnte sie, als er einen schnelleren Rhythmus begann, und krallte sich in die Laken.

»Ich bin da.« Die Worte klangen wie eine süße Qual in ihren Ohren. »Ich bin da, Liebste.«

Liebste. Obwohl Lucy vor Erregung fast zerfloß, hatte sie dieses eine Wort gehört, und ihr Herz schwang sich in den Himmel.

»Ich liebe dich, Ivan«, flüsterte sie, als die Explosion sich ankündigte. »Ich liebe dich.«

Sie gelangten gleichzeitig zum Höhepunkt, sie explodierten ineinander und aneinander. Das Feuer sog sie ein und verbrannte sie.

Doch in dem Nachbeben der Gefühle, als Lucy und Ivan erschöpft in die verschwitzen, zerknüllten Laken sanken, entstand etwas noch Schöneres, das spürte Lucy. Es entstand Gemeinsamkeit – Gemeinsamkeit und Liebe.

Ivan war bereits wach, als Lucy sich wieder rührte. Er hatte in der grauen Morgendämmerung dagelegen, unbeweglich wie ein Stein, still wie der Tod. Erstarrt vor Furcht.

Sie liebte ihn.

Er hatte ihre gekeuchten Worte gehört, doch er wollte ihr nicht glauben. Aber Lucy glaubte daran, und das war das Problem.

Weshalb sollte sie ihn lieben? Nun, er müßte eigentlich mit ihrem Geständnis zufrieden sein. Schließlich war es das, was er gewollt, sich gewünscht hatte: sie zu besitzen, ganz und gar. Doch was die Liebe betraf …

Die Liebe einer Frau war flüchtig. Die Liebe seiner Mutter war es gewesen, und seine Großmutter hatte ihn überhaupt nie geliebt. Ivan biß die Zähne zusammen. Daß Lucy ihm ihre Liebe gestanden hatte, hatte nichts zu bedeuten. Sogar wenn ihre Worte ehrlich gemeint waren – was vielleicht in jenem Augenblick der Fall gewesen sein mochte –, so mußte das nicht heißen, daß ihre Liebe von Dauer sein würde.

Und doch, so wütend ihn diese Einsicht machte, so war sie doch nicht der Grund dafür, daß sein Herz wild klopfte und seine Handflächen schwitzten. Der Grund dafür war schlimmer, viel schlimmer. Denn er konnte die Wahrheit nicht länger vor sich selbst verleugnen. Und die bittere Wahrheit war, daß er sich in Lucy verliebt hatte.

Allein der Gedanke trieb dicke Schweißperlen auf seine Stirn.

Lucy fing an sich zu bewegen, sie räkelte und streckte sich wie eine Katze. Ihr Fuß berührte Ivans Bein, und seine Furcht steigerte sich noch.

Dann verfiel sie in Bewegungslosigkeit, und Ivan glaubte zu wissen, daß sie nun ganz wach war und daß es ihr unangenehm war, neben ihm aufzuwachen. Bedauerte sie bereits, was sie in jenem Augenblick der Hingabe zu ihm gesagt hatte?

Sie lagen reglos nebeneinander. Ivan stellte sich schlafend, während Lucy anscheinend überlegte, wie sie nun weiter vorgehen sollte. Endlich begann sie, vorsichtig von ihm abzurücken.

Ivan wünschte, sie würde gehen. Er konnte ihr im Moment nicht ins Gesicht sehen. Doch es erbitterte ihn, daß sie heimlich aus dem Bett schlüpfen wollte. Als Lucy die Bettkante erreicht hatte und anfing, sich behutsam aufzurichten, konnte er sich nicht länger zurückhalten. Er packte sie am Arm.

»Wohin gehst du?«

Das erschrockene Gesicht, das sie ihm zuwandte, war kreidebleich, die Augen darin riesig und verängstigt. Weshalb verängstigt, fragte sich Ivan. »Ich ... ich ... ich bin gleich wieder da. Ich muß nur zur Toilette«, stotterte sie.

Sie log, das konnte Ivan sehen. Etwas tief in seinem Inneren zerbrach. Letzte Nacht hatte sie ihn geliebt, und jetzt konnte sie nicht schnell genug von ihm wegkommen.

Seine Augen glitten über die Vollkommenheit ihrer nackten, weißen Gestalt, über die vollen Brüste und das wunderschöne, zerraufte Haar. Erneut wollte ihn das Begehren überkommen, doch er beherrschte sich.

»Zur Toilette?«

»Ja. Bitte, Ivan, ich muß.«

Ivans Augen verengten sich. Heute morgen waren Lucys Wangen bleich, ihr Gesicht schien eine grünliche Farbe angenommen zu haben.

»Was ist los mit dir?«

»Bitte, laß mich! Oh!« Sie versuchte, sich aus seinem Griff zu befreien, und taumelte, als er sie losließ. Sie lief zur Tür, bemerkte, daß sie nackt war, und hielt inne. Mit großen Augen starrte sie um sich, und Ivan fing langsam an, sich Sorgen zu machen.

»Lucy, was ist los?«

Sie gab keine Antwort. Statt dessen hastete sie zur Kommode, ergriff die Porzellanschüssel, die darauf stand, und übergab sich.

Ivan sprang aus dem Bett, dann blieb er stehen. Was sollte er tun? Lucy war offensichtlich krank, und die einzige Krankheit, die er bisher kennengelernt hatte, war ein Kater nach einer durchzechten Nacht. Hatte Lucy gestern zu viel getrunken? Wohl kaum.

Lucy spuckte wieder in die Schüssel, und Ivan schalt sich für seinen vorherigen Zorn auf Lucy. Er mußte etwas tun, aber was? Er fuhr in seine Hose und ging auf Lucy zu, verärgert über seine eigene Hilflosigkeit.

»Ist alles in Ordnung, Lucy? Kann ich dir irgendwie helfen?«

Lucy schüttelte den Kopf. »Geh einfach weg. Geh weg …« Wieder bäumte sich ihr Körper auf, als ihr Magen so leidenschaftlich rebellierte. Sie sah so verletzlich und blaß aus, so schwach und zerbrechlich, daß Ivan befürchtete, er habe sie in der vergangenen Nacht überanstrengt.

Er fiel in Panik, rannte durch das Zimmer und riß die Tür auf. »Hilfe! Jemand muß ihr helfen!«

Als die beiden Dienstmädchen und der Butler hereinkamen, hatte Ivan Lucy bereits mit einem Morgenrock bekleidet. Doch noch immer beugte sie sich über die Schüssel.

»Bitte, Ivan, geh … geh einfach … mir wird es gleich wieder besser gehen, viel besser …«

»Mylord, können wir Ihnen behilflich sein?« fragte Simms, der Butler.

»Mylady, sind Sie in Ordnung?« fragte eines der Mädchen besorgt.

»Oje«, keuchte das zweite Mädchen. »Kann es sein, daß Mylady in Umständen ist?«

Doch obwohl sie leise gesprochen hatte, hatte Ivan sie gehört.

Auch Lucy mußte sie gehört haben, denn Ivan, der

eine Hand auf ihren Rücken gelegt hatte, fühlte, wie ihr Körper sich anspannte. Ihm wurde kalt.

In Umständen? In ›anderen‹ Umständen?

Ivan riß seine Hand weg, als habe er sich verbrannt. Ihm war, als habe ihm jemand einen Schlag unter die Gürtellinie versetzt, einen harten Schlag. Lucy konnte doch nicht schwanger sein, nicht so bald. Oder doch?

Aber als Lucy zu ihm aufblickte, mit weit aufgerissenen Augen, in denen deutlich die Angst stand, wußte er, daß es stimmte. Sie erwartete ein Kind. Sein Kind.

Er trat einige Schritte weg von ihr, zu benommen, um klar denken zu können. Die beiden Dienstmädchen eilten zu Lucy. Die ältere schob Ivan sanft aus dem Weg. »Wir werden uns um sie kümmern, Mylord. Sie wird sich bald wieder besser fühlen. Es ist nicht nötig, daß Sie hierbleiben. Wir werden gut für sie sorgen.«

Ivan fügte sich gerne. Daß es Lucy schlecht ging, war schlimm genug. Er nahm sein Hemd und seine Stiefel und ging aus der Tür, jedoch nicht, ohne Simms ausrufen zu hören: »Da wird sich aber die Gräfinwitwe freuen!«

Die Gräfinwitwe. Das boshafte, alte Reff, das von Anfang an sein Leben manipuliert hatte. O ja, die alte Hexe würde sich bestimmt freuen. Das war es doch, was sie die ganze Zeit über angestrebt hatte. Das war es, weswegen sie ihm Lucy vor die Füße gestoßen hatte.

Zwischen Haus und Stall schlüpfte Ivan in seine Stiefel. Während ein überraschter Stallknecht ein Pferd sattelte, zog Ivan sein Hemd über und schob die Hemdschöße in seine Hose. Die Alte hatte alles erreicht, was sie sich vorgenommen hatte. Er war Graf von Westcott geworden, hatte eine passende Frau geheiratet und hatte seinen Samen in den fruchtbaren Leib seiner Gattin gepflanzt.

»Zum Teufel damit!« Ivan schwang sich in den Sattel, ohne den verblüfften Gesichtsausdruck des Stallknechts zu beachten. Er hielt es keine Sekunde länger in den beengenden Wänden dieses Hauses aus, das ihm gehörte und ihm doch nie das Gefühl eines Zuhauses gegeben hatte. Wütend spornte er sein Pferd zu einem Galopp an und ritt davon.

Lucy saß am Fenster ihres Schlafzimmers und starrte blicklos auf die Straße. Sie hätte es Ivan früher sagen müssen, schalt sie sich. Sie hätte wissen müssen, daß es so kommen würde. Schließlich war ihr während der letzten zwei Wochen jeden Morgen übel geworden. Sie verstand nicht, weshalb sie geglaubt hatte, ihren Zustand vor Ivan verheimlichen zu können. Noch weniger verstand sie, weshalb sie ihn überhaupt hatte verheimlichen wollen.

Wäre Ivan während der vergangenen zwei Monate bei ihr gewesen, so hätte sie es ihm auf der Stelle mitgeteilt. Trotzdem hätte sie letzte Nacht Zeit gehabt, es ihm zu sagen. Sie hatte es auch vorgehabt. Doch als er nach dem Ball ins Schlafzimmer gekommen war, war sie zu abgelenkt gewesen, um mit ihm über das Kind zu sprechen, das sie erwartete. Ihrer beider Kind.

Aber nun wußte er es, und da er seit fast vier Stunden weg war, konnte Lucy nur annehmen, daß er über ihre Schwangerschaft nicht gerade erfreut war.

Der selbstsüchtige Schuft! War ihm je eingefallen, daß vielleicht auch sie nicht gerade begeistert war?

Lucy wandte sich vom Fenster ab. Sie schämte sich für ihre Gedanken. Das Taschentuch, das sie in Händen hielt, war nur noch ein zerknüllter Fetzen. Sie war glücklich darüber, Ivans Kind zu bekommen, aber die Vorstellung, es allein aufziehen zu müssen, war schrecklich. Jedes Kind brauchte einen Vater. Gerade Ivan sollte das wissen. Und jede Frau wollte die Freuden und Leiden der Elternschaft mit ihrem Ehemann teilen. Und Lucy wollte sie mit Ivan teilen.

Aber Ivan weigerte sich. Er war davongeritten, so schnell er nur konnte. Würde er wieder für zwei Monate verschwinden und ihr vormachen, es ginge um Geschäfte?

Lucy unterdrückte ein Schluchzen. In ihrem ganzen

Leben hatte sie sich nicht so einsam gefühlt. Sie legte die Hände auf ihren Bauch. »Armes Baby«, flüsterte sie. »Kein Vater, der dich liebt, und eine verabscheuungswürdige Urgroßmutter ...«

Doch es gab noch eine Großmutter, nämlich Lucys Mutter. Und einen Onkel, eine Tante, Vettern und Kusinen.

Obwohl ihr Herz schwer war, suchte Lucy Trost in dem Gedanken, daß ihr Kind geliebt werden würde, wenn nicht von seinem Vater, so doch von seiner Mutter und deren Familie. Anders als Ivan würde dieses Kind täglich und stündlich von Liebe umgeben sein. Und wenn es erwachsen wäre, würde es wissen, wie man Liebe gab, etwas, was Ivan leider nie wissen würde.

Ein Klopfen an der Tür riß sie aus ihren Gedanken. Dieses leise Pochen konnte nicht von Ivan sein, er würde kaum an seine eigene Schlafzimmertür klopfen. Lucy wischte sich die Tränen ab, hob das Kinn und versuchte ein gefaßtes Gesicht zu machen. »Herein«, rief sie.

Valerie lugte herein. Ihr besorgtes Gesicht leuchtete auf. »Lucy, ich freue mich so für dich!« Sie lief auf Lucy zu und umarmte sie herzlich. »Ein Baby! Ich bin so neidisch.«

Lucy versuchte zu lächeln, während Valerie sich auf einen Hocker zu ihren Füßen niederließ. »Nun ja. Ich hätte es gern weniger aufsehenerregend verkündet.«

Valerie lachte. »Ich glaube nicht, daß das jemandem etwas ausmacht. Die Dienerschaft ist ganz aus dem Häuschen über die Neuigkeit.« Sie hielt inne, und ihr Gesicht wurde ernst. Lucy wußte, woran sie dachte.

»Sind sie auch aus dem Häuschen darüber, daß mein Ehemann wieder davongelaufen ist?«

Valerie nahm Lucys Hand. »Es war wahrscheinlich nur zu plötzlich für ihn. Ich glaube nicht, daß er wieder so lange wegbleibt.«

Lucy konnte ihr künstliches Lächeln nicht mehr aufrechterhalten. »Du kennst Ivan nicht so gut wie ich. Er kann es nicht ertragen, zu etwas gezwungen zu werden, und schon gar nicht durch eine Frau. Er vertraut keiner Frau, und ich kann das verstehen. In seinen Augen hat seine Mutter ihn verraten. Seine Großmutter hat ihn vernachlässigt und für ihre Zwecke eingespannt. Und jetzt habe ich ihn zur Heirat verleitet.«

»Aber du wolltest ihn doch gar nicht heiraten.« Valerie unterbrach sich und runzelte die Stirn. »Das ist ein Teil des Problems, nicht wahr?«

Lucy seufzte. »Zweifellos. In seinen Augen habe ich ihn zurückgestoßen.«

»Weshalb hat er dich dann geheiratet? Aus Trotz?«

»Vermutlich«, meinte Lucy. »Ich weiß es nicht.« Sie schüttelte den Kopf. »Alles, was ich weiß, ist, daß er überhaupt nicht heiraten wollte, und jetzt ist er mit mir verheiratet. Wahrscheinlich wollte er auch nie Kinder haben, und jetzt wird er eines bekommen. Er ist so wütend auf mich«, fügte sie mit zitternder Stimme hinzu.

»Weiß er, daß du ihn liebst?«

Lucy sah wieder aus dem Fenster. Draußen nieselte es. Lucy blickte wieder auf Valerie und versuchte nicht mehr, ihr Unglück zu verbergen. »Sieht man das so deutlich?«

Lächelnd antwortete Valerie: »Ich sehe es. James sieht es. Jeder, der sich die Mühe macht, genau hinzuschauen, kann es sehen.«

»Ivan sieht es nicht.«

»Er scheint mit Liebe nicht sehr vertraut zu sein. Er kann sie vielleicht gar nicht erkennen, wenn er sie sieht. Man muß es ihm sagen. Hast du es versucht?«

Lucy dachte an die vergangene Nacht. Sie erinnerte sich, daß Ivan sie in seiner Leidenschaft ›Liebste‹ genannt hatte. Sie erinnerte sich, daß sie ihm ihre Liebe gestanden hatte. Sie wußte, daß er es gehört hatte, aber es schien ihm nichts bedeutet zu haben. »Ich habe es ihm letzte Nacht gesagt.«

Darauf wußte Valerie keine Antwort.

»Ich möchte mich ein wenig hinlegen«, seufzte Lucy. »Und würdest du bitte Simms Bescheid sagen, daß er die

Kutsche für eine Reise nach Somerset bereithalten soll. Ich fahre, sobald es mir besser geht.«

»Du willst nicht nach Dorset zurück?«

Der Kloß in Lucys Hals erschwerte ihr das Sprechen. »Der Familiensitz der Westcotts ist nicht mein Heim. Ich werde nach Houghton Manor zurückkehren. Ich möchte bei meiner Familie, bei meiner Mutter sein.«

Valerie betrachtete sie mit traurigen Augen. »Du möchtest bei Menschen sein, die dich lieben. Das verstehe ich. Aber das ist es, was fast alle Menschen wollen, sogar Ivan.«

Sie ging hinaus und schloß die Tür. Doch ihre Worte klangen in Lucys Ohren nach. *Sogar Ivan.*

Er war nicht anders als andere. Er wollte geliebt werden. Doch genauso, wie er nicht wußte, wie man liebte, kam er auch nicht damit zurecht, geliebt zu werden. Er ließ es nicht zu, daß sie ihn liebte.

Und im Gegensatz zu vielen Eigenschaften, die man erlernen konnte, wie etwa gute Manieren und eine klare Aussprache, war Liebe nicht erlernbar. Ein Kind konnte Liebe noch lernen, ein Erwachsener mit Ivans Erfahrungen nicht mehr.

Eine heiße Träne stahl sich auf Lucys Wange, doch sie wischte sie weg. Anstatt über das zu jammern, was nicht erreichbar war, sollte sie sich über das freuen, was sie besaß.

Sie legte eine Hand auf ihren Bauch. »Ich werde dich lieben, Ivan. Ich werde dein Kind lieben und ihm die glückliche Kindheit geben, die du nie hattest.«

Aber obwohl sie wußte, daß sie eine liebevolle Mutter sein würde, war ihr klar, daß sie die Rolle des liebevollen Vaters nicht übernehmen konnte. Das konnte nur Ivan für sein Kind tun.

Und vielleicht würde er das eines Tages, dachte Lucy und hoffte das Beste. Auch wenn Ivan sie nicht liebte, würde er, wenn er sein unschuldiges Kind sehen würde, es hoffentlich nicht von sich stoßen. Vielleicht war dieses Kind die Chance, Ivan die Liebe zu lehren.

Ein wenig ermutigt hob Lucy das Haupt. Ivan mochte weder sie noch ihre Liebe wollen, er mochte sie zurückstoßen, da er von ihr bekommen hatte, was er wollte. Aber sein unschuldiges Kind würde er nicht zurückstoßen, dafür wollte sie sorgen.

21

Ivan kam am folgenden Morgen kurz nach vier Uhr zurück, bald nachdem Lucy die große Standuhr auf dem oberen Gang hatte schlagen hören.

Sie hatte kaum geschlafen. Sie hatte sich abwechselnd um Ivan gesorgt und sich über ihn geärgert. Nun, als sie seine langsamen Schritte auf der Treppe hörte, wurde sie unsicher. Er war so unberechenbar. Nie wußte sie, was sie zu ihm sagen durfte.

Wäre er ein Kind, so würde sie ihn mit Liebe überschütten, ihm auch strikte Disziplin entgegensetzen, doch nie die Liebe vergessen, bis er seine Widerspenstigkeit aufgäbe und sie wiederliebte.

Aber Ivan war kein Kind. Er war ein Mann mit Narben auf der Seele, so tief verwundet, daß er sich weigerte, Liebe anzunehmen. Und anders als ein Kind hatte er die Macht, sie zu verletzen. Als ihr Mann, als der Mann, den sie liebte, hatte er die Macht, ihr das Herz zu brechen.

Lucy lag ganz still und lauschte angestrengt. Die schweren Vorhänge raschelten in der kühlen Brise. Im Garten rief ein Nachtvogel. Dann eine gedämpfte Stimme im Korridor: »… Hilfe, Mylord?«

»Ich weiß, wo meine Räume liegen.«

»Ja, Sir. Aber …«

»Gehen Sie wieder zu Bett, Simms.«

Die letzten Worte waren direkt vor der Tür gesprochen worden. Dann drehte sich der Knauf, ein schwacher Schimmer von Kerzenlicht fiel in den Raum, und dann war Ivan da. Die Tür schloß sich, und das Zimmer lag wieder im Dunkeln. Doch Lucy empfand Ivans Gegenwart so deutlich, als trüge er eine helle Lampe vor sich her. Der Geruch von Whisky stieg ihr in die Nase. Hatte er irgendwo mit seinen Freunden gezecht? War er betrunken?

Ein plötzliches Poltern, gefolgt von einem Fall und einer Reihe von Flüchen ließ sie hochschrecken. »Hundesohn! Was zur Hölle ...«

Lucys Reisekoffer. Ivan war über ihren halbgepackten Koffer gestolpert und gestürzt. Lucys erster Impuls war, aufzuspringen und nach Ivan zu sehen. Doch sie beherrschte sich. Er hatte ein bißchen Schmerz verdient. Vielleicht würde ihn das zur Besinnung bringen.

Sie stützte sich auf ihre Ellenbogen und spähte in die Dunkelheit. Der Koffer war ein fast unsichtbarer Schatten, genauso wie Ivan. Erst als Ivan wieder fluchte, sich zur Seite rollte und dann aufsetzte, konnte sie feststellen, wo er sich befand.

Ivan starrte auf das Bett. »Tu nicht, als würdest du schlafen, Lucy. Ich weiß, daß du wach bist. Was zur Hölle ist das? Eine Art Raubtierfalle oder ein Alarmsystem, damit du hörst, wenn ich komme?«

Sein aufgebrachter Ton verscheuchte Lucys Mitgefühl. »Es ist mein Koffer«, gab sie zurück. »Ich packe, weil ich heimfahren werde.«

»Heim?« Ivan schnaubte. »Du nennst jenes Haus schon dein Heim? Erstaunlich, wie schnell du dich deiner Rolle als Lady Westcott angepaßt hast.«

Lucy knirschte mit den Zähnen. »Ich hasse es, eine Gräfin zu sein. Und der letze Ort – der allerletzte Ort –, den ich je mein Heim nennen werde, ist dein Familiensitz in Dorset. Oder dieses Haus hier. Ich gehe heim zu meiner Familie, nach Somerset.«

Ivans Schatten richtete sich auf. Als er auf das Bett zukam, zog Lucy die Decke bis unter ihr Kinn. Aber auch das konnte ihr heftig pochendes Herz nicht beruhigen. Ivan war nicht mehr verärgert, sondern zornig, das war klar. Und als er, kaum eine Armeslänge von ihr entfernt, stehenblieb, hätte sie am liebsten auf der Stelle die Flucht ergriffen – oder ihn in ihre Arme geschlossen, um ihn zu trösten.

Aber Ivan wollte ihren Trost nicht, rief Lucy sich ins Gedächtnis. Ebensowenig, wie er ihre Liebe wollte.

Als Ivan sprach, war sein Ton kalt und spöttisch. »Heim? Nach Somerset? Ganz gewiß nicht.«

»Heißt das, ich darf meine eigene Familie nicht besuchen?«

»Ich bin jetzt deine Familie.«

»Du? Ha! Wir sind jetzt fast zwei Monate verheiratet, und dies ist erst die dritte Nacht, die wir miteinander unter demselben Dach verbringen. Wenn das so weitergeht, werde ich dich innerhalb eines Jahres kaum eine Woche lang sehen.«

»Ich habe dir also gefehlt?« Ivan streckte die Hand aus und spielte mit dem Ende ihres Zopfes.

»Mach dir nichts vor«, gab Lucy zurück und rutschte auf die andere Seite des Bettes. »Was mir fehlt, ist ein Ehemann.«

»Was soll ich nun davon halten? Heißt das, daß dir jeder Ehemann recht wäre, solange er nur da ist?«

»Wäre mir jeder beliebige recht gewesen, so hätte ich schon vor zehn Jahren geheiratet. Ich habe auf einen *guten* Ehemann gewartet. Statt dessen habe ich *dich* gekriegt.«

Lucy konnte die Anspannung in Ivans Körper förmlich fühlen. Sie hatte mit ihren zornigen Worten seinen Stolz verletzt, und nun tat es ihr leid. Seufzend schüttelte sie den Kopf. »Entschuldige. Ich bin einfach müde und verwirrt. Ich hatte eigentlich nicht damit gerechnet, daß du heute nacht zurückkommst.«

Ivan antwortete nicht gleich. Dann schob er seine Fäuste in die Hosentaschen und sagte. »Es ist ja kein Wunder, daß du mich nicht erwartet hast. Doch ich habe nicht die Absicht, dich oder das Kind, das du trägst, zu verlassen. Ich will euch gegenüber meine Pflicht tun. Wenn du wirklich deine Familie besuchen möchtest, so werde ich dich dorthin begleiten, obwohl ich nicht lange werde bleiben können. – Ich habe in letzter Zeit zu viele meiner Geschäfte vernachlässigt und werde von Somerset aus nach London zurückkehren müssen, um mich darum zu kümmern«, fügte er ohne weitere Erklärung hinzu.

»Aber sobald ich in London fertig bin, werde ich dich abholen und nach Dorset bringen. Das Kind wird in Westcott Manor geboren werden – im Gegensatz zu seinem Vater«, sagte er bitter.

Ivan wollte sie nicht verlassen! Lucys Herz hüpfte vor Freude. Er versuchte, ihr Vorschriften zu machen, was sicher noch einige Probleme bereiten würde. Aber damit wollte sie schon fertig werden! Daß er aber ihr gemeinsames Kind als ›es‹ bezeichnete, mußte sie auf der Stelle korrigieren.

Sie legte eine Hand auf ihren Bauch. »Ich stelle mir dieses Baby als ein Mädchen vor – Ivana. Oder als einen kleinen Ivan«, sagte sie lächelnd. »Ein Er oder eine Sie. Aber nicht ein Es.«

Ivan richtete sich auf. In dem schwachen Morgenlicht, das anfing durch die Vorhänge zu sickern, konnte sie buchstablich sehen, wie er seine Bitterkeit und alle anderen Gefühle in sich einsog und hinter einer gleichgültigen Maske versteckte, die ihr im Herzen weh tat.

»Er. Sie.« Ivan zuckte mit den Achseln. »Was immer du willst.«

»Was ich will, hat keine Wirkung darauf, ob unser Kind ein Mädchen oder ein Junge wird.« Als Lucy bemerkte, wie Ivan bei dem Wort ›unser‹ erstarrte, verspürte sie den Wunsch, das Baby zu schützen. Ihrer beider Baby. Sie entschloß sich, mit ihren Ansichten nicht hinter dem Berg zu halten.

»Ich weiß«, begann sie, »daß du kein Kind wolltest. Aber du scheinst deine ehelichen Rechte durchaus zu genießen. Nun, diese Rechte bringen auch eheliche Verpflichtungen mit sich, und eine davon ist die Sorge für deine Kinder.«

Ivan runzelte die Stirn. »Ich sagte bereits, daß ich dich nicht verlassen werde. Was willst du noch?«

Lucys Hände kneteten das Laken. »Ich möchte, daß du ein besserer Vater wirst, als es dein Vater war – und auch ein besserer Ehemann!«

»Vergleiche mich nicht mit ihm!«

»Dann benimm dich nicht wie er!«

Ivan starrte sie an, doch sie wich seinem Blick nicht aus. Er stieß einen Fluch aus und schüttelte den Kopf. »Ich muß verrückt gewesen sein, als ich dich geheiratet habe.«

Er drehte sich um und wollte gehen, doch Lucy sprang aus dem Bett und packte ihn am Ärmel.

»Dein Vater und seine Mutter dachten, sie hätten das Richtige getan, als sie dich nach Burford Hall schickten. Sie haben das nicht als Vernachlässigung, sondern als Privileg für einen Zigeunerbastard wie dich betrachtet. Doch du hast es anders empfunden.«

Ivan schüttelte ihre Hand ab. »Ich werde ihrem Verhalten nicht nacheifern. Ich will dieses Kind nicht, das gebe ich zu. Ich wollte nie Kinder haben. Aber ich werde meine Pflichten ihm gegenüber erfüllen.«

Lucy stand barfüßig in ihrem weißen, bestickten Nachthemd vor ihm. Sie wußte, daß er nicht daran denken wollte, daß dieses winzige Wesen, das in ihr heranwuchs, zu einem lebenden, atmenden Kind werden würde, einem Kind, das zur Hälfte von ihm war. Doch sie wollte nicht aufgeben. »Ein Teil dieser Verantwortung besteht darin, dein Kind zu lieben. Deine Kinder«, fügte sie mit weicher Stimme hinzu. »Ich weiß, daß dir das schwerfällt, Ivan. Ich weiß, daß meine Schwangerschaft deine Pläne, dich an deiner Großmutter zu rächen, zunichte gemacht hat. Aber die Tatsache, daß du in wenigen Monaten Vater wirst, bleibt bestehen. Und wenn wir uns weiterhin ein Bett teilen, werden wir wahrscheinlich noch mehr Kinder bekommen.«

Sie hielt inne und wartete, was Ivan darauf antworten würde. In Ivans Wange begann ein Muskel zu zucken, aber er schwieg. Diese Verstocktheit entfachte Lucys Ärger. »Ich hoffe, daß du Manns genug bist, deinen Pflichten nachzukommen«, schloß sie in schärferem Ton.

Ivan sah aus, als wolle er sie auf der Stelle erwürgen. Seine Hände ballten sich zu Fäusten, und seine Arme zitterten vor Anspannung. Doch er erwürgte seine Frau nicht. Er berührte sie nicht einmal. Statt dessen trat er einen Schritt zurück, als wolle er soviel Abstand wie möglich zu ihr halten.

»Die Unterschiede in unseren Ansichten – und unserer Erziehung – sind nie deutlicher gewesen als jetzt«, begann er. »Du glaubst, man kann einem Menschen die Liebe befehlen, weil es dessen Pflicht sei, zu lieben. Glaube mir, das ist nicht möglich. Wäre es möglich, so hätte ich meiner Mutter befohlen, mich zu lieben, anstatt mich zu verkaufen. Ich hätte meinem Vater befohlen, mich zu lieben oder mich zumindest anzuerkennen. Ich hätte meine Großmutter gezwungen, mich zu lieben oder mich zumindest ab und an zu besuchen. Aber als der hilflose kleine Junge, der ich war, konnte ich das ebensowenig zuwege bringen wie jetzt, da ich ein erwachsener Mann bin. Und du kannst es auch nicht. Also versuch es erst gar nicht.«

Ivans Worte waren wütend, sein Ton zornig. Doch seine kleine Ansprache erzürnte Lucy nicht. Statt dessen hätte sie am liebsten vor Mitleid geweint.

»Ich kann nicht glauben, daß deine Mutter dich wirklich verkauft hat«, sagte sie.

Ein bitteres Lächeln erschien auf Ivans Lippen. »Mach dir keine Sorgen. Ich bin sicher, sie hat mehr für mich bekommen, als meine Großmutter ursprünglich ausgeben wollte. Ich tröste mich mit dem Gedanken, daß ich zumindest ein gutes Stück Geld gekostet habe.«

Lucy ließ sich durch seine sarkastische Antwort nicht täuschen. Seine eigene Mutter hatte ihn verkauft. Auch wenn sie geglaubt hatte, das zu tun, was für ihn das Beste wäre, so mußte doch der Gedanke daran für Ivan äußerst schmerzhaft sein.

Ohne nachzudenken, ging Lucy auf ihn zu. Doch als sie seine Hand berührte, zuckte er zurück.

»Wir können morgen nach Somerset abreisen«, sagte er und wandte sich zum Gehen.

»Bitte geh nicht, Ivan. Bitte. Wir müssen miteinander reden.«

»Du brauchst Ruhe«, entgegnete Ivan. »Besonders in deinem Zustand.«

»Ich brauche keine Ruhe; ich bin nicht krank.«

»Heute morgen sah das aber anders aus.«

»Das ist nur eine vorübergehende Übelkeit. Bald wird sie vorbei sein.«

Ivan blieb an der Tür stehen und blickte durch den dämmrigen Raum zu Lucy hinüber. »Du willst dieses Kind, nicht wahr?«

»Aber selbstverständlich.«

»Warum?«

»Warum?« Lucy beobachtete sein Gesicht und nahm trotz der Schatten den wachsamen Ausdruck in seinen Augen wahr. Sie wußte, daß es jetzt darauf ankam, das Richtige zu sagen. »Ich will dieses Kind, weil ich Kinder liebe. Wie die meisten Frauen empfände ich mein Leben als unerfüllt, wenn ich kein Kind heranziehen könnte. Aber nicht das Kind irgendeines Mannes. Ich will *dieses* Kind. Ich liebe dieses Kind schon jetzt, weil es *dein* Kind ist. Unser Kind«, endete sie mit leiser Stimme.

Ivans Gesicht blieb ausdruckslos. Das war entmutigend. Der sarkastische Ton jedoch, in dem er antwortete, war vernichtend. »Vor zwei Monaten wolltest du mich nicht einmal heiraten. Und jetzt soll ich dir glauben, daß du dieses Kind liebst, weil es von mir ist?« Er stieß ein freudloses Lachen aus. »Ich glaube, Lucy, wir werden besser miteinander auskommen, wenn wir in unserer Beziehung zukünftig alle Emotionen aus dem Spiel lassen.«

Lucy war es, als bräche ihr Herz entzwei. Doch sie verbarg ihren Schmerz hinter gespieltem Ärger. Was blieb ihr sonst übrig? »Und wie bitte sollen wir das anfangen? Heißt das, du wirst mein Bett in Zukunft meiden?«

Ivan grollte: »Willst du damit andeuten, daß du mich nun, da du schwanger bist, nicht mehr in deinem Bett haben möchtest?«

»Nein, natürlich nicht.« Lucy errötete. »Aber wie kann ich meine Gefühle aus dem Spiel lassen, wenn du – wenn wir – wenn wir unsere Ehe vollziehen? Auch du bist dabei nicht gefühllos. Wird das nun anders sein?«

Sie glaubte, Ivan in die Enge getrieben zu haben, denn sie konnte sehen, wie er die Zähne zusammenbiß. Doch dann verengten sich seine Augen. »Ich glaube, du verwechselst Leidenschaft mit anderen, langlebigeren Emotionen. Lust ist nicht Liebe, und Begehren ist ein flüchtiges Ding. Wie Hunger. Du solltest es nicht zu hoch bewerten.«

Diese Worte waren wie ein Schlag in Lucys Gesicht, das sie nun am liebsten vor ihm verborgen hätte. Ivan wußte genau, wie sehr seine Worte sie trafen und schmerzten. Er hatte in jener Nacht gehört, wie sie ihm gesagt hatte, sie liebe ihn. Nun benutzte er ihr Geständnis als Waffe, um sie zu quälen.

Und das war ihm ausgezeichnet gelungen.

Lucy sammelte ihren Schmerz und versteckte ihn tief in ihrem Herzen, wo Ivan ihn nicht finden würde. »Ich beuge mich deinem größen Wissen über die Liebe«, sagte sie und ahmte dabei seinen sarkastischen Ton nach. »Was meine Reise nach Somerset angeht, so ist es völlig unnötig, daß du mich begleitest. Ich bin sicher, daß deine Geschäfte in der Stadt weitaus dringender sind.«

»Es ist keine Mühe. Ich war ein nachlässiger Ehemann, und ich möchte das wieder gutmachen«, antwortete Ivan knapp.

Lucy wandte sich ab. Wie konnte Ivan nach all dem so ruhig, so gleichgültig sein, während ihr eigenes Herz wie aus einer tödlichen Wunde blutete? »Nun, dann gute Nacht«, murmelte sie, während sie wieder ins Bett kletterte. Sie zog die Decke bis an ihr Kinn und kämpfte gegen die aufsteigenden Tränen an. Sie wollte nicht weinen, solange Ivan im Zimmer war. Bitte, lieber Gott, betete sie im stillen, mach, daß er geht.

Ivan legte die Hand auf die Türklinke und blickte noch einmal zu seiner Frau zurück.

Warum war er zurückgekommen, was hatte er sich dabei gedacht?

Er war zutiefst erschrocken, als es Lucy übel wurde. Nie hatte er sich so hilflos gefühlt wie in diesen wenigen Augenblicken, als er ihr nicht helfen konnte. Als er jedoch den Grund für ihre Übelkeit erfahren hatte, hatte sein Schreck sich zu Wut gewandelt. Er hatte sich gefühlt, als habe Lucy ihn betrogen.

Es hatte einen ganzen Tag und eine halbe Nacht sowie den größten Teil des Inhalts einer Whiskyflasche bedurft, bis er eingesehen hatte, daß ihre Schwangerschaft mehr seine als ihre Schuld war. Er hätte sich vorsehen können, wie er es bei anderen Frauen immer getan hatte. Aber aus unerfindlichen Gründen hatte er es nicht getan, und nun trug Lucy ein Kind in sich, das er nie hatte haben wollen.

War er also nur zurückgekommen, um wieder davonzulaufen?

Doch er brauchte nicht zu gehen, sagte er sich. Er könnte die Tür von innen schließen, seine Kleider ablegen und sich zu seiner Frau ins Bett legen. Sie war zwar wütend auf ihn, doch er war überzeugt, daß er ihre Wut schnell in Leidenschaft würde umwandeln können. Das war das einzige, dessen er sich in bezug auf Lucy sicher sein konnte: daß ihre Leidenschaft nahezu so groß war wie sein verzehrendes Verlangen nach ihr.

Er blickte auf ihren gekrümmten Körper unter der dünnen Decke und fühlte, daß auch Lucy ihn ansah. Es wäre eine Herausforderung, sie jetzt zu verführen. Er wußte, daß es ihm gelingen würde. Sie würde protestieren, sich vielleicht sogar wehren, doch am Ende würde sie kapitulieren und ihm dankbar sein.

Doch was, wenn sie ihm wieder ihre Liebe gestände?

Schon der Gedanke daran trieb ihm den Angstschweiß auf die Stirn. Er wollte ihre Liebe nicht. Er wollte niemandes Liebe.

Außerdem, dessen war sich Ivan gewiß, gab es so etwas wie Liebe überhaupt nicht. Bestenfalls war Liebe eine Mischung aus Lust und Zuneigung. Schlimmstenfalls war sie nur eine Methode der Manipulation, und er war nicht so töricht, darauf hereinzufallen. Er vermutete, daß es einige Frauen gab, die ihre Kinder liebten, und er hoffte sehr, daß Lucy das Kind, das sie unter dem Herzen trug, lieben würde. Keinesfalls wollte er, daß sein Kind unter der Obhut von Frauen wie seiner Mutter und Großmutter aufwüchse.

Doch Liebe zwischen Mann und Frau? Nein. Er mochte Lucy, mehr nicht. Und er begehrte sie. Aber er liebte sie nicht, genauso wenig, wie sie ihn liebte.

Trotzdem, er mußte jetzt etwas tun, entweder bleiben oder gehen. Doch er konnte sich nicht entscheiden. Als Lucy sich jedoch unruhig im Bett bewegte, nahm seine Angst ihm die Entscheidung ab. Er riß die Tür auf, sprang hinaus und warf sie in der Eile heftiger hinter sich zu, als er es beabsichtigt hatte.

Das verstärkte seine Verzweiflung noch, schließlich wußte er ja, wie Frauen waren. Obwohl Lucy nicht zur weinerlichen Sorte gehörte, hatte er Tränen in ihren Augen gesehen. Sie hatte sie zurückgehalten, solange er im Zimmer war, doch jetzt, nachdem er die Türe so laut zugeknallt hatte, würde sie gewiß anfangen zu weinen.

Er zwang sich zu warten und zu lauschen, ob sich ein Schluchzen vernehmen ließe. Als er nichts hörte, ging er, immer noch schwitzend und genauso erschrocken wie gestern, als es Lucy so schlecht gegangen war. Er wurde nicht fertig damit. Weder mit ihrer Übelkeit, noch mit ihren Tränen, noch mit der Stille. Er wurde mit Lucy nicht fertig, und das gab seiner Angst neue Nahrung. Keine andere Frau hatte diese Wirkung auf ihn, und keine, so schwor er sich, sollte diese Wirkung je haben.

Aber Lucy hatte sie.

Und nun, da er mit ihr verheiratet war, da sie ein Kind von ihm erwartete, wußte er einfach nicht, wie er mit ihr umgehen sollte. Er konnte nicht ständig davonlaufen. Aber was konnte er sonst tun?

Bei dem Krach, mit dem die Tür ins Schloß gefallen war, drückte Lucy den Kopf in ihr Kissen und brach in Tränen aus. Ein schweres, grausames Schluchzen erschütterte ihren Körper. Aber sie blieb stumm. Sie weinte lautlos. Sie vergrub sich zwischen Laken und Decke und vertraute ihr ganzes Elend dem geräuschdämpfenden, gleichgültigen Kopfkissen an.

Daß den Bettlaken noch der Geruch der letzten Liebesnacht anhaftete, machte alles noch schlimmer. Wie konnte Ivan sie lieben – nein, Liebe mit ihr machen – und sie gleichzeitig hassen?

Ihr Verstand versuchte ihr einzureden, daß Ivan wahrscheinlich alle Frauen haßte – oder fürchtete. Das war kein Wunder, wenn man seine Kindheitserfahrungen mit Frauen bedachte.

Doch es war nicht ihr Verstand, den Ivan zu kleinen Fetzen zerrissen hatte; es war ihr Herz. Während Lucy ihre ganze Qual und Verlassenheit in das kalte, einsame Bett weinte, krümmte sie ihren Körper schützend um das Baby.

»Du sollst immer geliebt werden«, versprach sie zwischen ihren Schluchzern, »immer.«

Und auch du, Ivan, obwohl du es vielleicht nie glauben wirst. Auch du sollst immer von mir geliebt werden, schwor sie.

22

Die Fahrt nach Somerset, die vom Morgen bis zum Abend dauerte, erschien Lucy endlos. Während der ganzen Fahrt war ihr übel, und sie mußten mehrmals anhalten. Früher war sie nie reisekrank gewesen. Ihre Schwangerschaft jedoch schien sie völlig verändert zu haben. Oder war es ihre unglückliche Ehe mit Ivan, die sie so weinerlich und krank machte?

Ivan begleitete sie, saß aber nicht bei ihr in der Kutsche, sondern ritt einen lebhaften Wallach, den er kürzlich gekauft hatte. Er überließ Lucy der Gesellschaft der Zofe, auf deren Begleitung er bestanden hatte.

Lucy redete sich ein, daß ihr das nichts ausmachte. Obwohl es sie schmerzte, daß er sich von ihr fernhielt, so wäre seine Nähe während ihrer Übelkeitsanfälle wahrscheinlich noch schwerer zu ertragen gewesen.

Sie erreichten ihr Ziel, als die Dämmerung in Nacht überging. Houghton Manor war erleuchtet wie für ein Fest; hinter jedem Fenster brannten Lichter. Lucy wußte, daß weder ihre Mutter noch Hortense eine solche Extravaganz angeregt haben konnten. Die Festbeleuchtung mußte auf Grahams Konto gehen, der über die Tatsache, einen Grafen zum Schwager bekommen zu haben, noch begeisterter zu sein schien, als Lucy es angenommen hatte.

Alle kamen heraus, um sie zu begrüßen, sogar die Jüngsten, Charity und Grace. Nie war Lucy so froh gewesen, ihre Familie zu sehen. Seit sie Ivan kannte, hatte sie begonnen, sie mehr als zuvor zu schätzen. Sie umarmte sie alle nacheinander und nahm auch Graham nicht aus. Trotz seiner gelegentlichen Kleinlichkeit war er ein guter Bruder, der sich stets um ihr Wohlergehen gesorgt hatte.

Als ihre Mutter sie in die Arme schloß, war Lucy den Tränen nahe.

»Oh, mein Liebling, mein Kindchen«, gurrte Lady Irene und hielt Lucy ganz fest. »Du hast mir so gefehlt.« Sie umfaßte Lucys Gesicht mit beiden Händen und drückte ihr einen Kuß auf, wobei sie ihre Tochter mit strahlenden, hoffnungsvollen Augen ansah.

Lucy wußte, was dieser Blick bedeutete. Doch sie war noch nicht bereit, über ihren Zustand zu sprechen, solange ihre Gefühle gegenüber Ivan noch so widersprüchlich waren. Vor allem nicht hier in der Eingangshalle, wo alle um sie herumstanden.

»Du siehst erschöpft aus«, stellte ihre Mutter mit wissendem Blick fest.

»Der Tag war äußerst ermüdend. Wenn es euch nichts ausmacht, würde ich am liebsten gleich zu Bett gehen.«

»Ich habe dein altes Schlafzimmer hergerichtet«, sagte Hortense und hängte sich bei Lucy ein. Sie warf einen Blick auf Ivan und flüsterte ihrer Schwägerin zu: »Und ich habe eine weitere Matratze in das Bett gelegt.«

Lucy rang sich ein schwaches Lächeln ab. Doch innerlich begann sie zu zittern. Sie würde mit Ivan ein Zimmer teilen müssen. Daran hatte sie während der ganzen quälenden Reise nicht gedacht.

»Nun, Hortense«, fiel Lucys Mutter ein, »du mußt dich um deine Kinder kümmern, und ich werde mich um mein Kind kümmern. Komm, Lucy! Ich helfe dir beim Auspacken, während Ivan und Graham in der Bibliothek etwas trinken können.«

Lucy blickte zu Ivan hinüber, der Hut und Handschuhe noch immer in der Hand hielt. Für einen Mann, der den ganzen Tag zu Pferd gesessen war, wirkte er noch erstaunlich frisch. Im Gegenteil, so windzerzaust sah er noch besser aus als sonst.

Er erwiderte Lucys Blick, dann wandte er sich Graham zu und begrüßte ihn ohne Verlegenheit.

»Ein Glas irischer Whiskey käme mir sehr gelegen«, meinte er.

»Dann komm mit«, erwiderte Graham.

Damit ging die Gesellschaft auseinander – Ivan zu seinem Getränk, das ihm in letzter Zeit immer mehr zuzusagen schien, Hortense um nach ihrem lärmenden Nachwuchs zu sehen, und Lucy, um sich den Fragen ihrer Mutter zu stellen.

»Nun?« begann Lady Irene, nachdem sich kaum die Tür zum Schlafzimmer hinter ihnen geschlossen hatte. »Gibt es irgendwelche Neuigkeiten, die du deiner Mutter mitteilen möchtest?«

Lucy sank auf die Couch unter dem Fenster. Wie oft hatte sie hier gesessen und sich ihre Zukunft ausgemalt, doch nie hatte sie sich vorgestellt, mit einem Mann verheiratet zu sein, der sie nicht liebte und keine Kinder wollte.

»Darf ich wenigstens meine Reisekleidung ablegen, ehe du deine Inquisition beginnst?« Sie unterbrach sich, als sie bemerkte, wie verletzend ihre Worte klangen. Schließlich war es ihre Mutter, die vor ihr stand – ihre Mutter, die sie liebte und nur ihr Bestes wünschte. Sie durfte ihre schlechte Laune nicht an ihr auslassen.

Lucy sah ihre Mutter an, deren Gesicht keine Emotion verbergen konnte, weder Erstaunen noch Neugierde. Wenigstens sie würde über Lucys Schwangerschaft begeistert sein. Lady Irene liebte kleine Kinder, besonders ihre eigenen Enkel. »Es tut mir leid, Mama, es war ein so langer, anstrengender Tag und – und ich bin seit einiger Zeit ziemlich schlechter Stimmung.«

»Seit einiger Zeit?« Lady Irene kam näher an Lucy heran. Ihre Augen funkelten vor gespannter Erwartung. »Hast du auch andere Veränderungen an dir wahrgenommen?«

Lucy konnte sich eines Lächelns nicht erwehren. »Du meinst Weinerlichkeit, Übelkeit oder …«

»Du bist in anderen Umständen!«

»Ja.«

Lady Irene umarmte ihre Tochter und drückte sie heftig an sich. »Ach, mein Liebling, mein liebes kleines Mädchen! Wie lange habe ich auf diesen Tag gewartet. Hast du es deinem Mann schon gesagt?«

Lucys Wohlbehagen, das sie in der Umarmung ihrer Mutter empfunden hatte, schwand. »Ja, er weiß es.«

Lady Irene runzelte die Stirn, als sie Lucys mangelnde Begeisterung bemerkte. »Freut er sich nicht darüber?«

Ein nahezu überwältigendes Verlangen, sich ihrer Mutter anzuvertrauen, überkam Lucy. Doch sie hielt sich zurück. Es würde alles nur noch schlimmer machen, wenn Ivan der Kritik seiner Schwiegermutter ausgesetzt würde.

»Er war – überrascht«, antwortete sie schließlich. »Aber langsam gewöhnt er sich an den Gedanken. Du darfst nicht vergessen, Mama, wie überstürzt wir geheiratet haben. Und nun so schnell Eltern zu werden ist für uns beide ein ziemlich seltsames Gefühl.«

»Nun, nun«, sagte Lady Irene und tätschelte Lucys Hand, »was ist seltsam daran, eine Familie zu gründen? Wenn ihr noch länger gewartet hättet, wäre es vielleicht zu spät gewesen. Ihr kommt schließlich beide nicht mehr frisch von der Schulbank. Aber zum Glück habt ihr nicht gewartet, und nun werde ich im nächsten Frühjahr ein neues Enkelchen haben. Ihr geht doch nicht wieder in die Stadt zurück, oder? Aber nein, natürlich nicht«, fuhr sie fort, ehe Lucy antworten konnte. »Es wäre viel besser für dich, die Zeit deiner Schwangerschaft hier zu verbringen, obwohl die Gräfinwitwe dich zweifellos in Westcott Manor haben möchte. Weiß sie schon von dem Baby?«

Lucy schrieb am nächsten Morgen an Lady Westcott. Ivan sagte sie nichts davon, da sie fürchtete, er wäre dagegen. Dann würde es eine Szene geben, und ihre ganze Familie würde von dem unguten Verhältnis zwischen Ivan und seiner Großmutter erfahren – und möglicherweise auch etwas von den Schwierigkeiten zwischen Lucy und Ivan erahnen. Außerdem, so sagte sie sich, hatte sie gar keine Gelegenheit gehabt, ihm ihre Absicht mitzuteilen. Er war spät ins Schlafzimmer gekommen, hatte auf der Couch geschlafen und war morgens schon wieder weg gewesen, als Lucy aufwachte. Prudence erzählte ihr, daß er mit Graham, Stanley und Derek beim Fischen sei.

Also schrieb sie den Brief, obwohl sie wußte, daß Ivan dagegen wäre. Sie weigerte sich, sich in die Familienfehde der Westcotts hineinziehen zu 1assen, und nahm sich vor, beide so zu behandeln, wie die guten Manieren es verlangten. Lady Westcott hatte das Recht, von dem neuen Leben zu erfahren, das in Lucy heranwuchs.

Lucy erzählte Ivan auf der Treppe davon, als sie gemeinsam zum Abendessen hinunter gingen. Es war das erste Mal, daß sie in Houghton Manor allein mit ihm sprach.

»Du hast ihr von dem Baby geschrieben?« Ivan blieb auf den Stufen stehen. »Ich habe nicht die Absicht, dieses Kind mit ihr zu teilen. Sie wird nie etwas mit ihm zu tun haben. Hast du verstanden?«

Lucy blickte zu ihm auf. Er hatte sich zum Abendessen umgezogen. Seinen Ohrring hatte er ausnahmsweise abgenommen. Doch das änderte nichts an seinem wilden, zigeunerhaften Aussehen. Die zurückhaltende Kleidung schien sein Zigeunerblut eher noch zu betonen. Und genauso, wie sein dezenter Anzug und seine aristokratischen blauen Augen seine dunkle Haut unterstrichen, so sehr unterstrichen auch seine leise Stimme und seine makellosen Manieren seinen Zorn.

Lucy war nach Weinen zumute. Andererseits brachte sie in letzter Zeit fast alles zum Weinen. Also nahm sie sich zusammen und hielt Ivans durchdringendem Blick stand. »Ich korrespondiere, mit wem ich möchte. So wie ich es immer getan habe.«

Ivans Augen blickten kalt. »Weshalb bestehst du darauf, mir zu widersprechen?«

»Ich dachte, das sei es gewesen, was dich zu mir hingezogen hat – daß ich mir nicht alles gefallen lasse.« Die Antwort klang schneidend, aber innerlich war Lucy weh zumute.

Ivan schenkte ihr ein gefährliches Lächeln, das ihr Herz schneller schlagen ließ. »Was mich zu dir hingezogen hat, war dein leidenschaftliches Wesen, das du so gut unter deiner anständigen Fassade zu verbergen weißt.«

Lucy wußte, daß Ivan sie verunsichern wollte, und sie ärgerte sich darüber, daß es ihm zu gelingen schien. Sie hob das Kinn. »Du hast eine merkwürdige Art, dein Interesse an meinem leidenschaftlichen Wesen zu zeigen.«

In Ivans Augen blitzte ein Funke. »Fühlst du dich vernachlässigt?«

»Kaum«, gab Lucy zurück. »Es fällt mir nur schwer, meiner Familie vorzuspielen, daß es uns gut geht.«

»Dann spiel doch nichts vor«, sagte Ivan. Er hob die Hand und strich mit seinen Knöcheln sanft über Lucys Hals.

Lucy schluckte schwer. »Wie soll ich das anstellen? Soll ich mein Unglück hinausposaunen? Willst du das? Oder möchtest du ihnen etwas über dein eigenes Unglück erzählen?«

Ivan beugte sich näher zu Lucy. »Ich will, daß du deiner Familie nicht vorspielen mußt, es ginge dir gut. Ich kann machen, daß es dir gut geht, und wir beiden wissen, wie.«

Gleich würde er sie küssen, das konnte Lucy in der Tiefe seiner blauen Augen lesen. Und sie wollte geküßt werden. Sie wollte, daß er sie seinem männlichen, erotischen Zauber unterwarf.

Ihr Verstand sollte dagegen sein, doch diesen Verstand schien sie im Augenblick verloren zu haben. Ihre gegenseitige körperliche Anziehungskraft war der einzige Punkt, in dem sie Ivan gleichwertig entgegentreten konnte, der einzige Punkt, in dem ihre Ziele und ihr Verlangen dieselben waren.

Verlangen.

Sie beugte sich vor in sehnsüchtiger Erwartung des Kusses.

»Lucy! Tante Luuu- cy!«

Die fünfjährige Grace stand unten am Fuß der Treppe, hinter ihr ihre siebenjährige Schwester Charity. »Mama sagt, du sollst schnell machen.«

»Nein«, verbesserte Charity sie mit der Wichtigkeit einer älteren Schwester. »Mama sagte, was treiben die da oben? Es ist noch Tag und sie sollten lieber nicht ... nicht ...« Sie zuckte die Schultern. »Den Rest habe ich vergessen.«

Lucy war beim ersten Ton von Ivan weggesprungen. Jetzt eilte sie die Stufen hinab, wobei ihr peinlich bewußt war, wie gerötet ihre Wangen sein mußten. Was hatte Hortense gemeint?

Streng sah Lucy die beiden kleinen Mädchen an. »Wie oft habe ich euch Kindern schon gesagt, ihr sollt nicht ...«

Sie unterbrach sich, als die beiden schuldbewußt zu ihr aufblickten. Grace war blond, blauäugig und hatte runde Babybacken. Charitys ernste graue Augen, ihr dunkleres Haar und das hübsche Gesicht deuteten bereits die schöne junge Frau an, zu der sie eines Tages heranreifen würde. Beide Mädchen sahen Lucy aufmerksam an.

Lucy ging in die Hocke und umfaßte die beiden mit den Armen. »Wahrscheinlich schadet es nicht, wenn man im Haus ein bißchen rennt. Aber paßt auf die Vasen auf.« Sie blickte in die zwei unschuldigen Gesichter. »Ihr seht beide sehr hübsch aus. Wer hat euer Haar frisiert?«

»Ich habe Gracies Haar gemacht«, sagte Charity. »Und meines hat Prudence gekämmt.«

»Ihr seid alle so groß geworden. Jetzt seid ihr nicht mehr meine kleinen Babies.«

»Papa sagt, daß es bald ein neues Baby in der Familie geben wird«, lispelte Charity.

»Das hat er gesagt?« Lucy war überrascht, daß Graham vor den Kindern über solche Dinge sprach.

»Wir haben in der Bibliothek Verstecken gespielt, da haben wir gehört, wie er sagte, ein Baby sei im Ofen. Aber wir können es nicht finden. Hilfst du uns suchen?« fragte Grace.

Lucy lachte und drückte ihre Nichten fest an sich. Warum hatte sie sich früher dieses Vergnügen so selten gegönnt? Sie hatte die Kinder studiert, analysiert und versucht, das beste System zu finden, um sie belehren und zu disziplinieren. Doch sie hatte sich nicht die Zeit genommen, sich an ihnen zu erfreuen oder sie zu lieben.

Das wollte sie nun nachholen.

Sie kitzelte erst Gracie, dann auch Charity. Beide wanden sich kichernd in ihren Armen, doch sie machten keinen Versuch davonzulaufen. Statt dessen kitzelten sie Lucy wieder. Lucy lachte, verlor das Gleichgewicht und fiel auf den Rücken, so daß sie alle drei unter lautem Gelächter auf dem Boden landeten.

Ivan war oben an der Treppe stehengeblieben. Doch als Lucy und ihre Nichten zu Boden fielen, eilte er die Stufen hinab. »Sei vorsichtig!« sagte er zu Lucy, ergriff ihre Hände und zog sie hoch. »Du mußt jetzt aufpassen und darfst dich nicht von diesen Kindern überrennen lassen.«

»Aber ich will mich überrennen lassen«, antwortete Lucy, zog die Mädchen an sich und legte die Arme um ihre Schultern. Sie blickte zu Ivan auf und versuchte den Grund für seinen Ärger zu erraten. War es die Sorge um sein Kind? Oder war es Eifersucht auf die Zuneigung, die sie zu ihren Nichten empfand?

Sie wollte es herausfinden.

Sie zauste Charitys Haare und streichelte Gracies rundliche Wange. »Findest du nicht, daß Kinder wundervoll sind? So frisch und neu. So unverbildet. Sie wollen nur geliebt werden. Liebe sie, und du kannst sie formen, wie du willst.« Sie hielt inne und wandte sich an die Mädchen. »Lauft jetzt und sagt eurer Mutter, daß Onkel Ivan und ich gleich kommen werden.«

Nachdenklich sah sie hinter ihnen her, wie sie sich an den Händen faßten und davonhüpften. Dann wandte sie sich wieder an Ivan. »Ich frage mich, was für ein Mensch wohl aus unserem Kind wird.«

»Es wird noch eine Weile dauern, bis wir das herausfinden werden«, antwortete Ivan ausweichend. »Aber jetzt wartet deine Familie auf uns.« Er senkte seine Stimme zu einem heiseren Flüstern. »Du willst doch nicht, daß deine Schwägerin glaubt, wir gäben uns sexuellen Aktivitäten hin – am hellichten Tag.«

Bei dem Gedanken mußte Lucy lachen, doch gleich darauf war es ihr peinlich, sich über solche Dinge zu amüsieren. Als jedoch auch Ivan grinste, war sie froh. Er lächelte so selten.

Ivan hielt sie immer noch am Arm, und Lucy beschloß, seine gute Laune auszunutzen. Sie legte ihre Handfläche auf seine Wange, stellte sich auf die Zehenspitzen und drückte einen schnellen Kuß auf seinen Mund.

Ivan war überrascht, und das gefiel Lucy. Er schien gelegentlich eine Überraschung zu brauchen. Immer war er so kontrolliert, so zielstrebig in seinen Absichten und Vorhaben. Es konnte nicht schaden, ihn gelegentlich ein wenig durcheinanderzubringen.

Als Ivan Lucy näher an sich heranzog, widerstand sie ihm. »Nicht jetzt. Alle warten auf uns«, erinnerte sie ihn.

Sie versuchte, sich aus seiner Umarmung zu befreien, doch er ließ sie nicht los. »Weshalb hast du mich dann geküßt? Willst du mich necken?«

»Das war keine Neckerei.«

Ivan hob eine Augenbraue. »Was war es dann?«

Lucy versuchte, klar zu denken, aber das war schwierig, wenn Ivan sie so eng umfaßte. Seine Hände waren so warm, seine dunklen Augen sprachen von seinem Verlangen. Tief holte Lucy Luft. »Das war meine Art, mich zu bedanken.«

»Dich zu bedanken? Wofür?«

»Für deine Sorge, ich könnte mir oder unserem Kind wehgetan haben, als ich umfiel.«

In Ivans Wange zuckte ein Muskel. »Hast du eine so schlechte Meinung von mir, daß eine solche Reaktion von mir dich überrascht?«

Lucy lächelte zu ihm empor. Wie schnell er beleidigt war! Die gefühllose Fassade, die er so pflegte, verbarg ein sehr verletzliches Herz. »Ich sagte nicht, daß ich überrascht sei. Ich habe mich nur über deine Fürsorge gefreut. – Sollen wir jetzt hineingehen?«

Lucy nahm die Tatsache, daß Ivan nicht weiter diskutierte, als Beweis für eine weichere Seite seiner Natur. Sie hatte ihn ertappt, als er seine Besorgnis zeigte. Vermutlich war ihm gar nicht bewußt, wieviel er ihr damit offenbart hatte. Doch Lucy wußte es und wollte darauf aufbauen.

Arm in Arm gingen sie in das Speisezimmer. Lucys Mutter strahlte, Hortense überschlug sich fast, Graham legte ihnen die besten Bissen vor, und die Kinder waren zwar laut, aber nicht unmanierlich. Es wurde eine der angenehmsten Mahlzeiten, die Lucy in Houghton Manor je eingenommen hatte.

Auch Ivan fand den Abend erfreulicher, als er erwartet hatte, und das bereitete ihm einiges Nachdenken.

Er hatte den ganzen Tag mit seinem neuen Schwager und seinen neuen Neffen beim Angeln verbracht und hatte danach mehr Verständnis für Lucy. Sie war eindeutig intelligenter als Graham, und er konnte nun nachfühlen, weshalb sie sich in diesem Haushalt beengt gefühlt hatte. Daß sie nun hierher hatte zurückkehren wollen, gefiel ihm nicht. Doch trotz Grahams Aufgeblasenheit und Hortenses Nervosität herrschte in ihrer Familie eine gewisse Nestwärme.

Hatte Lucy nicht einmal gesagt, sie sei im Schoß einer liebevollen Familie aufgewachsen? Das konnte er jetzt selbst sehen, und er verstand, weshalb sie sich diese Atmosphäre auch für ihr Kind wünschte.

Ihr gemeinsames Kind! Jedesmal, wenn Ivan daran dachte, begann er zu schwitzen. Er wollte kein Kind, hatte nie eines gewollt.

Aber er wollte seine Pflichten diesem Wesen gegenüber ernst nehmen. Ob er das Kind würde lieben können, wie Lucy es so sehr wünschte, wußte er nicht. Doch er würde für sein Kind sorgen, wie er für seine Frau sorgte.

Über den Tisch hinweg betrachtete er Lucy. Ihr kastanienfarbenes Haar glänzte im Kerzenlicht, ihre Augen funkelten wie grünes Glas, nein, wie Smaragde. Sogar ihre weiche, rosige Haut schien vor Leben zu glühen, als habe dieses winzige Wesen sie mit neuer Kraft erfüllt.

Gott, wie schön sie war! Er hatte sie immer schön gefunden, doch die Schwangerschaft schien sie zum Leuchten zu bringen, machte sie noch weiblicher, sanfter, wärmer.

Lucy lachte gerade über etwas, das Derek gesagt hatte. Dann drängte sie ihrer Mutter eine weitere Portion Gemüse auf. »Das ist gesund für deine Verdauung, genauso wie ein Spaziergang nach dem Essen«, sagte sie zu ihr. »Wir können zusammen gehen.« Sie wandte sich an Ivan. »Würdest du uns bei einem Spaziergang durch den Garten begleiten?«

Ein Spaziergang gemeinsam mit Lucys Mutter? Eine Gefühlswoge schwappte über Ivan hinweg. War es Eifersucht? Verletzter Besitzerstolz? Mit mäßigem Erfolg unterdrückte er seine Emotionen. Er wollte mit Lucy im Garten spazierengehen, aber ohne ihre Mutter. Er wollte Lucy für sich allein, ohne eine Begleitperson, die ihre Aufmerksamkeit von ihm ablenken konnte.

»Vielleicht ein andermal«, antwortete er und bemühte sich, gleichmütig zu klingen. Als Lucy ihn anblickte, als versuche sie die Tiefen seiner Gedanken auszuloten, schaute er weg. »Ich nehme noch etwas Wein.« Er winkte dem Diener, der neben der Tür stand.

Trotzdem spürte er Lucys Blick noch immer auf sich, und ihn überkam das entmutigende Gefühl, sie könne jeden seiner Gedanken lesen. Sie kannte ihre Wirkung auf ihn, und sie wußte, welche Macht sie über ihn hatte. Er hatte das immer vermeiden wollen, und nachdem es geschehen war, hatte er sich stets bemüht, es vor ihr zu verbergen. Doch sie hatte es herausgefunden, und wenn er nicht aufpaßte, so fürchtete er, würde sie diese Waffe gegen ihn einsetzen. Dabei hatte er sich vor langem geschworen, daß er niemals einem Menschen Macht über sich einräumen würde – und schon gar nicht einer Frau.

Abrupt erhob er sich. »Würdet ihr mich entschuldigen?« sagte er und nahm dem Diener die Weinflasche aus der Hand. »Ich muß noch etwas erledigen; etwas Dringendes, das ich vergessen hatte.«

Er hörte ihre fragenden Stimmen hinter sich, als er den Raum verließ.

»Was auf Erden …«

»Was kann wohl derart wichtig sein?«

»Lucy? Also wirklich, das ist …«

»Ivan!«

Dieser Ausruf kam von Lucy. Doch Ivan ging weiter. Keine zehn Pferde hätten ihn auf diesem Schauplatz familiärer Harmonie festhalten können. Obwohl er wußte, daß er unvernünftig reagierte, konnte er nicht stehen bleiben. Er begab sich zur Hintertür und ging hinaus in den Spätsommerabend. Und er hörte nicht auf zu schwitzen.

Vor den Ställen holte ihn der kleine Derek ein.

»Gehst du reiten?«

Ivan sah auf den kleinen, aber gut gepflegten Stall. Er sah überall hin, nur nicht auf den neunjährigen Jungen. »Ich weiß noch nicht.«

»Ach. Aber wenn du reiten gehst, kann ich dann mitkommen?«

»Ich werde nicht reiten«, brummte Ivan.

»Oh.«

Bei diesem leisen, bedrückten Laut kam Ivan sich vor wie ein Menschenfresser. Er verwünschte innerlich seine unnatürliche Reaktion auf Lucy und ihre ganze Familie und wandte sich zu dem Jungen. »Ich werde nicht reiten«, wiederholte er in freundlicherem Ton. »Und was machst du hier?«

Der Junge zuckte die Achseln. »Weiß nicht.« Seine Hand wanderte rastlos über eine der Stalltüren. »Ich wollte nur sehen, was du machst.«

Ivan hätte den Jungen gerne zurück ins Haus geschickt. Das letzte, was er jetzt brauchte, war ein Bengel, der sich an seine Rockschöße hing wie ein herrenloses Hündchen. Doch als er zu Derek hinabblickte, sah er genau das: ein verlorenes Hündchen, das nach Aufmerksamkeit suchte, wo immer es sie finden konnte.

Ivan fiel ein, was Sir James Mawbey über Großbritanniens feudales System des Erstgeburtsrechts gesagt hatte, über die Beziehungen zwischen Vätern, Söhnen und Brüdern. Derek war das Musterbeispiel eines jüngeren Sohnes, und obwohl sein Los wesentlich besser war, als es Ivans Schicksal gewesen war, so war er doch ein einsamer kleiner Junge, der stolpernd seinen Platz in der Welt suchte. Die Bevorzugung seines älteren Bruders durch den Vater war beim heutigen Angelausflug klar zutage getreten. Ob er ihm eine Fliege am Haken befestigte oder ihn für einen Fang lobte, Graham hatte ein deutlich größeres Interesse an seinem Erben Stanley als an Derek gezeigt. Das hatte zur Folge gehabt, daß Derek versucht hatte, sich an Ivan anzuschließen. Und er versuchte es immer noch.

Obwohl Ivan keine große Lust verspürte, sich ausgerechnet jetzt mit Derek zu beschäftigen, brachte er es doch nicht über sich, ihn wegzuschicken. Schließlich war er selbst einmal ein einsamer kleiner Junge gewesen.

Er räusperte sich. »Naja, eigentlich wollte ich mir die Pferde ansehen. Weißt du etwas über ihre Stammbäume?«

Ein strahlendes Lächeln aus einem zahnlückigen Mund belohnte ihn. Dereks Augen waren grün wie Lucys, stellte Ivan fest, während der Junge auf das Tier im Verschlag vor ihnen zeigte: »Das ist mein Lieblingspferd ...«

23

Ivan war seit zehn Tagen weg. Er hatte lediglich erklärt, er habe geschäftlich in der Stadt zu tun.

Anfangs war Lucy niedergeschmettert gewesen, denn sie hatte geglaubt, sie kämen gut voran. Als Ivan nach jenem letzten Abendessen davongestürmt war, war er nach einigen Stunden ins Haus zurückkehrt. Er hatte nicht auf der Couch geschlafen, sondern war zu Lucy ins Bett gekommen, und sie hatten sich geliebt, ohne dabei Zorn oder Verzweiflung zu empfinden. Sie war in Ivans Armen eingeschlafen und am nächsten Morgen in seinen Armen erwacht und hatte gehofft, daß dies eine süße Gewohnheit werden könnte.

Allerdings hatte sie sich zusammengenommen und nicht von ihrer Liebe gesprochen, da solche Geständnisse ihn jedesmal in die Flucht zu schlagen schienen.

Aber er war trotzdem geflohen. Er hatte ihrer ganzen Familie auf Wiedersehen gesagt und Lucy einen Abschiedskuß gegeben. Nun war er weg, und Lucy fühlte sich elend. Zumindest schrieb er diesmal öfter und ausführlicher. Lucy fühlte sich nicht ganz so verlassen wie bei seinem ersten Verschwinden. Aber er fehlte ihr genauso.

Seltsamerweise war Derek nun zu ihrem ständigen Begleiter geworden. »Post für dich«, rief er soeben, während er über den Rasen trabte und mit dem Umschlag wedelte. »Diesmal aus Dorset«, verkündete er und reichte Lucy den Brief. »Ist es ein Brief von Lord Ivan?«

Lucy warf ihr Strickzeug beiseite. Ihre Hände zitterten, als sie versuchte, das Siegel zu erbrechen, ohne dabei das dünne Pergament zu zerreißen.

»Das Schreiben ist von Lady Westcott«, sagte Lucy, unfähig, ihre Enttäuschung vor dem Kind zu verbergen.

»Mist.« Derek ließ sich mit gekreuzten Beinen neben

Lucy ins Gras fallen. Seine Miene erhellte sich. »Schreibt sie etwas über Lord Ivan?« fragte er hoffnungsvoll.

Lucy überflog den Brief und schüttelte den Kopf. Von Ivan stand nichts darin, lediglich Antonias Glückwünsche zu dem kommenden Baby und eine Andeutung, daß Lucys Anwesenheit im Westcott-Haus in Dorset erwünscht sei.

»... meine Gesundheit ist nicht so gut, wie ich es mir wünschen würde. Eine schwere Grippe hat mich erwischt und ich kann meine Räume nicht verlassen.«

Die Grippe! Für ältere Menschen verlief diese Krankheit oftmals tödlich.

»Kommt er bald zurück?« frage Derek und lenkte Lucys Gedanken kurzzeitig von der Erkrankung der Gräfinwitwe ab.

Lucy betrachtete das hoffnungsvolle Gesicht ihres Neffen. Eine Art Bindung schien sich zwischen ihm und Ivan entwickelt zu haben, auch wenn sie nicht wußte, wie und wann. Es tat ihr leid, das Kind enttäuschen zu müssen.

»Ich weiß es nicht, er ist nicht in Dorset gewesen.« Dereks niedergeschlagenes Gesicht spiegelte Lucys eigene Gefühle wider. Stirnrunzelnd faltete sie den Brief zusammen. Ivan war weg, und seine Großmutter war krank. Vielleicht gab es etwas, wodurch sie beiden Situationen gerecht werden konnte. Sie erhob sich und streckte Derek die Hand hin. »Ich werde meinem Mann an seine Stadtadresse schreiben und ihm mitteilen, daß ich auf der Stelle nach Dorset abreise.«

»Fährst du jetzt auch weg?«

»Ja. Möchtest du mitkommen?«

Graham war über die Tatsache, daß Lucy abreisen wollte, enttäuschter als darüber, daß Derek sie begleiten würde. Das kam daher, dachte Lucy, daß sie nun die Gräfin von Westcott war, während Derek noch immer nur der zweite Sohn war.

Wegen des Trubels um die Reise nahm Derek die Gleichgültigkeit seiner Familie ihm gegenüber kaum wahr. »Wie lange wird die Fahrt dauern?«

»Einen guten Tag, falls die Straßen trocken sind.«

»Und wie lange werden wir bleiben?«

»Das weiß ich noch nicht, Derek. Wir müssen sehen, wie alles läuft.«

»Wird Lord Ivan auch dorthin kommen, wenn er mit seinen Geschäften in der Stadt fertig ist?«

Lucy nagte an ihrer Unterlippe. »Vielleicht«, antwortete sie. Bald, so vermutete sie. Ivan würde sicher wütend darüber sein, daß sie zu seiner Großmutter fuhr, denn er wollte der Gräfinwitwe die Freude über ihre Schwangerschaft nicht gönnen. Doch Lucy hatte ihm in ihrem Brief alles genau auseinandergesetzt. Daß Ivan kein Verständnis dafür hatte, daß Familienmitglieder sich umeinander kümmerten, war für Lucy kein Grund, die kranke alte Frau ihren Dienstboten zu überlassen. Wenn Ivan jemals glücklich mit seiner Frau zusammenleben wollte, mußte er nun diese Lektionen lernen, die er sich in seiner Kindheit nicht hatte aneignen können. Lektionen über Liebe, Familie und Verantwortung. Lucy war mehr als bereit, ihm darin beizustehen, doch Ivan würde ihr auf halbem Wege entgegenkommen müssen.

Lucy und Derek begannen ihre Reise im Morgengrauen und erreichten ihr Ziel nach Einbruch der Dunkelheit. Während des ganzen schier endlosen Tages war Lucy von Übelkeit geplagt. Zu ihrer Erleichterung war Derek froh darüber, vorne auf dem Kutschbock sitzen zu dürfen. Als sie endlich ankamen, fühlte Lucy sich wie ein ausgewrungener Putzlappen und wollte nur noch ins Bett fallen. Doch es war ihr nicht vergönnt. Lady Antonia war wach und wartete auf sie.

»Sie sollten im Bett bleiben, damit Sie nicht wieder fallen«, schalt Lucy.

»Unsinn«, antwortete die alte Frau heiser. »Ihre Nachrichten sind die beste Medizin für mich. Und jetzt sind Sie hier.« Sie hielt Lucy an den Schultern, und auf ihrem

Gesicht erschien ein Lächeln, wie diese es noch nie bei Lady Antonia gesehen hatte. Doch dann bemerkte sie, wie schlecht es Lucy ging. »Sie sehen schrecklich aus! Erschöpft! Kommen Sie, ab ins Bett! Fenton! Fenton, helfen Sie Lady Westcott in ihr Schlafzimmer.«

Da fiel Lucys Blick auf Derek, der klein und verloren neben der Kutsche stand.

»Lady Westcott, Sie haben unseren Gast noch nicht begrüßt. Derek!« Lucy winkte den Jungen heran.

Obwohl es offensichtlich war, daß Lady Antonia nicht viel an einem neunjährigen angeheirateten Großneffen lag, begrüßte Derek seine Gastgeberin formvollendet. Lucy legte ihren Arm um seine Schulter und drückte ihn stolz. »Ich komme nachher, um dir gute Nacht zu sagen«, meinte sie. Fenton wies sie an: »Geben Sie ihm ein Zimmer in meiner Nähe.« Dann folgte Sie Ivans Großmutter. Gemeinsam schlurften die beiden Frauen erschöpft die Treppe hinauf.

Lucy mußte der Gräfinwitwe zugute halten, daß sie sich zurückhielt, bis der Koffer ins Zimmer gestellt, das Nachtkleid herausgelegt und warmes Waschwasser hereingebracht worden war. Dann entließ Lady Antonia die beiden Dienstmädchen mit einer herrischen Geste und richtete ihren Blick erwartungsvoll auf Lucy.

»Nun sagen Sie, geht es Ihnen gut? Keine Beschwerden oder Probleme?«

Lucy ließ sich in einen Sessel fallen. Eines der Dienstmädchen hatte ihr die Stiefeletten aufgeschnürt, und nun zog sie sie von den Beinen und bewegte ihre steifen Zehen. Sie wußte, daß sie der Befragung durch Lady Antonia nicht entgehen würde, also war es am besten, sie gleich hinter sich zu bringen.

»Abgesehen von der Übelkeit geht es mit gut.«

Antonia nickte. »Nur morgens oder auch am Nachmittag?«

»Morgens immer, nachmittags nur gelegentlich.«

»Das deutet auf einen Jungen hin«, stellte die alte Frau mit glänzenden Augen fest.

»Wenn es ein Junge ist, dann scheint er Kutschen nicht besonders zu mögen«, brummte Lucy.

»War Ihnen schlecht während der Reise?«

»Den ganzen Tag«, gestand Lucy. »Deshalb fühle ich mich auch so erschöpft.«

Wieder nickte die alte Dame. »Dann sollten Sie sofort zu Bett gehen. Ich werde gleich ein Mädchen rufen. Aber zuvor noch eine Frage.«

Sie hielt inne, aber Lucy wußte bereits, was sie fragen wollte, und antwortete, ehe die Gräfinwitwe fortfahren konnte. »Zuerst war er schockiert. Aber ich glaube, er erholt sich langsam.«

»Sie wollen sagen, daß er außer sich war vor Zorn«, verbesserte sie die Gräfinwitwe. »Mir brauchen Sie nichts vorzumachen. Er war wütend darüber, daß Sie schwanger sind, denn das Kind würde auch mein lang ersehnter Erbe werden.« Sie seufzte, und ihr Gesicht, das vorher vor Erregung und Freude geleuchtet hatte, wurde betrübt. Lucy entschloß sich zur Offenheit.

»Können Sie Ivan aus seinem Benehmen Ihnen gegenüber wirklich einen Vorwurf machen?«

Das Kinn der alten Frau zuckte nach vorn, und in ihren blauen Augen glomm ein erregtes Licht auf. Doch ebenso schnell erlosch es wieder.

»Nein«, erwiderte Lady Antonia, »ich mache ihm keinen Vorwurf. Aber ich wünschte ...« Sie schüttelte den Kopf, während ihre Stimme verebbte. Dann nahm sie sich zusammen. »Es ist gleichgültig, was ich wünsche oder ob er zornig ist oder nicht. Die Tatsache, daß Sie den nächsten Grafen von Westcott unter dem Herzen tragen, ist unumstößlich.«

»Aber es ist nicht gleichgültig«, widersprach Lucy und zwang sich zu einer aufrechteren Haltung. »Er ist nicht mehr wütend über das Kind, aber er wird wütend werden, wenn er erfährt, daß ich hier bin.«

Wieder seufzte die Gräfinwitwe und faßte den Knauf ihres Stockes fester. »Ich weiß, daß er nicht möchte, daß ich irgend etwas mit diesem Kind zu tun habe, und ich kenne alle seine Gründe dafür. Er glaubt, ich habe ihn vernachlässigt, indem ich ihm eine hervorragende Ausbildung zuteil werden ließ. Er glaubt, ich habe ihm Unrecht getan, indem ich ihn zum Erben eines riesigen Vermögens gemacht habe. Er glaubt …«

»Sie haben ihn vernachlässigt, als Sie ihn aus den Armen seiner Mutter rissen und ihm niemanden gaben, der ihn an ihrer Stelle liebte. Und niemanden der wiederlieben konnte.«

»Sie war ein Flittchen«, murmelte Antonia. »Eine schmutzige Zigeunerhure, die meinen Sohn erpreßt hat.«

»Aber das war doch nicht Ivans Schuld«, rief Lucy aus. »Es war nicht seine Schuld, und doch war er der Leidtragende. Sie und seine Mutter hätten sich um sein Wohlergehen kümmern müssen, aber keine von beiden hat es getan, und auch sein Vater nicht.«

»Er wurde gut genährt, gekleidet und erzogen!«

»Nichts davon ist ein Ersatz für Liebe. Sogar heute …« Lucy schwieg, um ihre nächsten Worte zu überdenken, dann fuhr sie mit etwas gedämpfterer Stimme fort: »Bis jetzt will er nicht zulassen, daß ich ihn liebe. Körperlich, ja, aber mehr nicht. Ich glaube, er fürchtet sich davor, mich wiederlieben zu müssen. Er fürchtet sich! Und er fürchtet sich, das Kind zu lieben, das wir haben werden.«

Sie legte die Hand auf ihren Bauch, da, wo das Kind still in ihrem Körper heranwuchs. »War es denn wirklich so schwer für sie, einen verängstigten kleinen Jungen zu lieben? Liebe war es doch, was er am meisten brauchte«, endete sie mit bebender Stimme.

In der Stille, die Lucys Worten folgte, saß Lady Westcott mit versteinertem Gesicht da, als habe sie Lucys Stimme nicht gehört. Lucy bedauerte die alte Frau fast ebensosehr, wie sie Ivan bedauerte. Großmutter und Enkel waren zwei stolze, eigensinnige Menschen – und sehr, sehr einsam.

Lucy erhob sich mühsam. »Ich glaube, ich sollte jetzt zu Bett gehen. Könnten Sie mir jemanden zu Hilfe schicken?«

Auch Lady Westcott stand langsam auf. Ihr Gesicht war ausdruckslos, und Lucy fiel wieder einmal die Ähnlichkeit zwischen Ivan und Antonia auf. Ivan besaß die gleichen blauen Augen wie seine Großmutter, die gleiche Arroganz und die gleiche Unfähigkeit, jene zu lieben, die dieser Liebe am meisten bedurften.

Tränen stiegen Lucy in die Augen, als sie sich von der Gräfinwitwe abwandte. Sie hörte, wie diese das Zimmer verließ. Gleich darauf trat eine Zofe ein, die Lucy beim Auskleiden half. Doch als sie dann endlich in dem hohen Bett – dem Bett, das sie so kurz mit Ivan geteilt hatte – lag, ließ sie ihren Gefühlen freien Lauf.

Sie rollte sich auf den Bauch, vergrub ihr Gesicht im weißen Leinen des Kopfkissens und weinte, wie sie noch nie zuvor geweint hatte. Bittere Tränen, die aus der Tiefe ihres Herzens emporquollen, weinte sie um Ivan, um seine Großmutter und um die Liebe, die beide weder geben noch empfangen konnten. Sie weinte um sich selbst, über ihre Einsamkeit und zurückgestoßene Liebe.

Am heftigsten jedoch weinte sie über ihr ungeborenes Kind, das sie selbst bereits so sehr liebte und das doch nie die Liebe und Zuwendung seines Vaters erhalten würde.

Am nächsten Morgen fühlte Lucy sich noch schlechter als in den bisherigen Wochen ihrer Schwangerschaft. Wie am vorigen Tag wollte die Übelkeit nicht weichen, so daß Lucy den größten Teil des Vormittags in ihrem Zimmer blieb und sich zu entspannen versuchte.

Als das nicht half, entschloß sie sich, sich auf die Terrasse zu setzen und zu lesen. Doch das machte es nur noch schlimmer. Ihr Magen befand sich in einem so rebellischen, unruhigen Zustand, daß sie fürchtete, sich vor den Augen aller übergeben zu müssen. Antonia war die Mühsal einer Schwangerschaft nicht unbekannt. Der kleine Derek jedoch konnte seine Besorgnis kaum unterdrücken.

»Soll ich dir ein Kissen bringen?« fragte er. »Oder möchtest du etwas trinken?«

»Nein danke, mein Lieber. Warum bist du eigentlich nicht in den Ställen?« antwortete Lucy und biß sich gleich darauf auf die Lippen, als ein besonders grausamer Krampf sie durchzuckte und schwindeln ließ.

Dereks Besorgnis wurde zu Angst. Er sprang zu Lady Antonia hinüber, die in ihrem Lehnstuhl saß, das Gesicht der sanften Nachmittagssonne zugewandt, und gerade eingenickt war. »Lady Westcott! Helfen Sie ihr, bitte helfen Sie ihr!«

»Gott im Himmel – wem denn helfen?« rief die alte Frau aufschreckend. »Ach, Lucy. Brauchen Sie Hilfe, mein Kind?«

Ein kühler Schauder überlief Lucy. »Vielleicht – vielleicht sollte ich in mein Zimmer zurückgehen. Wenn ich mich ein wenig hinlege …«

Als es dunkel wurde, begann Lucy das Schlimmste zu fürchten. Die Übelkeit hatte aufgehört, dafür hatten schwere Bauchkrämpfe eingesetzt. Lady Antonia hatte nach dem Arzt und nach der Dorfhebamme geschickt. Derek war aus dem Krankenzimmer verbannt worden, doch Antonia wich nicht von Lucys Seite.

Lucy war für die Gegenwart der alten Dame dankbarer, als sie es in diesem Augenblick ausdrücken konnte. Hier war ein Mensch, der sich, aus welchen Gründen auch immer, genauso um das Baby in Lucys Körper kümmerte wie sie selbst. Und dieser Mensch würde genauso trauern, wenn dem Baby etwas zustoßen würde …

»Werde ich es verlieren?« flüsterte Lucy. Sie konnte ihre Angst einfach nicht mehr verschweigen. Der Schmerz in ihrem Leib war nichts im Vergleich zu dem Schmerz, den sie bei dem Gedanken an eine so schreckliche Möglichkeit empfand.

»Wir wissen es nicht. Wir können nicht gewiß sein«, antwortete Antonia und drückte Lucys Hand mit erstaunlicher Kraft. Mit leiser Stimme fügte sie hinzu: »Ich habe nach Ihrer Mutter geschickt.«

Lucy schloß die Augen und drehte das Gesicht weg. Kalte Furcht kroch in ihr Herz. Wenn die Gräfinwitwe nach Lady Irene geschickt hatte, mußte es schlimm stehen. Aber es gab jemanden, den sie noch mehr brauchte als ihre Mutter. Sie brauchte Ivan.

»Kein Grund zur Panik, Lady Westcott«, sagte der Arzt und bemühte sich, ermutigend zu klingen. »So schmerzhaft das für Sie ist – Sie sind noch jung und werden andere Kinder haben.«

»Nein«, flüsterte Lucy und verstummte. *Nein, ich bin nicht mehr jung und es wird keine anderen Kinder geben. Ivan wollte dieses Kind nicht, und er wird Vorkehrungen treffen, damit es nicht zu einer neuen Schwangerschaft kommt.*

Plötzlich wurde sie von einem ungeheuren Krampf, einem reißenden Schmerz erfaßt, der nur noch Platz ließ für den Wunsch, die nächsten Sekunden zu überleben. Etwas Nasses sickerte zwischen ihren Schenkeln hervor und Lucy erkannte mit Grauen, daß es das Lebensblut ihres Kindes sein mußte. In diesem Moment wäre sie am liebsten mit ihrem Kind gestorben.

Sie hatte sich dieses Baby so sehr gewünscht. Sie hatte es lieben und beschützen wollen. Sie hatte gehofft, Ivan lehren zu können, das Baby zu lieben. Doch dieser schöne Traum war ausgeträumt, war zerrissen in den wütenden Krämpfen, ertrunken in dem warmen Blut, das unter ihr eine Pfütze bildete und in die Laken sickerte.

Der Arzt und die Hebamme arbeiteten gemeinsam, um sie zu säubern und die Blutung zu stillen. Antonia rührte sich nicht vom Bett weg und ließ Lucys Hand keine Sekunde lang los. Dienstmädchen eilten in dem überheizten Raum hin und her, brachten heißes Wasser und saubere Lappen, trugen blutige Laken und Handtücher weg, und dann, irgendwann gegen Mitternacht, auch das winzige verhüllte Bündel, das Lucys Kind gewesen war.

Lucy wußte, was es war, da die Hebamme es so respektvoll hielt, es so bedauernd anblickte und dann Lucy mit Tränen in den Augen anschaute.

Wieder schloß Lucy die Lider und wandte ihr Gesicht ab. Der Schmerz – der körperliche Schmerz – war vorüber. Doch nun meldete sich ein neuer Schmerz, gebildet aus Leere und Verlust. Lucy hatte das Kind verloren, dieses neue kleine Leben, das sie und Ivan geschaffen hatten. Doch sie wußte, daß sie damit auch die letzte kleine Chance auf Ivans Zuneigung verloren hatte.

Die Trauer breitete sich in Lucy aus, füllte jeden Winkel ihres Seins und nahm ihr fast die Luft zum Atmen. Es wäre an der Zeit gewesen, zu weinen und all den Gefühlen in ihrem Inneren freien Lauf zu lassen. Doch es kamen keine Tränen, obwohl ihr Körper von stummem Schluchzen erschüttert wurde. Sie ließ Antonias Hand los und drehte sich zur Wand.

»Sie braucht jetzt Ruhe«, sagte der Arzt. »Jetzt fühlt sie sich schrecklich, aber in ein paar Tagen wird es ihr besser gehen.«

»Jemand sollte bei ihr bleiben«, widersprach die Hebamme. »Sie darf gerade jetzt nicht alleine sein.«

»Unfug. Sie ist jung und kräftig und hat keine Blutungen mehr. Was sie jetzt braucht, ist Schlaf.«

»Ihr Herz ist gebrochen«, insistierte die Hebamme.

»Ich werde bei ihr bleiben.« Der Ton der Gräfinwitwe ließ keine Einwände zu. Ein wenig beleidigt nahm der Arzt seine Tasche und ging. Die Hebamme folgte ihm, doch vorher beugte sie sich noch über Lucy und flüsterte ihr zu: »Halten Sie Ihren Schmerz nicht zurück, Mylady. Trauern Sie um Ihren kleinen Jungen. Gott hat ihn zu sich geholt, weil er ihn mehr brauchte als Sie. Ich weiß, daß das jetzt alles schrecklich für Sie ist, aber Gott wird Ihnen seinen Segen auf andere Art und zu einer anderen Zeit erteilen.«

Lucy nickte zwar, aber sie konnte den Worten der gutmütigen Frau keinen Glauben schenken.

Die Lichter wurden gedämpft, die Tür schloß sich hinter dem letzten Dienstmädchen, und Stille senkte sich über den Raum.

Lucy fühlte sich ausgelaugt, und jede Bewegung tat ihr weh. Trotzdem drehte sie sich auf den Rücken, so daß sie Antonia anschauen konnte. Das Gesicht der alten Frau war von fahlem Grau. Nie hatte Lady Antonia älter oder gebrechlicher ausgesehen als jetzt. Lucy erschrak.

»Sie brauchen nicht länger bei mir zu sitzen. Gehen Sie doch zu Bett«, sagte sie und tätschelte ihre Hand. »Der Doktor hatte recht.«

Die alte Frau starrte Lucy ins Gesicht, und in ihren Augen stand ein Kummer, der hinter dem Lucys nicht zurückstand.

»Es tut mir leid, Kind«, flüsterte Antonia. Langsam schüttelte sie den Kopf, als wäre er zu schwer für ihren gebrechlichen Körper. »Es tut mir so leid.«

»Ich weiß«, antwortete Lucy. »Aber wir können nicht ändern, was geschehen ist. Hier bei mir zu sitzen mit Ihrem Kummer, davon wird auch nichts besser. Gehen Sie schlafen. Sie brauchen Ruhe.«

Antonia nahm wieder Lucys Hand. »Machen Sie sich keine Sorgen um mich. Ich werde einfach noch ein wenig hier sitzen bleiben. Nur noch ein Weilchen.«

Ivan stand in der Halle und starrte die breite Treppe hinauf. Er war eben angekommen, nachdem er in selbstmörderischem Tempo von der Stadt hierher geritten war. Er war zunächst wütend, als er Lucys Nachricht erhalten hatte, sie sei wegen einer Erkrankung seiner Großmutter nach Dorset abgereist. Doch als er nun ins Haus stürmte, kamen eben der Arzt und die Hebamme aus der Tür.

Und jetzt blickte er starr vor Schreck die Treppe hinauf. Irgendwo da oben war Lucy. Seine Frau, die seinen Trost brauchte. Die Vorstellung, sie so hilflos und todtraurig zu wissen, wie die Hebamme sie ihm beschrieben hatte, schien ihn zu versteinern.

Da stand er; er wußte, daß er zu ihr eilen, sie in seine Arme schließen und sich darin ausweinen lassen sollte. Aber er tat nichts dergleichen. Seine Beine zitterten zu sehr, um die Treppe zu bewältigen. Seine Hände bebten zu heftig, als daß er seine Frau damit hätte streicheln können. Und er schwitzte wie einer, dem der Galgen bevorstand.

Außerdem würde Lucy ihn sowieso nicht sehen wollen, redete er sich ein. Sie brauchte jetzt den Trost einer Frau – aber nicht den seiner Großmutter. Die hatte schließlich keine Ahnung davon, wie man jemanden tröstete. Lucy brauchte ihre Mutter. Warum zum Teufel war Lady Irene nicht hier?

Eine Bewegung im Schatten der Stufen unterbrach seinen Gedankengang. Es war Derek, Lucys Neffe, und er schien geweint zu haben. Ängstlich blickte der Junge zu Ivan auf und wischte sich das nasse Gesicht mit dem Ärmel ab. »Ist – ist mit Tante Lucy wieder alles in Ordnung?«

Ein Hauch von Furcht, von Trauer und Selbstverachtung durchschauderte Ivan. Mühsam antwortete er: »Es geht ihr besser.«

Erleichterung zeichnete sich auf Dereks Gesicht ab. Dann runzelte er die Stirn. »Und was ist – was ist mit dem Baby?«

Ein stechender Schmerz, anders als alles, was er bisher gekannt hatte, drohte Ivans Brust zu zerreißen. Das Baby. Sein Baby. Sein und Lucys Baby.

»Das Baby hat es nicht geschafft.«

Derek ging auf Ivan zu. Seine Schritte hallten dumpf in dem leeren Raum. Das trübe Licht einer Wandlampe, die immer noch brannte, ließ ihn jünger aussehen, als er war, und gleichzeitig irgendwie älter und weiser als Ivan selbst.

Der Junge streckte seine Hand aus, und Ivan ergriff sie. »Es tut mir leid um euer Baby. Lucy wäre eine sehr gute Mutter gewesen.« Seine dünne Stimme brach, und Tränen traten in seine Augen. »Sie ist immer gut zu mir. Und gerecht.«

Ivan war es, als zerbräche etwas in seinem Herzen. Er konnte kaum sprechen. »Zu mir war sie auch immer gut und gerecht. Mehr als gerecht.« Er zog Derek in seine Arme und hielt ihn fest, während der Junge weinte.

»Sie wird wieder gesund werden«, flüsterte er in das weiche Haar des Jungen. »Der Arzt und die Hebamme haben es gesagt. In ein paar Tagen wird sie wieder auf den Beinen sein und herumgehen können«, fügte er hinzu und betete im stillen darum, daß es stimmte.

»Ja, aber – als das einmal mit meiner Mutter passiert ist, war sie sehr traurig und hat lange, lange geweint.«

»Dann liegt es an uns, dafür zu sorgen, daß Lucy wieder glücklich wird.«

Derek befreite sich schniefend aus Ivans Armen und rieb sich die Augen. »Wie sollen wir das anstellen?«

Ivans Blick wanderte die dunkle Treppe hinauf nach oben, wo Lucy lag. Seine Lucy.

»Ich weiß es nicht genau, Derek. Jetzt gehst du erst einmal schlafen, und ich werde nach Lucy sehen.«

»Darf ich mitkommen?«

Ivan hätte gerne Ja gesagt. Er hatte das Gefühl, einen Puffer zwischen sich und Lucy zu brauchen. Der Gedanke, ihr alleine gegenüberzustehen, machte ihm Angst. Noch nie hatte er eine Frau trösten müssen, die ein Kind verloren hatte. Er hatte überhaupt noch nie eine Frau näher gekannt, die Kinder besonders gemocht hätte. Aber Lucy mochte Kinder. Trotzdem hielt er es für vernünftiger, Dereks Bitte abzulehnen.

»Morgen, wenn sie Besuch haben darf, kannst du sie sehen. Jetzt gehst du erst mal schlafen. Du mußt stark für sie sein in den nächsten Tagen«, fügte er hinzu, als der Junge ein Gähnen unterdrückte.

Gemeinsam stiegen sie die Treppe hinauf. Ivan begleitete Derek bis an seine Tür, die nahe neben Lucys Raum lag. Als Derek in seinem Zimmer verschwunden war, hatte Ivan keine Ausrede mehr, nicht zu Lucy hinein zu gehen. Er stand vor der Tür und starrte auf die schweren Eichenpaneele.

Als er Lucys Brief erhalten hatte, in dem sie ihm mitteilte, daß sie Houghton Manor verlassen habe, war er außer sich gewesen vor Wut. Er hatte gefürchtet, sie könne sich an seine Großmutter anschließen, und war sofort nach Westcott Manor abgereist, um Lucy umgehend nach Somerset in ihr Elternhaus zurückzubringen.

Als er dann an der Haustür erfahren hatte, daß sie das Kind verloren hatte …

Er war wie betäubt, vernichtet.

Er wollte sich einreden, daß er eigentlich erleichtert sein sollte. Aber es gelang ihm nicht. Ob sein Kummer dem Verlust des Babys oder der Trauer seiner Frau galt, wußte er selbst nicht. Er wollte diese Gefühle auch gar nicht zu genau prüfen.

Er holte tief Luft und zwang alle verirrten Emotionen zurück in den hintersten Winkel seines Herzens. Jetzt mußte er ruhig und stark sein, für Lucy. Das war es, was sie jetzt brauchte. Und in Zukunft – nun, die Zukunft würde früh genug kommen.

Lucy träumte, und in ihrem Traum war Ivan da. Sie hörte seine Stimme in ihr Ohr flüstern. Sie fühlte ihre Hand in seiner Hand.

Ihre Finger zuckten und wurden sofort von einer Hand umfangen. Doch es war nicht Ivans große, starke Hand, sondern eine kleine, kalte, dünne Hand.

Lucy wollte ihren Traum korrigieren, ihn besser, glücklicher machen. Doch Ivans Stimme platzte dazwischen. Sie war nicht freundlich, sondern wütend.

»Geh weg von ihr! Geh augenblicklich weg von meiner Frau!« Die Hand preßte Lucys Finger noch fester, beinahe schmerzhaft, und Lucy erwachte. Ihre trüben Augen wanderten durch den Raum. An der Tür stand Ivan und starrte seine Großmutter an, die neben dem Bett saß und noch immer Lucys Hand hielt, wie sie es den ganzen langen, qualvollen Abend über getan hatte.

Für einen kurzen Augenblick war Lucy überglücklich. Ivan war da. Sie wollte sich in seine Arme fallen lassen und vor Dankbarkeit weinen. Sie wollte ihn nie wieder gehen lassen.

Doch der glückliche Augenblick verflüchtigte sich, als sie die Hand der alten Frau zittern fühlte. Lucy konnte dieses Beben nicht mißverstehen. Sie riß ihre Augen von Ivans Gesicht los und blickte die Gräfinwitwe an.

Antonia war alt und erschöpft. Sie war Ivans Zorn

nicht gewachsen, genausowenig wie sie selbst. Doch Lucy wollte nicht zulassen, daß Ivan gerade die Frau vernichtete, die ihr in dieser bittersten Stunde ihres Lebens beigestanden hatte.

»Nein, Ivan«, sagte sie, und es klang wie ein schwaches Krächzen. »Nein. Ich will, daß sie bleibt. Ich brauche sie hier.«

Ivan zuckte zusammen. Es war fast, als habe sie ihn geschlagen, und es tat Lucy leid, daß ihre Worte ihn so verletzten. Doch sie wollte nicht wie ein Knochen sein, um den sich zwei wütende Hunde stritten.

»Bitte. Einmal – für mich ... Könntet ihr eure Abneigung nicht einmal beiseite lassen?« Ihre Augen schlossen sich, und Tränen quollen unter ihren Lidern hervor. Sie war am Ende.

Antonia drückte ihre Hand und ließ sie dann los. »Ich werde euch zwei alleine lassen«, sagte sie mit bebender Stimme. »Wenn Sie mich brauchen, müssen Sie nur läuten.« Lucy beobachtete unter Tränen, wie die alte Frau davonging. Davonhumpelte. Sie stützte sich noch schwerer als sonst auf ihren Stock. Als sie an Ivan vorüberkam, blieb sie stehen.

»Es tut mir leid«, flüsterte sie ihrem unbarmherzigen Enkelsohn zu. »So leid.« Dann, als keine Antwort von Ivan kam, schlurfte sie aus dem Zimmer.

Lucy begann zu weinen. Sie konnte nicht anders. Ivan kam neben ihr Bett, aber er brachte es nicht über sich, sie anzufassen. Er schien wie festgefroren in seiner Entschlußlosigkeit.

»Bist du in Ordnung?« fragte er schließlich.

Lucy konnte nur den Kopf schütteln.

»Kann ich etwas für dich tun?«

Halt mich fest. Liebe mich. Das wollte Lucy sagen. Aber sie sagte es nicht, denn sie fürchtete, daß er sie dann nur in die Arme nehmen würde, weil ihm nichts anderes übrig bliebe. So sehr sie sich nach Ivans Trost sehnte, so schrecklich wäre es zu wissen, daß er sie nur aus Pflichtbewußtsein umarmte.

»Lucy?« Ivan trat noch näher an das Bett heran, dann setzte er sich auf den Stuhl, auf dem zuvor seine Großmutter gesessen war. Er streckte die Hand aus und ergriff Lucys verkrampfte Faust. Lucy weinte noch lauter.

»Es tut mir leid«, flüsterte Ivan. »Es tut mir leid, Lucy. Ich hätte hier bei dir sein sollen.«

Lucy wischte ihr Gesicht mit dem feuchten Ärmel ihres Nachthemdes ab und versuchte zu Atem zu kommen. »Du konntest es nicht wissen.«

Ivans Daumen rieb über Lucys Knöchel. Lucy empfand diese Berührung gleichzeitig als tröstlich und beunruhigend. Blinzelnd blickte sie zu Ivan auf.

So unordentlich hatte sie ihn noch nie gesehen. Seine dunklen Locken waren zerdrückt und zerzaust, als habe er sich verzweifelt die Haare gerauft. Er trug keinen Rock, seine Weste stand offen, und er hatte kein Halstuch umgebunden. Ein schwarzer Bartschatten unterstrich die Müdigkeit und Sorge in seinen Zügen.

Hatte er sich um ihr Kind gesorgt? Hoffnung glomm für einen kurzen Moment in Lucys Herz auf. Doch das winzige Lichtchen verlosch sofort wieder, als ihr die Wirklichkeit bewußt wurde: Sie war es, um die Ivan sich gesorgt hatte, nur sie. Das Kind hatte er sowieso nie gewollt. Und wenn er auch sie selbst nicht liebte, dachte Lucy, so fühlte er doch etwas für sie und würde ihr nichts Böses wünschen.

Doch dieses Wissen war kein Trost. Sie wollte ihr Kind gemeinsam mit Ivan betrauern, wollte, daß Ivan das Gefühl ihres Verlustes teilte. Aber sie wußte, daß er das nicht konnte.

Irgendwie schaffte sie es, etwas zu sagen. »Ich bin müde; ich möchte schlafen.« Mehr brachte sie nicht heraus, daher wandte sie sich ab, schloß die Augen und betete um Schlaf und Vergessen, um irgend etwas, das sie wenigstens für ein paar Stunden aus der traurigen Wirklichkeit ihres Daseins entführen würde.

24

Bis zur Morgendämmerung blieb Ivan bei Lucy sitzen. Lucy lag bewegungslos, ihre Hände waren kalt. Ihr Puls jedoch schlug gleichmäßig. Allerdings atmete sie so flach, daß Ivan sich vorbeugen mußte, um das Heben und Senken ihrer Brust zu erkennen.

Während seiner langen Nachtwache wurde Ivan von Bildern eines Lebens ohne Lucy heimgesucht, Bilder einsamer Jahre ohne einen Menschen, der sich auch nur einen Deut um ihn scherte. Auf diese Weise hatte er sein ganzes bisheriges Leben zugebracht, aber er wollte nicht, daß es so weiterginge.

Nicht daß Lucy ihn liebte, gerade jetzt. Das mußte auch nicht sein. Aber sie besaß ein weiches Herz und wollte nur das Beste für ihn, das wußte er. Mit etwas Zeit – und Glück – hoffte er, ihr Vertrauen wieder zu gewinnen.

Allerdings würde er ihr einige Zugeständnisse machen müssen. Er würde sich nach einem Haus umsehen, nur für sie beide. Ja, und sobald es ihr gut genug ginge, wollte er mit ihr verreisen, weg von den schlimmen Erinnerungen, die sie an diesen Ort hatten, und weg von der Frau, die der Ursprung allen Übels war.

Der Raum wurde zusehends heller, und auch Ivans Gespenster verflüchtigten sich. Lucys Wangen zeigten nun eine Spur von Farbe, ihre Hände waren nicht mehr so eisig. Ivan schaute sie an, betrachtete die zarten schwarzen Bögen, die ihre Wimpern auf den Wangen zeichneten, und das Gewirr von Haaren, die über das Kissen gebreitet waren.

Er machte sich Vorwürfe. Bisher war er ein Ehemann der übelsten Sorte gewesen, hatte seine Frau vernachlässigt und sie schlecht behandelt. Doch er wollte sich ändern – er wollte seine Frau glücklich machen.

Aber was, wenn Lucy sich immer noch Kinder wünschte?

Er fröstelte. Nicht, daß er keine Kinder mochte. Er war selbst überrascht von der Erkenntnis, daß er sich ein Leben mit Kindern vorstellen konnte. Aber er dachte an Lucy, die sich vielleicht wieder diesem Kummer und gewiß wieder diesen Schmerzen aussetzen mußte. Viele Frauen starben im Kindbett.

Wieder schauderte er. Der Gedanke, Lucy wieder in solcher Gefahr zu wissen, war unerträglich.

Von der Tür erklang ein leises Pochen. Doch es war weder ein Dienstmädchen, noch der kleine Derek, der durch einen Spalt hereinblickte. Es war Ivans Großmutter, und bei ihrem Anblick verfinsterten sich seine Züge.

»Wie geht es ihr?« fragte Lady Antonia, ohne sich in das Zimmer zu wagen.

Ivan erhob sich und ging auf sie zu.

»Es scheint ihr besser zu gehen, was nicht Ihnen zu verdanken ist«, zischte er. »Was haben Sie sich dabei gedacht, sie in ihrem Zustand herzuzitieren? Verflucht, haben Sie je in Ihrem Leben auf jemanden Rücksicht genommen?«

Es war seltsam, nach so vielen Jahren endlich zu sehen, daß er sie getroffen, ja verletzt hatte. Diese Erkenntnis fachte seine Wut noch weiter an.

»Sie haben sie herbestellt, und jetzt hat sie das Kind verloren, das Sie sich so sehr gewünscht hatten. Aber vielleicht wollten Sie das Kind gar nicht, vielleicht wollten Sie überhaupt nicht, daß ich heirate und für einen Erben sorge. Vielleicht wollten Sie in Wirklichkeit nur einen weiteren Menschen, den Sie unglücklich machen konnten. Jemand, den Sie quälen konnten. Nun, Madam, betrachten Sie das Ergebnis Ihrer Taten.«

Ivan wies auf das Bett, wo Lucy lag, seine süße Lucy, die nichts von all dem Elend verdient hatte, das über sie gekommen war. Seine Hand begann zu zittern und ballte sich zur Faust.

»Sie haben mein Kind getötet. Sie haben beinahe

meine Frau getötet. Sind Sie nun zufrieden? Werden Sie jemals zufrieden sein?!«

Lucy erwachte und hörte Ivans letzte Worte. Sie war benommen und fühlte sich so schwer, als drücke ein Gewicht sie in die Laken. Etwas stimmt nicht, dachte sie zuerst, doch dann erinnerte sie sich, wo sie war und was geschehen war. Trauer überkam sie.

Ihr Kind war tot, und Ivan gab seiner Großmutter die Schuld.

»Nein«, krächzte sie mit brüchiger Stimme. Ivan hörte sie und sah sofort zu ihr herüber. Lucy konnte seinen Gesichtsausdruck nicht erkennen, denn seine Gestalt zeichnete sich scharf im Gegenlicht ab. Als Ivan Lucy antwortete, war seine Stimme, die eben noch grausam schneidend gewesen war, ganz sanft. Sein Gesicht war müde und doch hoffnungsvoll. Und Lucy freute sich so, es zu sehen.

»Wie fühlst du dich? Kann ich etwas für dich tun?«

Lucy schaute zu ihm hinauf. »Gib ihr nicht die Schuld, Ivan, ich bitte dich! Sie kann nichts dafür.«

Ivan schüttelte ablehnend den Kopf. »Verteidige sie nicht, Lucy. Du kennst sie nicht so gut wie ich. Als sie hörte, du seist schwanger – mit ihrem Erben –, wollte sie dich hier haben. Sie hat dir geschrieben, und du bist gekommen.«

»Ja, sie hat mir geschrieben. Aber sie hat mich nicht herbefohlen. Ich bin gekommen, weil sie krank war.«

»Und das hat sie vorausgesehen.« Ivan unterbrach sich mit einem Fluch und fuhr dann fort: »Ich möchte nicht, daß du jetzt darüber nachdenkst, Lucy. Wenn du wieder gesund bist, werden wir ausreichend Zeit haben, über alles zu sprechen. Bis dahin . . .« Er drehte sich um und warf seiner Großmutter, die immer noch, schwer auf ihren Stock gestützt, in der Tür stand, einen kalten Blick zu. »Bis dahin«, befahl er der Gräfinwitwe, »werden Sie Abstand von meiner Frau halten.«

»Ivan, nein«, bat Lucy.

Ivan achtete nicht auf sie. Er starrte seine Großmutter

an, bis diese sich umdrehte und langsam davonhumpelte. Eine alte, geschlagene Frau, die er endlich besiegt hatte. Mit metallischem Klicken fiel die Tür ins Schloß.

»Du darfst ihr nicht die Schuld geben«, sagte Lucy.

Ivan wollte nichts davon hören. »Sie verdient deine Sorge nicht. Ich möchte nicht, daß du dich weiter mit ihr abgibst.«

»Aber Ivan ...«

»Nein«, wiederholte er stirnrunzelnd. »Wir werden nicht mehr über sie sprechen. Du bist krank und mußt erst mal zu Kräften kommen.«

Er läutete nach einer Zofe, und Lucy hatte in den folgenden Stunden keine Gelegenheit mehr, mit ihm zu reden. Statt dessen wurde sie gebadet, in ein frisches Nachthemd gesteckt und gekämmt. Man brachte ihr ein Frühstück sowie eine Auswahl von Büchern und Zeitungen. Erst als gegen Mittag der Arzt kam, um sie zu untersuchen, ließ Ivan sich wieder blicken. Als der Doktor sich jedoch mit der Versicherung verabschiedete, daß sie nach einer Woche der Ruhe wieder auf dem Damm sein würde, ging auch Ivan wieder.

Lucy war nun allein. Sie war gewaschen worden, hatte widerwillig gegessen und hatte die Anweisung, sich auszuruhen. Doch sie fürchtete, nicht einschlafen zu können, weil ihr so viele unglückliche Gedanken durch den Kopf gingen. Sie starrte auf die prächtige Bemalung der Zimmerdecke, auf die Vergoldungen, die Seidentapeten und die Porträts früherer Westcotts und fühlte sich noch schlechter.

Sie gehörte nicht hierher. Sie war nicht dazu bestimmt, eine Gräfin zu sein. Und anscheinend war sie auch nicht dazu bestimmt, Mutter zu sein. Leise begann sie zu weinen. Kein Kind, kein Ehemann – zumindest keiner, der diese Rolle wirklich wahrnehmen wollte.

Irgendwann schlief sie ein. Sie träumte von Geburtstagsfeiern, von einem kleinen Jungen, der fünf und einem kleinen Mädchen, das zwei Jahre alt wurde. Sie war glücklich.

Als Lucy erwachte, hatte sie Kopfschmerzen. Stärker als die Schmerzen jedoch war der Drang, aufzustehen und das Zimmer zu verlassen.

Sie setzte sich auf und schwang ihre Beine über die Bettkante. Als sie aufstand, drohten ihre Knie einzuknicken. Noch nie hatte sie sich so schwach gefühlt. Aber sie gab nicht auf. Sie fand ihren Morgenmantel und zog ihn an. Dann ging sie auf unsicheren Beinen zur Tür und öffnete sie.

Direkt davor saß, zu ihrer Überraschung, der kleine Derek und spielte mit einem Kätzchen. Als er Lucy bemerkte, sprang er auf. Ein erleichtertes Grinsen breitete sich über sein Gesicht. »Geht es dir besser?« fragte er hoffnungsvoll.

Lucy brachte ein Lächeln zustande. »Ja, aber ich bin noch ein wenig schwach. Möchtest du mir helfen?«

Sofort legte Derek seinen Arm um die Taille seiner Tante. Er war zwar erst neun Jahre alt, aber recht kräftig, und Lucy war dankbar für seine Unterstützung. »Weißt du, wo Lady Westcott ist?« fragte sie.

»Sie liegt zu Bett.«

Das hatte Lucy befürchtet. »Und Ivan?« fragte sie nach kurzem Zögern.

Derek zog ein besorgtes Gesicht. »Er hat sich eines der Jagdpferde genommen, das stärkste, schnellste, sagt der Stallmeister. Ich hoffe, daß er es nicht überanstrengt.«

Lucy drückte Dereks Schulter. »Zu Pferden ist er sehr rücksichtsvoll«, flüsterte Lucy, die plötzlich einen Kloß im Hals hatte. »Darüber brauchst du dir keine Sorgen zu machen.«

Als sie vor Lady Westcotts Tür angekommen waren, bat Lucy Derek, draußen zu warten. Sie erhielt keine Antwort auf ihr Klopfen, aber sie ging trotzdem hinein. Das Zimmer lag im Halbdunkel, die Vorhänge waren zum Schutz gegen das Tageslicht zugezogen, und es brannten keine Kerzen. Trotzdem konnte Lucy die zerbrechliche Gestalt, die nahezu in dem großen Bett verschwand, erkennen. Sie sah fast aus, als wäre sie tot.

Erschrocken fragte Lucy: »Lady Antonia?«

Die alte Frau drehte den Kopf. Als sie Lucy erkannte, versuchte sie, sich aufzusetzen. »Sie sollten noch nicht auf sein. Der Arzt hatte eine Woche Ruhe verordnet.«

»Ich habe mir Sorgen um Sie gemacht. Und um Ivan«, fügte Lucy hinzu, als sie sich vorsichtig auf dem Stuhl neben dem Bett niederließ.

Antonia sank in die Kissen zurück. »Kümmern Sie sich nicht um mich«, sagte sie mit matter Stimme. »Ich bin alt. Der Tod schreckt mich nicht. Und Ivan ...« Sie hielt inne und versuchte, das Beben in ihrer Stimme zu meistern. »Und Ivan hat seinen Haß, der ihn aufrecht erhält.«

Lucy schwieg einige Zeit, dann seufzte sie. »Ist das so überraschend? Schließlich hatte er nichts anderes, das ihn aufrecht erhalten konnte.«

Die Gräfinwitwe wandte ihr Gesicht ab, und Lucy dachte schon, daß sie keine Antwort von ihr erhalten würde. Doch sie hatte sich geirrt. »Ich kann ihn verstehen«, murmelte Lady Antonia. »Aber ich weiß nicht, wie ich das Geschehene wieder gutmachen kann. Es ist zu spät« endete sie mit kaum hörbarem Flüstern.

»Sagen Sie ihm, daß es Ihnen leid tut«, drängte Lucy. Sie beugte sich vor und legte eine Hand auf den Arm der alten Frau. »Sagen Sie ihm, daß es Ihnen leid tut«, wiederholte sie.

Diesmal erhielt sie keine Antwort. Sie blieb sitzen, die Hand auf Lady Antonias Arm, bis sie meinte, daß diese schließlich eingeschlafen sei. Dann stand sie auf und ging. Sie fühlte sich noch erschöpfter und bedrückter als zuvor. In diesem Haus, in dieser Familie gab es soviel Traurigkeit, und nun war ein neues Unglück hinzugekommen.

Derek half ihr in ihr Zimmer zurück, und auf ihre Einladung hin blieb er noch eine Weile bei ihr sitzen. Er las ihr vor, was für ihn eine gute Übung und für Lucy eine Ablenkung bedeutete. Sie wollte jetzt nicht allein sein. Als jedoch im Hof ein Hufeklappern Ivans Rückkehr ankündigte, nickte sie Derek, der sie bittend ansah, zu.

»Schon gut, Derek, geh nur. Aber ...« Lucy zögerte, doch es nützte nichts, Probleme auf die lange Bank zu schieben. »Derek, bitte ihn, zu mir zu kommen, ja? Er und ich, wir müssen miteinander reden.«

Es dauerte zwanzig Minuten, bis Ivan kam. Zwanzig Minuten, die sich für Lucy wie zwanzig Stunden dehnten. Sie wußte genau, was sie Ivan sagen wollte, aber sie hatte noch keine Ahnung, wie sie es sagen sollte.

Er kam herein, ohne anzuklopfen, so daß Lucy erschrocken auffuhr.

Sie saß im Bett, angelehnt an etliche Kissen, und sah im Vergleich zu Ivan, der vor männlicher Vitalität nur so strotzte, erbärmlich und bemitleidenswert aus. Er war erhitzt und windzerzaust und wirkte fast wie ein Stallknecht. Ein zigeunerischer Stallknecht mit einem funkelnden Ohrring.

Für Lucy war er weder Zigeuner noch Graf, sondern eher eine unglückselige Mischung aus beiden. Wenn sie ihn so ansah, fürchtete sie, er würde niemals wirklich glücklich werden. Und gewiß war sie selbst nicht die Person, ihn glücklich zu machen.

»Danke, daß du gekommen bist«, sagte sie, nachdem er in der Nähe der Tür stehengeblieben war. »Wir müssen miteinander reden.«

Ivan ballte seine Hände. »Derek sagte mir, du seist in ihrem Zimmer gewesen. Wenn du dich zu ihrer Fürsprecherin machen möchtest, kannst du dir die Worte sparen.«

Lucy schüttelte den Kopf. »Ich möchte über uns sprechen. Über unsere Ehe.«

Ivan wurde wachsam. »Was ist damit?«

Lucy fühlte ihre Entschlußkraft wanken. Obwohl sie das Beste für beide Beteiligten vorschlagen wollte, fiel es ihr schwer, es auszusprechen.

»Wir hätten niemals heiraten sollen!« stieß sie schließlich hervor. »Du weißt das, ich weiß das. Nun – nun, da ich nicht mehr schwanger bin, gebe ich dich frei. Du brauchst nicht mit mir verheiratet zu bleiben.«

Ivans Lippen verzogen sich zu einem kalten Lächeln. »Du kannst dich nicht so einfach scheiden lassen.«

»Das weiß ich, Ivan«, flüsterte Lucy. »Aber ich weiß auch, daß du mich nicht liebst.«

»Seit wann ist Liebe eine Voraussetzung für die Ehe?«

»Und du willst auch nicht geliebt werden«, fuhr Lucy fort, ohne auf seinen Einwurf einzugehen.

»Ich frage dich noch einmal: Was hat Liebe mit Ehe zu tun?«

»O Gott! Mußt du immer so zynisch sein! Soll ich dir bestätigen, daß du der einzige Mensch auf Gottes Erdboden bist, der niemanden braucht und der sich selbst genügt? Bitte sehr, du hast recht. Du brauchst überhaupt niemanden, und am wenigsten brauchst du eine Frau. Aber ich, ich brauche Menschen! Ich brauche eine Familie. Und nachdem du das nicht für mich sein willst, nachdem du das niemals für jemanden sein wolltest, werde ich – werde ich zurück nach Somerset gehen und dort bei meiner Familie leben. Du brauchst dich nicht mehr mit mir zu belasten. Ich befreie dich von deiner lästigen Verpflichtung«, endete sie heiser.

Ivans Gesicht schien wie aus Stein gemeißelt. Seine Lederhandschuhe spannten sich über den Knöcheln seiner Fäuste. Als er sprach, war seine Stimme unbewegt: »Ich habe dir gesagt, daß ich dich nicht verlassen würde, und dabei bleibe ich. Es gibt keinen Grund, daß es nicht weitergehen sollte wie bisher. Wenn nicht sogar besser.«

Er kam einen Schritt näher und fuhr mit weicherer Stimme fort: »Ich weiß, daß dieser Verlust dich sehr schmerzt. Aber du wirst darüber hinwegkommen, Lucy. Wir können darüber hinwegkommen.«

Lucy schüttelte unglücklich den Kopf. Sie wußte, daß es nie besser werden würde, solange Ivan seine Gefühle unter Kontrolle hielt und von ihr dasselbe erwartete. »Ich kann es nicht«, seufzte sie, »ich kann es einfach nicht.«

Sie konnte nicht mit einem Mann leben, der sie nicht lieben wollte, einem Mann, der sie nicht in die Arme nehmen wollte, wenn sie weinte; mit einem Mann, der nicht mit ihr weinen wollte.

Ich kann es nicht. Ivan hatte ihre leisen Worte gehört, und er wäre am liebsten vor ihnen weggerannt, denn sie schnitten tiefer und grausamer in sein Herz als jedes andere Wort in seinem Leben.

Geh mit der netten alten Dame Ivan. Da wird es dir besser gehen, hatte seine Mutter gesagt, sich umgedreht und war gegangen.

Häßlicher Zigeunerbastard, hatte seine Großmutter gesagt. *Bringen Sie ihn nach Burford Hall.*

Schmutziger kleiner Heide, hatte die Frau des Schulleiters ihn genannt.

Doch keine dieser Verunglimpfungen, die er in seinem Herzen aufbewahrt und zu Waffen geschmiedet hatte, schmerzte so sehr wie Lucys verzweifeltes Flüstern.

Ivan konnte kaum atmen. Ein Krampf erfaßte seine Brust, und einen Augenblick lang fürchtete er, zu fallen.

Doch er fiel nicht. Unbeweglich stand er da, unfähig sich zu rühren, und starrte die Frau an, die mehr Macht über ihn erlangt hatte als sonst ein Mensch. Er war ein erwachsener Mann, besaß Geld, Einfluß und mehr Macht, als einem einzelnen Menschen zustand. Doch mit ein paar Worten hatte Lucy ihn in die Knie gezwungen. Sie schlug ihn mit ihren Worten und weinte dabei, als sei sie das Opfer.

Ivan schauderte und rang nach Luft. Er würde zumindest seine Qual vor ihr verbergen. Sie sollte nicht erfahren, was sie ihm angetan hatte, wie sehr sie ihn verletzt hatte. Und wieviel Macht sie über ihn besaß.

»Wie du wünschst« sagte er mit einer Stimme, die so ruhig und lässig klang, als verspürte er nicht die geringste Gefühlsregung.

Lucy senkte den Kopf. Erst da wagte Ivan zu blinzeln, weil etwas in seinen Augen brannte. Tränen? Nein, sicher nicht. Trotzdem war es besser, jetzt zu gehen.

»Wie du wünschst«, wiederholte er und stelzte zur Tür. »Die Kutsche steht dir jederzeit zur Verfügung.« Er hatte Angst zu gehen, aber noch mehr Angst zu bleiben. Wenn er noch blieb, konnte es passieren, daß er zusammenbrach und sie bat, nicht zu gehen. Er würde ihr womöglich sagen, daß er sie brauchte wie die Luft zum Atmen.

Draußen vor der Tür blieb er stehen; sein Herz raste und sein Magen brannte. Würde Lucy bleiben, wenn er ihr sagte, wie sehr er sie brauchte? Das war zwar nicht Liebe, aber es war das Beste, was er zustandebrachte.

Und war das nicht gut genug?

Er wollte sich eben wieder zu Lucys Tür umdrehen, als der Klang von Schritten auf dem Korridor ihn erstarren ließ. Er sah seine Großmutter auf sich zukommen, und wie sie sich schwer auf ihren Stock stützte, sah sie fast so dünn, klein und zerbrechlich aus wie der siebenjährige Junge, den sie vor über zwanzig Jahren seiner Mutter abgekauft hatte.

»Ich möchte dir ein paar Worte sagen. Ich werde nicht lange dafür brauchen«, flüsterte sie heiser, als bereite das Sprechen ihr Schmerzen.

Ivans erste Regung war, sich abzuwenden, sie einfach zu ignorieren. Wegzugehen aus diesem Haus mit all dem Elend, das es für ihn bereithielt. Doch er blieb, denn ihm war klar, daß Flucht nichts nutzte. Trotzdem wollte er nicht mit der Alten sprechen. Doch dann erblickte er Derek hinter ihr, dessen junges Gesicht verwirrt und kummervoll dreinsah.

Unvermittelt fiel Ivan etwas ein, das Sir James in einer seiner Vorlesungen – es schien Jahre her zu sein – behauptet hatte: Kinder lernen von den Erwachsenen, von denen sie umgeben sind – ehrlich oder unehrlich zu sein, großzügig oder kleinlich, gut oder schlecht.

Seine Großmutter zählte nicht, aber Derek zählte. Jedes Kind zählte.

Ivan atmete tief durch. »Vielleicht sollten Sie sich zuerst setzen.«

Lady Westcott starrte ihn an, doch nicht mit dem kalten, glitzernden Blick, den Ivan in Erinnerung hatte. Irgendwann in den letzten Tagen schien das Blau ihrer Augen verblaßt zu sein, der unnachgiebige Blick war vorsichtig und blinzelnd geworden. Früher hätte Ivan darüber Genugtuung empfunden, doch nun schien er dazu nicht in der Lage zu sein.

Er folgte ihr in den Salon. Derek wollte mit hineinschlüpfen, doch Ivan hielt ihn auf, indem er ihm die Hand auf die Schulter legte.

»,Bitte, schicken Sie mich nicht weg«, bat Derek. »Immer schicken mich alle weg, aber ich weiß doch nicht, wo ich hingehen soll.«

Ivan tätschelte die Schulter des Jungen. »Es wird nicht lange dauern, ich verspreche es dir.«

Derek nickte seufzend, und Ivan fühlte sich plötzlich schuldig. Er würde es wieder gutmachen, nahm er sich fest vor. A1les, was Derek brauchte, war ein bißchen Zuwendung. Ivan nahm sich vor, Derek so zu behandeln, wie er selbst als Junge gern behandelt worden wäre. Jetzt mußte er sich aber zuerst einmal mit seiner Großmutter abgeben.

Er wandte sich ihr mit unbewegtem Gesicht zu, das nichts von seinen Emotionen preisgab. »Ich warte. Was haben Sie mir zu sagen?«

Ivan sah, wie sie nervös schluckte und mit ihren knochigen Fingern den Knauf ihres Stockes noch fester umklammerte. Wollte sie ihn anbetteln, hierbleiben zu dürfen, nach allem, was sie getan hatte, um sein und nun auch Lucys Leben zu ruinieren? Er wollte schon abwehrend die Hand heben, als er ihre Worte vernahm, die er nicht erwartet hatte.

»Es tut mir leid.«

Seine Hände wollten sich zu Fäusten ballen, doch er zwang sich, ruhig zu bleiben. »Es tut Ihnen leid? Denken Sie, diese Worte würden mein Kind zurückbringen?«

Lady Antonia zuckte zusammen, als habe Ivan sie geschlagen. Ihre Füße wankten. Hätte sie nicht so fest ihren Stock umklammert, wäre sie umgefallen. Doch sie fiel nicht. Statt dessen sprach sie weiter: »Es tut mir leid, wie ich dich in all den vergangenen Jahren behandelt habe und wie ich dich in jener Schule alleingelassen habe.«

Ivan erstarrte, er traute seinen Ohren nicht. Sie entschuldigte sich jetzt? Das war zu wenig, und es kam zu spät. Viel zu spät.

»Entschuldigung angenommen. War das alles?«

Lady Antonia setzte sich. Ihr von Alter und Krankheit gezeichnetes Gesicht war bekümmert. »Du hast jedes Recht, mich zu hassen.«

»Ich hasse Sie nicht«, antwortete Ivan, und es schien fast zu stimmen. Er hatte nicht mehr genug Gefühle übrig, um sie noch zu hassen. »Sie sind mir von Herzen gleichgültig.«

»Aber Lucy ist dir nicht gleichgültig.«

»Lassen Sie Lucy aus dem Spiel! Wenn Sie sie in Ruhe gelassen hätten, wäre das alles nicht passiert. Sie hätte ihr Kind nicht verloren.«

»Wenn ich sie in Ruhe gelassen hätte, hättet ihr euch nie kennengelernt.«

»Das hätte sie zweifellos auch vorgezogen«, murmelte Ivan mehr zu sich selbst.

Doch obwohl Lady Antonia an vielen Altersgebrechen litt, war ihr Gehör immer noch ausgezeichnet. »Hat Lucy das gesagt? Hat sie das?« wiederholte sie, als Ivan nicht sofort antwortete.

Ivan wollte nicht zugeben, daß Lucy ihn wieder einmal zurückgewiesen hatte. Daß sie ihn aus seinen Pflichten als Ehemann entlassen hatte. Daß sie sich lieber in die Langeweile des Haushalts ihres Bruders zurückziehen würde, als bei ihrem Ehemann zu bleiben. Keinesfalls wollte er das vor dieser Frau eingestehen, die sich nie einen Deut um sein Glück geschert hatte, sondern immer nur verlangt hatte, daß er seine Pflicht erfülle.

Doch sie hatte ihn an der Stelle getroffen, wo er am empfindlichsten war: bei seinen Gefühlen für Lucy.

Ivan überlegte. Sie würde es sowieso früh genug erfahren. Lucy würde es ihr sagen.

Er zwang sich zu äußerer Ruhe und sah sie an. Innerlich jedoch bebte er.

»Lucy möchte sich von mir trennen. Sie will bei ihrer Familie leben.«

Er wartete auf die harsche Antwort seiner Großmutter, auf ihre zornige Zurechtweisung. Statt dessen ließ sie den Kopf hängen, zog ein zerknülltes Taschentuch aus ihrem Ärmel und tupfte sich die Augen.

Ivans herausfordernder Blick wurde verwirrt. Die selbstherrliche Gräfinwitwe von Westcott in Tränen?

Antonia hob den Kopf, und ihre nassen Augen bestätigten Ivans Vermutung. Und wenn schon diese Tränen ihn überraschten, so warfen ihre nächsten Worte ihn fast um

»Laß sie nicht entschlüpfen, Ivan, ich bitte dich! Wirf nicht aus Stolz deine einzige Chance auf Glück weg. Wenn du das tust, wirst du es jeden Tag deines Lebens bereuen.«

»Es ist nicht mein Stolz«, würgte Ivan hervor. »Sie will mich nicht als Ehemann. Sie hat mich nie gewollt.«

Antonia stand mühsam auf. »Sie hat dich gewollt, seit sie dich zum ersten Mal sah«, sagte sie.

Ivan lachte freudlos. »Ja. Deine Ränke haben es zuwege gebracht, daß wir aufeinander stießen. Das war alles, was wir getan haben. Aufeinander stoßen.« Er stieß einen müden Seufzer aus. »Es steckt nicht mehr dahinter als die körperliche Anziehungskraft, die du so genau vorausgesehen hast.«

»Willst du sagen, daß sie dich nicht liebt?«

Ivan erinnerte sich an das eine Mal, als Lucy gesagt hatte, sie liebe ihn. War das die Wahrheit? Er würde es nie erfahren. »Einmal dachte sie, sie liebte mich.«

»Und du? Liebst du sie?«

Er antwortete nicht. Er konnte es nicht. Doch sein Schweigen schien seiner Großmutter zu genügen, denn sie kam mit frischer Kraft auf ihn zu.

»Wenn du sie liebst, Ivan, dann mußt du es ihr sagen. Sie ist eine Romantikerin, trotz all ihrer intellektuellen

Interessen. Wenn du sie halten willst, mußt du ihr das sagen. Du mußt ihr sagen, daß du sie liebst.«

»Und Sie sind natürlich eine Autorität auf dem weiten Feld der Liebe«, biß Ivan. »Eine liebende Mutter, deren Sohn zu einem rückgratlosen Wurm heranwuchs. Eine liebende Großmutter, die den Anblick ihres Enkels nicht ertragen konnte. Vielleicht waren Sie eine liebende Gattin. Aber Sie werden verstehen, wenn ich mir das nicht so recht vorstellen kann.«

Lady Antonia wand sich unter Ivans Sarkasmus, doch obwohl sie unter seiner Verachtung bebte, gab sie nicht auf.

»Ich habe viele Fehler in meinem Leben gemacht«, sagte sie. »Und keinen davon kann ich rückgängig machen. Auch nicht die grausame Weise, wie ich dich als Kind vernachlässigt habe.« Ihre Stimme sank beinahe zu einem Flüstern herab. »Ich habe dir wehgetan, und es tut mir von Herzen leid. Ich kann die Vergangenheit nicht ungeschehen machen. Aber ich kann versuchen, die Zukunft zu verändern – deine Zukunft.«

Wie viele Jahre hatte Ivan auf diese Worte gewartet, und doch entfachten sie jetzt in ihm nur neuen Zorn. Es war einfach zu spät für eine Entschuldigung. »Nein, Sie können die Vergangenheit nicht ungeschehen machen. Und was die Zukunft betrifft – ich will in Zukunft nichts mit Ihnen zu tun haben. Unter keinen Umständen.«

Die Gräfinwitwe nickte. »Ja, ich verstehe das. Aber ein letzes Wort noch: Vermenge deinen Zorn auf mich nicht mit den Gefühlen für deine Frau!«

»Das eine hat mit dem anderen nichts zu tun«, gab Ivan zurück.

»Nein?« Seine Großmutter schien etwas von ihrem Kampfgeist zurückzugewinnen und richtete sich auf. »Warum kannst du ihr dann nicht sagen, daß du sie liebst?« Sie sah ihn eindringlich an. »Ich kann sehen, wie tief deine Gefühle für sie sind. Jeder kann es sehen.«

Ivan begann zu schwitzen. Er starrte Antonia an und wünschte, ihm würde eine vernichtende Antwort einfallen. Doch er sagte nur: »Wenn das so offensichtlich ist, weshalb kann sie es dann nicht bemerken?«

»Du mußt es ihr sagen«, antwortete Lady Westcott und unterstrich jedes ihrer Worte mit einem Klopfen ihres Stockes. »Du mußt ihr deine wahren Gefühle anvertrauen. Das ist es, was sie braucht.«

Ivan wollte das nicht hören. Er wollte nichts von dem glauben, was seine Großmutter sagte, und so etwas schon gar nicht. Was, wenn sie sich täuschte? Was, wenn Lucy ihn nicht liebte? Was, wenn er ihr sein Herz offenbarte und sie ihn trotzdem verlassen wollte?

Andererseits war sie sowieso entschlossen zu gehen. Was also hatte er zu verlieren?

Seine Würde; seine Selbstachtung; das bißchen Stolz, das ihm noch geblieben war. Und doch wog das alles gering im Vergleich zu dem, was er gewinnen konnte: Lucys Liebe.

Er ging zur Tür, doch noch einmal hielt die Stimme seiner Großmutter, diese alte, brüchige, ernste Stimme ihn auf. »Ich habe oft schlecht und ungerecht von dir gedacht, Ivan. Aber nie habe ich dich für einen Feigling gehalten.«

»Dann kennen Sie mich nicht besonders gut«, murmelte Ivan, mehr zu sich selbst. Er war lange Zeit ein Feigling gewesen, der aus Angst, verletzt zu werden, seine Gefühle so tief in sich verschlossen hatte, daß er sie selbst nicht mehr fand. Doch jetzt wollte er kein Feigling mehr sein.

Er nickte ihr kurz zu und ging. Es gab für ihn jetzt nur einen Weg: den Weg zu Lucy.

25

Lucy saß am Fenster. Noch lag sommerliches Grün auf dem Land, doch hier und da zeigten sich schon die ersten Spuren des Herbstes. Die Sykomoren begannen ihr Laub abzuwerfen. Die Gänseblümchen waren schon lange verblüht, und die Gärtner gruben sie aus der Erde. Die immergrünen Buchsbäume am Garteneingang waren frisch getrimmt und würden bis zum nächsten Frühling nicht mehr aus ihrer Obeliskenform herauswachsen.

Lucy legte die Hand auf ihren Bauch, der nun seiner kostbaren Last beraubt war. Würde der nächste Frühling auch in ihrem Körper ein neues Leben entstehen lassen? Ein Leben, das in ihr wachsen würde, das sie gebären und für den Rest ihres Lebens lieben konnte?

Nicht, wenn sie Ivan verließ und zu ihrer Familie zurückkehrte.

Hoffnungvoll blickte sie zur Tür, doch diese öffnete sich nicht. Es war eine schwere Eichentür. Ivan war durch diese Tür hinausgegangen. Wieder einmal hatte sie ihn zurückgewiesen, und diesmal würde er nicht wiederkommen. Tränen stiegen in Lucys Augen. Sie hatte Ivan weggeschickt, weil er ihr nicht geben konnte, was sie von ihm wollte. War das gerecht von ihr gewesen oder vernünftig? Ivan liebte sie nicht, weil er nicht wußte, wie das ging. Doch wenn sie geduldig bliebe, wenn sie sich noch mehr Mühe gäbe, vielleicht könnte sie ihn durch ihr Vorbild lehren, wie man liebte.

Sie wandte sich wieder der friedlichen Landschaft vor dem Fenster zu, während ihre Gedanken weitertrieben. Seit wann war Liebe die Voraussetzung für eine Ehe? Ivan hatte sie das einmal gefragt, und jetzt stellte sie sich selbst diese Frage. Gegenseitiger Respekt und Freundschaft wären ihr in einer Ehe mit Sir James genug gewesen, warum wollte sie von Ivan mehr?

Sie kannte die schmerzhafte Antwort: weil sie Ivan mit jeder Faser ihres Seins liebte, mit Körper, Herz und Seele. Und weil sie seine Liebe zu ihrem Glück brauchte.

Sie durfte ihn einfach nicht gehen lassen.

Entschlossen erhob Lucy sich von ihrem Sessel, als plötzlich die Tür aufging und Ivan ins Zimmer platzte.

»Ich will nicht, daß du gehst«, sagte er angriffslustig, doch seine Augen sprachen von seiner Qual. »Du bist meine Frau, und ich werde dich nicht gehen lassen.«

Freude durchbebte Lucy. Sie spürte plötzlich die Gewißheit, daß er lernen würde, sie ebenso zu lieben, wie sie ihn liebte. Vielleicht liebte er sie sogar schon ein wenig, warum war er sonst gekommen?

»Ich werde dich nicht verlassen«, flüsterte Lucy glücklich lächelnd. Vor ihnen lag ein beschwerlicher Weg, doch gemeinsam würden sie ihn bewältigen. Und gemeinsam konnten sie eine Familie aufbauen. »Ich werde dich nicht verlassen«, wiederholte sie. »Gerade wollte ich zu dir gehen, um es dir zu sagen.«

Ivan starrte sie an, unsicher, ob er richtig gehört hatte. Er sah Lucy lächeln, und in diesem bebenden, hoffnungsvollen Lächeln lag die Wärme der Sonne, die Heiterkeit des Mondscheins, das dauerhafte Versprechen der Sterne. Lucy verließ ihn nicht!

Er ging einen Schritt weiter ins Zimmer hinein und blieb dann stehen. Er brauchte sie so sehr, daß es schmerzte. Sein Gefühl für sie war so rein, so allumfassend, daß für nichts anderes mehr Raum blieb.

»Ich liebe dich«, sagte er.

Er streckte seine Arme aus und ließ sie wieder fallen. Die Worte waren so leicht aus seinem Mund gekommen, zu leicht. Ihm war, als wären sie viel zu nichtssagend für das, was er für diese Frau empfand, die ihn zuerst herausgefordert und dann verzaubert hatte, die gleichzeitig geistvoll und naiv war. Die war wie keine andere Frau. Wie hatte es ihm je schwerfallen können, ihr diese drei kleinen Worte zu sagen, die nur einen Bruchteil seiner Gefühle ausdrücken konnten, und wie sollte er jemals

Worte finden, mit denen er wirklich sagen konnte, was er für Lucy empfand?

Lucys Lächeln verblaßte bei seiner Liebeserklärung, als habe sie deren Unzulänglichkeit begriffen. Sie schüttelte den Kopf.

»Du mußt das nicht sagen, Ivan. Ich gehe nicht. Ich bleibe, auch wenn du mich nicht liebst.«

»Aber ich liebe dich, das mußt du mir glauben, Lucy. Ich liebe dich. Ich war ein Trottel, ein Narr, der nicht begreifen wollte.«

»Schsch!« Lucy ging auf ihn zu und legte ihren Zeigefinger auf seine Lippen. »Sag nichts mehr!«

Ihre Blicke trafen sich und wollten sich nicht wieder loslassen. Ivan sah einen lebendigen Glanz in Lucys grünen Augen, der von ihrer Liebe sprach.

Er fühlte sich klein angesichts dieses Blicks voller Liebe, einer Liebe zu ihm, der nichts getan hatte, diese Liebe zu verdienen. Er tat einen stummen Schwur, sich dieser Liebe in Zukunft würdig zu erweisen. Und das wichtigste dabei war, Lucy sein Herz zu öffnen und nie wieder etwas vor ihr zu verbergen.

»Ich möchte Liebe machen mit dir«, sagte er und sah mit Freude, wie Lucy errötend lächelte. »Ich will dich immer und auf jede erdenkliche Weise lieben. Ich will, daß du jeden Augenblick deines Lebens in dem Bewußtsein verbringst, von mir geliebt zu werden.«

Lucy legte zärtlich ihre Hände um Ivans Gesicht. »Das gleiche verspreche ich dir. Du hast als Kind so wenig Liebe bekommen, aber ich gelobe dir, Ivan, daß du als Mann – als mein Ehemann – nie einen Mangel an Liebe erfahren sollst.«

Sie zog ihn zum Bett, und er folgte ihr wie in Trance. Lucy liebte ihn. Wie hatte er diese Liebe je fürchten können?

Lucy ließ sich auf das Bett sinken, und Ivan, verlockt durch ihr bebendes Lächeln, ihre glänzenden Augen und weit geöffneten Arme, beugte sich über sie. Doch dann drang die Realität wieder in seine Wahrnehmung, und er wußte, daß er, so sehr er sie in diesem Augenblick begehrte, nicht weiter gehen durfte.

»Der Arzt sagte, daß wir mindestens zwei Wochen keine ehelichen Beziehungen haben dürfen. Du brauchst Zeit, um dich von dem …« Seine Stimme verlor sich.

Nur einen Moment lang verschatteten sich Lucys Augen, doch dann erhellte ihr Gesicht sich wieder. »Leg dich einfach neben mich, und laß uns gemeinsam für das Baby beten, das wir verloren haben, und für alle anderen, die wir noch bekommen werden.«

Ivan zögerte. Weitere Kinder? Ablehnend schüttelte er den Kopf. »Ich kann dir das nicht noch einmal zumuten. Es ist zu gefährlich. Ich brauche keine Kinder, um glücklich zu sein. Nur dich brauche ich dazu.«

Lucy lachte, doch in ihren Augen standen Tränen. »Für einen Rückzug ist es jetzt zu spät, Ivan. Du hast mich geheiratet. Du hast mir deine Liebe gestanden, jetzt mußt du auch alle Folgen in Kauf nehmen. Ich habe nämlich vor, dich mit blauäugigen Zigeunerjungen und grünäugigen Zigeunermädchen zu beschenken, ob du willst oder nicht. Ich wünsche mir nichts so sehr wie Kinder von dir.«

Ivan schloß Lucy in seine Arme, nahezu stumm vor Rührung. Noch nie hatte er sich so geliebt gefühlt, war noch nie so wichtig für das Glück eines anderen Menschen gewesen. »Alles, was du willst.«

»Dich will ich«, flüsterte Lucy und nestelte sich an seine Brust. »Und ich will keine Mißverständnisse mehr zwischen uns und kein Davonlaufen voreinander.« Sie hob den Kopf und blickte Ivan in die Augen. »Statt dessen müssen wir aufeinander zugehen. Besonders, wenn wir Probleme haben.«

»Wir werden nie wieder Probleme haben«, gelobte Ivan überzeugt. Lucy mußte lachen.

»Das sagst du jetzt, aber ich frage mich, was passieren wird, wenn ich einmal nicht deiner Meinung bin.«

»Dann werde ich dich küssen, bis du nachgibst«, grinste Ivan.

»Aber vielleicht werde ich das gleiche mit dir machen«, lächelte Lucy.

Ivans Gesicht wurde ernst. Er sah seine Frau an und konnte kaum glauben, daß das Glück es so gut mit ihm gemeint hatte. Er zog sie so eng an sich, als wolle er sie vor lauter Liebe zerdrücken. »Mach mit mir, was du willst, nur liebe mich«, flüsterte er in ihr Haar.

Sie lagen auf dem Bett, und Sonnenschein überflutete sie. Lucy lauschte Ivans Herzschlag. Sie wußte jetzt, daß er ihre Liebe ebenso brauchte wie sie seine. Und sie wußte nun auch, daß er ihre gemeinsamen Kinder mehr lieben würde, als er sich gegenwärtig vorstellen konnte. Sie würden gemeinsam eine Familie gründen, einen magischen Kreis, in dem niemand nach Liebe hungern mußte.

Epilog

Der Speisesaal war hell erleuchtet. Zwei Kandelaber waren herabgelassen, entstaubt und mit wenigstens hundert Kerzen bestückt worden, die jetzt einen goldenen Schimmer verbreiteten. Kerzenständer auf Tischen und Kerzenhalter an Wandvorsprüngen trugen zu der Helligkeit bei. Der Raum war erfüllt vom Duft des Bienenwachses und den appetitlichen Gerüchen des eben beendeten Mahles.

Viele Menschen saßen um die große Tafel. Zufrieden betrachtete Ivan seine Familie. In den vergangenen fünf Jahren war er vom Einzelgänger zum Mitglied einer großen – manchmal fand er, fast zu großen – Familie geworden. Und das alles durch Lucy.

Sein Herz schwoll vor Stolz, als er Lucy betrachtete. Sie war schön, innerlich und äußerlich, und sie hatte ihm eine Zufriedenheit geschenkt, die er früher nie gekannt hatte. Sogar die Tatsache, daß diese Gesellschaft zu Ehren des fünfundsiebzigsten Geburtstages seiner Großmutter abgehalten wurde, konnte sein Wohlbefinden nicht dämpfen.

»Auf ein langes Leben!« sagte eben Sir Laurence und erhob sich dabei mühsam auf seine Füße. Er hob sein Glas und alle folgten seinem Beispiel.

»Hört, hört« sagte Sir James. Er saß wie immer Seite an Seite mit Valerie. Ivan hatte Sir James noch nie beschwipst erlebt und schmunzelte nun in sich hinein, als der ernsthafte Gelehrte töricht vor sich hin grinste.

Auch Lucys Bruder und dessen Familie waren anwesend, und vor jedem der Jungen und Mädchen stand ein Glas Wein. Derek und Stanley waren nun fast so groß wie ihr Vater, und Prudence hatte sich im letzten Jahr zu einer bezaubernden jungen Frau entwickelt. Doch es würde nicht Lucy sein, die sie im kommenden Frühling zu ihrer ersten Saison nach London begleiten würde. Ivan war nicht gewillt, sich für so lange Zeit von seiner Frau zu trennen.

Auch Alex war aus der Stadt gekommen. Er war ein Liebling der Gräfinwitwe, daher hatte Lucy auf seiner Einladung bestanden. Giles war ebenfalls hier, Elliot jedoch hatte sich nicht freimachen können. Das war Ivan nicht unrecht, denn noch immer fühlte er jedesmal einen Stich der Eifersucht, wenn sein Freund sich mit Lucy unterhielt. Elliot durfte man nicht trauen, wenn es um Frauen ging.

Und was für eine Frau seine Lucy war! Heute, mit dem hochfrisierten Haar, dem tief ausgeschnittenen Kleid und ihrem Lieblingsschal – seinem Schal – um die Schultern drapiert, war sie eine Augenweide für jeden Mann.

Ein Zupfen an seinem Ärmel riß Ivan aus seinen Betrachtungen. Er wandte sich zu seinem Sohn, Raphael, der neben ihm saß und fragte: »Darf ich einen Toast ausbringen, Vater? Bitte!«

Grinsend blickte er den vierjährigen Jungen an, der vor Müdigkeit kaum noch die Augen offenhalten konnte. Raphael war sonst um diese Zeit schon längst im Bett, doch heute war eine Ausnahme. »Natürlich darfst du«, sagte Ivan, klopfte mit dem Messer an sein Weinglas und half dem Kleinen, sich auf den Stuhl zu stellen.

Der Junge hob sein Glas mit Apfelmost, wie er es den Erwachsenen abgeschaut hatte. Er lachte seinen Vater an und seine Mutter, die am anderen Ende des Tisches saß. Dann wandte er sich Lady Antonia zu, die ihren Platz ihm gegenüber hatte.

»Alles Gute zum Geburtstag der besten Urgroßmutter auf der ganzen Welt.«

Während um ihn her Gelächter und Hochrufe ertönten, wartete Ivan auf das Gefühl der Bitterkeit. Er hatte nicht gewollt, daß sein Sohn Lady Antonia liebte, sondern hätte ihn am liebsten völlig von ihr ferngehalten. Doch Lucy hatte den Kontakt nicht abbrechen wollen, und schließlich hatte er nachgegeben. Und jetzt mußte er sich eingestehen, daß zwischen der alten Frau und dem kleinen Jungen eine innige Zuneigung gewachsen war.

Als die Gräfinwitwe ihrem Urenkel zulächelte, schmolz auch der letzte Rest Bitterkeit in Ivans Seele. Lady Antonia liebte Raphael fast so sehr wie er selbst. Sie schien auch Lucy ins Herz geschlossen zu haben. Und sicher würde sie auch das Kind lieben, das Lucy unter dem Herzen trug.

Auf den Toast seines Sohnes erhob Ivan mit den Gästen sein Glas. Alles Gute zum Geburtstag für die beste Urgroßmutter auf der ganzen Welt. So schrecklich sie als Großmutter gewesen war, so hingebungsvoll war sie nun als Urgroßmutter.

Um ihn herum erklang das Lachen und Reden fröhlicher Gäste. Diener gingen umher und füllten die Gläser nach. Derek und Stanley bettelten um ein zweites Glas, und ihr Vater gab achselzuckend nach.

Ivans Blick wanderte wieder zu den strahlenden Augen seiner Frau. Zwölf Fuß edlen Holzes, glitzernden Kristalls und polierten Silbers trennten sie voneinander, doch Ivan las deutlich die Botschaft in Lucys Augen. Sie hatte gesehen, wie auch er sein Glas zum Toast erhoben und seinen Wein ausgetrunken hatte. Sie wußte, daß er seinen Frieden mit der Vergangenheit gemacht hatte.

Lucy lächelte ihm zu, und wie immer fühlte er sich von Liebe umhüllt – von Lucys Liebe, und in deren Gefolge auch der Liebe dieser großen, lärmenden Familie. Ja, die Vergangenheit war Vergangenheit, das hatte Lucy bewirkt. Nie würde er ihr genug dafür danken können.

»Komm, mein Junge, gib mir einen Kuß«, forderte Lady Antonia ihren Urenkel auf. Der Junge sprang sofort zu ihr hin und küßte sie auf die Wange.

Ivan sah zu, wie die gebrechliche alte Frau seinen Sohn umarmte. Dann trafen sich ihre Blicke.

Das dauerte nur einen kurzen Moment, denn der Knabe sagte ihr etwas ins Ohr, und sie wandte sich wieder dem Kind zu. Doch der Augenblick hatte lang genug gedauert, um Ivan zu zeigen, daß sie die Vergangenheit bedauerte. Sie hatte es ihm schon einmal gesagt, doch dieser Blick bestätigte es.

Einen Titel zu besitzen, so stellte Ivan bei sich fest, war angenehm, und Reichtum konnte das Leben sehr erleichtern. Doch das wichtigste war eine Familie.

Ein Klumpen bildete sich in seinem Hals. Er suchte Lucy mit den Augen. Sie lächelte gerade Raphael an, der sich in die Arme seiner Urgroßmutter schmiegte. Doch als habe sie Ivans Blick gefühlt, schaute sie zu ihm hin.

Ich liebe dich, lautete die stumme Botschaft, die sie ihm mit einem Lächeln übermittelte. *Ich liebe dich, und du hast recht, die Familie ist das wichtigste.*